Sandra Bäumler

-

Feenglut
Das Erwachen

SANDRA BÄUMLER

Feenglut

DAS ERWACHEN

Impressum
Copyright 2024 © Sandra Bäumler
Bergstraße 3, 90530 Wendelstein
Website: www.sandrabaeumler.de
Mail: sandrabaeumler@gmx.de

Korrektorat: Anke Höhl-Kayser
Cover: Alexander Kopainski
Textsatz: Daniela Rohr / www.skriptur-design.de
Bildquellen: www.shutterstock.de

ISBN: 978-3-8192-6462-7
Verlag: BoD · Books on Demand GmbH, Überseering 33, 22297 Hamburg,
bod@bod.de
Druck: Libri Plureos GmbH, Friedensallee 273, 22763 Hamburg

Bibliografische Information der Deutschen Nationalbibliothek: Die Deutsche Nationalbibliothek verzeichnet diese Publikationin der Deutschen Nationalbibliografie; detaillierte bibliografische Daten sind im Internet über dnb.dnb.de abrufbar.

Prolog

Ich treibe in der schwarzen Unendlichkeit und blicke auf die herab, die ich liebe. Mein Licht strahlt heller als das meiner Brüder und Schwestern, damit die Drachen stets wissen, dass ich bei ihnen bin und über sie wache. Die vertraute Stille trägt eine Legende zu mir, die mir einst der Mann erzählte, den ich Vater genannt habe.

Vor vielen Äonen umwarb der Feuergott Ignis die Sonnengöttin Sol, die seine Gefühle aber nicht erwiderte. Voll des Zornes und vom Wein berauscht nahm er die Göttin in der Gestalt eines Drachen mit Gewalt. Als eine Sonnenfinsternis die Erde in Dunkelheit hüllte, gebar Sol hundert Kinder – sie alle waren Drachen.

Weil aber diese die Frucht ihrer Schande verkörperten, verbannte sie die ungewollten Kinder auf die Erde. Trotzdem gefiel

Sol der Gedanke, Nachkommen zu haben. Daher formte sie aus Sonnenglut Körper, die sie durch ihr Blut zum Leben erweckte. Die Solfeen waren geboren. Wunderschöne, elfenhafte Wesen, die Sol von Herzen liebte.

Ihre verschmähten Kinder, die Drachen, waren außer sich vor Wut und Schmerz, denn ihnen blieb Sols Liebe verwehrt. Sie verabscheuten die Feen. Weil diese aber bei der Göttin lebten und die Drachen auf Erden, konnten sie nichts gegen die verhassten Geschöpfe ausrichten.

Jahrtausende vergingen. Die Drachen zogen sich zurück und warteten im Verborgenen, bis eine neue Spezies die Erde eroberte – die Menschen. Da Sol sehr eitel war, wollte sie von den Sterblichen angebetet werden und schickte die Solfeen, um die Menschen zu bekehren.

Die Drachen nutzten ihre Chance. Zwischen ihnen und den Feen entbrannte ein Krieg, der Generationen überdauerte.

Eines Tages stellten die Drachen fest, dass sie durch die Energie der Feen einen Teil von Sols Macht und Liebe erhielten. So wurden sie süchtig nach deren Magie.

Doch dann verliebte sich ein weißer Drache in eine Fee, die seine Zuneigung erwiderte. Das starke Band zwischen beiden brachte nach Jahrtausenden des Tötens Frieden. Aber der Bruder des weißen Drachen, ein schwarzer Drache, fühlte sich ebenfalls zu der Fee hingezogen. Er beanspruchte sie für sich, und es kam zum Kampf, in dessen Verlauf sich die Brüder gegenseitig schwer verletzten. Der schwarze Drache erlag seinen Verwundungen.

Ignis war außer sich vor Zorn, denn die Drachen hatten einander wegen einer Solfee getötet. So verbannte er zur Strafe den weißen Drachen in den Mond und die Fee in die Sonne. Auf diese Weise konnten die beiden sich bis zum Ende der Zeit sehen, aber nie wieder berühren.

Seine Grausamkeit erzürnte Sol so sehr, dass sie die Dunklen anrief, die Ignis holten. Bevor der Feuergott in die Unterwelt gezogen wurde, sprach er eine Prophezeiung aus: »Wenn ein Drache einen anderen wegen der letzten Solfee tötet, kehre ich aus der Finsternis zurück. Die Energie der Letzten macht mich zum Mächtigsten aller, und meine Rache wird grenzenlos sein. Wenn die Götter vernichtet sind, forme ich mit meinen Nachkommen die Welten nach meinem Willen.«

Sols Tat führte dazu, dass die Drachen gegen die Feen erneut in den Krieg zogen. Auf beiden Seiten fielen Tausende. Drachen wie Solfeen waren zum Aussterben verdammt, doch die Drachen vereinigten sich mit den noch jungen Menschen. Dieser Verbindung entstammten die Draconigena. Vom Volk der Solfeen blieben nur wenige übrig, die sich über die Welten verstreuten.

Nachdem die letzten Drachen vom Antlitz der Erde verschwunden waren, setzten die Draconigena die Jagd auf die Solfeen fort, nährten sich von deren Energie und rotteten sie erbarmungslos aus.

Sol wollte ihre Geschöpfe retten, sie bat Auctorius, das Oberhaupt aller Götter, um Hilfe. Er sollte die Draconigena aufhalten. Dieser, überheblich, wie es den Göttern zu eigen war, maß Ignis' Prophezeiung keine Bedeutung zu. Zudem war es seiner Meinung zufolge Sols eigenes Verschulden, dass die Nachkommen ihrer Drachenkinder die Solfeen jagten. Daher verbot er ihr, sich in deren Geschicke einzumischen. Sol musste tatenlos zusehen, wie ihre wunderschönen Geschöpfe zu Staub zerfielen. Mit jeder gefallenen Fee verstärkte sich die Magie der Verbleibenden. Da wusste Sol, dass Ignis' Prophezeiung sich eines Tages erfüllen würde. Voller Verzweiflung wandte sie sich an Sapientia, die Göttin der Weisheit. Obwohl Auctorius den anderen Göttern eine Einmischung verboten hatte, half Sapientia ihr. Sie wob einen Gegenzauber, dem zufolge die bedingungslose Liebe der letzten der Solfeen Ignis für immer ins Reich der Dunklen verbannen und die gefallenen Feen erlösen würde.

Kapitel 1

»Lauf weiter, Kayla. Ich kann das Wasser schon spüren. Ganz in der Nähe gibt es einen Fluss.« Naias zerrte an meinem Arm. Ich lehnte mich gegen einen Baum und rang nach Atem. Jetzt, da die Kampfeslust nicht mehr durch meine Adern rauschte, nahmen die verdammten Schmerzen zu.

»Nur einen Augenblick ausruhen.« Ich biss die Zähne zusammen und untersuchte meine Schulter. Blut quoll aus der offenen Wunde und rann über meine Finger. Das Pochen wurde heftiger, jeder Herzschlag pumpte mehr meines roten Lebenssafts aus der Verletzung. Kalter Schweiß perlte von meiner Stirn. Ich lauschte in den Wald – es waren keine Verfolger auszumachen.

Als Naias meinen anderen Arm um ihre Schultern legte, entfuhr mir ein leises Zischen. Ich hatte das Gefühl, meine Schulter würde erneut von einer Klinge durchbohrt.

»Tut mir leid, aber ich kann dich nur heilen, wenn ich Wasser habe«, sagte Naias mit bedrückter Stimme.

»Ist schon gut. Das sieht schlimmer aus, als ist«, erwiderte ich rau. Als meine Schwester mich weiterzog, hielt ich den Atem an und versuchte, mich so leicht möglich wie zu machen, was das schmerzhafte Pochen in der Schulter zu einem Trommeln anschwellen ließ. Aber mein ganzes Gewicht auf Naias zu stützen, kam nicht infrage. Sie würde mich kaum tragen können, da ich gut einen Kopf größer und durch meine trainierte Muskulatur auch um einiges schwerer war als sie. Bei jeder Bewegung durchzuckten mich Schmerzen, ich presste die Lippen aufeinander, damit ich nicht aufschrie.

»Es ist nicht mehr weit, und mach mir nichts vor, deine Verletzung ist so schlimm, wie sie aussieht. Außerdem stütze dich endlich richtig auf, ich bin nicht aus Glas.« Naias klang ärgerlich, und ich musste trotz der Qualen lächeln. Sie kannte mich besser, als ich dachte.

»Ja, Kleines, du kannst Bäume ausreißen.«

»Wir sind gleich am Fluss.« Bei diesen Worten beschleunigte Naias, und trotz meines festen Willens, es nicht zu tun, stöhnte ich auf. Wir kämpften uns durch das dichte Unterholz. Augenblicke später erklang ein Plätschern, das von dem ersehnten Wasser kündete. Dann war der Fluss zu sehen, in dessen sanften Wellen das Sonnenlicht glitzerte, als wären die Kiesel auf dem Grund aus Gold. Im ersten Moment brannte die Helligkeit in meinen an das Dämmerlicht des Waldes gewöhnten Augen und ich senkte die Lider. Kies knirschte unter meinen Stiefeln.

»Setz dich auf den großen Stein«, befahl Naias.

Blinzelnd öffnete ich die Augen und ließ mich auf den zugewiesenen Platz niedersinken, während meine Schwester mir Halt gab. Ich sah auf den Ärmel meines Hemdes herab: Das Blut hatte ihn rot gefärbt. Naias half mir dabei, den Umhängebeutel abzunehmen, dessen Gurte ebenfalls blutdurchtränkt waren. Jede

Bewegung der verletzten Schulter wurde mit verfluchten Schmerzen quittiert. Meine Schwester nahm die Armschienen sowie die dicken Binden darunter ab, löste die Schnürung meines ledernen Oberkörperschutzes und zog mir das Hemd aus. Mehr als einmal war ich kurz davor zu schreien. Der Stoff klebte am angetrockneten Blut fest, und ich keuchte unwillkürlich auf. Sogleich hielt sie inne.

»Schmerzt es sehr?«

»Mach«, zischte ich. Meine Schwester nickte und riss mit einer schnellen Bewegung den Stoff weg. Obwohl ich es unterdrücken wollte, schrie ich auf. Das Hemd landete auf dem Boden. Anschließend legte Naias ihren eigenen Beutel ab, aus dem sie Tücher holte, um mit dem Säubern der Wunde zu beginnen.

»Jetzt halt doch mal still«, schnaubte sie, als sie sich um die angeschlagene Schulter kümmerte.

»Es tut weh.« Ich versuchte, mich umzudrehen. In diesem Moment durchfuhr ein Stich meinen Körper, der mich eines Besseren belehrte. Ich konzentrierte mich auf meinen Atem und betrachtete eingehend die Stämme der Bäume vor mir.

»Sei froh, dass noch was wehtut. Eine Handbreit weiter und das Schwert dieses Barbaren hätte lebenswichtige Organe verletzt.« Naias wrang das Tuch über der Wunde aus, das kühle Nass linderte den Schmerz. Es kribbelte, als würden Hunderte Mäusefüße darüber klettern und es wurde warm, der magische Heilungsprozess setzte ein.

»Na, hat er aber nicht. Diese Kerle machen stets denselben Fehler: Sie unterschätzen mich.« Ich musste grinsen. Es war wie immer gewesen. Trotz seiner beachtlichen Größe hatte der Krieger im Staub der Arena geendet. Nachdem sein Schwert meine Schulter durchbohrt und er mich damit entwaffnet hatte, dachte er offensichtlich, dass er den Kampf bereits für sich entschieden hätte. Er wurde unaufmerksam und das kostete ihm sein Leben. Ich rammte mein Knie in dessen Männlichkeit, und als er zusammensackte, den Dolch aus dem Stiefelschaft in den Hals. Die

Veranstalter der Arenakämpfe erlaubten alle Mittel, auch versteckte Waffen. Hauptsache, die Zuschauer kamen auf ihre Kosten.

»Trotzdem hattest du heute mehr Glück als Verstand gehabt. Wenn dieser eitle Kerl nicht der jubelnden Menge mehr Beachtung geschenkt hätte als dir, könnte ich dich jetzt irgendwo begraben. So, zieh dich wieder an.« Ich tastete nach meinem Oberteil und musste feststellen, dass es meiner Schulter wirklich viel besser ging. Naias tauchte ihre Hände in den Bach, während ich meinen Oberkörperschutz anlegte und ihn an den Seiten zusammenschnürte. Der lederne Brustpanzer bot mehr Bewegungsfreiheit als einer aus Metall, obwohl ich wusste, dass meine Schwester mich lieber in einem Schutz aus Eisen sah. Ich hob das blutige Hemd hoch: Das war bei bestem Willen nicht mehr zu gebrauchen.

Neben mir tauchte Naias die nackten Füße mit einem leisen Quietschen ins Wasser. Sie saß auf einem Stein und ihre Schuhe lagen dahinter. Das war eine wirklich gute Idee. Ich entledigte mich meiner kniehohen Stiefel und stülpte die ledernen Hosenbeine hoch. Um es bequemer zu haben, löste ich die Bänder, die die Schwertscheide am Gürtel hielten, und legte sie mitsamt Inhalt griffbereit neben mich. Als meine Füße in das kühle Nass glitten, entfuhr mir ein wohliges Seufzen. Mir ging der Kampf durch den Kopf. Auch wenn ich das meiner Schwester gegenüber niemals zugegeben würde, hatte ich wahrlich verdammtes Glück gehabt. Um Haaresbreite wäre ich nicht lebend aus der Arena herausgekommen. Der Gedanke sorgte dafür, dass ich den Geschmack von Galle auf der Zunge spürte und mein Magen sich verkrampfte.

Naias zog ihre Beine aus dem Wasser, umfasste mit beiden Armen ihre Knie und beobachtete nachdenklich die Wasseroberfläche, die plätschernd um steinerne Hindernisse herum quirlte.

»Immer wenn du kämpfst, habe ich schrecklich Angst um dich«, flüsterte sie.

Sanft strich ich über ihr blondes Haar, dessen bläulicher Schimmer in der Nähe von Gewässern intensiver wurde.

»Ich kämpfe solange, bis wir das Geld für die Heilerschule zusammenhaben. Ich möchte, dass du es einmal guthast, eine angesehene Heilerin wirst und nie wieder heimatlos durch die Gegend ziehen musst.« Tröstend umfasste ich Naias' schmale Schultern und zog sie zu mir. Sofort kuschelte sie sich an mich, wie sie es schon als kleines Kind gemacht hatte.

»Aber wir haben etwas Geld zusammen. Wir könnten uns einen Hof kaufen und Tiere züchten.«

Ich schüttelte den Kopf. »Und dein Talent vergeuden? Auf das Wohlwollen von Großgrundbesitzern oder Adligen angewiesen sein, die dir dann aus einer Laune heraus dein Land wieder abnehmen?« Ich schaute auf Naias herab, die mich mit ihren grünblauen Augen betrachtete. Tränen kullerten über ihre zarten Wangen und brachen mir fast das Herz. Ich wollte nicht, dass meine Kleine Angst um mich hatte, denn ich war die Ältere. Es war meine Aufgabe, für meine Schwester zu sorgen, nicht umgekehrt.

»Denkst du manchmal an Vater?«, fragte Naias.

Ich wandte mich von ihr ab. Mein Rücken versteifte sich. Über dieses Thema sprach ich nicht gerne.

»Warum sollte ich mich um ihn scheren, er hat uns damals alleingelassen und wir haben seither nie wieder etwas von ihm gehört. Wahrscheinlich haben ihn seine Gaunereien in Schwierigkeiten gebracht. Ich weine ihm keine Träne nach.« Das war eine Lüge. Jedes Mal, wenn ich Naias ansah, erinnerte sie mich an unseren Vater. Sie ähnelte ihm im Gegensatz zu mir so unglaublich. Meine Hände begannen zu zittern und ich verschränkte die Arme. Der Mann war weggegangen und hatte uns alleingelassen. Allein auf den Straßen von Tigres. Ich lernte verdammt schnell, mit jeder mir zur Verfügung stehenden Waffe zu kämpfen, denn dort hieß es: fressen oder gefressen werden. Mehr als einmal war ich nur knapp dem Tod entgangen. Ein kalter Schauer lief über meinen Rücken. Ich schluckte. Meine Kehle fühlte sich an, als wäre ich Stunden ohne Wasser durch eine Wüste gewandert. Nie wieder sollte meine Schwester so leben müssen, dafür wollte ich sorgen. Nach ihrer Heilerausbildung in einem Land, das Magie akzeptierte, würde Naias ein Leben im Wohlstand führen. Aber hier durfte niemand von ihrer Gabe erfahren, denn im gesamten ro'anischen Reich war Magie verboten, auch wenn dieses Verbot in den Provinzen nicht immer allzu ernst genommen wurde, da man dort häufig im Geheimen die alten Bräuche pflegte. Die Arenabesitzer drückten mit Sicherheit ein Auge zu, wenn sie eine magische Heilerin in ihre schmierigen Finger bekamen. Nicht auszudenken, was sie Naias antun würden – mit größter Wahrscheinlichkeit versklaven und sie zwingen, sich um die Kämpfer zu kümmern. Denn eine kostenlos arbeitende magische Heilerin machte das lukrative Kampfgeschäft noch lukrativer.

Ich erinnere mich, als wäre es erst gestern gewesen, an den entsetzten Gesichtsausdruck unseres Vaters, nachdem sie eine kleine Wunde an ihrem Knie geheilt hatte. Er wurde bleich wie eine gekalkte Wand, stammelte, dass dies doch gar nicht möglich sei, weil ihre Kräfte nicht funktionieren dürften. Vater ging vor mir in die Hocke, umfasste mit beiden Händen meine Schultern und sah mich ernst an. »Kayla, mein Kind, ich muss euch für eine Weile verlassen. Naias wird versuchen, ihre Fähigkeiten zu nutzen und zu erweitern. Du musst auf sie aufpassen. Sie darf ihre Magie, wenn sie aus irgendwelchen Gründen dazu gezwungen ist, sie zu gebrauchen, unter keinen Umständen in der Gegenwart anderer anwenden. Das wird ihr Verderben sein. Was auch geschieht, bleibt zusammen und schütze deine Schwester. Versprich mir dies.« Seine Stimme klang eindringlich, und ich versprach es. Da lächelte er und tätschelte meinen Kopf. »Du bist mein gutes Mädchen. Ich wusste, dass ich mich auf dich verlassen kann.« Wenig später ging er und kam nie wieder zurück.

Seither schleppte ich mich, egal, wie schwer meine Verwundung war, lieber in nahegelegene Wälder oder ähnliche Verstecke, als zu riskieren, dass Naias aufflog. Niemand durfte etwas von ihrer Gabe erfahren, da würde ich eher sterben.

»Du weinst ja.« Ich spürte Naias' Finger auf meinen Wangen. Schnell wischte ich mit dem Handrücken über mein Gesicht. Tatsächlich ich fühlte warme Feuchte.

»Mir ist etwas ins Auge geflogen.« Ich legte die Hände aneinander und ließ Wasser aus dem Bach über mein Gesicht laufen. Die Kühle tat meiner erhitzten Haut gut. Dann wusch ich das Blut von meinem Arm.

»Also, wo wollen wir als Nächstes hin?«, erkundigte sich Naias.

»In N'ola soll eine weitere Arena sein, sagte einer der Kämpfer. Dort winkt ein Preisgeld von hundert Lay. Außerdem sind die Wettquoten nicht schlecht.«

»Hundert Lay?« Naias kaute auf ihrer Unterlippe. »Wenn wir die Kosten für Übernachtung und Essen abziehen, bleiben vielleicht noch sechzig übrig. Das bisschen ist es nicht wert, dass du dein Leben dafür riskierst.«

Ich streichelte über ihr Gesicht. »Besser als nichts. Außerdem müssen wir auch essen, und wenn wir unsere Wetten richtig platzieren, dann könnten wir eine Menge gewinnen. Ich muss nur die Gegner sehen, dann weiß ich, ob ich es bis zum Endkampf schaffe. Vielleicht machen wir schon durch die Einsätze die Verluste wett, die wir aufgrund unserer überstürzten Flucht aus der letzten Stadt hinnehmen mussten.« Damit zog ich meine Beine aus dem Wasser, erhob mich und suchte mir einen Sitzplatz zwischen den Wurzeln eines Baumes. Ich lehnte mich gegen den Stamm und schloss die Augen. »Wir ruhen uns noch ein klein wenig aus, dann ziehen wir weiter«, murmelte ich. So ein Kampf, bei dem man verwundet wurde und anschließend fliehen musste, war wirklich ermüdend. Die sanfte Brise, die meine Haut berührte, ließ das Blätterdach rauschen. Ein Platschen erregte meine Aufmerksamkeit. Träge beobachtete ich Naias, die mit gerafftem Kleid in die Mitte des Baches watete. Das Nass schien zu bemerken, dass sie zur Hälfte ein Wasserwesen war. Es bildete um ihre Knöchel kleine Wirbel, die sie zärtlich liebkosten. Naias senkte ihre Lider und hob das Gesicht der Sonne entgegen. Dass in ihr große Kräfte schlummerten, war für mich so sicher wie die Tatsache, dass auf die Nacht der Morgen folgte. Dies war ein Grund mehr, ihr eine gute Ausbildung zu ermöglichen. In mir hingegen schlummerte nicht einmal der geringste Hauch von Magie. Ich konnte lediglich kämpfen. Meine mir unbekannte Mutter war im Gegensatz zu Naias Nixenmutter wohl ein normaler Mensch gewesen, und Vater hatte nur ein besonderes Talent gehabt: Er konnte jede Frau um den Finger wickeln. Das erklärte auch, wie es ihm gelungen war, sich eine Nixe zu angeln. Wenn ich mir meine Schwester so ansah, musste sie wohl sehr schön gewesen sein. Kennengelernt hatte ich Naias' Mutter ebenso wenig wie meine eigene.

Ich musterte Naias, deren Stupsnase sich kräuselte, als ein Schmetterling darauf landete. Sie kicherte und das Insekt flog davon. In meinen Augen war sie das hübscheste Mädchen weit und breit. Ich dagegen war eher durchschnittlich. Mein Haar hatte nicht diesen bläulichen Schimmer, sondern die Farbe von Kupfer. Meist flocht ich es zu einem straffen Zopf, damit es nicht beim Kämpfen störte. Die Frisur verlieh meinem Gesicht, in Kombination mit meiner geraden Nase, eine gewisse Strenge. Das war auch gut so, denn ich wollte auf meine Gegner nicht wie ein kleines Mädchen wirken. Sie sollten mich als die starke Kämpferin sehen, die ich war. Das einzig Außergewöhnliche an mir waren meine amethystfarbenen Iriden, die ich wahrscheinlich meiner Mutter verdankte, denn die meines Vaters schimmerten im selben Grünblau wie Naias'.

Meine Lider wurden schwerer, als hingen Gewichte daran. Ich sah Naias nur noch verschwommen, dann gar nicht mehr. Das beruhigende Plätschern des Baches wiegte mich in den Schlaf und die laue Sommerluft, die sanft über meinen Körper strich, tat ihr Übriges. Auch wenn ich mir es eigentlich nicht eingestehen wollte: Die Kämpfe saßen mir mächtig in den Knochen. Es waren in letzter Zeit so viele gewesen, und nach Abzug der Unkosten war uns nur wenig zum Leben übriggeblieben. Auch konnten wir nicht immer unsere Wettgewinne einfordern, sondern mussten uns aus dem Staub machen, da es nicht gerne gesehen war, wenn Kämpfer – je nachdem, wie die Chancen standen – auf sich selbst oder gegen sich wetteten. Das verringerte die Einnahmen. Wenn man gegen sich wettete, bestand immer die Möglichkeit, auch bei guten Chancen den Kampf zu gewinnen, ihn absichtlich zu verlieren oder aufzugeben. Das sahen die Besitzer der Arenen natürlich nicht gerne und machten mit solchen Kämpfern meist kurzen Prozess. Es sei denn, die Kämpfer verloren mit Absicht zu ihren Gunsten. Aber das war alles im Moment sehr weit weg und ich genoss die Augenblicke des Friedens, während ich immer tiefer in Somniums Arme sank. In meinem Traum lebten wir in einem Palast und aßen die köstlichsten Speisen von goldenen Tellern.

Geäst knackte und ich stutzte. Dieses Geräusch passte nicht in einen Palast. Mit einem Ruck war ich wach. Mein Blick fiel auf Naias, die nach wie vor im Bach stand. Sie konnte es also nicht gewesen sein. Ich spähte in die Richtung, aus der das Knacken gekommen war, doch ich vermochte den Verursacher des Geräusches nicht entdecken. Vielleicht war das nur Einbildung gewesen, versuchte ich mich zu beruhigen. Aber mein ansteigender Puls und das Kribbeln in den Adern waren anderer Meinung. Da, ein Rascheln! Vorsichtig krabbelte ich zu meinem Schwert und hätte mich am liebsten dafür geohrfeigt, dass meine Waffe nicht in Reichweite lag. Ich musste mich strecken, damit ich den Griff erreichte. Ein Knurren erklang, mir sträubten sich die Nackenhaare, das Herz verdoppelte seinen Schlag. Da schlich ein verdammtes Raubtier durch das Gebüsch. Nach dem Knurren zu urteilen, schien es sich nicht in unmittelbarer Nähe aufzuhalten. Wenn ich still verharrte, würde das Ding mich vielleicht nicht bemerken und seinen Weg fortsetzen. Meine Schwester war weit genug entfernt. Was immer auch durch die Büsche schlich, würde sie nicht wahrnehmen.

Mittlerweile schlug mir das Herz bis zum Hals und martialisch pumpte das Blut durch meinen Körper. Es fiel mir zunehmend schwerer, flach am Boden liegen zu bleiben. Daher zog ich langsam mein Schwert aus der Scheide. Unter mir knirschte der Kies. Ich hatte meine Waffe keinen Augenblick zu früh zum Kampf bereit. Begleitet vom Geräusch knackenden Geästs sah ich aus den Augenwinkeln einen Schatten auf mich zufliegen. Ich drehte mich auf den Rücken und riss mein Schwert hoch, das in einen Körper eindrang. Meine Füße trafen auf etwas Weiches und katapultierten das Tier gegen einen Baum. Dort blieb es leblos liegen. Ich kam auf die Beine. Es dauerte zwei tiefe Atemzüge, bis ich mich wieder gefangen hatte und mein Herz einigermaßen normal schlug. Mit erhobener Waffe schlich ich zu dem Fellhaufen. Wenn er sich bewegte, war ich bereit, ihm den Rest zu geben. Das Vieh würde den Stahl meiner Waffe in den Eingeweiden spüren.

Das Tier ähnelte in Größe und Fellfarbe einem Höhlenlöwen. Doch um was es sich genau handelte, konnte ich nicht sagen. Mit der Spitze des Schwertes stocherte ich in dem sandfarbenen Fell herum und entdeckte noch eine Verletzung zwischen den Schulterblättern. Die Tatzen zitterten, ich wich zurück, festigte den Griff um meine Waffe.

»Was ist passiert?«, erklang Naias aufgeregte Stimme hinter mir.

»Bleib weg!« Jeder Muskel meines Körpers war in Alarmbereitschaft. Wenn das Ding jetzt nur mit der Wimper zuckte, würde ich ihm mein Schwert direkt ins Herz rammen. Eine todsichere Sache, um einen Gegner vom Leben direkt in die Unterwelt zu befördern. Der Leib des Tiers zuckte, als wäre es von irgendwas besessen. Jetzt reichte es. Ich holte aus, doch Naias hielt meinen Arm fest.

»Nein! Sieh doch, das sind Finger.«

Wirklich – die Tatze verwandelte sich zu einer menschlichen Hand, dann erkannte man einen Arm und eine Brust.

»Ein Feles, das hat uns noch gefehlt«, zischte ich und trat einen Schritt zurück. Aus dem sandfarbenen Fellhaufen wurde ein muskulöser Männerkörper, der zusammengekrümmt auf dem Boden liegen blieb. Ich hatte viele Geschichten über diese Wesen gehört, aber noch nie eines gesehen. Sie lebten tief in den Wäldern, weit weg von jeglicher Zivilisation. Dass sich einer so nah bei einer menschlichen Siedlung herumtrieb, war sehr ungewöhnlich.

»Bei den Göttern, er ist verletzt.« Naias versuchte, sich an mir vorbei zu drängen. Ich packte ihren Arm und hielt sie fest.

»Still!« Ich lauschte, denn die Geschichten besagten auch, dass die Biester meist in Gruppen unterwegs waren. Doch ich hörte nur das Plätschern des Baches, gepaart mit dem Rauschen von Blättern – nichts, was auf die Anwesenheit weiterer Feles hindeutete.

»Verflucht, er braucht meine Hilfe.« Energisch schüttelte Naias meine Hand ab und kniete sich neben den nackten Mann. Sie begutachtete die Wunde an seinem Bauch, die von meinem Schwert stammte.

»Du hast ihn ganz schön erwischt«, kommentierte sie, dann krabbelte sie um den Körper herum. »Diese alte Verletzung am Rücken allein ist ja schon lebensgefährlich. Sie hat sich entzündet.« Sie sah zu mir auf. »Er scheint ziemlich geschwächt zu sein. Wahrscheinlich wollte er dich nicht angreifen, sondern nur unsere Vorräte erbeuten.« Naias erhob sich. »Hilf mir, wir müssen ihn in den Bach legen.«

Ich kaute nachdenklich auf meiner Unterlippe, und dabei umklammerte ich den Griff meines Schwertes so fest, dass ich fast kein Gefühl mehr in der Hand hatte. Wenn das Blut die anderen Feles herlockte? Der Druck in meiner Magengegend sagte mir, dass es besser wäre, den Kerl hier liegen zu lassen und das Weite zu suchen.

»Jetzt komm endlich.« Naias zerrte den Körper zum Bach.

Seufzend rammte ich mein Schwert in den Kies. Das würde ich bestimmt bitter bereuen, doch beim Schleppen des Männerleibes störte es nur. Gemeinsam schafften wir es, den leblosen Körper in den Bach zu ziehen. Dieser verdammte Kerl wog mehr, als es den Anschein hatte. Wenn er sich aufrichtete, überragte er mich bestimmt um einen halben Kopf. Jeder Muskel seines schlanken Leibes war austrainiert.

Naias sank neben ihm auf die Knie und tauchte die Hände in das Wasser. Als sie langsam die Arme hob, hüllte das kühle Nass den nackten Körper ein. Ihr Rock sog sich voll, doch das störte sie offensichtlich nicht. Sie schloss die Lider und summte. Ich kehrte, ohne den Blick von Naias abzuwenden, zu meiner Waffe zurück, die aus dem Boden zog. Sollte der Katzenmann zur Gefahr für meine Schwester werden, so würde ich, ohne zu zögern, handeln. Naias verschmolz regelrecht mit dem Bachlauf. Für mich war es immer ein Wunder, wenn sie heilte. So eine Gabe durfte wahrlich nicht vergeudet werden. Die Bauchwunde des Mannes blutete nicht mehr, Muskeln wuchsen zusammen und frische Haut bildete sich.

Das zurückweichende Wasser gab das Gesicht des Feles frei, der seine Augen aufschlug und verwirrt zu Naias blickte.

»Na, wieder unter den Lebenden?«, fragte sie, stand auf und watete zum Ufer. Bei mir angekommen, wrang sie ihren Rock aus. »Damit wäre der Waschtag erledigt«, meinte sie lächelnd.

Der Mann erhob sich, wie ich feststellen musste, trotz der gerade erst geheilten Verletzungen mit der eleganten Geschmeidigkeit einer Raubkatze. Er wankte einige Augenblicke, bevor er ans Ufer kam. Mein Blick fiel auf seine Männlichkeit, die unbedeckt vor mir prangte. Obwohl ich mich stoisch geben wollte, reagierte mein Körper und meine Wangen glühten. Ich drehte mich weg, um meine Schamesröte, die dem Bild einer harten Kriegerin gehörige Risse zufügte, zu verbergen, und entdeckte das Gepäck. Darin ertastete ich zuerst meinen Umhang, den ich aber nicht hergeben wollte, dann erwischte ich ein Leinentuch. Das warf ich dem Mann zu. »Ich würde es begrüßen, wenn Ihr Euch bedecken könntet«, sagte ich hörbar gereizt, worauf mein Gegenüber grinste. Er schlang sich das Tuch um die schmalen Hüften. Sein Blick fiel auf Naias, die noch immer mit ihrem Rock beschäftigt war.

»Du hast mir das Leben gerettet, ich stehe tief in deiner Schuld.«
Die weiche Stimme des Feles strich wie Balsam über meine Haut
und meine Härchen stellen sich auf. Naias ließ unterdessen ihren
Rock los. Sichtlich verzückt betrachtete sie den Mann.

»Oh, keine Ursache«, hauchte sie.

Der Feles strich sich eine lange sandfarbene Haarsträhne aus
dem Gesicht, die an seiner Wange klebte.

»Hast du Hunger? Ach, was für eine dumme Frage, sicherlich
hast du Hunger.« Naias eilte zum Gepäck, aus dem sie das in ein
Tuch eingewickelte Brot holte. Sie brach ein Stück ab und hielt es
dem Mann hin. »Essen Feles Brot?«

»Manchmal. Danke.« Breit grinsend nahm der Mann die dargebotene Speise entgegen. Er setzte sich auf einen Felsbrocken und
Naias ließ sich ihm gegenüber nieder. Ihre Wangen waren röter als
ein Hahnenkamm.

»Wie heißt du?« Sie sah den Feles mit einem Blick an, der Männerherzen zum Schmelzen hätte bringen können.

»Fenn«, antwortete der Mann mit verführerischer Stimme, die
sogar in meinem Magen vibrierte, obwohl ich im Allgemeinen
gegen jegliche männliche Charmeattacke immun war. Was sollte
das zwischen den beiden? Umgarnte dieser Kater gerade meine
kleine Schwester? Und was mich noch mehr nervte, war, dass sein
Verhalten ganz offensichtlich auf fruchtbaren Boden fiel. Meine
kleine unschuldige Naias machte einem Kerl schöne Augen.

»Ich heiße Naias und die bewaffnete Statue ist meine ältere Schwester Kayla«, entgegnete Naias und klimperte mit ihren
Wimpern wie eine Straßendirne auf Freiersuche. Das war zu viel
für mich. Die vertraute Hitze der Wut strömte durch meine Adern,
ich festigte den Griff um meine Waffe und stapfte zu den beiden.
Dabei straffte ich meine Schultern, um größer zu wirken.

»Soll er alle unsere Vorräte wegfressen? Du hast ihn geheilt, nun
gehen wir alle wieder unserer Wege.« Ich umfasste Naias' Arm,
doch sie schob meine Hand weg.

»Er braucht mich noch, seine Verletzungen waren sehr schwer.«
Mein Gesicht glühte erneut, doch dieses Mal war es nicht aus
Scham. »Hör mal zu, junge Dame …«

»Ich will nicht der Grund eines Streites sein«, unterbrach der
Feles meine gerade angestimmte Standpauke und erhob sich.

»Nein, sie ist nur überfürsorglich. Will mich vor allem und jedem beschützen, aber du würdest mir doch nichts tun?« Naias
nahm die Hand des Katzenmannes, der sie einen Augenblick betrachtete, bevor er antwortete. »Du hast mein Leben gerettet.« Der
Feles neigte seinen Kopf, dann sah er zu mir. »Ich verstehe, dass du
deine Sippe schützen möchtest. Aber du brauchst dir keine Sorgen
zu machen, denn nach dem Brauch meines Volkes gehört mein
Leben jetzt Naias. Wenn du dennoch willst, dass ich weiterziehe,
dann werde ich deinem Wunsch nachkommen.«

»Nein, das will sie nicht.« Naias betrachtete mich mit einem
Blick, der zum Steinerweichen war. Wie konnte ich da nein sagen?
Ihre Augen wurden immer größer, glitzerten, als würden gleich
dicke Tränen hervorschießen. So verhielt es sich immer zwischen
uns beiden, sie setzte ihren Verlorenes-Mädchen-Blick auf, ich sagte ja. Nur ihr gelang es, mich auf diese Weise zu manipulieren. Jeden anderen konnte ich mitleidslos töten, falls die Umstände dies
erforderten, auch wenn er noch so sehr um sein Leben winselte.
Nur sie durchdrang den Panzer, der mein Herz umschloss und
der für die Kämpfe in den Arenen überlebensnotwendig war. Ich
schaute von ihr zu dem Feles und zurück. Seufzend nickte ich.

»Na gut. Bis er wieder ganz genesen ist, kann er mit uns ziehen.« Zornig auf mich selbst, dass ich mich wieder von Naias hatte breitschlagen lassen, griff ich mir meine Stiefel und zog sie an.
Anschließend suchte ich mein Zeug zusammen.

»Das ist ja wundervoll«, trällerte sie und sammelte ebenfalls
ihre Sachen auf, die sie in ihren Beutel packte.

Ich wandte mich an Fenn, während meine Schwester in die
Schuhe schlüpfte.

»Ich werde dich im Auge behalten, und sei gewarnt, ich kann damit umgehen.« Bei diesen Worten hob ich mein Schwert hoch, dann schob ich es energisch in die Scheide und befestigte es an meinem Gürtel.

»Das habe ich gemerkt.« Der Katzenmann fasste an seine Brust. Von der klaffenden Wunde war nicht einmal mehr eine Narbe übriggeblieben. Der Feles hatte die Warnung verstanden und ich kümmerte mich wieder um meine Angelegenheiten. Das blutverschmierte Hemd knüllte ich zusammen und stopfte es in den Beutel, den ich über meine Schulter warf. Bei der nächsten Gelegenheit würde ich es verbrennen. Ich hatte es mir zur Gewohnheit gemacht, möglichst keine Hinweise zu hinterlassen, die zu mir führen konnten – wie beispielsweise ein blutiges Hemd, das eine Hundeschnauze oder jegliche andere feine Nase leicht Witterung aufnehmen ließ.

»Wir sind auf dem Weg nach N'ola«, informierte ich den Katzenmann, der sich das Tuch fester um die Hüften geschlungen hatte, sodass es wie ein Rock aussah. Ich wandte mich ab und schritt zielstrebig flussaufwärts das Ufer entlang.

»Du sagtest, du willst nach N'ola«, hörte ich den Feles hinter mir. Klasse, der Mann war nicht gerade von der schnellsten Sorte. Man hätte es auch ›begriffsstutzig‹ nennen können. Ich drehte mich zu ihm und stemmte die Hände in die Hüften. »Was dagegen?«, fragte ich mit hochgezogenen Brauen.

»Nein, aber wenn du nach N'ola willst, sollten wir flussabwärts gehen.« Er verzog seinen Mund zu einem unverschämten Grinsen, das in mir den Reflex auslöste, ihm meine Faust ins Gesicht zu rammen. Ich ballte die Hände.

»Ich weiß schon, wo's langgeht. Komm, Naias«, antwortete ich, statt meinem Impuls nachzugeben, und setzte den Weg fort.

»Wie du meinst, aber das wird ein gigantischer Umweg werden«, entgegnete der Katzenmann mit überheblichem Unterton. Das Jucken in meinen Fingern wurde stärker.

»Er kennt sich im Wald aus. Vielleicht sollten wir auf ihn hören«, wisperte Naias neben mir.

»Nein, nein, deine große Schwester hat alles im Griff. Warum sollte sie auf den Rat eines Mannes hören, der sein ganzes Leben in diesen Wäldern zugebracht hat?«

Ich hielt inne, Zorn brannte heiß wie Lava in meinen Venen, trotzdem gelang es mir, die Fassade der stoischen Kriegerin aufrecht zu halten. Der Kerl hatte Glück, dass ich die personifizierte Selbstbeherrschung war, auch wenn Naias das anders sah und mich für so leicht entzündlich wie Zunder hielt. Ha, ich und leicht entzündlich. Der Katzenmann lebte noch, oder?

»Gut, dann flussabwärts«, fauchte ich und stapfte mit erhobenem Kinn an dem Feles vorbei.

»Na bitte, geht doch.« Die Schadenfreude in dessen Stimme war nur schwer zu überhören. Meine Hand umklammerte den Griff des Schwertes, damit sie nicht etwas anderes umklammerte, wie zum Beispiel die Kehle des Katzenmannes. *Ich werde ihm nichts tun*, wiederholte ich mantraartig in meinen Kopf. So viel stand fest: Mit diesem Besserwisser im Schlepptau würde die Reise heiter werden. Ich war von meiner unglaublichen Selbstbeherrschung im höchsten Maße beeindruckt.

Kapitel 2

Die Sonne verschwand langsam hinter den Baumwipfeln, als sich nach tagelangem Marsch vor uns das Grün lichtete, durch das wir die letzten Tage gewandert waren, und sich ein Dorf aus der Wildnis schälte. Obwohl es immer eine Gefahr in sich barg, fremdes Terrain zu betreten, schritt ich zielstrebig auf die kleine Siedlung zu. Ich hoffte, dass wir dort die Nacht verbringen und unsere Vorräte auffüllen konnten. Es gab ja jetzt noch ein weiteres Maul zu stopfen, und das fraß nicht gerade wenig. Wenn der Katzenmann gestern nicht auf der Jagd gewesen wäre, dann hätten wir mit knurrenden Mägen einschlafen müssen. Ich kickte einen Zapfen weg. Dem verfluchten Kerl ging es besser, als er zugeben wollte, doch Naias bestand weiterhin darauf, dass sie ihn aufgrund der schweren Verletzungen überwachen müsste. Ja, wer es glaubte. Ich ballte die Hände zu Fäusten. Wenn meine Waffe bei unserer ersten Begegnung seinen Körper nur zwei Handbreit höher durchbohrt hätte, hätte ich weiter mit Naias allein und friedlich durch die Lande ziehen können. Wutschnaubend trat ich den nächsten Zapfen gegen einen Baum, von dem er abprallte und mich am Kopf traf. Gereizt rieb ich die schmerzende Stelle. Ich drehte mich um, Naias und ihr neuer bester Freund hatten natürlich nichts davon mitbekommen. Wie auch? Die beiden flüsterten und kicherten ständig miteinander. Kurzum, sie turtelten wie paarungsbereite Grautauben. Das ging mir gehörig auf die Nerven, sodass ich es vorzog, mindestens fünf Schritte Abstand zu halten. Am liebsten hätte ich dem räudigen Kater das Fell abgezogen, doch stattdessen ließ ich meine Wut an einem weiteren Zapfen aus, der durch die Luft segelte und in einem Busch landete. Ein Vogel flatterte mit aufgeregtem Gezwitscher in die Höhe.

Wir hatten die ersten Hütten erreicht und ich steuerte auf den Dorfplatz zu. Dort sah ich mich um, versuchte, mögliche Bedrohungen auszumachen. Die Siedlung war nicht groß. Sie bestand aus neun strohgedeckten Hütten, die auch schon bessere Zeiten gesehen hatten. Verschiedenerlei Geflügel suchte zwischen den Gebäuden nach Fressbarem, und ich hörte das Grunzen von Schweinen. Hier lebten mit Sicherheit keine Krieger, sondern Bauern. Damit war die Lage auch schon sondiert.

Ein greiser Mann mit schlohweißem Haar trat aus der Hütte direkt mir gegenüber. Der Alte fuhr sich über den Bart, der ihm bis zur Brust reichte.

»Was wollt ihr hier?«, fragte er und klang dabei wenig einladend, um nicht frostig zu sagen.

»Wir suchen einen Platz zum Übernachten«, erwiderte ich ebenso kalt und hielt seinem stechenden Blick stand. Kein Muskel meines Gesichtes, ja, nicht einmal meine Wimpern zuckten. Nun war ich die Kriegerin, die in Arenen kämpfte, die nichts und niemand einzuschüchtern vermochte. Zumindest nicht der Alte vor mir oder seine Bauernnachbarn, die inzwischen ebenfalls zu uns gestoßen waren und mich mit abweisenden Blicken musterten.

Ich behielt die Menschen im Auge. Auch wenn mich ihr Auftreten wenig beeindruckte, machte es mich nervös, von offensichtlich wenig gastfreundlichen Leuten umzingelt zu sein. Aus einem Impuls heraus wollte ich zur Waffe greifen, doch ich verschränkte stattdessen die Arme, um so den Dorfbewohnern zu signalisieren, dass von mir nicht die geringste Gefahr ausging.

»Wir beherbergen Fremde nur in Ausnahmefällen, aber niemals Krieger«, beendete der Alte unser Blickduell.

Ich reckte ihm das Kinn entgegen. »Ich bin keine Kriegerin. Die Waffen, die ich mit mir führe, dienen nur zu unserem Schutz. Ihr wisst, in den Wäldern gibt es für Reisende viele Gefahren. Außerdem können wir zahlen.« Bevor der Alte etwas erwidern konnte, stürzte eine greise Frau hinter ihm aus dem Haus. Fast hätte ich mein Schwert gezogen. Ich atmete tief durch, um meinen aufwallenden Puls zu beruhigen.

»Tonte, es geht zu Ende mit ihr«, schluchzte die Frau. Tränen liefen ungehemmt über ihre eingefallenen Wangen. Der Alte mit Namen Tonte wurde kreidebleich. Ein Raunen ging durch die Reihen der Dorfbewohner. In den Augen, die mich noch vor wenigen Wimpernschlägen kalt angestarrt hatten, entdeckte ich nun tiefes Mitgefühl und Trauer.

»Ist jemand krank?«, mischte sich Naias ein und trat vor mich.

»Das geht uns nichts an«, zischte ich und packte sie an der Schulter.

»Unsere Enkelin wurde von einem Bären angefallen. Ihre Wunden haben sich entzündet. Die Kleine hat hohes Fieber.« Die Frau schluchzte so sehr, dass ihr Körper erbebte. »Nichts half, es zu senken.«

»Lasst mich nach ihr sehen«, bot meine Schwester an. Meine Finger krallten sich regelrecht in ihrer Schulter fest, während meine zweite Hand zum Schwert ging.

»Hör auf. Du tust mir weh.« Naias drehte sich zu mir, ich ließ zähneknirschend los.

Ihre Augen funkelten. »Ich werde diesem Mädchen helfen, ob es dir passt oder nicht.«

»Könntet Ihr meiner kleinen Ria helfen?« Zaghafte Hoffnung lag in der Stimme der Alten.

»Ich bin Heilerin«, entgegnete Naias, und ich hätte am liebsten laut aufgeschrien. Wie konnte sie nur! Ich wollte sie packen, aus dem Dorf zerren, doch ich hielt mich zurück. Ich wusste, dass ich Naias nur mit roher Gewalt von ihrem Vorhaben hätte abbringen können. Auch wenn ich es nicht gerne zugeben wollte, aber sie war meine Schwachstelle. Ich könnte sie niemals absichtlich verletzen. Genau das würde ich aber in Kauf nehmen müssen, wenn ich sie gegen ihren Willen aus dem Dorf schleppte, also fügte ich mich seufzend.

»Mara, du wirst doch nicht auf diese Scharlatane hereinfallen, die sich auf diese Weise eine kostenlose Unterkunft erschleichen wollen«, stoppte Tonte seine Frau, als sie Naias entgegeneilte.

Das war genug. Meine Schwester riskierte für diese Einfaltspinsel Kopf und Kragen und dann so was. Glühende Wut fraß sich durch meine Eingeweide wie Maden durch Speck. Mit wenigen Schritten hatte ich Naias eingeholt und packte ihr Handgelenk.

»Wir gehen«, schnaubte ich.

»Nein, mein Mann meint es nicht so. Bitte helft meiner Enkelin«, flehte uns die Frau an, was mich jedoch nicht im Mindesten berührte. Diese Leute waren mir egal, ganz im Gegensatz zu meiner Schwester. Das Mädchen hatte einfach zu viel Mitgefühl, und dafür liebte ich sie.

»Bring mich zu ihr«, sagte Naias sanft und befreite sich aus meinem Griff. Ich ließ es zu. Die Alte nahm ihre Hand, um sie zur Hütte zu führen, und ich blieb zurück.

»Schweig!«, fuhr die Frau ihren Mann an, als sie ihn passierten.

»Weiber sind ja so stur. Ich könnte dir Geschichten von Felesfrauen erzählen ...«, seufzte der Katzenmann neben mir. Den hatte ich ganz vergessen.

»Klappe«, fauchte ich, ohne die Augen von Tonte zu nehmen, der mit verschränkten Armen wie ein Wachmann vor dem Eingang der Hütte stand, in der Naias soeben verschwunden war.

In meinem Magen kribbelte es, als würden Tausende von Blutameisen eine Versammlung darin abhalten. Jeder meiner Sinne war aktiviert, denn es beunruhigte mich über die Maßen, dass sich Naias außer Sichtweite befand. In meinen Fingern, die nach wie vor den Schwertgriff umklammerten, hatte ich fast kein Gefühl mehr.

»Tonte, mach dich nützlich. Wir brauchen einen Zuber und Wasser, viel Wasser«, schrie Mara aus der Hütte. Damit kam Bewegung in Tonte und die Dorfgemeinschaft. Die Menschen holten Eimer aus ihren Hütten, mit denen sie zum nahegelegenen Fluss eilten. Alle wollten helfen: Frauen und Kinder, alte und junge Männer. Tonte und drei weitere Dörfler schleppten einen Zuber herbei, den sie in die Hütte trugen. Das geschäftige Treiben der Menschen, die mich scheinbar ganz und gar vergessen hatten, löste meine Anspannung. Ich ließ mein Schwert los, schüttelte meine verkrampfte Waffenhand, in der es prickelte.

»Bitte kommt in die Hütte.« Tonte stand winkend in der Tür. Ich folgte seiner Aufforderung und betrat einen durch das Feuer einer Kochstelle beleuchteten Raum. Im Kessel brodelte etwas, das wie Eintopf aussah und auch so roch. Es gab keinen Kamin, der Rauch zog durch das Strohdach ab, was den Raum in einen leichten Nebel hüllte, der in den Augen brannte.

»Gemütlich«, stellte Fenn fest. Aus dem Nebenzimmer drang Naias' Stimme zu mir. Ich durchquerte die Küche, dann schob ich die angelehnte Tür einen Spalt breit auf. Ein nacktes Mädchen von etwa zehn Wintern saß in dem mit Wasser gefüllten Zuber. Naias tauchte ihre Hände in das Nass, das brodelte, als würde es sieden. Ich wusste natürlich, dass es nicht kochte, sondern Naias' Kräfte dieses Sprudeln verursachten und dass es zur Heilung gehörte. Die Großmutter der Kleinen hockte auf dem Bett, hielt deren Hand und presste angespannt die Lippen zusammen. Leise schloss ich die Tür, um mich zu dem Feles zu gesellen, der an dem großen Esstisch der Familie Platz genommen hatte. Meinen Beutel stellte ich neben mir auf der Bank ab. Außer uns beiden befand sich nur noch Tonte in der Stube. Die restlichen Dorfbewohner hatten sich zurückgezogen. Höchstwahrscheinlich nur ungern, da ihnen an der Nasenspitze abzulesen gewesen war, dass sie wissen wollten, ob die Heilerin auch das halten konnte, was sie versprochen hatte.

»Ich denke, sie hat es im Griff«, sagte ich. Unterdessen schob Tonte zwei Krüge über den Tisch zu uns. »Bier.«

»Ich danke Euch, aber ich würde Wasser vorziehen.« Damit schob ich den Krug zu Tonte zurück, während der Feles nach seinem griff. Ich blickte ihn mit hochgezogenen Brauen an. »Du trinkst Bier?«

»Wieso denn nicht?« Er zuckte mit den Schultern, nahm einen kräftigen Schluck und wischte sich mit dem Handrücken den Schaum vom Mund.

»Wasser.« Tonte reichte mir einen Becher, an dem ich kurz roch. Da ich nichts Ungewöhnliches feststellte, ließ ich das wohltuende Nass meine, wie ich jetzt erst bemerkte, völlig ausgetrocknete Kehle herunterrinnen.

»Woher kommt Ihr?«, erkundigte sich Tonte und trank das Bier, das eigentlich für mich gedacht gewesen war.

»Von überall und nirgendwo«, entgegnete ich, dabei sah ich mein Gegenüber über den Rand meines Bechers hinweg an.

»Ihr wollt es nicht sagen«, brummte Tonte.

»Ihr seid scharfsinnig«, erwiderte ich und setzte erneut den Krug an die Lippen. Eine unangenehme Stille trat ein, nur unterbrochen von den Geräuschen und Stimmen aus dem Nebenzimmer.

»Rias Mutter starb bei der Geburt, ihr Vater, unser Sohn, letzten Winter«, begann Tonte. »Sie ist das Wertvollste, was wir haben.«

»Das tut mir leid.« Ich stellte den Becher auf den Tisch. Zu meiner Verwunderung tat es mir wirklich leid. Das Wesen meiner

Schwester färbte scheinbar so langsam auf mich ab. Ich schaute in Tontes graue Augen, unendlicher Schmerz lag darin, als hätten sie zu viel Schlechtes gesehen, und irgendwie wollte ich, dass es ihm besser ging. »Keine Sorge, meine Schwester wird Eure Enkelin retten«, meinte ich zuversichtlich. In diesem Moment ging die Tür auf, Mara steckte den Kopf heraus und strahlte über das ganze Gesicht.

»Ria kommt zu sich. Die Wunden sind gänzlich verheilt. Es ist ein Wunder.« Der Blick der Frau war voller Dankbarkeit, die mir unangenehm war. Ich hatte nichts getan. »Ihr wurdet von den Göttern geschickt.«

Tonte stellte polternd seinen Krug auf den Tisch und eilte in das Nebenzimmer.

»Großvater«, sagte eine schwache Stimme, worauf der Mann zugleich lachte und schluchzte. Währenddessen trat Naias in die Küche, sie trocknete sich die Hände an einem Leinentuch ab. Ihr Kleid hatte einiges an Wasser abbekommen.

»Was verstehst du nicht an den Worten, du sollst niemanden deine Kräfte zeigen? Zuerst dem Kater. Hier dann einem ganzen Dorf. Was kommt noch? Stellst du dich in der nächsten Stadt auf den Marktplatz und heilst Menschen?« Meine Stimme triefte nur so vor Sarkasmus.

»Ich konnte das Mädchen auf keinen Fall sterben lassen«, gab Naias schulterzuckend zurück, während sie sich neben den Feles setzte. »Und ihn ebenso wenig.« Sie strich über dessen Handrücken, worauf der Katzenmann erschauderte. Nur ganz leicht. Aber ich bemerkte es und es gefiel mir nicht.

»Ein Hoch auf die Heilerin.« Mit diesen Worten prostete der Feles Naias zu. Ihre Wangen nahmen die Farbe von reifen Äpfeln an. Das gefiel mir ebenfalls nicht.

Kaum war am nächsten Tag die Sonne aufgegangen, drängte ich meine Schwester, weiterzureisen. Ich wollte so viel Abstand wie möglich zwischen Naias und das Dorf bringen. Zwar versprachen die Bewohner, ihr Geheimnis zu bewahren, aber es gab einfach zu viele Mitwisser und damit Variable.

»Hier ist noch ein frischer Laib Brot.« Mara wickelte es in ein Leinentuch, anschließend legte sie eine Hartwurst daneben, sowie Obst und kleine Gebäckstücke. Das alles packte sie in einen Beutel, den sie Naias reichte, dazu gab sie ihr drei gut gefüllte Wasserschläuche.

»Ich danke Euch für Eure Großzügigkeit«, sagte ich, worauf die Frau zu mir sah.

»Das ist noch viel zu wenig für das, was Eure Schwester für uns getan hat.«

»Ich fürchte, mehr können wir nicht tragen.« Ich nahm Naias den Beutel und die Wasserschläuche ab und reichte die Sachen an den Feles weiter, der natürlich immer noch Naias' Hilfe bedurfte. Wenn er schon mitkam, konnte er sich ebenso gut nützlich machen. Ohne Widerworte warf er sich das Gepäck über die Schultern, die jetzt von einer Weste bedeckt waren. Die Dörfler hatten ihn eingekleidet und ich hatte damit mein Leinentuch zurück, das ich bei nächster Gelegenheit gründlich auswaschen würde. Eines musste ich zugeben: Mit den Stiefeln und der Hose aus grobem Leinen sah er wie ein richtiger Mensch aus, nicht wie ein Wilder aus dem Wald.

»Ihr seid bei uns stets willkommen.« Tonte drückte Naias an sich, dann kam er zu mir. Um seinem Umarmungsdrang gleich vorzubeugen, streckte ich ihm die Hand entgegen, die er ergriff und überschwänglich schüttelte. Anschließend umarmte er den Feles, dem dieser enge Körperkontakt offensichtlich nichts ausmachte. Er schlug dem Alten lächelnd auf den Rücken. Ria kam, gestützt von ihrer Großmutter, aus dem Nebenraum. »Hier möchte sich noch jemand verabschieden.«

Naias ging vor dem Mädchen in die Hocke. Zart strich sie ihr über das dunkle Haar. »Pass auf dich auf und halte dich von Bären fern.« Sie küsste sanft die Stirn der Kleinen.

»Das werde ich«, versprach Ria, warf ihre Arme um Naias und presste ihren zierlichen Leib an sie. In meiner Kehle bildete sich ein hühnereigroßer Klumpen. Meine Schwester würde einmal eine gute Mutter werden. Ich sah zu dem Feles, der Naias mit einem versonnenen Ausdruck im Gesicht beobachtete, und schluckte. Der Klumpen bewegte sich nicht von der Stelle. Eines Tages würde meine Schwester einen Mann finden, das war eine Tatsache. Ich hingegen würde eher sterben, als mit einem Kerl Heim und … ich keuchte, der Klumpen saß in meinem Hals fest, meine Hände zitterten … Bett zu teilen, brachte ich den Gedanken zu Ende. Ein bitterer Geschmack lag auf meine Zunge, ich stand kurz davor, mich zu übergeben, daher eilte, oder vielmehr floh, ich aus dem Haus. Für die Erinnerungen, die an die Oberfläche drängten, war hier weder die richtige Zeit noch der richtige Ort. Genaugenommen wollte ich, dass diese Erinnerungen für immer da blieben, wo sie waren, eingesperrt im hintersten Winkel meines Inneren. Loslassen konnte ich sie nicht, denn sie waren ein Grund dafür, warum mir das Töten insbesondere von Männern so leichtfiel.

Während ich die Siedlung in Richtung Wald durchquerte, flankierten Dörfler meinen Weg und klopften mir anerkennend auf den Rücken. Ich hasste es, berührt zu werden, also senkte ich mein Haupt und beschleunigte meine Schritte. Warum mir die Leute ihren Respekt zollten, war mir schleierhaft. Naias hatte das Mädchen gerettet, sie heilte Menschen, ich beendete Leben.

Am Waldrand angekommen, atmete ich tief durch, das Übelkeitsgefühl verschwand. Augenblicke später holten meine Schwester und der Feles mich ein.

»Wieso hattest du es so eilig?«, erkundigte sich Naias.

»Ich mag keine Abschiede«, antwortete ich knapp und stapfte davon.

Kapitel 3

Es dauerte fast noch einen Mondzyklus, bis wir N'ola erreichten. Zu meinem Leidwesen reiste der Feles noch immer mit uns und machte auch keine Anstalten, seiner Wege zu gehen. Er schlich um Naias herum wie ein Kater auf Freiersfüßen, las ihr jeden Wunsch von den Augen ab. Meine Schwester genoss sichtlich die Aufmerksamkeit eines Mannes, der, dies hätte ich allerdings nur unter schwerster Folter laut ausgesprochen, äußerst attraktiv war. Ich hoffte bis zuletzt, dass er uns nicht bis nach N'ola folgen würde, da ich gehört hatte, dass Feles Städte mieden. Doch wie so oft überraschte der Katzenmann mich. Das zum Thema scheue Waldbewohner. Ich zweifelte langsam am Wahrheitsgehalt dieser Legenden. Gereizt blies ich mir eine Strähne aus der Stirn, während ich die Geschehnisse auf der Brücke vor dem großen Holztor beobachtete, dem einzigen Weg in die Stadt. Der Rest von N'ola wurde von einem geschätzt fünfzehn Fuß hohen Steinwall umschlossen. Ich überlegte, wie ich möglichst unbemerkt an den Wachmännern vorbeikam, die jeden kontrollierten, der hinein-wollte. Wenn man in eine fremde Stadt einreiste, bestand immer das Risiko, von übereifrigen Wachleuten als gefährlich eingestuft zu werden und die Waffen konfisziert zu bekommen. Sie behielten diese dann als Pfand, da sie wussten, dass Schwerter teuer waren und die Besitzer alles tun würden, um sie wiederzuerhalten. Doch ohne meine Waffen war nicht gut kämpfen. Kurzum, ich hätte das Schwert nur ungern bis zu meiner Abreise bei den Wachleuten gelassen.

»Es ist hier ziemlich viel los«, stellte Fenn fest und sah den mit allerlei Tand beladenen Fuhrwerken hinterher, die durch das Tor rollten.

»In den meisten Städten sind die Tage, an denen die Arena-kämpfe stattfinden, Volksfeste. Nicht selten gibt es auch Gaukler«, erklärte ich, schloss die Vorderseite meines Umhangs und reihte mich hinter einem von Ochsen gezogenen Karren ein. In diesem Moment begann weiter vorne eine lautstarke Diskussion, was dazu führte, dass sich die Wagen dahinter stauten. Ich streckte mich und erkannte, dass sich einer der Wachmänner mit einem Fuhrmann stritt. Während die anderen Wachleute die erzürnten Lenker der nachfolgenden Gespanne zu beruhigen versuchten. Daher schenkten sie den Passanten, die zu Fuß unterwegs waren, keine große Beachtung, und wir nutzten die Gunst der Stunde.

»Drin sind wir. Was jetzt?«, fragte der Feles, dessen Blick unru-hig hin und her glitt. Das Gewühl in den engen Gassen schien ihn doch etwas nervös zu machen.

»Wir suchen uns eine Unterkunft«, erwiderte ich und zwängte mich durch die Menschen.

Häuser drängten sich dicht an dicht, als würden sie ohne den Halt der anderen umfallen. Einige wenige waren höher als zwei Stockwerke. Die Mauern der meisten Erdgeschosse hatte man aus rotem Sandstein erbaut, die darüber liegenden Etagen bestanden aus lehmverputzten Strohmatten, die die Räume zwischen massivem Fachwerkgebälk ausfüllten. Die Straße, auf der wir uns in Richtung Stadtkern bewegten, war gerade so breit, dass ein Wagen bequem hindurchfahren konnte, vorausgesetzt, die Passanten traten zur Seite, was jedoch selten der Fall war. Lautes Gezeter der Wagenlenker und Pferdegewieher übertönte das Gewirr aus unzähligen Stimmen. Gestank nach Unrat, der sich mit Essensdüften mischte, stieg mir in die Nase und reizte meinen Magen. Nach der langen Reise durch die Wälder hatte ich das Gefühl, gegen eine Wand aus Gerüchen und Geräuschen zu laufen. Dem Feles schien es auch nicht besser zu ergehen, denn sein Gesicht hatte einen leicht grünlichen Ton angenommen.

»Geht es dir gut?«, erkundigte ich mich mit hörbarer Schadenfreude in der Stimme, während ich den tiefen Fahrrinnen auswich, die Wagenräder in den morastigen Boden gegraben hatten.

»Nicht wirklich«, entgegnete der Katzenmann und unterdrückte sichtlich ein Würgen. »Wie können Menschen nur so leben?«

»Du musst nicht bei uns bleiben, Kater. Ich kann verstehen, wenn du in die Wälder zurück möchtest.« Ich klopfte ihm auf die Schulter und hoffte, dass dies einen mitfühlenden Eindruck machte, damit der Feles nicht merkte, wie mich der Gedanke, ihn endlich los zu sein, aufheiterte.

»Du willst uns verlassen?«, fragte Naias mit großen Augen.

»Natürlich nicht. Ich muss mich nur an den Trubel gewöhnen«, gab der Katzenmann zurück. Sichtlich erleichtert hakte sich Naias bei ihm ein. »Wenn wir eine Unterkunft gefunden haben, können wir gemeinsam die Stadt erkunden«, schlug sie vor. Dass sie dabei ihre Aufmerksamkeit nur auf den Kater richtete, ärgerte mich.

»Verdammte Katze«, murmelte ich, worauf der Feles zu mir sah. Seine Mundwinkel zuckten nach oben. Offensichtlich hatte er meine Worte trotz des Lärms gehört.

Am Ende der Straße, kurz vor dem Marktplatz – man konnte bereits die ersten Stände sehen – fanden wir eine Schenke. Dort vermietete man auch Zimmer, wie einem Schild über dem Eingang zu entnehmen war. *Zimmer frei* waren zwei der wenigen Wörter, die ich lesen konnte. Gefolgt von Naias und dem Kater trat ich ein. Sogleich steuerte ich den Tresen auf der gegenüberliegenden Seite an. Ich kämpfte mich durch einen übelriechenden Nebel aus Pfeifenqualm und menschlichen Ausdünstungen, vorbei an Tischen mit Gestalten, denen ich nicht im Dunkeln begegnen wollte. Zumindest nicht unbewaffnet. Am Tresen angekommen, schlug ich meinen Umhang zurück und stützte die Arme auf die raue Holzplatte. Der Kater stellte sich neben mich.

»Habt Ihr noch Zimmer?«, fragte ich den Kahlköpfigen hinter der Theke, der aus einem Fass Bier in Krüge füllte.

»Wenn Ihr zahlen könnt«, antwortete er, ohne das Einschenken zu unterbrechen. Nachdem fünf Krüge gefüllt waren, wuchtete er sie auf den Tresen. Ein Mädchen mit dicken Zöpfen eilte herbei, um sie zu den Gästen zu bringen. Statt zu antworten, nahm ich meinen Beutel vom Rücken, holte meine Geldbörse heraus und legte sechs Münzen auf die Theke. »Reicht das fürs Erste?«

Der Mann wischte die Finger an der Schürze ab, die sich um den runden Bauch spannte, dann nahm er die Münzen.

»Es ist allerhand los. Ich habe noch ein freies Zimmer. Und das auch nur, weil ein Händler früher abgereist ist.« Der Mann zupfte an seinem dunklen Bart.

Naias und der Kater in einem Zimmer, nur über meine Leiche.

»Gebt mir meine Münzen wieder, wir werden uns nach einer anderen Unterkunft umsehen«, sagte ich.

»Na, dann viel Glück. In der ganzen Stadt dürfte kein weiteres Zimmer frei sein.« Scheppernd knallte der Mann die Geldstücke auf den Tresen.

»Du hast den Mann gehört, Kayla. Wir hatten verdammtes Glück, gleich in der ersten Schenke ein freies Zimmer zu finden. Willst du wirklich den ganzen Tag mit Suchen zubringen?«, mischte sich Naias ein.

»Hört auf die hübsche Kleine«, pflichtete der Kahlköpfige bei.

»Ich nehme es«, knurrte ich.

»Sehr schön, Lina wird es Euch zeigen.« Damit nahm der Wirt die Münzen erneut an sich. Das Mädchen mit den haselnussbraunen Zöpfen war an den Tresen zurückgekehrt, um die nächste Ladung Bier zu holen. »Wo ist das Bier?«, wollte sie wissen.

»Die Gäste warten!«

»Zeig den Leuten hier das freie Zimmer«, befahl der Kahlköpfige, worauf das Mädchen nickte. »Kommt, werte Herrschaften, folgt mir.« Lina schlängelte sich elegant zwischen den feiernden Gästen hindurch. Die Treppe, die wir anschließend nahmen, führte zu einer Galerie. Hier oben war der Rauch noch dichter und der Feles begann zu husten. Besorgt wandte sich Lina ihm zu. »Ist alles in Ordnung mit Euch, Herr?«

Sofort war Naias an des Katers Seite, umfasste besitzergreifend seinen Arm. »Ist nicht so schlimm. Zeig uns das Zimmer.«

»Sehr wohl«, gab das Mädchen erschrocken zurück und setzte seinen Weg fort.

»Sie war nur höflich«, raunte ich meiner Schwester zu.

»Die soll sich um ihren Kram kümmern«, fauchte Naias, worauf der Kater unverschämt grinste und es wieder einmal in meinen Fingern juckte.

Wir passierten sechs Türen. An der siebten und letzten blieb Lina stehen. Sie öffnete sie, dann trat sie zur Seite. Das Zimmer war nicht das sauberste, aber es würde reichen. Es gab zwei Betten, zwischen denen ein Waschtisch stand. Damit war die Einrichtung auch schon beschrieben. Ich legte ich mein Gepäck auf das rechte Lager und schritt zum Waschtisch. Darüber gab es ein Fenster, dessen Rahmen hauchdünnes Pergament ausfüllte. Ich beugte mich vor, um es zu öffnen. Mir offenbarte sich ein romantischer Ausblick in den Hinterhof, in dem Schweine grunzend in einem Berg von Essensresten wühlten.

»Äußerst reizend«, kommentierte Naias, die neben mich getreten war.

»Machen wir das Beste draus«, meinte der Feles vergnügt.

»Kann ich noch etwas tun?«, erkundigte sich Lina.

Ich nahm den Krug aus der Schüssel, die auf dem Waschtisch stand. »Wenn du den mit heißem Wasser füllen würdest, wäre ich dankbar.«

»Aber gerne.« Das Mädchen nahm das Gefäß entgegen, verließ den Raum und schloss die Tür. Damit wurden die Stimmen und Geräusche aus dem Schankraum gedämpft. Der Kater ließ erst sein Gepäck, dann sich selbst auf das linke Bett fallen. Die strohgefüllte Matratze gab raschelnd nach. Naias nahm ihren Beutel ebenfalls ab, stellte diesen auf den Boden und setzte sich neben den Kater.

»Wie geht's weiter?«, fragte sie erwartungsvoll.

Ich kratzte mich am Kopf. »Na ja, ich werde die Arena aufsuchen, um mich für die Kämpfe anzumelden.«

»Wir könnten in der Zwischenzeit deinem Vorschlag folgen und uns die Stadt ansehen«, meinte der Feles zu Naias, worauf sie freudig in die Hände klatschte. »Ja das machen wir.«

Ich lehnte mein Hinterteil gegen den Waschtisch. »Also gut, ich melde mich an, und ihr besichtigt die Stadt. Wir treffen uns dann wieder hier zum Abendessen.«

Naias sprang auf und durchwühlte das Gepäck nach ihrem Beutel mit Geldstücken. Sie befestigte ihn an einem Seil und band ihn sich um die Taille. Dann hüllte sie sich in einen Umhang.

»Fertig.« Naias strahlte über das ganze Gesicht.

»Lass uns gehen«, entgegnete der Kater, erhob sich und folgte Naias.

»Warte, Feles.« Ich stieß mich von der Kommode ab. Der Kater blieb im Türrahmen stehen, während Naias schon auf dem Weg zur Treppe war. Gelächter, gepaart mit dem Geklapper von aufeinanderstoßenden Holzkrügen drang aus dem Schankraum zu uns.

»Was willst du?« Der Feles sah mich mit hochgezogenen Augenbrauen an. Ich bohrte ihm meinen Finger in die Brust.

»Du bist für Naias' Sicherheit verantwortlich. Wenn ihr etwas zustößt oder du ein falsches Spiel treibst, Kater, dann …«

»… schneidest du mir die Kehle durch«, beendete der Katzenmann meinen Satz und verdrehte die Augen. »Bist du es nicht leid, das ständig zu wiederholen? Verdammt, du kannst mir vertrauen.«

»Das wird sich noch zeigen. Ich werde niemals aufhören, mich um Naias' Sicherheit zu sorgen«, entgegnete ich.

»Auch ich würde alles tun, um sie zu schützen«, gab der Feles scharf zurück. Die Pupillen wurden zu Schlitzen, seine Wangenmuskeln zuckten. Dieses Mal sprach nicht die großspurige Katze aus ihm, die sorglos in den Tag lebte, sondern der Mann.

»Schön, dass wir uns in diesem Punkt einig sind.« Ich zog meinen Finger zurück und straffte die Schultern.

»Im Übrigen: Mein Name ist Fenn, nicht Katze oder Kater oder welche Namen du mir sonst noch so gibst. Es wäre für mich ein Zeichen deines guten Willens, wenn du mich endlich bei meinem Namen nennen würdest.« Die Pupillen des Feles nahmen wieder ihre menschliche Form an.

»Seid ihr endlich fertig? Ich will gehen«, drängelte Naias. Der Kater, äh, Fenn, setzte sein übliches Grinsen auf, um sich anschließend ihr zuzuwenden.

»Natürlich, Kleines.« Damit trat er aus dem Raum und schloss die Tür.

Kaum war er weg, fiel die Maske der Kriegerin ab. Ich senkte die Lider, presste meine Stirn gegen das raue Holz, denn ich fühlte mich so unglaublich müde. Da traf mich ein Gedanke wie ein Fausthieb. Die ganze Zeit hatte ich die Sache mit Fenn nur für eine flüchtige Schwärmerei gehalten, doch es schien ernster zu sein. Mir war immer bewusst gewesen, dass Naias eines Tages einen Mann finden würde, nur hatte ich gehofft, dieser Tag läge noch in weiter Ferne. Sie würde sich mit Fenn niederlassen, eine Familie gründen, und ich musste von da an einsam durch die Lande ziehen. Wenn ich ehrlich war, brauchte ich Naias mehr als sie mich. Meine Augen brannten verräterisch. Auf keinen Fall wollte ich wie ein kleines Mädchen losheulen. Seit damals hatte ich nicht mehr richtig geweint, seit … Mich schauderte, Galle brannte in meiner Kehle, jede Faser meines Körpers wehrte sich dagegen, diesen Gedanken zu beenden.

Es klopfte. »Ich bring Euch das Wasser.«

Seufzend richtete ich mich auf und öffnete die Tür, um Lina in den Raum zu lassen. Sie stellte den Krug auf den Waschtisch und ging gleich wieder. Sofort schüttete ich etwas Wasser in die Schüssel und tunkte ein Leinentuch hinein, mit dem ich mir Gesicht und Nacken abtupfte. Das tat unglaublich gut und vertrieb die düsteren Gedanken.

Nachdem ich mich etwas frisch gemacht hatte, ging ich zu meinem Gepäck und suchte die Geldkatze heraus, die ich am Waffengürtel befestigte. Anschließend warf ich mir den Umhang über und zog die Kapuze tief ins Gesicht. Dann verließ ich das Zimmer und Augenblicke später die Schenke.

Ich steuerte auf den Marktplatz zu. Dort fand ich Stände mit Waren aus aller Herren Länder. Der Platz lag im Schatten der zweistöckigen Holzarena. Die meisten Städte ähnelten sich im Grundriss. Gewöhnlich lag der Marktplatz im Mittelpunkt und daneben die Kampfstätte. Das rührte daher, dass die Arenen Orte waren, an denen man den Göttern zu huldigen pflegte, und die Kämpfe waren seit jeher ein Teil dieser Zeremonien, wenngleich die Massen heutzutage eher einen willkommenen Zeitvertreib in ihnen sahen.

Als ich einen Stand mit Waffen passierte, zog ein Kampfdolch meine Aufmerksamkeit auf sich. Eigentlich hatte ich im Moment keine Zeit für so was, aber ich blieb trotzdem stehen und nahm die Waffe, die so lang wie mein Unterarm war und in einer fein verzierten Scheide steckte. Der Dolch schien für einen Adligen gemacht worden zu sein. Vom Stand daneben umwehte Kräuterduft meine Nase.

»Der ist aus feinstem antorianischem Eisen«, sagte der Händler. Ich zog den Dolch aus der Scheide, die ich auf dem Tisch ließ, und legte ihn auf meine flache Hand. Er war perfekt ausbalanciert. Meinen Dolch hatte ich in der letzten Arena zurücklassen müssen.

»Was willst du dafür?«, fragte ich und umfasste den Griff, der angenehm in der Hand lag.

»Zehn Lay«, sagte der Händler.

»Dafür bekomme ich ein Pferd«, gab ich zurück, schob den Dolch wieder in die Scheide und knallte ihn auf den Tisch.

»Er ist eines Adligen würdig, aus edlen Materialien gefertigt«, wandte der Händler ein und strich über seinen dunklen Bart.

»Aber nicht aus Gold, was den Preis rechtfertigen würde«, erwiderte ich und wandte mich zum Gehen.

»Was wollt Ihr zahlen?«, fragte der Händler, worauf ich wieder an den Stand trat.

»Fünf Lay.« Ich verschränkte die Arme.

»Ist es Euer Plan, mich auszurauben? Ich habe Mäuler zu stopfen«, gab der Mann theatralisch zurück. Ich verzog keine Miene. Wahrscheinlich war es nur sein eigenes Maul, das er stopfen musste.

»Wenn dem so ist, dann kommen wir wohl nicht ins Geschäft«, entgegnete ich mit gleichgültiger Stimme, obwohl ich den Dolch sehr gerne gehabt hätte.

»Acht Lay«, sagte der Mann.

»Fünf«, lautete meine Antwort. Er seufzte.

»Sieben.«

»Fünf.«

»Sechs.« Der Mann sah mich bittend an.

»Also gut, sechs«, erwiderte ich, und ein Grinsen breitete sich auf dem Gesicht meines Gegenübers aus, das mir sagte, dass der Verkauf noch immer ein gutes Geschäft für ihn war. Wahrscheinlich wäre er mit dem Preis noch weiter heruntergegangen. Wie auch immer, sechs Lay waren ausgemacht und ich bezahlte die Summe. Während ich den Dolch an meinem Gürtel befestigte, setzte ich den Weg fort. Vor dem Eingang der Arena warteten eine Handvoll Männer an einem Tisch, hinter dem ein Schreiber saß, um deren Anmeldungen entgegenzunehmen. Ich reihte mich ein und nutzte die Zeit des Wartens, um meine potenziellen Gegner zu begutachten.

Der Jüngling direkt vor mir konnte nicht älter als fünfzehn Winter sein, er würde weggeschickt werden. Der davor kam aus dem Norden, denn die für Nordmänner so typische Tätowierung zierte sein Gesicht. Er war gut zwei Köpfe größer als ich und doppelt so breit. Sein Schädel war beinahe zur Gänze rasiert, nur eine Handbreit blonden Haares verlief von der Stirn zum Nacken. Der Mann konnte sich als harter Brocken erweisen. Dann befanden sich noch ein drahtiger Kerl, der mit Sicherheit auf Schnelligkeit setzte, und ein stämmiger Zwerg mit einer Axt, die fast groß wie er selbst war, in der Reihe. Alles in allem eine recht durchwachsene Auswahl an Gegnern. Nachdem der Jüngling vor mir eine gefühlte Ewigkeit mit dem Schreiber diskutiert hatte und dann trotzdem wie erwartet weggeschickt worden war, kam endlich ich an die Reihe.

»Name?« Der Schreiber tauchte, ohne aufzusehen, seinen Federkiel in Tinte.

»Kayla.«

Jetzt riss mein Gegenüber den Kopf hoch. »Eine Frau. Habt Ihr Euch verlaufen?«

»Nein, ich möchte mich für die Kämpfe anmelden. Oder bin ich hier falsch?«

»Du bist ein Weib.« Verächtlich wedelte der eitle Fatzke mit seiner Hand herum, als würde er mich wegwischen wollen.

»Danke, dass Ihr mir das gesagt habt, denn ich wunderte mich schon über meine Brüste. Ist es Frauen verboten, zu kämpfen?« Mein Puls beschleunigte sich, Zorn glühte durch meine Adern. Dieser verdammte Mistkerl. Unter meinem Umhang zog ich den Dolch.

»Nein, aber …«

»Dann schreibt mich auf und sagt mir, wann ich dran bin«, fiel ich ihm ins Wort. Das Heft meines Dolches umfasste ich mit festem Griff. Der Schreiber hob gönnerhaft die Augenbrauen, während er seine Hand flach auf den Tisch legte. »Wir haben genug Kämpfer«, gab er hochnäsig zurück. Das reichte. Mein Blut zischte durch die Adern wie Dampf aus einem Kessel und ich rammte den Dolch zwischen die Finger des Mannes in die Tischplatte. Schnell und präzise, gleich einem Skorpionstich.

»Seid Ihr sicher?«, fragte ich leise, während mein Gegenüber nach Luft schnappte. Die umstehenden Männer johlten. Schweißbäche rannen über die hohe Stirn des Schreibers. Es wäre nicht verwunderlich gewesen, wenn er sich eingenässt hätte.

»Schreib sie auf«, befahl eine tiefe Stimme aus dem Hintergrund. Ein Mann mit kurzgeschorenem Haar löste sich aus einer Gruppe. Er war deutlich älter als der Schreiber und trug Kleidung aus edlen Stoffen. Er schien vermögend zu sein, und aufgrund der Tatsache, dass er dem Schreiber Befehle erteilen konnte, handelte es sich mit höchster Wahrscheinlichkeit um den Besitzer der Arena.

Der Kerl begutachtete mich wie ein Pferdehändler von oben bis unten. Es fehlte nur noch, dass er mein Gebiss untersuchte. Mit der Hand strich er über seinen graumelierten Bart.

»Könnte interessant werden. Hast du vielleicht Gewänder, die mehr Haut zeigen? Das würde meinen Zuschauern gefallen.«

Ich zog meinen Dolch aus dem Holz. »Wenn Eure Zuschauer nackte Haut anschauen wollen, dann sollten sie zu den Straßendirnen hinter dem Marktplatz gehen. Ich zeige einen guten Kampf.«

Der Bärtige antwortete mit einem grollenden Lachen. »Du nimmst den Mund ziemlich voll, Weib. Wollen mal sehen, ob du halten kannst, was du versprichst. Morgen, wenn die Sonne ihren Zenit erreicht hat, geht es los.« Damit schritt er zu den Männern zurück, bei denen es sich, nach ihrem Auftreten zu urteilen, wahrscheinlich um die örtlichen Kämpfer handelte. Mein Blick blieb an einem Kerl hängen, der förmlich nach Lokalmatador roch. Doch auch seine Kollegen waren nicht schlecht in Form. Ich taxierte ihn und die anderen und rechnete meine Chancen aus. Vielleicht sollte Naias doch nicht auf meinen Endsieg setzen.

»Ich werde da sein«, sagte ich laut, verstaute den Dolch und ließ die Männer stehen.

Jetzt, da ich für den Kampf angemeldet war, hatte ich Zeit und schlenderte noch etwas über den Markt. Dort betrachtete ich die Kleidung, die es in allen nur vorstellbaren Farben und Stoffen gab. Die buntesten durften einzig von höhergestellten Personen getragen werden und nicht vom gemeinen Volk. Ich erstand ein einfaches Leinenhemd, dessen Farbe angemessen war, als die Wohlgerüche des Seifenstandes mich fast magisch anzogen. Natürlich kaufte ich ein großes Stück, dessen Duft Naias bestimmt gefallen würde. Anschließend kehrte ich zur Schenke zurück und erreichte das Zimmer. Die Tür war nur angelehnt. Meine Muskeln spannten sich an. Vielleicht ein Eindringling? Mit einer fließenden Bewegung zog ich das Schwert und presste den Rücken gegen die Wand neben der Tür. Mein Herz pumpte das Blut in wilden Schlägen durch den Körper. Ich spähte über das Geländer nach unten in den Schankraum. Die Gäste grölten und lachten, offensichtlich bekamen sie von mir hier oben nichts mit. Vorsichtig schob ich die Tür eine Handbreit auf und mich traf ein Donnerschlag. Fenn küsste Naias! Das war kein Kuss, wie man ihn einem Freund gab. Verdammt, die beiden fanden kein Ende. Ich hatte schon Angst, meine Schwester würde ersticken. Oh, dieser räudige Kater. Bei den Göttern, was würde ich ihm als Erstes abschneiden? Meine Gedanken rasten. Wie sollte ich darauf reagieren? In das Zimmer stürmen und die beiden auseinanderreißen? Ich lehnte mich gegen die Wand, atmete tief ein und hob mein Schwert, bereit, die Kammer zu erstürmen.

»Wenn Kayla uns erwischt«, hörte ich Naias sagen. Die Furcht in ihrer Stimme erschreckte mich, und ich senkte die Waffe.

»Ich verstehe deine Schwester, sie ist wie eine Löwin, die ihr Junges beschützt, doch sie muss endlich einsehen, dass du kein Welpe mehr bist, sondern eine erwachsene, wunderschöne Frau. Sie muss dich loslassen«, erwiderte Fenn.

Erwachsene, wunderschöne Frau, echote es in meinem Kopf. Das Bild von Naias, die mit einem Mann das Lager teilte, ließ Panik in mir hochsteigen. Schweiß fing sich zwischen meinen Schulterblättern. Ich hatte das Gefühl, keine Luft mehr zu bekommen. Warum war mir der Gedanke so unangenehm, dass meine Schwester zur Frau wurde? Vielleicht, weil ich panische Furcht davor hatte, einen Mann an mich heranzulassen, deshalb keinen in meiner Nähe haben wollte und das von Naias auch erwartete.

»Du hast recht, aber konfrontieren wir sie heute nicht damit«, bat Naias. Da war wieder dieser ängstliche Unterton. Wann war ich zu jemandem geworden, vor dem meine Schwester sich ängstigte?

»Sie will, dass du glücklich bist, und mache ich dich nicht glücklich?«, fragte Fenn.

»Unglaublich glücklich sogar«, bestätigte Naias.

Ich schloss die Augen. Durfte ich meiner Schwester im Weg stehen? Es war meine Furcht und nicht ihre. Wer würde sich um sie kümmern, wenn ich während eines Kampfes getötet wurde? Es bestand immerhin die Möglichkeit, dass ich eines Tages das Rund der Arena nicht leben verließ. Entschlossen hob ich die Lider, schob das Schwert in die Scheide zurück und ging mit viel Gepolter in den Raum. Fenn stand jetzt gut zwei Schritte von Naias entfernt.

»Ich dachte, ihr wärt noch unterwegs«, bemerkte ich so beiläufig wie möglich, dabei legte ich meinen Umhang ab.

»Ich war müde.« Zur Unterstützung ihrer Worte gähnte Naias herzhaft und streckte sich.

»Lasst uns etwas essen, bevor wir uns hinlegen«, schlug ich vor.

»Ich habe schon auf dem Markt gegessen.« Naias ordnete verlegen ihr Haar.

»Wenn das so ist, gehe ich allein in die Schenke runter.« Ich öffnete die Tür. An das Alleinsein würde ich mich wohl jetzt so langsam gewöhnen müssen. Der Klumpen im Hals machte mir das Schlucken schwer.

»Warte, ich leiste dir Gesellschaft.« Fenn trat hinter mir aus dem Raum. Naias zischte ihm etwas zu, worauf er antwortete: »Ich mach das schon.«

Wir nahmen an einem Tisch an der Wand Platz, von dem aus ich die Treppe zur Galerie sowie die Tür der Schenke im Blick hatte. Die Kämpferin in mir hatte gerne den Rücken frei.

»Habt Ihr einen Wunsch?«, wollte Lina nur wenig später wissen.

»Ich habe Hunger, was kannst du mir empfehlen?« Ich lächelte das Mädchen freundlich an.

»Wir hätten Gersteneintopf und Brot«, gab sie mit scheuem Blick auf Fenn zurück. Naias musste sie sehr eingeschüchtert haben.

»Das nehme ich, und Wasser«, erwiderte ich.

Das Mädchen nickte und schaute zu Fenn.

»Nur Wasser«, entgegnete dieser mit einem Lächeln, das ihn unverschämt attraktiv machte und bei der Bedienung gleich Wirkung zeigte. Ihr Gesicht glühte förmlich.

»Ich bin sofort mit den Getränken da«, flötete sie und eilte davon.

Als die Bedienung außer Hörweite war, erstarb Fenns Lächeln. »Du hast uns belauscht«, warf er mir ohne Umschweife an den Kopf. Ich öffnete den Mund und wollte ihm aus einem Impuls heraus widersprechen, denn andere zu belauschen, war kein feiner Charakterzug. Dann verschränkte ich die Arme. Meine Miene verdüsterte sich ebenfalls. Ich hielt Fenns stechendem Blick stand. »Ich hätte es wissen müssen, dass dein Gehör um einiges feiner als das von normalen Menschen ist.«

»Wenn du willst, dass ich mich von Naias fernhalte, dann musst du mich schon töten.« Fenns Pupillen wurden für einen Wimpernschlag zu Schlitzen, während er seine Hände auf dem Tisch zu Fäusten ballte.

»Ja, die Idee ist mir auch schon gekommen.« Meine Hand ging in Richtung des Dolches. Fenn zitterte wie ein Raubtier, das kurz vor dem Sprung stand, doch als ich die Hände flach auf den Tisch legte, entspannte er sich wieder.

»Es freut mich, wenn ich sehe, wie weit du für Naias gehen würdest. Ich denke, meine Schwester hat eine gute Wahl getroffen.« Nun fiel Fenn die Kinnlade herunter. Er bemerkte nicht einmal, dass Lina die Getränke brachte. Ich bedankte mich bei dem Mädchen, dann sah ich zu Fenn, der offensichtlich seine Sprache noch immer nicht wiedergefunden hatte. Er starrte mich an, als hätte ich ihm gerade gestanden, dass ich durch Berührung Gegenstände in Gold verwandeln konnte.

»Du wirst Naias gut schützen, wenn dies eines Tages vonnöten sein sollte«, fuhr ich fort.

»Heißt das, du gibst uns deinen Segen?«, fragte er vorsichtig, als wartete er darauf, dass ich ihm jeden Moment doch noch den Dolch ins Herz rammte.

»Ja, das heißt es«, bestätigte ich und trank einen Schluck aus meinem Becher.

»Aber wieso? Versteh mich nicht falsch, ich bin über deine Zustimmung überglücklich. Aber ich wundere mich, dass du vorhin nicht ins Zimmer gestürmt bist und mir das Fell abgezogen hast.«

»Zuerst hatte ich das auch vor, doch dann dachte ich nach.« Ich stellte meinen Becher auf den Tisch. »In Arenen zu kämpfen, ist der Gesundheit nicht gerade zuträglich. Bisher hatte ich Glück und habe nur Verletzungen davongetragen, die Naias heilen konnte. Aber es könnte der Tag kommen, an dem ich das Rund nicht mehr lebend verlasse. Da ist es irgendwie für mich beruhigend, jemanden an Naias Seite zu wissen, der sie beschützt und sie dabei in ihrem Bestreben unterstützt, eine erfolgreiche Heilerin zu werden.« Ich musterte Fenns Gesicht. »Versprich mir dies.«

Fenns Kehlkopf bewegte sich auf und ab. »Dein Vertrauen ehrt mich. Ich weiß auch, wie schwer dir das fallen muss. Daher schwöre ich bei meinem Leben, dass ich Naias aufpasse und in all ihren Zielen unterstütze.«

Lina stellte eine Schüssel mit dampfendem Eintopf auf den Tisch, dazu reichte sie mir Brot. Ich nahm den Löffel und genoss die Mahlzeit, während Fenn sich entspannt zurücklehnte.

»Warum denkst du eigentlich, nur der Tod könnte dich von Naias trennen? Ein weiterer Grund, weswegen jeder einen anderen Weg einschlägt, wäre doch, dass du ebenfalls einen Gefährten findest.« Fenn verschränkte die Arme. Mit einem Mann das Lager teilen? Ich hielt inne und richtete mich auf, bemüht, das Ekelgefühl nicht hochsteigen zu lassen.

»Unwahrscheinlich. Männer schenken mir in dieser Hinsicht keine Beachtung«, gab ich ohne jegliches Bedauern zurück. Der Umstand, dass meine Schwester häufig sehnsüchtige Blicke erntete, während ich kein romantisches Interesse weckte, war mir mehr als recht. Mein Gegenüber musterte mich, dann schüttelte er den Kopf. »Du merkst es wirklich nicht?«

Ich war gerade dabei, mir einen Löffel Eintopf in den Mund zu schieben, doch jetzt stoppte ich. »Was soll ich nicht merken?«, fragte ich und ließ den Löffel seinen Weg fortsetzen.

»Dass du in diesem Raum von mindestens fünf Männern beobachtet wirst, und das nicht, weil sie dich zum Kampf herausfordern wollen. Ich kann ihre Erregung riechen, es strömt aus jeder ihrer Poren.« Fenn hob das Gesicht, seine Nasenflügel bebten, während ich den Eintopf auf den Tisch hustete. Ich bekam den Anfall nur mit einem kräftigen Schluck Wasser in den Griff.

»Wie bitte?« Nach Luft japsend, ließ ich den Löffel in die Schale plumpsen.

»Du hast mich schon verstanden. Sie würden sich gerne mit dir paaren, halten sich aber zurück, weil ich bei dir sitze. Und wenn mein Herz nicht Naias gehören würde, wer weiß …« Fenn wackelte vielsagend mit seinen Brauen.

Ich leerte meinen Becher mit einem Zug, warf ein paar Münzen auf den Tisch und erhob mich. »Mir ist der Appetit vergangen.« Schnellen Schrittes durchquerte ich den Raum, doch an der Treppe holte mich Fenn ein.

»Ich wollte dich nicht kränken«, entschuldigte er sich. »Ich wollte damit nur sagen … äh … ich würde Naias nie hintergehen, aber ...« Er stand wie ein begossener Kater vor mir. Ich klopfte auf seine Schulter. »Ist schon gut. Vergessen wir das Thema.«

Als ich die Treppe hochstieg, gingen mir Fenns Worte nicht aus dem Kopf und ich spähte in den Schankraum. Welche der Kerle, die sich dort unten aufhielten, könnte er gemeint haben? Einer anderen Frau hätte es wohl geschmeichelt, dass Männer sie anziehend fanden, doch mich beruhigte diese Vorstellung über die Maßen.

Kapitel 4

Die Strahlen der aufgehenden Sonne kitzelten mich in der Nase. Blinzelnd hob ich die Lider und sah zu meiner Schwester, die im anderen Bett lag. Fenn hatte es sich auf dem Boden zwischen unseren Schlafstätten gemütlich gemacht. Er streckte sich wie eine Katze, um dann schmatzend die Augen zu öffnen.

Ich schlug die Decke zurück und rutschte zum Bettrand.

»Na, gut geschlafen?«, fragte ich Fenn, dabei schlüpfte ich in meine Stiefel. Die Hose hatte ich anbehalten und statt meines ledernen Oberkörperschutzes trug ich mein neues Hemd.

»Wie ein Löwenjunges im Wald. Ich weiß gar nicht, was ihr Menschen an Betten findet, sie sind viel zu weich.«

»Und genau das ist es, was ich an ihnen schätze«, antwortete ich und griff nach meinem Schwert, das ich neben meinem Bett auf dem Boden deponiert hatte. Anschließend erhob ich mich und stieg über Fenn hinweg, um den Waffengürtel anzulegen. Dann verstaute ich das Schwert in der Scheide.

»Ich möchte, dass du mir den Umgang mit Waffen beibringst«, sagte Fenn.

Verdutzt drehte ich mich zu ihm. »Wie kommst du jetzt darauf?«

»In meiner menschlichen Gestalt bin ich Bewaffneten gegenüber im Nachteil, daher wäre es gut, wenn ich das Schwert beherrsche.«

»Aha«, brummte ich, wandte mich dem Waschgeschirr zu, goss Wasser in die Schüssel und unterzog mich einer kurzen Reinigung, während ich über Fenns Worte nachdachte. Vielleicht war das keine schlechte Idee? Zudem hätte ich dann einen Trainingspartner. Entschlossen nahm ich ein Leinentuch, trocknete damit Gesicht und Hände und drehte mich zu ihm. »Also gut, ich werde dich unterweisen. Besorgen wir ein Schwert für dich.«

»Was wollt ihr tun?«, murmelte Naias.

»Schlaf ruhig weiter, Kleines. Deine Schwester und ich gehen nur kurz zu einem Schmied. Du wirst unsere Abwesenheit gar nicht bemerken.« Zart küsste Fenn Naias' Wange.

»Bring mir etwas von dem Süßgebäck mit, das ich gestern auf den Markt genossen habe«, flüsterte sie.

»Natürlich«, erwiderte Fenn mit sanfter Stimme und strich ihr eine Haarsträhne aus dem Gesicht.

»Du bist so nett zu mir.« Naias drehte sich zur Seite. Ihr gleichmäßiger Atem signalisierte, dass sie weiterschlief. Mein Hals schnürte sich zu. Fenns liebevoller Umgang mit Naias berührte mein Innerstes. Vielleicht gab es ja doch Männer, denen man sein Vertrauen schenken konnte? Obwohl es völlig wider meine Natur war und sich etwas in mir mit Zähnen und Klauen wehrte, konnte ich Fenn nicht so sehen, wie ich Männer sonst sah. Im Gegensatz zu seinen Geschlechtsgenossen vertraute ich ihm irgendwie. Er gehörte jetzt zu unserer kleinen Familie. Diese Erkenntnis sorgte dafür, dass sich das unsichtbare Seil um meinen Hals noch enger zuzog und mir das Atmen schwer machte. Ich warf mir den Umhang über und schritt eilig zur Tür.

»Lass uns gehen, ich muss heute noch üben«, sagte ich mit rauer Stimme.

In der Nähe des Marktes fanden wir einen Schmied, der gute Schwerter führte. Eine Stunde später stand ich mit Fenn im Hinterhof der Schenke, begleitet vom Grunzen unseres tierischen Publikums. Ich wich seinem ungestümen Angriff gekonnt aus. »Ein fester Stand ist wichtig.« Damit fegte ich Fenn von den Füßen, sodass er im Schlamm landete. Der Matsch spritzte in alle Richtungen. Ich brachte mich mit einem schnellen Ausfallschritt nach hinten in Sicherheit.

»Außerdem sollte man die nächsten Züge des Gegners voraussehen«, setzte ich meine Belehrungen fort, während ich das Schwert hin und her schwang. Fenn sprang auf die Beine, um mich sofort zu attackieren, doch auch dieses Mal ging sein Schlag ins Leere. Mit einer Drehung brachte ich mich aus seiner Reichweite.

»Nur der besonnene Krieger führt seine Klinge erfolgreich, der Hitzkopf stirbt«, erklärte ich und umrundete Fenn langsam mit zum Kampf bereiter Waffe. »Doch das Wichtigste ist: Besinne dich auf deine Stärken, in deinem Fall die Geschwindigkeit. Da bist du den Menschen überlegen.«

Blitzartig schlug Fenn nach mir, seine Schwertspitze streifte meinen Oberkörperschutz.

»Sehr gut«, kommentierte ich seinen Angriff. »Aber nun lass uns die Lektion beenden, denn ich muss mich bereit machen.« Ich senkte die Waffe. Fenn streckte mir seine Hand entgegen, die ich ergriff. »Du bist eine gute Kriegerin und Lehrerin, mögen die Waldgeister dich beschützen.«

»Ich danke dir.« Das Schwert verstaute ich in der Scheide und machte mich auf den Rückweg in unsere Kammer.

Im Zimmer angekommen, traf ich auf Naias. Sie hatte uns beobachtet.

»Er ist noch sehr ungestüm.« Naias sah nicht zu mir, sondern blickte weiter aus dem geöffneten Fenster.

»Doch er ist talentiert«, gab ich zurück, während ich die metallenen Schienbein- und Armschützer sowie Leinenbinden aus meinem Beutel heraussuchte. Ich begann damit, meinen linken Unterarm mit dem Leinen zu umwickeln, um das Metall zu unterfüttern. Naias nahm mir den Stoff ab und fuhr fort.

»Er hat mir erzählt, dass du uns deinen Segen gegeben hast.«

»Ja. Dein Glück liegt mir am Herzen, und wenn er es ist, den du willst, stehe ich dir nicht im Wege.«

Naias' Wangen erröteten, ein Lächeln umspielte ihren Mund. Sie war offensichtlich in den Kater sehr verliebt. »Er hat mir auch davon berichtet, dass du denkst, Männer würden dich nicht beachten.«

»Dann ist dein Gefährte ein Plappermaul.«

Naias blickte auf. »Das ist er wohl. Aber ich möchte nicht, dass du dich für hässlich hältst. Das bist du ganz und gar nicht. Ich habe in den Augen vieler Männer gesehen, wie gern sie diese vollen Lippen küssen wollten.« Bei diesen Worten fuhr Naias mit ihrem Daumen sanft über meinen Mund. »Auch deinem Gesicht schenken sie viel Beachtung. Mit der schmalen Nase und den hohen Wangenknochen ähnelst du den in Stein gemeißelten Abbildern von Göttinnen.« Naias' Finger wanderten meine Wange entlang. »Ganz zu schweigen von deinen amethystfarbenen Augen, umrahmt von diesen unverschämt langen Wimpern. Du bemerkst ihre Blicke nur nicht, weil du dein Herz vor allem und jedem verschlossen hast. Was ist damals in Tigres geschehen? Du hast mir nie davon erzählt.«

Ich wusste nicht, was ich erwidern sollte, und räusperte mich. Niemals würde ich ihr davon erzählen und sie mit dem Wissen belasten.

»Ich muss fertig werden. Wenn die Sonne ihren Zenit erreicht hat, beginnen die Kämpfe«, sagte ich und blieb ihr die Antwort schuldig. Naias betrachtete mich, als versuchte sie, meine Gedanken zu lesen. Dann widmete sie sich wieder dem Umwickeln meiner Arme. Als sie fertig war, befestigte ich die Schienen, dann den Schienbeinschutz. Anschließend verstaute ich noch einen kleinen Dolch in meinem Stiefelschaft.

»Ich werde aufbrechen.« Um zu überprüfen, ob meine Geheimwaffe geschmeidig aus der im Stiefel integrierten Scheide rutschte, zog ich den Dolch und ließ ihn wieder zurückgleiten. Zufrieden stellte ich fest, dass es bestens funktionierte. Dann testete ich noch den Kampfdolch sowie das Schwert am Gürtel, beides war bereit. Es begann unter meiner Haut zu kribbeln, als würden Tausende klitzekleiner Spinnen herumkrabbeln. Vorfreude auf das Kräftemessen prickelte durch meine Adern. Ich nahm den Beutel mit den Geldstücken vom Gürtel und reichte ihn Naias. »Im ersten Kampf fünfzig auf meinen Sieg, danach gebe ich dir die üblichen Zeichen.«

Meine Schwester mischte sich immer unter die Zuschauer, das wusste ich. Wenn ich mir nicht sicher war, dass ich einen Kampf gewinnen konnte, zeigte ich mit der rechten Hand an, wie viel Naias auf den Gegner setzen sollte. Es ging von einem Finger für hundert über zwei für neunzig bis fünf für fünfzig. Falls sie auf mich setzen sollte, dann benutzte ich die andere Hand, und wenn ich nichts tat, musste sie selbst entscheiden.

Naias nickte, nahm die Geldkatze entgegen, die sie sogleich in einer eingenähten Rocktasche verstaute, und umfasste meinen Kopf mit beiden Händen. Sie zog mich zu sich und küsste meine Stirn. »Du kannst dich auf mich verlassen.« Sie ging zur Tür, betrachtete mich einen Moment, dann verließ sie den Raum.

Gehüllt in meinen Umhang, kämpfte ich mich durch eine Traube von Marktbesuchern zur hölzernen Arena. Vor dem Tor hielt ich einen Moment inne, umfasste den Griff meines Schwertes und holte tief Luft. Dann ging ich hinein. Auch wenn ich schon unzählige Male an derartigen Kämpfen teilgenommen hatte, kostete es mich immer wieder Überwindung, mich meinen Kontrahenten zu stellen.

Schon im Tunnel, der zu dem Rund führte, hörte ich das Jubeln der Zuschauer. Ich blieb vor einem Gittertor stehen, durch das man in die Manege blicken konnte. Darin stellten gerade Gaukler ihr Können zur Schau und heizten so die Menge an. Schon bald würden dort die Kämpfe stattfinden, so mancher mit tödlichem Ende.

»Da bist du ja.« Eiligen Schrittes lief mir der Schreiber entgegen. »Folge mir in den Bereich, in dem die Kämpfer auf ihre Auftritte warten.« Gleich einem flinken Wiesel flitzte der Mann durch einen Gang, ich hinterher, bis wir auf meine Gegner trafen. Alle waren schon da. Der verfluchte Bärtige hatte mich zu spät antreten lassen.

Die Männer saßen vor einem Gitter mit Blick auf die Manege auf Bänken oder lehnten an den Wänden. Fünfzehn Kerle verschiedenster Größen und Hautfarben rüsteten sich zum Kampf, auch der Nordländer und der Zwerg befanden sich unter ihnen. Bedienstete schwirrten zwischen den Kämpfern umher, reichten feuchte Tücher oder Getränke. Ich entdeckte einen Platz auf der Bank, die sich an der Holzwand entlang schmiegte, der mir genug Abstand zu den anderen Kämpfern, aber auch die Möglichkeit bot, in die Arena zu schauen. Ich passierte die Männer, die mich mit einer Mischung aus Neugier und Abneigung von oben bis unten, wie ein Schaf auf dem Markt, begutachteten. Der Kerl, den ich gestern mit dem Bärtigen am Eingang gesehen hatte, versperrte mir den Weg. Sein vulgäres Grinsen, mit dem auf mich herabschaute, hätte ich ihm am liebsten mit der Faust aus dem Gesicht gestreichelt. Da war er wieder, mein unbändiger Hass, der mich antrieb und jedes Mal so heiß in den Eingeweiden loderte, dass ich die Befürchtung hatte, er würde mich eines Tages von innen heraus verbrennen. Aber ich hielt mich zurück, denn ich war ja ein Ausbund an Selbstbeherrschung. Trotzdem ballte ich meine Hand zur Faust. Nur für alle Fälle.

»Na, sollst du die Kämpfer etwas aufmuntern?«, fragte der Mistkerl mit süffisantem Unterton in der Stimme.

Obwohl mein Blut zu glühender Lava wurde, da mich dieser dreckige Bastard für eine Prostituierte hielt, verzog ich keine Miene. Ich musterte ihn nur mit unbewegtem Gesicht und musste zu meinem Leidwesen feststellen, dass er gut in Form war. Er würde nicht leicht zu besiegen sein.

»Stille Weiber sind mir die liebsten«, sagte der Mann. Aus allen Richtungen erscholl Gelächter. »Also, Schätzchen, wem möchtest du als Erstes zu Diensten sein?« Er umfasste mein Kinn und berührte mich mit seinen schmierigen Fingern. Ich hatte das Gefühl, um meinen Hals würde eine Schlinge zugezogen werden. Keinesfalls durfte ich mich von meiner Furcht bezwingen lassen. Ich war eine Kämpferin. Wie ein reißender Fluss rauschte das Blut durch meine Adern. Die aufkeimende Angst wurde zur siedenden Wut, die dabei war, meinen mühsam errichteten Wall der Beherrschung zu Fall zu bringen.

»Nimm die Finger weg, sonst kämpfst du heute nur mit einer Hand«, zischte ich. Zur Unterstützung meiner Worte schlug ich den Umhang zurück. Der Blick meines Gegenübers fiel auf die Waffen. Er ließ mein Kinn los und schaute überrascht, wie die Mehrzahl der Anwesenden. Gemurmel brandete auf.

»Eine Kämpferin also, wie außergewöhnlich. Ich hätte mir ja denken können, dass eine solche Schönheit keine Dirne ist. Ich hoffe, wir sehen uns in der Arena. Mein Name ist Attikus, vergiss ihn nicht.« Mit einem Lächeln, das wiederum meine Finger jukken ließ, deutete er eine Verbeugung an und kehrte auf seinen Platz zurück. Statt ihm die Unverschämtheit aus dem Leib zu prügeln – auch wenn ich es nicht gerne zugab: Ich hätte in einem Faustkampf sowieso keine Chancen gehabt – zog ich es vor, mich verbal zu wehren. »Attikus also. Ich werde an nichts mehr anderes denken als an deinen Namen. Es wird meine Lebensaufgabe, ihn nicht zu vergessen«, erwiderte ich und hatte dieses Mal die Lacher auf meiner Seite.

»Die Kleine hat eine scharfe Zunge. Wenn sie auch eine derart scharfe Klinge führt, solltest du dir nicht wünschen, ihr in der Manege zu begegnen, Attikus«, kommentierte einer der Krieger meine Worte, worauf die anderen johlten.

Zufrieden setzte ich mich auf meinen Platz. Den ersten Kampf hatte ich für mich entschieden. Ich schaute zu Attikus, der mir zuzwinkerte, während er sein Schwert polierte. Ich schmeckte Galle, die Spinnen unter meiner Haut vermehrten sich unaufhörlich, zu dem stetigen Kribbeln gesellte sich ein Druck in der Magengegend.

Wie ich die Warterei vor den Kämpfen hasste. Zum Glück gelangten die Gaukler in der Arena zum Höhepunkt ihrer Darbietung. Auf der gegenüberliegenden Seite entdeckte ich den Bärtigen, der mit wichtig aussehenden Menschen in einer balkonartigen, von einem Sonnensegel beschatteten Loge saß. Noch einmal überprüfte ich den Sitz meiner Arm- und Beinschienen, dann ließ mich der aufbrausende Applaus aufblicken. Die Schausteller verbeugten sich vor ihrem begeisterten Publikum und eilten zu einem Seitenausgang. Als der letzte Gaukler das Rund verlassen hatte, erhob sich der Bärtige. Er reckte seine Arme in die Höhe und brachte dadurch die Menge zum Schweigen. Auch die anderen Kämpfer schauten auf, einige traten ans Gitter. Die Anspannung der Männer war fast greifbar.

»Sehr verehrtes Publikum, ich hoffe, die Darbietungen haben Euren Geschmack getroffen«, sagte der Bärtige. Er machte eine

Pause, um den aufwallenden Applaus abzuwarten. Als das Jubeln wieder verebbt war, sprach er weiter. »Nun sind wir noch lange nicht am Ende. Ich kann Euch versichern, es erwarten Euch spannende Kämpfe.«

Damit kam Leben in die Männer um mich. Sie standen auf, verstauten ihre Waffen und lockerten die Muskeln. Ich streifte den Umhang ab, den ich auf meinen Platz legte, dann reihte ich mich zwischen den Kämpfern ein, von deren Ausdünstungen mir übel wurde. Kleine Spinnen überzogen jeden Teil meines Körpers, es kribbelte überall, der Druck im Magen nahm zu und Schweiß perlte mir über den Rücken. Meine Finger glitten über den ledernen Oberkörperschutz, der mir schon sehr oft gute Dienste geleistet hatte.

»Verehrtes Publikum, begrüßt nun unsere Kämpfer, die den Göttern zu Ehren ihr Leben riskieren.« Bei diesen Worten wurde das Tor hochgezogen und wir betraten unter tosendem Beifall die Arena. Ich schaute mich um: Es war nicht gerade die größte, in der ich gekämpft hatte, aber dennoch bot sie einigen Tausend Zuschauern Platz.

»Wie Ihr seht, haben wir dieses Mal einen besonderen Leckerbissen unter den Kämpfern. Begrüßen wir unsere weibliche Kriegerin.« Die Menschen erhoben sich jubelnd von ihren Sitzen, während ich mich um die eigene Achse drehte, bis ich dem Bärtigen in die Augen blickte. Der nickte mir zu und reckte dann die Hände in die Luft, um die Menge zu beruhigen. »Lasst uns nun gemeinsam die Götter ehren.« Wie es üblich war, stellten wir Kämpfer uns nebeneinander in einer Reihe vor der Loge auf. Sechzehn junge Frauen in weißen Tuniken, deren jeweils zu einem Zopf geflochtenes Haar Blütenkränze schmückten, schritten, mit gesenkten Häuptern Kelche vor der Brust tragend, durch ein Seitenportal würdevoll in die Arena. Sie passierte die Reihe von Kämpfern, bis jede einem gegenüberstand. Das Mädchen, das vor mir anhielt, zählte vielleicht vierzehn Winter. Man konnte ihr jetzt bereits ansehen, dass sie in zwei oder drei Jahren viele Männerherzen zum Schmelzen bringen würde. Sichtlich überrascht musterten ihre hellen Augen mich, dann senkte sie schnell wieder den Blick. Mit Sicherheit hatte sie keine Kämpferin erwartet. Ein heiliger Mann in wallenden Gewändern betrat das Rund und blieb hinter den Maiden stehen. Er begann zu den Göttern zu beten. Das Volk stimmte in den Refrain mit ein. Ich hörte weg, denn ich kannte das Prozedere. Zudem war ich nicht sehr gläubig. Das Mädchen mir gegenüber schielte kurz zu mir und senkte wieder den Blick, um mich nur einen Moment später erneut verstohlen zu betrachten, dabei murmelte sie die Worte des Hohepriesters nach. Ich lächelte sie an, was zur Folge hatte, dass ihre Wangen ein dunkles Rot annahmen, als hätte ich sie bei einer Lüge erwischt. Endlich war es so weit, der Heilige Mann kam zum Ende. Die Priesterinnen reichten uns die Schalen, aus denen wir die gewohnt widerliche Mischung von Tierblut und Kräutern tranken. Ich zwang mich, das Zeug zu schlucken, obwohl mein Magen sich jedes Mal vehement dagegen wehrte, dann gab ich der Kleinen die Schale zurück. Das war's auch schon, der Hohepriester und sein Gefolge verließen die Arena, während ich das Gebräu, das einfach nicht in mir bleiben wollte, zum zweiten Mal herunterwürgte.

»Jetzt lasset die Spiele beginnen«, meldete sich der Bärtige zu Wort. Er sah mir direkt in die Augen. »Und möge der oder die Beste gewinnen.«

Damit suchte sich jeder Kämpfer, wie es in der ersten Runde üblich war, seinen Gegner und ging in Kampfposition. Ich blieb am Rand, so hatte ich die restlichen Krieger im Blickfeld. Ein kleines Männchen, das mich an eine Grille erinnerte, tänzelte vor mir auch wie ein Insekt herum. Ich lockerte durch das Hin- und Her-Bewegen meines Kopfes den Nacken. Die Kampfesfreude rauschte durch meine Adern, versetzte jede Region meines Körpers in Alarmbereitschaft. Gegen Männer anzutreten, gab mir ein Gefühl der Macht. Der Ton einer Posaune erklang, worauf das Männchen einen Satz in meine Richtung machte. Ich zog nicht einmal meine Waffe, stattdessen drehte ich mich mit Schwung um die eigene Achse und versetzte ihm einen Tritt in den Magen, der ihn gegen die zwei Schritt hohe Holzwand krachen ließ, die die Manege umrahmte. Benommen sank der Mann zu Boden, sodass er von zwei Dienern aus dem Rund geschleift werden musste. Die Menge tobte. Mit erhobenem Haupt schaute ich zur Loge. Offensichtlich hatte der Bärtige mir diesen Kerl zugewiesen, damit ich nicht gleich nach der ersten Runde ausschied. Ich streckte mein Kinn vor, begegnete dem Bärtigen mit einem Blick, der sagte, dass er sich solcherlei Mildtätigkeiten sonst wo hinschieben konnte. Er stand auf, applaudierte und neigte sein Haupt. Er hatte verstanden. Da die übrigen Kämpfe noch lange nicht entschieden waren, zog ich mich an die Umzäunung zurück, um die anderen zu beobachten. Der Nordmann drosch mit wuchtigen Schlägen auf seinen Gegner ein. Ein Kampfstil, der Energie kostete und zu Lasten der Ausdauer ging. Unvermittelt stellte sich Attikus neben mich, ein Blutstropfen rann seinen Arm hinunter und hinterließ eine rote Spur auf seiner olivfarbenen Haut. Offensichtlich hatte er seinen Gegner ebenfalls in Rekordzeit besiegt.

»Dein Kampf war beeindruckend, vor allem dessen Dauer«, stellte er fest.

»Dies kommt davon, wenn man mich unterschätzt«, gab ich zurück. Ich konzentrierte mich wieder auf die Kämpfenden oder versuchte es zumindest.

»Diesen Fehler werde ich nicht begehen«, sagte Attikus.

»Ich hoffe sehr, auf dich zu treffen«, erwiderte ich, ohne ihm einen zweiten Blick zu schenken. Sein Atem streifte plötzlich mein Ohr und meine Nackenhärchen stellten sich auf. In meinem Bemühen, ihn zu ignorieren, hatte ich gar nicht bemerkt, dass er mir so nahegekommen war.

»Auch ich hege die Hoffnung und würde mich, egal, wie unsere Auseinandersetzung ausgeht, darüber freuen, wenn wir auch außerhalb der Arena aufeinandertreffen würden.«

Mein Rücken wurde steif, ich drehte meinen Kopf zu ihm und stieß fast mit der Nase gegen seine Lippen. Hastig trat ich einen Schritt zurück. »Ja, das kannst du haben. Wenn sie deinen toten Körper verbrennen, werde ich der Bestattung beiwohnen.« Wie ich es hasste, wenn mir Kerle derart nah waren.

Die Mundwinkel des Mannes zucken nach oben. »Deine Zunge ist wirklich scharf, es interessiert mich, was sie noch so kann.«

Ich entgegnete nichts, drückte mir stumm die Nägel in die Handballen. Jetzt war nicht die Zeit, ihn in seine Schranken zu weisen. In der Arena würde ich schon die Gelegenheit bekommen, ihm die passende Antwort zu geben.

Langsam lichteten sich die Reihen der Kämpfer, bis acht Sieger übrig waren. Ich entschied, dass ich auf jeden Fall noch eine weitere Runde schaffen würde. Nur der Nordländer konnte mir einen Strich durch die Rechnung machen. Als wir verbliebenen Kämpfer uns in der Mitte des Runds dem Jubel der Menge stellten, zeigte ich mit der linken Hand an, dass Naias weitere fünfzig setzen sollte. Ich drehte mich im Kreis, winkte mit der anderen Hand, als würde ich von allen Zuschauern bewundert werden wollen, da ich nicht wusste, wo meine Schwester saß. Es gab eine kleine Pause, in der sich alle zurückzogen, um, wenn nötig, ihre Verletzungen behandeln zu lassen und den Leuten die Gelegenheit zu geben, ihre Wetten zu platzieren. In dieser Zeit traten Artisten auf, die das übrige Publikum bei Laune hielten.

Nach der Unterbrechung standen sich die Gewinner gegenüber. Ich traf auf einen ebenholzfarbenen Krieger, der mit Netz und Dreizack kämpfte. Seine Haut spannte sich über gut definierten Muskeln, Schweißperlen, die auf dem dunklen Körper wie Edelsteine glitzerten, rannen über die breite Brust. Die Rüstung bestand aus einem metallenen Armschutz sowie Beinschienen, nur ein knapper Schurz aus Leinen bedeckte seine Männlichkeit. Der Kerl strahlte pure Kraft aus. Dieses Mal würde ich wohl die Waffen ziehen müssen. Was ich auch tat, während ich mit den Füßen einen festen Stand suchte. Nach dem Posaunensignal schwang der Mann das Netz. Ich ließ mich auf den Boden fallen und rollte zur Seite. Das Netz verfehlte mich haarscharf, genau wie sein Dreizack, den er neben meinem Kopf in den Sand rammte. Unterdessen kam ich auf die Beine. Mein Gegner warf das Netz, ich wich mit einer Bewegung um die eigene Achse aus. Trotzdem traf ein Zipfel des Netzes mein Gesicht wie ein Peitschenhieb. Die Wange brannte, als wäre ein glühendes Eisen dagegen gepresst worden, und ich spürte warme Feuchte. Der Mann gab mir keine Zeit, meine Wunden zu lecken, er setzte mit seinem Dreizack nach. Ich riss Schwert und Dolch hoch. Die Wucht des Zusammenpralls der Waffen ging durch mir Mark und Bein. Meine Klingen hatten sich zwischen den Zinken verkeilt. Mit zusammengebissenen Zähnen hielt ich mir die Waffe von Leib. Der Mann übte mehr Druck aus und ich musste zurückweichen. Schritt für Schritt schob er mich vor sich her. Meine Arme zitterten vor Anstrengung. Bald würden sie ganz ihren Dienst versagen. Dolch und Schwert waren für den Moment nutzlos. Dieses Kräftemessen konnte ich nicht gewinnen. Also machte ich eine Drehung und ließ dabei die noch immer in den Zinken verkeilten Waffen los, sodass mein Kontrahent ins Leere stach. Ich zog in der Bewegung meinen Dolch aus dem Stiefelschaft und rammte diesen in die ungedeckte Flanke. Der Mann taumelte röchelnd. Blut quoll aus der Wunde, als ich die Waffe herauszog, und tropfte zu Boden. Der Dolch war tief in den Leib meines Gegners eingedrungen, ich spürte immer noch, wie er sich durch Haut und Muskeln gefressen hatte. Zu meinem Leidwesen fing sich der Mann schneller als gedacht und schlug mit dem Dreizack zurück. Aufgrund der Verletzung war er merklich schwerfälliger geworden. Das war meine Chance. Ich nahm Anlauf und machte einen Salto über ihn hinweg. Als ich hinter ihm aufkam, beförderte ich ihn mit einem Kick, unterstützt von der Wucht der Drehung, zu Boden, dabei fiel ihm die Waffe aus der Hand. Wie eine Raubkatze sprang ich auf seinen Rücken und bohrte ihm die Spitze des Dolchs in den Nacken. Mein Herz hämmerte gegen meinen Brustkorb. Ich schaute zu dem Bärtigen in die Logen, der seinen Daumen hob. Ein Zeichen dafür, dass ich den Mann am Leben lassen sollte. Schwer atmend, denn auch mir hatte diese Auseinandersetzung viel abverlangt, ließ ich von meinem Gegner ab, der gestützt von einem Helfer aus der Arena schwankte. Der Kampf war vorüber, mein Puls raste. Ich bemühte mich, meine Atmung in den Griff zu bekommen. Erst jetzt drang der Jubel des tobenden Publikums zu mir, als hätte jemand eine Tür aufgemacht. Mein Blick fand den des Bärtigen, der anerkennend nickte.

Ich verstaute den Dolch im Stiefelschaft und sammelte die Waffen auf. Noch immer rauschte das Blut wild durch meine Adern, mein aufgeputschter Körper wollte sich in die nächste Schlacht stürzen.

Doch diese Runde war noch nicht vorüber, denn Attikus kämpfte noch. Sein Gegner war dieses Mal ebenfalls nicht so einfach zu schlagen. Die zwei anderen Sieger standen bereits fest, es waren der Zwerg und wie erwartet der Nordmann.

Ich gab Naias kein Zeichen, denn den Zwerg würde ich besiegen können, doch wenn ich auf den Nordmann traf ... Ich schickte ein Stoßgebet zu den Göttern, das konnte ja nicht schaden.

Als ich in die Unterkunft der Kämpfer zurückkehrte, klebte meine Zunge fast am Gaumen fest. Die Kämpfe in der Mittagssonne hatten mich ausgetrocknet. Nachdem ich gierig aus dem bereitgestellten Fass getrunken hatte, nahm ich auf der Bank neben meinem Umhang Platz. Ein Helfer reichte mir ein feuchtes Tuch, das ich dankbar entgegennahm, und mir damit über Stirn und Nacken zu tupfen. Zu guter Letzt wischte ich mir das Blut vom Gesicht. Für einen Moment schloss ich die Augen. Aus der Arena drangen Jubelschreie und Kampfgeräusche zu mir. Doch ich blendete den Lärm aus und konzentrierte mich auf meinen Herzschlag, der sich langsam normalisierte. Ich musste nur noch zwei Runden durchstehen. Attikus kämpfte noch immer. Mit seinen zwei Schwertern attackierte er verbissen einen grobschlächtigen Krieger, der sich mittels eines riesigen Schildes sowie eines gebogenen Schwertes erfolgreich zur Wehr setzte.

Vielleicht hatte das Schicksal Fenn aus einem bestimmten Grund gesandt, denn diese zwei letzten Kämpfe würden nicht einfach werden und sicherlich nicht ohne Verletzungen ausgehen. Falls ich das Rund nicht mehr lebend verließ, war da jemand, der an meiner Stelle für Naias sorgen würde.

Kapitel 5

Die Sonne stand tief am Himmel, als ich in der Mitte der Arena auf meinen Gegner wartete. Ich wusste nicht, gegen wen ich als Nächstes antreten musste. Unter meiner Haut brodelte Kampfeslust, ich wollte endlich beginnen. Die Menschen auf den Rängen schienen mich zum Lieblingskämpfer des Tages gewählt zu haben. Tausende Stimmen wurden zu einer, die »Sieg für die Kriegerin« rief. Auf einmal ging eine Welle von Buhrufen durch das Publikum und brachte mich dazu, mich dem Eingang der Kämpfer zuzuwenden.

Der Nordmann betrat das Rund. Er hatte zwei Morgensterne gewählt. Bei seinem Anblick beschleunigte sich der Schlag meines Herzens. Ich rieb die schweißnassen Hände über die Lederhose. Die Worte *Bitte nicht der Nordmann* wiederholten sich einem Mantra gleich in meinem Kopf. Doch der Hüne blieb vor mir stehen, und ich konnte nur mühsam meinen Fluchtreflex unterdrücken. Um nicht wie ein ängstliches Kaninchen zu wirken, lockerte ich lässig meinen Nacken, dabei blickte ich in das gut zwei Köpfe über mir befindliche Gesicht. Ich hielt dem Blick aus blauen Augen stand, die mich musterten, und verzog meinen Mund sogar zu einem Lächeln. Zumindest hoffte ich, dass das, was ich mit meinem Gesicht machte, nach einem Lächeln aussah. Ein Schweißtropfen lief zwischen meinen Brauen hindurch, seitlich meine Nase hinunter und kitzelte mich, doch ich wagte es nicht, ihn wegzuwischen. Ich zog den Kampfdolch sowie das Schwert, während mein Herz wild in der Brust hämmerte und das Blut durch meine Adern pumpte. Es ging um alles oder nichts. Außerdem war ich nicht so weit gekommen, um mich von einem verfluchten Barbaren schlagen zu lassen. In dem Moment, in dem das Posaunensignal ertönte, flog eine stachelbewährte Metallkugel auf mein Gesicht zu. Ich ließ mich zu Boden fallen, rollte zur Seite und sprang auf die Füße. So entkam ich dem Aufprall, der mir das Gesicht zertrümmert hätte. Ich brachte mich außer Reichweite der Waffen meines Gegners, der sie mit lautem Gebrüll schwang. Das Publikum johlte vor Begeisterung. Diese Taktik führte ich fort. Wann immer der Kerl mir zu nahekam, wich ich aus, ohne selbst einen Angriff zu starten. Ich hoffte, dass es den schweren Mann viel Kraft kosten würde, mich zu verfolgen. Ich hatte ja weit weniger Gewicht mit mir herumzutragen und war dadurch wendiger.

Zu meinem Leidwesen spürte ich nach einiger Zeit meine Energie schwinden. Keuchend wie ein alter Ackergaul nach einem Rennen rang ich nach Luft, während die Atmung meines Kontrahenten keine Auffälligkeit zeigte. Leider schien der nicht so ermüdet zu sein, wie ich es mir gewünscht hätte. Seine letzten Attacken hatten mich nur um Haaresbreite verfehlt. Sehr lange würde ich die Hasentaktik nicht mehr durchhalten. Der Schweiß klebte mein Hemd am Rücken fest. In meinem Kopf ging ich die verschiedensten Angriffsszenarien durch, während ich einen Ausfallschritt nach dem anderen machte. Doch keines endete zu meiner Zufriedenheit.

Bevor ich weiter an einer anderen Taktik arbeiten konnte, traf etwas meine Seite. Knochen knackten. Mir blieb die Luft weg. Mit Wucht wurde ich drei Schritte weit geschleudert. Dann schlug ich auf dem harten Sandboden auf und rang nach Atmen. Tränen schossen in meine Augen. Ich hatte das Schwert verloren, in Höhe meiner Rippen verspürte ich einen scharfen Schmerz, der mir fast den Verstand raubte. Doch darüber konnte ich mir keine Gedanken machen, denn ein Schatten flog auf mein Gesicht zu. Keuchend rollte ich mich zur Seite. Neben mir stob der Sand hoch und flog in mein Gesicht, als die Metallkugel in den Boden einschlug. Meine Augen brannten und ich atmete tief durch. Das Pochen in meiner Seite wurde stärker, ich kämpfte damit, nicht das Bewusstsein zu verlieren. Die zweite Kugel verfehlte nur knapp meinen Kopf. Mit einer erneuten Rollbewegung konnte ich mich retten. Der Kerl stand breitbeinig über mir und holte zum finalen Schlag aus, der meinen Schädel zu Brei verarbeiten würde. Jede Faser meines Körpers wollte leben. Ich rammte ihm den Kampfdolch in die Wade. Der Mann ließ schreiend seine Waffen sinken. Hastig robbte ich nach hinten. Purer Überlebenswille, der den Schmerz zu einem dumpfen Pulsieren werden ließ, sorgte dafür, dass ich auf die Beine kam und meine Qualen ignorieren konnte. In der Bewegung holte ich meinen Dolch aus dem Stiefelschaft, dessen Klinge ich zwischen die Zähne klemmte.

»Du verdammte Schlampe, ich bring dich um«, zischte der Nordmann. Niemand nannte mich eine Schlampe! Hass schoss empor, brachte mein Blut zum Kochen und befreite mich von jeglichem Schmerz. Der Bastard holte aus und schleuderte seinen Morgenstern nach mir. Ich machte einen Salto rückwärts, sodass die Waffe über mich hinwegflog, und stieß mich mit den Händen vom Boden ab, um wieder auf die Beine zu kommen. Noch bevor ich auf meinen Füßen landete, warf ich den Dolch. Der Mann riss die Augen auf und umklammerte seine Kehle. Zwischen den Händen ragte der Griff meiner Waffe heraus, Blut quoll meinem Gegner durch die Finger.

Röchelnd taumelte er in meine Richtung, um einen Augenblick später zusammenzubrechen. Ich atmete zischend ein, drückte die Hand auf die pochende Stelle. Der Schmerz war wieder da. Beifallsdonner erhob sich über der Arena. Behäbig wie ein schweres Mühlrad drehte ich mich um die eigene Achse. Die Menschen auf den Rängen hatten sich erhoben. Mein Blick blieb an dem Bärtigen hängen, der an die Brüstung seiner Loge getreten war und anerkennend winkte.

Jetzt sollten der Zwerg und Attikus kämpfen. Nur langsam konnte ich mich nach meinem Schwert bücken, ich presste dabei die Lippen aufeinander. Als ich meine Dolche holte, verstärkte sich das Pochen. Wahrscheinlich war eine Rippe angebrochen. Langsam, begleitet vom Jubel des Publikums, schritt ich aus der Arena. Attikus kam mir entgegen, hinter ihm der Zwerg.

»Ziemlich zäh für eine Frau«, stellte Attikus fest. Ich hob mein Kinn und ließ mir nicht anmerken, dass ich das Gefühl hatte, innerlich zerfetzt zu werden.

Endlich erreichte ich meinen Platz im Bereich der Kämpfer. Mit angehaltenem Atmen ließ ich mich auf die Bank sinken. Ein Diener brachte mir einen Becher Wasser, etwas, das ich dringend brauchte. Aus einem Krug schenkte er nochmals nach, dann zog er sich zurück.

Schritte hallten durch den Gang. Zuerst erschien der Schreiber, dahinter Naias und Fenn. Ich spürte, wie mir sämtliches Blut aus dem Gesicht wich.

»Die Frau wollte dich sehen«, erklärte der Schreiber barsch.

Bevor ich antworten konnte, kniete sich Naias mit besorgtem Gesichtsausdruck vor mich.

»Lassen wir die beiden allein.« Fenn packte den Schreiber am Arm und zog den Mann in den Gang.

»Du bist verletzt«, flüsterte Naias. Sie sah sich verstohlen um. Der anwesende Diener war außer Hörweite.

»Es geht schon«, gab ich zurück, doch als ich meine Haltung änderte, schnappte ich nach Luft.

»Es geht überhaupt nicht, brich den Kampf ab«, wisperte Naias zornig und legte ihre Hand auf meine angeschlagene Seite.

»Wir haben in dieser Stadt schon mehr ausgegeben als sonst, wir brauchen den Gewinn.« Ich schob ihre Hand weg.

»Ich kann für dich weitermachen«, raunte Fenn, der zurückgekommen war. Vom Schreiber fehlte jede Spur.

»Ich beende meine Kämpfe selbst«, fauchte ich. Da ertönte Jubelgeschrei. Attikus stand in der Mitte der Arena und genoss den Beifall. Er war der Sieger und somit mein nächster Gegner.

Als ich wieder zu meiner Schwester blickte, stand sie mit einem Krug Wasser vor mir. »Ich werde dich heilen«, schnaubte sie.

»Das wirst du nicht!«, fuhr ich sie an. Ich wollte sie von mir fortschieben, doch ein stechender Schmerz ließ mich innehalten. Diesen Moment nutze Naias, um mir das Wasser über den Oberkörper zu schütten, dann legte sie mir ihre Hände auf. Fenn stellte sich hinter sie, sodass er den anwesenden Bediensteten die Sicht nahm. Es kribbelte sofort, das Pochen wurde zu einem Säuseln. Ich schielte in die Arena, Attikus badete förmlich im Jubel der Menge. Zwei Diener trugen den leblosen Körper des Zwergs in unsere Richtung. Als sie uns erreichten, packte ich die Hände meiner Schwester und schob sie weg. Es begann wieder zu pochen, aber bei Weitem schwächer als zuvor. Nach dem kurzen Kontakt mit der geringen Wassermenge konnte meine Verletzung noch lange nicht verheilt sein. Mit stolzgeschwellter Brust, wie ein Gokkel, kam Attikus in unsere Richtung.

»Naias, bitte geh«, flehte ich.

»Was für ein hübsches Ding haben wir denn da?«, gurrte Attikus wie ein liebeskranker Kater. Zu meinem Verdruss hatte er nur ein paar kleine Schrammen von seinem Kampf davongetragen. Fenn schob Naias hinter sich. »Sie hat einen Gefährten«, entgegnete er mit scharfem Unterton, der mich zusammenzucken ließ.

»Na, Kleiner, hast du Angst vor einem Konkurrenten?« Attikus setzte sich uns gegenüber und begann damit, das Blut von der

Klinge seines Schwertes zu putzen, denn es gab eine Pause. In der Arena traten wieder Gaukler auf. Fenns Muskeln spannten sich an. Er erinnerte an einen Löwen kurz vor dem Angriff. Naias nahm seinen Arm, sie hatte ebenfalls bemerkt, dass ihr Gefährte knapp davorstand, sich mit dem Kämpfer anzulegen. »Lass uns gehen«, sagte sie, dann schaute sie zu mir. »Bitte, gib auf«, flüsterte sie.

»Setz auf mich«, hauchte ich zurück und zwang mich, zu lächeln. Meine Schwester schüttelte betrübt den Kopf und ging.

Inzwischen war die Nacht hereingebrochen, über mir funkelten die Gestirne am Firmament wie Glassplitter auf schwarzem Samt. Die Arena wurde von Fackeln beleuchtet, die in regelmäßigen Abständen in an der Umrandung befestigten Halterungen steckten. Ich trat, begrüßt vom Applaus der Massen, neben Attikus in die Mitte des Runds. »Nun sind nur wir beide übrig. Möge der Beste gewinnen.« Er verneigte sich vor mir.

Zwei Diener betraten das Rund mit Fackeln, und ehe ich michs versah, entzündeten sie den Boden. Flammen rasten eine Linie entlang, die wahrscheinlich aus Öl bestand und sich zu einem brennenden Kreis schloss, dessen Mittelpunkt ich und mein Kontrahent waren. Hitze schlug mir entgegen. Wieder ertönte die Posaune, ich zog Schwert und Dolch. Mein Gegner zückte ebenfalls seine Waffen. Lauernd umkreisten wir einander. Angriffslust durchströmte mich und unterdrückte das Pochen. Sie konnte aber nicht verhindern, dass ich öfter scharf die Luft einzog, weil jede unbedachte Bewegung mir meine verletzte Seite wieder in Erinnerung brachte. Attikus griff an, ich riss die Waffen hoch, blockte seine Schwerter und stemmte mich ihm entgegen. Er machte einen schnellen Schritt nach hinten, mit metallenem Kratzen stoben die Klingen auseinander. Eine Salve von Schlägen folgte, die ich mit zusammengebissenen Zähnen parierte. Jedes Mal, wenn

Attikus' Schwerter auf meine Waffen trafen, durchzuckte mich ein Schmerz, als wäre ich von einem Blitz getroffen worden. Doch ich presste die Kiefer aufeinander und kämpfte weiter. Beim Herrn der Unterwelten, ich wollte nicht aufgeben. Mein Gegner trieb mich vor sich her, bis ich in meinem Rücken die erbarmungslose Hitze des Feuers spürte. Noch einen Schritt, und ich stand in den Flammen. Als er mich erneut angriff, duckte ich mich unter seinem Arm weg. Attikus' Schlag ging ins Leere, die Wucht ließ ihn in die Flammen stolpern. Es roch nach verbranntem Haar. Sofort attackierte ich die ungedeckte Rückseite meines Gegners, aber der schmerzhafte Stich, der durch meinen Körper schoss und mir die Feuchte in die Augenwinkel trieb, ließ mich zögern. In diesem Moment rammte mir der verfluchte Kerl sein Knie in die verletzte Seite und ich schrie auf. Benommen taumelte ich zurück. Ich rang nach Atem und gab meinem Gegner die Chance, einen zweiten Treffer zu landen. Mir wurde schwarz vor Augen, als der Griff des Schwertes mein Kinn traf. Keuchend kämpfte ich darum, die Besinnung nicht zu verlieren. Dann packte Attikus mein Haar. Tränen schossen aus meinen Augen, er hielt mich wie ein Schild vor sich, setzte sein Schwert an meine Kehle und drückte mich zu Boden. Wütendes Gebrüll ging durch die Reihen der Zuschauer.

»Lass deine Waffen fallen«, befahl er.

»Niemals«, presste ich hervor. Der Druck der Klinge an meinem Hals verstärkte sich. Ich schloss die Augen, überlegte, ihn mit einem Angriff auf seine Beine zu überraschen. Doch mein angeschlagener Körper würde meine Pläne nicht schnell genug umsetzen können. Ich ließ die Griffe meiner Waffen los, die neben mir in den Sand fielen. Die Stimmen der Zuschauer verschmolzen zu einem weit entfernten Rauschen. Ich atmete tief ein und wurde völlig ruhig, spürte, wie das Blut langsamer durch meine Adern floss. Nun war es so weit, ich würde sterben. Seltsamerweise ängstigte mich der Gedanke nicht, sondern hatte etwas Tröstliches. Nur dass es dieser arrogante Bastard sein würde, der mich in die Unterwelt beförderte, ließ in mir die Magensäure hochsteigen. Ich schluckte den bitteren Geschmack hinunter. Naias war das Wichtigste in meinem Leben. Zu wissen, dass sie nach meinem Tod jemanden hatte, der sie beschützte, gab mir Frieden. Ich öffnete die Augen, denn ich war eine Kriegerin und wollte mit erhobenem Haupt dem Tod ins Antlitz blicken. Mit vorgestrecktem Kinn schaute ich zu dem Bärtigen über mir. Das Toben der Massen trat komplett in den Hintergrund, ich hörte nur noch meinen Herzschlag. Der Bärtige reckte seine Faust nach vorne, dann streckte den Daumen waagerecht heraus. Er erwiderte meinen Blick, quälend lange starrte er mich an, ohne eine Miene zu verziehen. Mit angehaltenem Atem verfolgte ich, wie sein Daumen nach oben ging. Die Menge jubelte, viele erhoben sich von den Sitzen. Attikus nahm die Klinge von meinem Hals und trat zurück, während ich meine Waffen ergriff und mich mithilfe meines Schwertes hochstemmte. Der Schmerz, der einem Blitz gleich in meinem Leib einschlug, erinnerte mich an die lädierte Rippe. Ich ignorierte ihn, so gut ich konnte, und ging zu einer Stelle im Kreis, an der die Helfer die Flammen mit Sand erstickt hatten. Indes gab sich Attikus dem Jubel der Massen hin. Müde und gedemütigt verließ ich die Arena. Ich wollte die Schmach nur noch vergessen, doch der Schreiber erwartete mich.

»Der Herr will dich sprechen«, informierte er mich.

»Dann wird er warten müssen.« Ich nahm einen Schluck Wasser aus dem von einem Diener dargebotenen Kelch, dann das feuchte Tuch, das mir ein weiterer hinhielt. Damit wischte ich mein Gesicht und Dekolleté ab.

»Es ist nicht klug, ihn warten zu lassen«, erwiderte der Schreiber und strich über seine bodenlange Robe.

»Also gut, bring mich zu ihm.« Ich warf einem Diener das Tuch zu, nahm meinen Umhang, den ich mir um die Schultern legte, und folgte dem Mann zum Hauptgang der Arena. Nur vereinzelt trafen wir auf Menschen, aber das würde sich bald ändern, wenn die Zuschauer die Ränge verließen, da die Kämpfe nun zu Ende waren.

Wir gelangten zu einer Holztreppe, die ich hinter dem Schreiber hochstieg. Durch einen Vorhang betraten wir einen Raum, von dem aus man auf die Loge gelangte. Der Bärtige erwartete mich bereits.

»Du kannst gehen«, sagte er zum Schreiber, der sich verbeugte und dann zurückzog.

»Mein Name ist Tiberius der Thraker«, stellte sich der Bärtige vor, dabei ging er zu einem Tisch mit Löwenfüßen, auf dem eine Karaffe stand. Daraus goss er rote Flüssigkeit in einen verzierten Becher und reichte ihn mir. Ich nahm das dargebotene Gefäß nicht entgegen, denn der Geruch von Wein stieg mir in die Nase. »Ich trinke nur Wasser. Was wollt Ihr von mir?«

Bevor der Mann antwortete, stellte er den Becher auf den Tisch zurück, dann klatschte er in die Hände. Eine leicht bekleidete Dienerin trat durch einen hinter den erlesenen Wandteppichen versteckten zweiten Eingang ein und verbeugte sich.

»Einen Krug Wasser«, befahl Tiberius. Das Mädchen nickte, dann huschte es davon. Anschließend machte mein Gastgeber es sich auf einem der bestickten Bodenkissen bequem und bedeutete mir, es ihm gleich zu tun.

Irgendetwas in mir wollte sich nicht setzen, sondern in meiner für eine Flucht besseren Position verbleiben. »Ich stehe lieber. Noch mal zu meiner Frage, was wollt Ihr?«

Tiberius nahm eine Pfeife. Sofort eilte eine weitere Dienerin herbei, die auch nicht mehr am Leibe trug als die erste. Mir kam der Verdacht, dass die Mädchen im Bereich hinter dem Wandteppich wie Hunde bereitstanden, um ihrem dekadenten Herrchen jeden Wunsch von den Augen abzulesen. Die Dienerin entzündete die Pfeife, dann verschwand wieder. Irgendwie erinnerte mich das alles an die berühmte Made im Speck. Mit Arenakämpfen ließ sich offensichtlich gutes Geld verdienen, wenn man nicht selbst kämpfte. Ich verschränkte die Arme, ließ es aber wieder, da mir meine Rippe deutlich klarmachte, dass sie etwas gegen diese

Bewegung hatte. Attikus' harte Attacken auf meine angeschlagene Seite hatten die Verletzung zweifellos wieder verschlimmert. Ich wippte mit der Fußspitze. Der Mann stellte meine Geduld auf eine harte Probe. Mein Körper, allen voran die Rippe, sehnte sich nach Naias' Heilerkräften. Das schmerzhafte Pochen in meiner Seite wuchs. Bei jeder Bewegung schienen mich Hunderte Dolche zu traktieren.

»Also, ich habe dich hierher gerufen, um dir ein Geschäft vorzuschlagen.« Tiberius blies einen Rauchring in die Luft. Ich zog die Brauen hoch. »Ein Geschäft?«

Die Dienerin brachte den Krug mit Wasser und füllte einen Becher, den sie mir reichte. An ihrem Oberarm entdeckte ich das Brandmal der Sklaven. Sie warf mir einen scheuen Blick zu und stellte den Krug auf dem Tisch ab, um wieder aus dem Raum zu eilen.

»Das Publikum hat dir aus der Hand gefressen. Die Menschen lieben dich. Sieh dich nur an, du bist eine Schönheit, die mit der Waffe umzugehen weiß. Wo findet man diese Kombination? Hübsch und tödlich. Und das Beste ist …« Tiberius verzog die Lippen zu einem hinterhältigen Grinsen. Er erinnerte mich an eine Berghyäne. »Deine Gegner rechnen nicht damit. Daher hätte ich den Vorschlag, dass du dich meinen Kämpfern anschließt und mit ihnen in die Hauptstadt gehst.«

»Nach Ro'an?«, hakte ich nach.

»Ja. Dort finden alle zwei Jahre die größten Arenakämpfe aller Welten statt. Der Gewinner erhält eine unterarmgroße Statue des Gottes Ignis aus purem Gold«, erklärte Tiberius, dessen Augen leuchteten. »Ich möchte nicht daran denken, was sie wert ist. Ganz zu schweigen davon, wie hoch dort die Wettquoten sind. Das ist die reichste Stadt weit und breit.«

»Warum sollte ich mich deinen Kämpfern anschließen? Ich kann genauso gut allein nach Ro'an reisen.« Allen Schmerzen zum Trotz schaffte ich es, meine Arme zu verschränken.

»Weil …« Der Mann wuchtete seinen Körper nach oben, dann trat er an den Tisch und trank einen Schluck Wein aus dem Becher, der eigentlich mir zugedacht gewesen war. »… so eine weite Reise allein sehr gefährlich werden kann. Vor allem für Menschen, die nicht so kampferprobt sind, wie zum Beispiel die Kleine, die dich vorhin im Kämpferbereich aufgesucht hat. Auch hier in der Stadt lauern nicht zu unterschätzende Gefahren.«

Mein Herz setzte einen Schlag lang aus, ich umschloss den Griff meines Schwertes. »Wollt Ihr mir drohen?«

»Nichts liegt mir ferner. Ich mache mir nur Sorgen. Viele Kämpfer haben ihre Freiheit verloren, weil sie oder Angehörige illegale Wetten abgeschlossen haben. Die kleine Blonde wurde gesehen, als sie Geld setzte. Aufgrund solcher Gaunereien können sogar freie Bürger in die Sklaverei geraten.«

Meine Hand wurde plötzlich heiß, als würde der Becher, den ich hielt, glühen. Das Wasser begann zu sieden, es blubberte wie Eintopf, der über einer Feuerstelle hing. Erschrocken schleuderte ich das Gefäß auf den Boden. Tiberius sah mich überrascht an.

»Wenn dir mein Wasser nicht schmeckt, brauchst du es nur zu sagen.«

Die Flammen des Zorns in mir schlugen immer höher, drohten, meine Eingeweide zu verschmoren.

»Das Gespräch ist beendet. Wenn ich Euch in der Nähe meiner Schwester oder ihres Gefährten sehe, spieße ich Euch wie die Ochsen auf, die auf Marktplätzen zum Frühjahrsfest gebraten werden.«

»In einer Stunde wirst du bei mir erscheinen, sonst werden meine Männer dich und deine Begleiter holen. In der Nacht kann keiner die Stadt verlassen. Glaub mir, das ist meine Stadt, ich werde dich finden, egal, wo du dich versteckst«, gab Tiberius unbeeindruckt zurück.

Ohne darauf zu antworten, stürmte ich aus dem Raum. Ich war auf alles vorbereitet, doch zum Glück hielt mich niemand auf. Zu jeder mir bekannten Gottheit schickte ich ein Stoßgebet, hoffte, dass dieser Widerling Tiberius meine Schwester nicht schon in seiner Gewalt hatte. Meine verdammten Beine liefen nicht so schnell, wie ich es mir wünschte.

Wir mussten sofort die Stadt verlassen, denn Tiberius war mit Sicherheit kein Mann, der sich mit einem Nein zufriedengab. Woher, zur Verdammnis, hatte er von Naias erfahren? Der verfluchte Schreiber, schoss es mir durch den Kopf, der sie in der Kampfpause zu mir geführt hatte.

Kapitel 6

»Bei den Göttern, ihr seid wollbehalten«, sagte ich erleichtert, als ich das Zimmer erreichte. »Packt zusammen, wir müssen hier verschwinden.«

»Wir sollten uns zuerst um deine Verletzung kümmern«, gab Naias zurück.

»Dazu haben wir später Zeit.« Ich entledigte mich meiner Bein- und Armschienen, die ich in meinen Beutel stopfte. Obwohl ich öfter dazu gezwungen war, innezuhalten, weil die Rippe schmerzhaft protestierte, hörte ich nicht auf, meine Habe zusammenzusuchen. Dann packte ich Naias' Kleidungsstücke in deren Beutel, bis Fenn meinen Arm festhielt.

»Sag, was los ist«, forderte er mich auf. »Ich hatte gleich ein so komisches Gefühl. Nach dem Kampf ist uns jemand gefolgt.«

»Das waren bestimmt Tiberius' Männer. Dieser verfluchte Kerl hat Naias bedroht, und er ist gefährlich.« Ich erwiderte Fenns eindringlichen Blick, dieser nickte kurz. Wenn es um Naias ging, verstanden wir einander wie Waffenbrüder, auch ohne Worte.

»Brechen wir auf, es wird allerdings nicht einfach werden, die Stadt nachts zu verlassen. Das Tor wird bewacht«, gab Fenn zu bedenken.

Ich sah den Kater an. »Da hätte ich vielleicht eine Idee.«

Ich presste meinen Körper neben einer Tür dicht gegen die Wand, spürte im Rücken den kalten Stein, während ich lauschte. Die Flamme der Fackel in der Wandhalterung, vollführte einen aufgeregten Tanz. Meine Schwester stand aufgelöst im Wachhaus, das neben dem großen Stadttor gelegen war.

»Glaubt mir, edle Soldaten: Als ich durch die Gassen nach Hause eilte, hörte ich das Brüllen eines Raubtieres und dann die Schmerzensschreie von Menschen. Es treibt sich in den Straßen der Stadt herum.«

»Mädchen, ich denke, du hast zu viel Fantasie«, erwiderte eine tiefe Männerstimme, während andere lachten. Da ertönte ein markerschütterndes Gebrüll. Fünf Männer drängten, bewaffnet mit Lanzen, aus dem Häuschen. Ich drehte mich weg, hoffte, in meinem Umhang gehüllt wie ein Obdachloser zu wirken.

»He, du hast du auch das Brüllen gehört?«, sprach mich einer der Männer an.

»Ja, Herr, und ich sah einen Schatten dort vorne. Vor Angst habe ich mich still hierhin gekauert, damit die Bestie mich nicht sieht«, krächzte ich in einem so tiefen Tonfall, dass ich husten musste. Die Männer hoben die Fackeln über ihre Köpfe und spähten angespannt in die angegebene Richtung. Sandfarbenes Fell glänzte kurz auf und verschwand wieder in der Dunkelheit, dann erklang ein Knurren.

»Da vorn, folgt mir«, schrie einer der Wachleute. Die Männer rannten los und ließen mich und Naias vor dem nun unbewachten

Tor zurück. Gemeinsam versuchten wir, den massiven Querbalken, der es sicherte, weg zu wuchten. Doch das Unterfangen gestaltete sich schwieriger als gedacht, da mir aufgrund der Verletzung die Kraft fehlte.

»Wo wollt ihr denn hin?«, fragte eine raue Männerstimme, die ich nicht kannte. Ich drehte mich steif um und stand drei bewaffneten Kerlen gegenüber. Sie sahen nach Kämpfer aus, oder eher wie Schläger.

»Die Stunde ist vorbei«, meinte der Rädelsführer, dessen Gesicht eine hässliche Narbe verunstaltete. Ich umfasste den Griff meines Schwertes, während mein Puls seinen Schlag verdoppelte.

»Sagt Tiberius, dass ich kein Interesse daran habe, für ihn zu kämpfen«, erwiderte ich und verlagerte mein Gewicht, um einen besseren Stand zu haben. Dabei erinnerte mich meine Rippe wieder daran, dass sie gebrochen war, und ich zog scharf die Luft ein.

»Ihr könnt freiwillig mitkommen oder mit Gewalt.« Die Männer zogen ihre Schwerter, während ich mich vor Naias schob und meine Waffen ebenfalls zückte.

»Willst du wirklich die hübsche Kleine in Gefahr bringen?«, fragte der Kerl neben dem Rädelsführer und fuhr sich mit der Zunge über die bartumrandeten Lippen, als würde er etwas Leckeres sehen. Er betrachtete meine Schwester wie ein saftiges Stück Hammelbraten. Das wiederum entfachte in mir ein Feuer, das heiß in meinen Eingeweiden brannte.

»Wenn nur einer von euch ihr zu nahe kommt, dann spieße ich euch auf«, zischte ich.

»Lasst eure Waffen stecken, ich werde der kleinen Kratzbürste Manieren beibringen«, sagte mein Gegenüber gönnerhaft, und seine Kumpane traten zurück.

»Na dann, greif an«, forderte er mich auf. Das ließ ich mir nicht zweimal sagen. Obwohl jede Bewegung mir verfluchte Schmerzen verursachte, holte ich aus. Mein Gegner parierte, doch ich drosch weiter auf ihn ein, trieb ihn vor mir her.

»Sie ist nicht schlecht«, meinte einer seiner Begleiter, womit er meinen Gegner ablenkte. Dies wusste ich für mich zu nutzen. Der Kampfdolch traf seine Hand, er verlor das Schwert, dann stach ich zu und durchbohrte sein Herz. Seine Augen wurden groß, einen Wimperschlag später sank er zu Boden.

»Verdammte Schlampe.« Die beiden übrigen Männer griffen gleichzeitig an. Diesen Kampf würde ich nicht lange durchhalten. »Naias, renn weg«, befahl ich. Eine Klinge flog auf mein Gesicht zu, ich blockte sie ab. Dann sah ich aus dem Augenwinkel eine zweite Klinge. Es gelang mir, ihr mit einer Drehung auszuweichen, bevor sie meine Seite aufschlitzen konnte. Blitzschnell ging ich in die Hocke. Der Schmerz schien mich innerlich zu zerreißen. Doch ich biss die Zähne zusammen und stach in den Schenkel eines der Angreifer, der fluchend zurückwankte. Der Knauf seines Schwertes traf meine Stirn, und ich sah Sterne. Blut lief über meine Augen, meine Sicht verschwamm.

»Verfluchte Hure, dein Glück, dass wir dich lebend zu Tiberius bringen sollen«, meinte der Dritte im Bunde. Ein tiefes Grollen erklang, das nicht menschlich war. Einen Herzschlag später griff Fenn an. Er riss meinem Angreifer die Kehle heraus. Der Verletzte versuchte zu fliehen, doch er kam nicht weit. Ich drehte mich um und suchte nach Naias, die sich in den Eingang des Wachhauses drückte.

»Ich habe doch gesagt, du sollst fliehen«, meinte ich vorwurfsvoll. Sie sah mich mit großen Augen an.

»Lass uns das Tor öffnen.« Fenn hatte wieder seine menschliche Gestalt angenommen. Sein Blick glitt zu Naias, die noch immer wie angewurzelt dastand und zitterte.

»Habe ich dich erschreckt?«, fragte er vorsichtig.

»Nein, ganz und gar nicht. Du hast Kayla das Leben gerettet.« Sie fiel ihm um den Hals und schluchzte.

»Es ist doch alles gut.« Sanft strich er ihr über den Rücken.

»Was ist mit den Wachleuten?«, wollte ich wissen. Ein leises Lachen kam als Antwort zurück. »Die sind gerade auf dem Weg zum anderen Ende der Stadt. Da werden sie noch weitere tote Männer finden, die für Tiberius gearbeitet haben.« Fenn befreite sich von Naias, und mit seiner Hilfe gelang es uns endlich, den Balken aus den Metallbügeln zu ziehen. Krachend flog er auf den Boden. Fenn, dessen nackter Hintern im flackernden Schein der Straßenbeleuchtung aufblitzte, schob ihn zur Seite. Ich öffnete einen Torflügel, während Naias das Gepäck heranschleppte. Sie hielt ihrem Gefährten einen Umhang hin. »Kayla hat dich schon lange genug in deiner ganzen Pracht gesehen.« Sie hatte sich offensichtlich wieder gefangen. Meine Kleine war eben hart im Nehmen.

»Schön, dass du so besorgt um mich bist«, entgegnete Fenn erheitert.

»Lasst uns endlich gehen.« Damit packte ich meinen Beutel, den ich, begleitet von Schmerzgewimmer, über meine Schulter warf.

»Tut es sehr weh?«, fragte Naias besorgt.

»Wir können uns später darum kümmern.« Ich zog eine Fackel aus der Wandhalterung, mit deren Hilfe ich die Brücke beleuchtete. Naias und Fenn folgten mir.

Wir legten trotz der Dunkelheit, die den Wald wie eine schwarze Decke einhüllte, einige Meilen zurück, bevor ich endlich genug Ruhe fand, um einer Rast zuzustimmen. Naias hatte dank ihrer Kräfte einen etwas abseits vom Weg gelegenen See aufgespürt. Dort war der ideale Lagerplatz, und sie konnte mithilfe des Wassers endlich meine Heilung beginnen.

»Du patrouillierst ums Lager, damit uns keiner überrascht. Ich werde mich währenddessen um meine Schwester kümmern.« Naias strich ihrem Löwen über die Schnauze und drehte sich dann mir zu. Doch Fenn stupste ihren Ellenbogen an. Darauf wandte sich Naias ihm erneut zu, um durch seine Mähne zu wuscheln, worauf er schnurrte. Es war schon ein seltsames Paar, Fenn in seiner mächtigen Löwengestalt und Naias, das zierliche Nixengeschöpf.

»Jetzt ist aber Schluss, Kater. Los, ab, an die Arbeit«, befahl sie mit gespielter Strenge in der Stimme und deutete in den Wald. Mit einem unwilligen Knurren kam Fenn der Aufforderung nach.

»Der Kerl hat dein Gesicht ziemlich hart getroffen«, meinte Naias. Sie betastete meine Stirn, Schmerz durchzuckte mich. »Es blutete nicht mehr, aber schön sieht es nicht aus. Dann fangen wir mal mit dem Heilen an. Damit du wieder vorzeigbar wirst. Zieh dich aus.« Naias stemmte die Arme in die Hüften. Ich tat, was sie verlangte, doch mit einer verletzten Rippe wurde sogar das Ausziehen zur Tortur. Naias half mir. Dann ging ich zum Wasser, steckte vorsichtig einen Zeh hinein, den ich sofort wieder zurückzog. Eine Gänsehaut breitete sich über meinen Körper aus, das Nass war eisig.

»Jetzt stell dich nicht so an«, schimpfte Naias.

»Es ist scheißkalt.« Ich schlug die Arme um die nackte Brust.

»Mit Hünen kämpfen, die zwei Köpfe größer sind als du, aber bei einem bisschen Wasser so einen Aufstand machen. Rein jetzt!«

»Du hast dir in letzter Zeit einen ziemlich herrischen Ton zugelegt«, meckerte ich, als ich zitternd ins Wasser watete.

»Den muss man auch haben, wenn man sich mit einer Memme wie dir und einem unerzogenen Kater herumtreibt.« Es knurrte im Dickicht.

»Genau, ein unerzogener Kater. Fenn, hör auf uns zu bespitzeln.« Naias wandte sich wieder mir zu. Zähneklappernd hockte ich im See und rieb meine Arme.

»Fangen wir an.« Damit zog auch meine Schwester ihre Kleidung aus. Sie kniete sich zu mir ins Wasser, das ihr über die Brüste ging, und legte ihre Hände auf die verletzte Stelle. Hitze durchströmte meinen Körper. Das Wasser um mich begann zu sprudeln, die kleinen Blubberbläschen kitzelten mich. Stechende Schmerzen blitzten auf, sodass ich nach Luft schnappte, dann verschwanden sie, als wäre nichts gewesen, auch das Pochen über meinem Auge war weg.

»Ist es besser?«

Ich drehte meinen Oberkörper hin und her. »Es geht mir gut, ich spüre nichts mehr.«

»Na, dann kannst du dich ja waschen.« Naias klatschte mir einen Schwall Wasser ins Gesicht.

»Oh warte, du kleine Natter. Ich werde es dir zeigen.« Damit sprang ich auf und verfolgte meine Schwester, die sich in tieferes Wasser flüchtete. Dort bespritzten wir uns beide, bis das Haar triefend nass an unseren Köpfen klebte. Wir benutzten die auf dem Markt erstandene Seife, um uns zu waschen. Am Ufer nahmen wir gehüllt in Leintücher Platz. Ich schaute zum Himmel, Naias legte ihren Kopf auf meine Schulter. Es sah aus, als hätte die Göttin Sol selbst einen Sack voller Edelsteine über dem Firmament ausgeschüttet.

»Wenn es nur immer so friedlich sein könnte«, seufzte Naias.

»Bald, kleine Schwester, bald.« Zärtlich strich ich über Naias' feuchte Haarsträhnen. »Ich muss nur die Kämpfe in Ro'an bestreiten, dann haben wir ausgesorgt.«

»Kämpfe?« Naias' Körper versteifte sich.

»Ja, in Ro'an, ich werde daran teilnehmen, dann gehen wir auf ein Schiff und segeln weiter nach Lybra. Dort gibt es die besten Heiler und folglich auch die besten Ausbilder. Außerdem heißen sie auf der ganzen Insel Gogon Magie willkommen.«

»Aber vor allem in der Hauptstadt sind die Menschen magischen Wesen gegenüber besonders feindselig eingestellt. Ich weiß nicht, ob wir dort hingehen sollten. Damit fordern wir nur das Schicksal heraus.« Naias kaute auf ihrer Unterlippe herum.

»Der Hafen von Ro'an ist sowieso am besten geeignet, um nach Lybra zu kommen, wir müssen also eh dort hin. Komm schon, Naias, die Niederlage heute hat ganz schön an meinem Selbstbewusstsein gekratzt. Lass es mich versuchen.« Zart stupste ich gegen Naias' Schulter. Ihr Mund wurde zu einem geraden Strich.

»Es wäre mir sehr wichtig. Lass mich nicht betteln.«

Naias wandte sich mir zu. Nach ihrem Gesichtsausdruck zu urteilen, war sie alles andere als begeistert.

»Und danach hörst du für immer mit den Kämpfen auf?«

»Ich schwöre, das werden die letzten, dann geh ich mit dir nach Lybra, kaufe ein hübsches Haus mit Stall und züchte Hühner.«

Nachdenklich knetete Naias ihre Unterlippe. »Auch Häschen?«

Ich grinste. »Meinetwegen auch Häschen.«

»Also gut, wir gehen dorthin. Aber wenn es bei den Kämpfen zu gefährlich wird, wirst du aufgeben. Versprich es mir.«

Ich küsste Naias auf die Wange. »Ich geb dir mein Wort. Und jetzt lass uns was anziehen.«

Es dauerte drei Mondzyklen, bis wir eine Anhöhe über der Ebene von Ro'an erreichten, an deren gegenüberliegenden Seite die gigantischste Stadt lag, die ich je in meinem Leben gesehen hatte, geschützt von einem ebenso beeindruckenden Wall. Dahinter schimmerte der Ozean. Auf den Klippen über der Stadt thronte ein Herrscherpalast wie ein weißer Falke, der sein Revier vom höchsten Baum aus überblickte. Bestimmt war das Gebäude aus Marmor. Grober Sandstein kam wahrscheinlich für ein Gebäude wie dieses erst gar nicht infrage. Wie wohl die Arena aussah?

Als die Nacht anbrach, hatten wir die Ebene noch lange nicht durchquert und lagerten abseits der befestigten Straßen, die wir grundsätzlich mieden, unter einem Aquädukt. Insgesamt schlängelten sich drei dieser wasserbringenden Riesenwürmer von dem Gebirge, das das Tal umgab, durch die Landschaft bis zur Stadt.

»Die Reise ist friedlicher verlaufen, als ich gedacht hatte, nachdem wir so Hals über Kopf aus N'olan geflohen sind«, resümierte Naias und streckte ihre Hände dem Feuer entgegen, dessen Schein bizarre Schatten auf die massiven Säulen des Rundbogens warf, unter dem wir saßen.

»Ich muss zugeben, das haben wir zum größten Teil Fenn zu verdanken, da er uns mithilfe seiner feinen Raubtiersinne geführt hat und wir so Räubern sowie anderem Gesindel aus dem Weg gehen konnten.« Ich lehnte mich gegen den kalten Stein und schlug die Beine übereinander. »Und die, die uns doch begegnet sind, hat der Anblick einer bewaffneten Frau neben einem riesigen Löwen zumeist in die Flucht geschlagen. Der Kater hat sich wirklich als äußerst nützlich erwiesen.« Bei diesen Worten neigte ich anerkennend mein Haupt, worauf Fenn, der mir gegenübersaß, grinste.

»Das einmal aus deinem Mund zu hören, macht mich so glücklich. Ehrlich, jetzt kann ich in Frieden sterben.« Theatralisch fasste sich Fenn mit beiden Händen an die Brust. Naias rutschte zu ihm und kniff ihm in die Wange. »Untersteh dich, Kater, ich brauch dich noch, und sei es nur zum Tragen meines Gepäcks«, sagte sie lachend. Ich stimmte mit ein. Beinahe hätte ich mich an dem Bissen Brot in meinem Mund verschluckt, den ich hustend ausspuckte.

»Das ist alles, was ich für dich bin, dein Sklave? Oh, das trifft mich«, erwiderte Fenn mit viel Schmalz in der Stimme.

»Mein Liebessklave«, verbesserte Naias, und die Augen des Feles funkelten. Blitzschnell packte er sie, um sie in seine Arme zu ziehen. »Damit kann ich leben«, schnurrte er, während er Naias' Ohrläppchen bearbeitete, die sich nur halbherzig zur Wehr setzte. Kichernd wand sie sich in Fenns Armen. Das wurde mir nun doch zu viel. Ich kam mir wie ein Eindringling vor, daher erhob ich mich und ging ein paar Schritte, um der intimen Zweisamkeit der beiden zu entkommen. In der Ferne lag die Stadt, von Feuern unterschiedlichster Größen hell erleuchtet. Es schien, als würde sie niemals zur Ruhe kommen. Ich schaute zum Palast auf dem Hügel, auch dort brannten Feuer. Wie es sich da wohl lebte? Ich kannte den Namen des Herrschers dieses Landes nicht, und er war mir auch egal. Für die Reichen und Mächtigen hatte ich mich nie besonders interessiert. Warum auch – ich würde diesen Menschen sowieso niemals begegnen. Irgendwie taten sie mir sogar leid, gefangen in ihren goldenen Käfigen, hatten sie nie die Chance, zu erfahren, was echte Freiheit war. Das wäre kein Leben für mich gewesen.

Eine bleierne Schwere bemächtigte sich meiner Glieder. Ich musste dringend schlafen. Da hinter mir nichts mehr von den beiden Turteltauben zu hören war, kehrte ich zum Feuer zurück. Dort hatte Fenn seine Zunge tief in Naias' Mund geschoben. Mich schüttelte es bei dem Gedanken, dies mit einem Mann zu machen. Das war widerlich, wie ich genau wusste – von dem einzigen Kontakt, den ich mit einem Kerl in dieser Hinsicht gehabt habe. Mein Körper begann zu zittern, ich verbannte die grausame Erinnerung in den hintersten Winkel und schritt zu meinem Platz. Die beiden bemerkten meine Anwesenheit gar nicht. Ohne die zwei eines weiteren Blickes zu würdigen, bettete ich mein Haupt auf den Reisebeutel und zog den Umhang enger um meinen Leib. Nur Augenblicke später empfing mich Somnium, die Göttin der Träume, in ihrem Reich.

Ich spürte rauen Stein unter den Knien, kalte Luft streifte meinen nackten Körper. Die Hände brannten, als wären sie großer Hitze ausgesetzt, worauf ich sie vor mein Gesicht hob, um sie von allen Seiten zu betrachten, doch sie wirkten normal. Plötzlich passierte etwas mit ihnen. Mit angehaltenem Atem beobachtete ich, wie sie zu rötlich zu leuchten begannen. Mein Herz trommelte gegen den Brustkorb, glühende Lavaschlangen krochen meine Arme hoch, umwanden meinen Leib, bis dieser nur noch aus Feuer bestand. Mein Körper war zu einer flammenden Säule geworden. Verwundert betrachtete ich die brennenden Arme, ich empfand keinen Schmerz, die Angst verebbte. Ich hatte das Gefühl, meine wahre Gestalt gefunden zu haben. Die Hitze des Feuers umhüllte mich wie der Leib einer Mutter das ungeborene Kind. Am

Horizont entdeckte ich Naias, die mir zuwinkte. Da verwandelte ich mich in einen gewaltigen Feuersturm, der über alles hinwegfegte und verbrannte, was ihm in die Quere kam. Es war einfach nicht aufzuhalten. Ich wollte Naias zurufen, dass sie verschwinden sollten. Doch meine Stimme war zu einem heißen Fauchen geworden. Meine Hitze erreichte Naias, schmorte ihr die Haut vom Fleisch, das schwarz wurde. Dann zerfiel ihr zierlicher Körper zu Asche. Bei den Göttern, ich hatte meine kleine Schwester getötet. Schmerz drohte mich zu zerfressen, ich brüllte die Verzweiflung heraus, doch ich vermochte das Inferno nicht zu stoppen.

»Wach auf!« Die Worte drangen aus weiter Ferne zu mir, dann spürte ich Hände, die an mir rüttelten. »Ich bitte dich, öffne die Augen.« Es war Naias' besorgte Stimme. Ich hob die Lider. Mit wild hämmerndem Herzen blickte ich in die Augen meiner Schwester. Zitternd strich ich über ihre Wange, um zu spüren, dass wirklich sie noch lebte. Ihre Wärme unter meinen Fingern ließ meinen Pulsschlag zur Ruhe kommen. Es war alles nur ein Traum gewesen.

»Was ist passiert?«, fragte ich.

»Du hast geschrien, dann schoss dort eine Stichflamme in die Höhe, als würde ein im Boden lebender Drache Feuer spucken.« Naias deutet zur Asche des Lagerfeuers.

Ich blinzelte. »Ich glaub, du hast geträumt, da dürfte nur noch Glut übrig gewesen sein, wenn überhaupt. Oder hast du Holz nachgelegt?«

»Nein, aber Fenn hat es auch gesehen.« Naias wandte sich ihrem Gefährten zu, der nur nickte. Ihm schien das gerade Erlebte sprichwörtlich die Sprache verschlagen zu haben.

Schwerfällig rappelte ich mich auf und stocherte mit einem Stock in der Asche herum. Ein paar glühende Brocken kamen zum Vorschein.

»Vielleicht war an einem der Stämme getrocknetes Harz«, mutmaßte ich. Ich dachte an den Traum und schüttelte langsam den Kopf. Es war nur ein verfluchter Traum gewesen, mehr nicht.

Damit warf ich den Stock in die Asche. Die ersten Strahlen der Sonne krochen bereits über die Gipfel des Gebirges.

Ich schaute zu meiner Schwester. »Packen wir zusammen und reisen weiter.«

Kapitel 7

Wir benötigten noch eineinhalb Tage, bis wir vor dem Stadttor standen, das zwei gerüstete Männer bewachten.

»Wohin?«, wollte der Größere wissen.

»Wir möchten an den Kämpfen teilnehmen.«

»Waffen?«, fragte sein Kollege.

»Nur die hier.« Ich öffnete meinen Mantel. Am Gürtel hingen Schwert und Dolch.

»Und er?« Der große Wachmann deutete auf Fenn.

»Ich hab dieses Schwert bei mir.« Der Feles öffnete ebenfalls seinen Mantel.

Der kleinere Wächter sah zu Naias, die ihr niedlichstes Grinsen aufsetzte. »Ich besitze nur mein entwaffnendes Lächeln«, meinte sie mit lieblicher Stimme, worauf die beiden Männer lachten.

»Ist gut. Ihr könnt passieren.«

Als wir das Tor hinter uns gelassen hatten, fand ich mich in einem Hexenkessel wieder. Menschen aller Herren Länder strömten an mir vorbei. Pferdekarren holperten über die gepflasterten Straßen und die verschiedensten Gerüche stiegen in meine Nase, viele davon waren alles andere als angenehm.

»Und ich dachte, es geht nicht schlimmer«, sagte Fenn.

»Suchen wir die Arena«, beschloss ich. Ich betrachtete der Reihe nach die fünf breiten Straßen, die vor mir lagen und in verschiedene Richtung führten. Ich entschied mich für die mittlere, in der Hoffnung, sie würde zum Marktplatz führen.

»Da lang.« Damit ging ich voran. Ich passierte weiß gekalkte Steinhäuser, die bis zu fünf Stockwerke hoch waren. In den untersten Etagen befanden sich zumeist Läden oder Gasthäuser.

»Wie können nur so viele Menschen auf einem Haufen leben.« Fenn kam aus dem Kopfschütteln nicht mehr heraus.

Statt Stroh bedeckten rote Ziegel die Dächer der Häuser. Es gab Gassen, die so schmal waren, dass sich die hervorspringenden Balkone oder die oberen Stockwerke fast berührten. Arkaden säumten den Weg, in denen Straßenhändler ihre Waren feilboten. Hölzerne Fenstergitter behinderten die Sicht in die Gebäude.

Nach einer gefühlten Ewigkeit erreichten wir einen Marktplatz. Ein Verkaufsstand schloss sich hier an den nächsten. Mein Blick glitt über die bunten Stoffdächer hinweg zu dem kreisförmigen Gebäude dahinter, das scheinbar nur aus Rundbögen bestand. Ich musterte die mehr als fünfzig Schritt hohe gekalkte Fassade. Das musste die Arena sein. Mir stand der Mund offen: Sie war riesig.

»Wie, bei den Göttern, konnten Menschen so etwas errichten?«, staunte Naias neben mir.

Statt zu antworten, lief ich zielstrebig darauf zu und betrat die offene Arkade, die das Gebäude umsäumte, und die allein schon fünf Schritt hoch war. Ich gelangte in einen Korridor und entschied mich, nach rechts zu gehen. Wir passierten Gänge, die zu weiteren Korridoren führten, von denen aus man wohl über Treppen die Ränge betreten konnte.

»Mal schauen, wo man dort hingelangt.« Damit verschwand Naias in einem der Gänge.

»Bleib hier«, schrie ich, doch es kam keine Reaktion. Ich verdrehte die Augen und blickte zu Fenn, der mit den Schultern zuckte. Ich folgte Naias in den Gang. Im nächsten Augenblick standen wir vor Treppen, Treppen und nochmals Treppen, alle führten in unterschiedliche Richtungen. Es war wie in einem Labyrinth. Ich drehte mich im Kreis. Fenn hob sein Gesicht, seine Nasenflügel bebten, kurz darauf deutete er zu einer Treppe. Sofort stieg ich die Stufen empor. In einem Gang angekommen, ließ ich mich vom Sonnenlicht leiten. Am Ende des steinernen Flurs trat ich nach draußen, die warmen Strahlen blendeten mich, sodass ich mit den Händen mein Gesicht beschatten musste. Unter mir breitete sich eine gigantische Arena aus. Auf der gegenüberliegenden Seite befand sich eine terrassenartige, über mehrere Stockwerke verlaufende Loge, deren vergoldete Brüstung in der Sonne glänzte. Dort würde bestimmt der Herrscher sitzen, um den Kämpfen beizuwohnen.

Ich ließ meinen Blick über die Ränge schweifen, die mit Sicherheit mehrere Zehntausende Zuschauer fassten.

»Das ist unglaublich, oder?«, flüsterte Naias, die ich erst jetzt bemerkte. »Und sieh mal da unten.« Meine Schwester deutete auf einen Mann, der in der Mitte der Arena stand. Die Goldmaske, die den größten Teil seines Gesichtes verdeckte, funkelte im Sonnenlicht. Sein dunkles Haar war zu einem Zopf gebunden. Zwei Schwerter in einer Halterung auf seinem Rücken wiesen ihn als Kämpfer aus. Außer den Gurten bedeckte nichts den muskulösen Oberkörper. Die Beine steckten in dunklen Hosen und Stiefeln. Der Mann strahlte pure Kraft aus. Er war der geborene Krieger. Mir stockte der Atem. Obwohl ich aufgrund der Maske seine Augen nicht sehen konnte, hatte ich das Gefühl, dass er mich anstarrte. Unbehagen kroch wie eine Schlange meine Glieder hoch und sorgte dafür, dass sich meine Nackenhärchen sträubten.

»Lass uns gehen.« Ich packte meine Schwester am Ärmel und zog sie hinter mir her.

»Also, ich weiß nicht, der Kerl war zwar weit weg, aber er wirkte trotzdem riesig«, meinte Naias, als wir in den Gang traten.

Im Erdgeschoss angekommen, trafen wir auf Fenn, der einen Fremden im Schlepptau hatte.

»Der Herr bringt uns zu den Unterkünften der Kämpfer«, erklärte Fenn, auf seinen Begleiter deutend, der sich mit einem Tuch den Schweiß von der blanken Stirn tupfte, das er anschließend unter seiner blauen Tunika verstaute. In der anderen Hand hielt er eine Tasche. Mir war vor all dem Staunen gar nicht aufgefallen, dass Fenn fort gewesen war.

»Mächtig heiß heute«, sagte der Fremde. Damit hatte er recht. Zum Glück hatte ich bei der letzten Rast auf mein Hemd verzichtet und trug nur den ledernen Brustpanzer.

»Aber wo sind meine Manieren? Darf ich mich vorstellen: mein Name ist Pius.«

»Ich heiße Kayla, das ist Naias und Fenn kennt Ihr bereits. Ich danke Euch für Eure Freundlichkeit.«

Gutmütige Augen blickten mich an. »Keine Ursache, ich bin sowieso auf dem Weg dorthin. Als Heiler betreue ich die Kämpfer.«

»Ein Heiler, wie aufregend. Erzählt mir mehr davon.« Naias hakte sich bei dem Mann unter, der nicht viel größer als sie war. Seufzend schloss ich mich den beiden an, während Fenn mir beschwichtigend die Hand auf die Schulter legte. Wir folgten der Fassade bis zur Rückseite des Gebäudes, dort lag eine kleinere Arena. Durch einen drei Schritt hohen Eingang erreichten wir einen arkadengesäumten Kampfplatz, auf dem Männer unterschiedlichster Herkunft trainierten. Ein Dunkelelf strahlte mit seiner blassen Haut förmlich aus der Masse der Kämpfer heraus. Diese Wesen waren fast genauso selten wie die Feles. Ich schaute zu Fenn, der sich über das Becken des Wandbrunnens neben dem Eingang beugte und Wasser in seine Hände laufen ließ.

»Hier müsst ihr euch anmelden.« Pius deutete zu einer Tür auf der anderen Seite des Eingangs. »So, jetzt benötigt mich mein Patient. Viel Glück.«

Nachdem ich das Anmeldeprozedere hinter mich gebracht hatte, bei dem ich die wahre Natur meiner Begleiter nicht offen darlegte – obwohl das die Gesetze des Landes forderten – wurde uns ein Zimmer zugewiesen. Eigentlich hätten die beiden sich schon nach dem Betreten der Stadt als magische Wesen zu erkennen geben und registrieren lassen müssen, doch ich hielt es für besser, wenn sie das unterließen. Nicht auszumalen, was sie mit Naias tun würden, wenn sie von ihren Heilerfähigkeiten erfuhren, und Fenn würde den Rest seines Lebens als Attraktion in Gefangenschaft verbringen. In Ro'an hatten Personen ihrer Herkunft noch weniger Rechte als Sklaven. Daher hatte ich den beiden auf der Reise gebetsmühlenartig eingebläut (bis sich Naias die Ohren zuhielt), dass sie niemals und unter keinen Umständen auch nur den geringsten Verdacht aufkommen lassen durften, keine normalen Menschen zu sein.

Wenig später schritten wir hinter einem Diener die Arkade entlang, die das im Gegensatz zur Hauptarena viel kleinere Übungsrund umsäumte. Auf der anderen Seite des breiten Säulenganges lagen verschiedene Räumlichkeiten, die unter anderem die Unterkünfte der Kämpfer beherbergten. Kleine Fenster wechselten sich mit Türen ab. Mein Blick suchte unter den Männern, die im Rund trainierten, den maskierten Kämpfer, doch er schien nicht dabei zu sein. Enttäuscht ließ ich die Schultern sinken. Obwohl sich bei dem bloßen Gedanken, ihm gegenüberzutreten, meine Nackenhärchen sträubten, hätte ich ihn doch ganz gerne einmal aus der Nähe betrachtet, um festzustellen, ob er dann noch immer so beeindruckend war.

Als wir die halbe Arena umrundet hatten, öffnete der Diener eine Tür. Mich erwartete ein Bett, ein Tisch und zwei Stühle.

»Wasser gibt es am Brunnen und öffentliche Latrinen sind dem Eingang gegenüber auf der anderen Straßenseite«, informierte der Diener uns, dann eilte er davon. Ich betrat den Raum, während Fenn und Naias in der Tür stehen blieben.

»Nicht schön, aber zweckmäßig. Na ja, zumindest ist es in der Anmeldegebühr enthalten«, stellte meine Schwester sarkastisch fest.

»Besser als nichts.« Fenn gesellte sich zu mir und packte den Proviantbeutel auf den Tisch. Ich warf das Gepäck aufs Bett und setzte mich daneben.

»Ich habe schon auf unbequemeren Unterlagen geschlafen.« Naias plumpste an meine Seite. Der strohgefüllte Sack knisterte.

»Wir nehmen das Bett, Fenn schläft auf dem Boden«, beschloss sie. »Und jetzt möchte ich mich in der Stadt umschauen.« Damit sprang sie auf, packte Fenns Hand und zog ihn zur Tür. Dort blieb sie stehen, wandte sich um und hob die Brauen »Was ist? Los, komm mit.«

»Nein, geht ihr zwei allein, ich bleib hier«, lehnte ich ab. Fenn schloss die Tür hinter sich. Als ich allein war, erhob ich mich, holte meine Ausrüstung aus dem Beutel und breitete die Sachen auf dem Tisch aus. Schwert und Dolch legte ich daneben. Es war an der Zeit, alles auf Hochglanz zu bringen.

Schon eine Weile saß ich am Tisch und polierte mit einem weichen Tuch die Beinschienen. Schwert und Kampfdolch glänzten bereits wie die Sterne.

»Greif an«, schrie jemand. Das weckte meine Neugier, und mein Blick glitt zum vergitterten Fenster. Die Sonne war bereits dabei, ihren Platz am Himmel zu räumen. Ich wollte wissen, wer da noch so spät trainierte. Daher erhob ich mich und spähte durch die Fenstergitter. Was ich sah, ließ mich den Atem anhalten. Der Maskierte aus der Arena übte mit zwei Männern, deren Brust von Plattenrüstungen geschützt war, während er nach wie vor mit bloßem Oberkörper kämpfte. Das musste ich unbedingt aus der Nähe sehen. Schnell legte ich meinen Waffengurt um die Hüften und trat aus dem Raum. Im Schatten einer Säule beobachtete ich den Dunkelhaarigen mit der goldenen Maske, der zwei Schwerter führte. Geschmeidig und kraftvoll parierte er die Angriffe seiner Gegner. Es schien ihn fast keine Energie zu kosten, so, als würde er nur einen Spaziergang machen. Seine Trainingspartner hingegen schnauften wie alte Ackergäule. Es war ein Genuss, dem Krieger dabei zuzusehen, wie sich seine Muskeln unter der Haut bewegten und er katzengleich alle Attacken abwehrte. Meine Kehle war plötzlich so trocken und ich schluckte schwer. Der Mann könnte sich als extrem harter Brocken erweisen. Ich suchte den Griff meines Schwertes. Es beruhigte mich, die Waffe zu spüren.

»Na, wen haben wir denn da?« Oh nein, diese Stimme kannte ich. Steif drehte ich mich zu Attikus um. Meine Finger umklammerten den Schwertgriff, während ich zurücktrat, bis ich den kalten Stein der Säule in meinem Rücken spürte.

»Ich hätte ja nicht erwartet, dich so schnell wiederzusehen.« Er überwand den Abstand zwischen uns und stützte seine Hand neben meinem Kopf ab.

»Wo ist Tiberius?«, wollte ich wissen. Mein Herz schlug bis zum Hals. In Gedanken stieß ich jeden Fluch aus, der mir einfiel. Natürlich war Attikus hier.

»Der quartiert sich doch nicht hier ein. Er hängt mit seinen reichen Freunden herum und liegt wahrscheinlich gerade in diesem Moment bei einem üppigen Festmahl zu Tisch. Der Schreiber spielt das Kindermädchen.« Während er sprach, schaute Attikus auf meine Brüste, die sich hektisch hoben und senkten. Dieses Verhalten trieb Zornesglut durch meine Adern.

»Hier oben sind meine Augen«, fauchte ich.

»Und was für hübsche. Ich habe noch nie eine solche Farbe gesehen. Übrigens: Mein Angebot steht noch, wir können uns auch außerhalb der Arena treffen. In der Stadt gibt es ganz passable Schenken.« Attikus spielte mit einer losen Strähne, die sich aus meinem Zopf gelöst hatte.

»Meines steht auch noch. Du kannst deine nächsten Kämpfe bald mit einer Hand bestreiten, wenn du deine Finger nicht wegnimmst.«

»Kratzbürstig wie eh und je. Trotzdem möchte dich Tiberius immer noch als Kämpferin.«

Mein Puls beschleunigte sich, ich zwang mich, ruhig weiter zu atmen. »Sag ihm, wenn er meinen beiden Gefährten zu nahekommt, endet er so wie seine Männer in N'ola.«

»Das wird ihm nicht gefallen. Ich für meinen Teil glaube, deine abweisende Art ist nur eine Masche von dir, um deinen Preis zu steigern.« Bei diesen Worten beugte sich Attikus zu mir, sein Gesicht kam meinem immer näher, ich spürte bereits seinen Atem auf der Haut. Meine Kehle schnürte sich zu, ich hatte das Gefühl, keine Luft mehr zu bekommen. Eine Furcht, tief verwurzelt in meiner Jugend, ließ meine Glieder erstarren.

»Gibt es Probleme?«, mischte sich eine samtige Stimme ein, die in meinem Magen vibrierte. Sofort zog sich Attikus zurück, seine Miene wurde finster, dann drehte er sich ruckartig um. Ich starrte auf die goldene Maske hinter ihm, die nur die fein geschwungenen Lippen ihres Trägers unbedeckt ließ. Dessen Oberkörper war um einiges muskulöser und beeindruckender als der von Attikus. Trotzdem baute er sich vor dem Krieger auf, wobei sein Kopf gerade einmal bis zum unrasierten Kinn des Dunkelhaarigen reichte.

»Ihr habt uns gerade gestört«, fuhr Attikus den Mann an.

»Habe ich das?« Ich konnte die Augen hinter der Maske zwar nicht so richtig sehen, doch ich war mir sicher, dass er mich anschaute.

»Nein, Ihr habt uns gar nicht gestört, wir sind fertig. Ich wollte gerade zu Bett gehen.«

»Dann wünsche ich Euch eine gute Nacht.« Der Maskierte wandte sich an Attikus. »Ich hoffe, wir sehen uns in der Arena.«

»Ich freu mich darauf«, knurrte der. »Jeder Favorit trifft einmal auf denjenigen, der ihn vom Thron stürzt.«

»Ich glaube nicht, dass du das sein wirst.«

»Wir werden sehen!« Damit rauschte Attikus davon.

Ich betrachtete den Maskierten. Er war also der Lokalmatador. »Ich danke Euch, aber ich hätte Eure Hilfe nicht gebraucht«, sagte ich, während mein Blick über den Körper des Mannes wanderte. Schweißperlen glitzerten zwischen dem krausen Haar, das die bronzefarbene Brust bedeckte. Wie sich seine Muskeln wohl anfühlten? Es war das erste Mal, dass ich den Impuls verspürte, einen Mann zu berühren. Ich fuhr über meine Hose, um das Kribbeln in den Fingern zu unterdrücken, während mein Körper in höchster Alarmbereitschaft war. Denn aus einem unerfindlichen Grund überkam mich plötzlich das Gefühl, der personifizierten Gefahr gegenüberzustehen und dass ich fliehen sollte. In meiner Kehle kratzte es, als hätte ich Sand verschluckt. Ich verschränkte die Arme, um das Zittern meiner Hände zu verbergen, war hin und her gerissen zwischen Fluchtinstinkt und Faszination.

Mein Gegenüber grinste. »Das glaube ich unbesehen, dass du dich deiner Haut erwehren kannst. Ich werde mich nun auch zurückziehen.« Der Mann deutete eine Verbeugung an, dann entfernte er sich. Mit weichen Beinen blieb ich zurück, schaute in die Richtung, in die der Maskierte verschwunden war.

»Die Stadt ist wundervoll. Du hättest dabei sein sollen«, hörte ich Naias hinter mir und schenkte ihr meine Aufmerksamkeit. Freudestrahlend lief sie auf mich zu. Fenn, der ihr folgte, stellte wortlos dar, wie er seine Kehle mit einem unsichtbaren Messer durchschnitt und sich dann mit einem nicht existierenden Seil erhängte. Anscheinend hielt sich seine Begeisterung für die Stadt in Grenzen. Nun ja, seine Art lebte in Wäldern. Ich konnte nicht anders, ich musste lachen. Attikus und der Maskierte traten in den Hintergrund. Manchmal hatte es doch etwas Gutes, dass Fenn so ein humorvolles Kerlchen war.

»Komm rein, ich habe viel zu erzählen.« Damit öffnete Naias die Tür zum Zimmer und wartete. Amüsiert ging ich an ihr vorbei in den Raum. Ich war mir sicher, dass mich zwei völlig unterschiedliche Berichte von dem Ausflug erwarteten.

Kapitel 8

Es waren noch fünf Tage bis zu den ersten Kämpfen und ich nutzte die Zeit, um mit Fenn zu trainieren. Er war ein sehr talentierter Schwertkämpfer, der schnell lernte. Manchmal konnte ich mir gar nicht mehr vorstellen, wie ich mich ohne ihn in Form gehalten hatte. Es beruhigte mich, dass er inzwischen mit der Klinge so gut umgehen konnte, denn so war er in der Lage, Naias zu beschützen, auch ohne sich in seine Katzengestalt zu verwandeln. Ich hatte ihm natürlich erzählt, dass Tiberius in der Stadt war, und er versprach mir, meine Schwester wie seinen Augapfel zu hüten. Naias verschonten wir mit diesen nicht allzu freudigen Neuigkeiten. Ab und zu lief mir Attikus über den Weg, aber er war mit seinen eigenen Vorbereitungen beschäftigt. Zu meiner Verwunderung hatte ich von Tiberius noch nichts gesehen. Wahrscheinlich waren ihm seine toten Männer, die wir hinterlassen hatten, doch der Warnung genug gewesen. Das hoffte ich zumindest.

Dann war es so weit: Die Kämpfe begannen. Ich durchschritt, umringt von den anderen Teilnehmern, einen fackelbeleuchteten Tunnel. Es enttäuschte mich ein wenig, dass vom Maskierten jede Spur fehlte. Mein Herz schlug wild und schnell, als ich die Stufen am Ende des Korridors hochstieg und einen Vorraum erreichte, den ein riesiges Tor dominierte. Dahinter lag die Manege. Durch das Holz gedämpft drangen Jubelschreie in den Wartebereich.

Über sechzig Männer standen mit mir vor dem Tor. Im Gegensatz zu dem, was sich gerade in der Arena abspielte, herrschte hier eine merkwürdige Stille. Keiner redete mit dem anderen. Wir warteten mehr oder weniger nervös darauf, in die Manege gelassen zu werden. Der Beifall der Zuschauer verstummte und eine Stimme erhob sich, die eine Ansprache hielt. Durch das Holz konnte ich die Worte nicht hören, nur, dass es ein Mann war, der redete.

Die üblichen Spinnenbeine krabbelten über meinen Körper. Ich prüfte meine Waffen, dann die Arm- und Beinschienen. Alles befand sich an seinem Platz und funktionierte. Attikus, den ich aus dem Augenwinkel sah, lockerte die Schultern. Er hatte sich dieses Mal für Schwert und Schild entschieden. Hinter dem Tor erklang Musik. Ich umklammerte die Griffe meiner Waffen und seufzte, denn es hieß wieder einmal warten.

Ohne ersichtlichen Grund begannen meine Nackenhärchen, sich aufzustellen, und ein Schauer lief über meinen Körper. Es schepperte hinter mir, als würden die Kämpfer zur Seite treten. Ich drehte mich um und sah den Grund. Der Maskierte schritt durch die Reihen der Männer, in deren Mitte er stehen blieb. Er verharrte wie eine Statue, nur das gleichmäßige Heben und Senken seiner Brust zeigte, dass er lebendig war. Die anderen Kämpfer hielten Abstand, als wäre um ihn eine unsichtbare Grenze gezogen worden. Der eitle Kerl liebte also den großen Auftritt.

Ich zwang mich, meinen Blick wieder auf das Tor zu richten. Fanfaren ertönten und die beiden Flügel wurden weit geöffnet. Im nächsten Augenblick lief ich gegen einen Wall aus Stimmen,

Hitze und grellem Licht. Das Blut rauschte durch die Adern. Die Ränge waren bis auf den letzten Platz mit Zuschauern gefüllt. Noch nie zuvor in meinem Leben hatte ich so viele Menschen auf einem Haufen gesehen. Irgendwo unter ihnen saßen Naias und Fenn. Mein Herz flatterte wie ein Schmetterling in der Brust herum. Konnte ich wirklich vor so vielen Menschen kämpfen? Die Unsicherheit pflanzte ihren hässlichen Keim in meinen Verstand. Nein! Ich würde meine Schwester und Fenn nicht enttäuschen. Außerdem hatte ich mit Attikus noch eine Rechnung offen. Die Kämpfer stellten sich in der Mitte der Manege auf und schauten erwartungsvoll zur Herrscherloge. Aus einem Eingang auf der anderen Seite der Arena traten zehn Männer in schwarzen Togen, die sich hinter den Kämpfern positionierten. Ich war mir nicht sicher, was deren Aufgabe sein würde – vielleicht sahen hier die Priesterjungfrauen so aus? Der Gedanke brachte mich zum Grinsen. Doch ich wurde eines Besseren belehrt, denn der Hohepriester und sein weibliches Gefolge strömten nur wenig später in die Arena. Sie hielten die übliche Zeremonie ab, einschließlich des ekelhaften Gebräus, nur in einer anderen Sprache.

Nachdem das Ganze beendet war, blickte ich wie die anderen Kämpfer zur Herrscherloge, in der eine verhüllte Gestalt umrahmt von Soldaten auf einer Art Thron saß. Als ich kurz nach meiner Ankunft die Arena besichtigt hatte, waren noch keine Möbel in der Loge gewesen. Ebenso wenig wie die Sonnensegel, die heute den Thron beschatteten. Obwohl die Luft in der Arena stand, trug der Herrscher einen dunklen Umhang, dessen Kapuze ihm tief ins Gesicht hing. Aufgrund der hohen Temperaturen hatte ich mich dazu entschlossen, das Hemd wegzulassen und nur im ledernen Oberkörperschutz anzutreten. Ich wischte die feuchten Handflächen an der Hose ab, während ich zu dem Mann schaute, dem vier Diener Luft zufächelten. Entweder war der Kerl extrem exzentrisch oder hatte einfach nur Angst, dass ihn die Sonne zu sehr bräunte.

Die Frau in edler Robe, die neben ihm saß, kam an die Brüstung und winkte mit einem Taschentuch. Ihr Lächeln besaß eine Wärme, wie man es selten bei Aristokraten fand. Einen Augenblick genoss die Dame den Jubel der Menschen, dann ließ sie das Taschentuch los, sodass es in die Manege flatterte. Als es den Boden berührte, ertönte eine Fanfare. Die Kämpfer suchten ihre Gegner, während sich die Schwarzgekleideten ebenfalls verteilten, aber eher eine beobachtende Funktion zu haben schienen, denn sie führten keine Waffen mit sich.

Ich hielt nach Attikus Ausschau, doch der stand bereits einem Herausforderer gegenüber, und so begnügte ich mich mit dem Nächstbesten. Es war ein Jüngling, der noch keine zwanzig Winter gesehen hatte und aufgrund seines Alters kaum über viel Kampferfahrung verfügen durfte. Er zog ein Kurzschwert, anschließend positionierte er sein Schild. Auch ich zog die Waffen blank und suchte dabei einen festen Stand, das Blut in meinen Adern glühte vor Kampfeslust. Ein zweites Fanfarensignal gab den Kampfbeginn frei. Der Jüngling griff an, doch ich wich aus und seine Attacke lief ins Leere, wie auch eine zweite und dritte. Es kostete mich nicht einmal viel Kraft, da mein Gegner zu ungestüm war. Ich hatte fast Angst, ihn zu verletzen, wenn ich seine Angriffe parierte. Doch sein nächster Schlag ließ mir keine andere Wahl. Ich riss mein Schwert hoch und die Waffen trafen klirrend aufeinander. Ich konzentrierte mich auf die Klinge meines Angreifers. In diesem Moment traf der Rand seines Schildes mein Kinn. Meine Zähne schlugen hart aufeinander, für einen Wimpernschlag sah ich Sterne und mein Kiefer schmerzte. Jetzt reichte es. Ich wollte den Kampf beenden. Daher täuschte ich einen Angriff mit dem rechten Schwertarm vor. Als er seinen Schild hochriss, um die Attacke abzuwehren, machte ich eine Drehung und fegte ihn mit einem gezielten Tritt gegen seine Knie von den Beinen, wobei er seine Waffe verlor. Dann bohrte ich ihm die Spitze des Schwertes in den Rücken. Der Junge bewegte seinen Schildarm und wollte sich wehren. Ich beugte mich zu ihm herunter.

»Du bist noch nicht bereit für solche Kämpfe. Sei froh, dass du nur am Boden liegst und keine Klinge in deiner Brust steckt. Trainiere und nimm in zwei Jahren wieder teil. Jetzt würde ich an deiner Stelle liegen bleiben.« Um meine Worte zu unterstreichen, verstärkte ich den Druck meiner Waffe, worauf der Knabe erstarrte. Aus allen Richtungen hörte ich Waffengeklirr, begleitet von den ständigen Anfeuerungsrufen der Zuschauer, die ich nur noch wie das Summen eines wütenden Bienenschwarms wahrnahm. Ein Mann in schwarzer Robe trat heran.

»Die Frau hat gewonnen, der Knabe ist raus«, schrie der Schwarzgekleidete in Richtung der Herrscherloge, dazu machte er Handzeichen.

»Geht in den Aufenthaltsbereich der Kämpfer und wartet dort auf die nächste Runde«, sagte er zu mir. Ich nickte und verstaute die Waffen, um dann seinen Anweisungen Folge zu leisten. Nun war das Geheimnis der Männer in dunkler Toga gelüftet: Sie überwachten die Kämpfe und verkündeten die Gewinner. Ich hoffte, dass Naias auch ohne meine Zeichen ihre Wetten gut platzieren würde, denn sie und Fenn hatten ganz oben Sitze bekommen. Von dort aus würde sie meine Handsignale mit Sicherheit nicht erkennen können.

Ein Diener öffnete das Tor, im Raum dahinter war es angenehm kühl. Sobald das Tor wieder geschlossen war, umhüllte mich Dunkelheit. Meine Augen brauchten etwas, bis sie sich an den Fackelschein gewöhnt hatten. Ich setzte mich auf die rechte Bank, die entlang der Wand verlief. Auf der gegenüberliegenden Seite entdeckte ich Attikus, der mir zuwinkte. Angeekelt spuckte ich auf den Boden, worauf der Mann grinste. Ein Diener reichte mir einen Becher Wasser, von dem ich trank, ohne Attikus aus den Augen zu lassen. Wenn der schon fertig war, würde der Maskierte mit Sicherheit seinen Kampf ebenfalls beendet haben. Ich schaute zu den zwei Männern, die einige Schritte neben Attikus saßen, aber der Gesuchte war nicht darunter. Da sich in dem Raum keine weiteren Teilnehmer befanden, musste der Mann noch kämpfen. Jedes Mal, wenn das Tor aufging, hob ich mit angehaltenem Atem den Kopf und ließ die Schultern sinken, wenn es nicht der Maskierte war. Dann kam der letzte der zweiunddreißig Gewinner herein, die es in die nächste Runde geschafft hatten. Ich konnte mir beim besten Willen nicht vorstellen, wer unter den Anwesenden den Maskierten besiegt haben könnte. Doch er war nicht da, er musste seinen Kampf verloren haben. Die Diener eilten zwischen den Männern umher, reichten Wasser oder versorgten die Verletzungen. Einige hatten ziemlich übel aussehende Wunden davongetragen, und ich bezweifelte, dass sie die nächste Runde überstehen würden. Ich lehnte mich zurück, um für einen Moment meine Augen zu schließen. Das Gemurmel sowie die Schmerzenslaute der Männer traten in weite Ferne. Langsam sog ich Luft in meine Lungen, um sie dann wieder herauszulassen, so versuchte ich, mich mental auf die nächste Runde vorzubereiten. Trotzdem beschleunigte mein Puls. Als das Gemurmel abrupt verstummte, hob ich die Lider und erblickte den Maskierten, der durch den Raum schritt. Ein Zittern lief durch meinen Körper. Aus irgendeinem seltsamen Grund überkam mich wieder das Gefühl, fliehen zu müssen, wie eine Antilope, die einen Löwen witterte. Nur durch seine Präsenz hatte der Mann die anderen Kämpfer zum Schweigen gebracht. Je länger ich ihn betrachtete, desto klarer wurde der Grund. Er war nicht nur ein einfacher Glücksritter, er war dazu geboren, auf Schlachtfeldern zu bestehen. Warum er allerdings stattdessen an Arenakämpfen teilnahm, war mir ein Rätsel.

Es blieb keine Zeit, länger darüber nachzudenken, denn das Tor wurde geöffnet. Im ersten Augenblick blendete mich das gleißende Licht. Ich hielt die Hand schützend vor die Augen und folgte den Kämpfern. Die Männer in den schwarzen Gewändern erwarteten uns schon, der Herrscher weilte noch immer in der Loge neben der hübschen Frau. Die zweite Runde begann, in der mir ein Mann gegenüberstand, der nicht viel größer als ich war, aber dafür doppelt so breit. Er stützte sich mit beiden Händen auf die Kampfaxt, die vor ihm stand und fixierte mich. Ich spürte das Schlagen meines Herzens bis zum Hals. Schweiß staute sich zwischen meinen Schulterblättern. Der kleine Muskelberg vor mir kämpfte in einer anderen Liga als der Jüngling. Hoffentlich überstand ich diese Runde ohne schwerwiegende Verletzungen. Pünktlich zum Kampfbeginn waren die Spinnen wieder da, deren Beinchen über meine Haut krabbelten. Ich schielte zu Attikus, der fünf Schritte von mir entfernt seinen Gegner musterte. Bei seinem Anblick geriet mein Blut regelrecht in Wallung, kochte in den Adern und ließ mich energisch die Waffen ziehen. Beim Herrscher der Unterwelt, ich würde in dieser Runde siegen. Denn nichts auf der Welt konnte mich davon abhalten, Attikus hier in der Arena gegenüberzutreten, um ihm eine Lektion zu erteilen. Ich musste nur lange genug durchhalten, dann trafen wir mit großer Wahrscheinlichkeit aufeinander. Dieses Mal würde er nicht über mich triumphieren.

Das Posaunensignal ertönte, und mein Gegner holte aus. Schnell beugte ich mich so weit nach hinten, dass mein Zopf fast den Boden berührte. Ich spürte einen Luftzug, als die Axt knapp über meinem Gesicht vorbeiglitt. Mein Gegner geriet von der Wucht seines eigenen Angriffs ins Taumeln. Ich nutzte die Gelegenheit und versetzte ihm einen Tritt in die Magengegend. Der Mann sackte nach vorn, worauf ich ihm mein Knie ins Gesicht rammte. Es knackte so laut, dass ich es sogar trotz des jubelnden Publikums hörte. Als mein Gegner sich aufrichtete, quoll Blut aus seiner Nase und tropfte auf seine lederne Weste. Schreiend schlug er mit seiner Axt zu, doch seine Attacke wirkte eher planlos. Leichtfüßig wich ich mit einer Drehung aus und rammte ihm den Dolch in die Seite. Nun wurde der Kerl zum Berserker. Ein Hieb folgte auf den anderen. Durch meine Wendigkeit entging ich einem Treffer, doch dann änderte der Mann seine Strategie. Der nächste Schlag holte mich von den Füßen. Die Axt flog auf mein Gesicht zu. Ich riss das Schwert hoch und stoppte sie gerade mal einen Fingerbreit von meiner Nase entfernt. Mit zusammengebissenen Zähnen drückte ich die Axt weg. Lava brodelte in meinen Adern. Die Hände meines Gegners begannen zu qualmen, schreiend ließ er seine Waffe fallen. Sofort kam ich auf die Füße und stellte den Mann. Er kreuzte seine Hände vor der Brust, um zu signalisieren, dass er aufgab. Ein Schwarzgekleideter kam.

»Das ist eine Hexe, sie hat mich verbrannt.« Damit streckte mein Gegner seine Arme aus und drehte die Handflächen nach oben, die rot waren, als hätte er einen glühenden Kessel angefasst. Der Schwarzgekleidete wandte sich mir zu.

»Was habt Ihr dazu zu sagen?« Obwohl um mich herum heftige Kämpfe tobten, hatte ich das Gefühl, in einer Blase zu sitzen, in der die Zeit stillstand. Ich räusperte mich und wischte die nassen Hände an der Hose ab. »Ich … ich habe keine magischen Kräfte. Wie sollte ich da den Mann verbrennen?« Wenn man mich für eine Hexe hielt, war ich geliefert. Statt zu antworten, richtete der Schwarzgekleidete seine Aufmerksamkeit auf jemanden hinter mir. Am Aufstellen meiner Nackenhärchen erkannte ich sofort, wer das war.

»Was ist hier los?«, fragte eine dunkle Stimme, die nur dem Maskenmann gehören konnte.

»Der Mann beschuldigt die Frau der Hexerei, sie streitet dies ab.«

»Seht nur.« Der Axtkämpfer zeigte seine Handflächen.

»Wer sagt uns, dass nicht Ihr der Hexer wart und Euer Fluch fehlgeschlagen ist? Ich glaube der Frau. Wir können aber unseren gerechten Herrscher hinzuziehen«, sagte der Maskenmann.

Der Axtkämpfer ließ die Arme sinken. »Das ist nicht nötig. Ich gebe mich geschlagen.« Mit diesen Worten hob er seine Waffe auf.

»Die Frau hat gewonnen, der Mann ist raus«, schrie der Schwarzgekleidete und eilte zum nächsten Sieger, der seinen Gegner in Schacht hielt. Ich verstaute die Waffen, da spürte ich warmen Atem in meinem Nacken. Mein Rücken versteifte sich.

»Du solltest lernen, dein Temperament zu zügeln«, hauchte der Maskierte in mein Ohr. Ruckartig drehte ich um, doch der Mann war bereits in Richtung Ausgang unterwegs. So leicht ließ ich mich nicht abschütteln.

»Was wollt Ihr damit sagen?«, fragte ich, als ich ihn eingeholt hatte.

Der Kerl schwieg, wurde nicht einmal langsamer. Mein Blut kochte. Ich packte seinen Arm, um ihn zum Stehenbleiben zu zwingen. »Ich hätte gerne gewusst, was Ihr mir mit diesen Worten sagen wollt. Dass Ihr denkt, ich hätte doch magische Kräfte und ich könnte nur durch solche gewinnen?«

Der Mann stoppte und wandte sich mir zu. Sicherlich verdrehte er hinter seiner dämlichen Maske die Augen. Ich atmete tief durch und sagte in Gedanken einen Kinderreim auf, um mich zu beruhigen. Wenn man mir vorwarf, nur durch magische Tricksereien gewinnen zu können, machte mich das verdammt wütend. Vor allem, da ich keinerlei derartigen Kräfte besaß und der geringste Verdacht, ich hätte doch welche, mich in dieser Stadt unter Umständen den Kopf kosten konnte.

»Du verfügst über keine?«, stellte er die Gegenfrage.

»Nein, denn wenn ich magische Fähigkeiten hätte, würde ich auf der Stelle deinen Schädel explodieren lassen und mir wäre es egal, wenn es zehntausende Zeugen gäbe. Außerdem muss ich mein Temperament nicht zügeln, ich bin ein Beispiel an Selbstbeherrschung!«, schrie ich zurück.

Der Mann lächelte süffisant, dann legte er seinen Kopf schief. In den Augenlöchern der Maske blitzte es kurz auf.

»Ich glaube dir.« Der Mann setzte seinen Weg fort und ich verfolgte ihn.

»Ich glaube dir, das ist alles?«

»Was willst du noch hören?« Das Geräusch, das dann aus seinem Mund kam, war ganz deutlich ein leises Seufzen. Dieses kleine Seufzen steigerte meine Wut so immens, dass ich das Gefühl hatte, jeder Tropfen Blut in meinem Körper wäre zu Dampf geworden, der gleich aus den Poren schießen würde.

Ein Diener öffnete einen Torflügel und der Maskenmann trat in den Vorraum, doch er blieb nicht dort, sondern ging zur Treppe. Ich wollte ihm hinterherlaufen, besann mich aber eines Besseren. Kein Mann war es wert, dass man ihm wie ein kleines Hündchen folgte, und offensichtlich war für den Maskierten das Gespräch beendet.

Mit viel Wut im Bauch startete ich in die dritte Runde. Mein nächster Gegner war gut einen Kopf größer, seine Brust von einem metallenen Panzer geschützt, der die Form eines männlichen Oberkörpers nachbildete. Der Mann kam mir gerade recht.

Er schlug die Klingen seiner zwei Säbel kampflustig aufeinander, dabei grinste er. Der Kerl schien das für lustig zu halten. Ich hatte heute von Männern mächtig die Schnauze voll. Kaum ertönte die Fanfare, griff ich an. Angetrieben von der Wut, die in meinen Adern brodelte und eigentlich einem anderen galt, ließ ich Schläge auf meinen Gegner niederprasseln. Ich trieb den Mann regelrecht vor mir her, der seinerseits nur abwehren konnte, gab ihm zu einem Gegenangriff keine Gelegenheit.

»Eine Frau kann also nur durch Tricks gewinnen?« Bei diesen Worten traf meine Klinge hart die meines Gegners, der mich verwirrt anschaute.

»Ich werde euch dummen Bastarden zeigen, was eine Frau so kann.« Schnell wie eine Schlange schoss meine Dolchhand vor und ritzte die ungeschützte Seite des Mannes auf. Er sprang zurück. Ich setzte ihm sofort nach und drosch auf ihn ein.

Mein Dolch traf die Hand des Mannes, und ihm entglitt die Waffe. Er umklammerte den verbleibenden Säbel mit beiden Händen.

»Dann nur noch mit einem Schwert.« Ich warf den Dolch weg und umfasste mein Schwert ebenfalls mit beiden Händen. Unsere

Klingen sangen das Lied des Kampfes: das Klirren, wenn sie aufeinanderprallten, und das metallene Kratzen, wenn sie sich voneinander lösten.

Ganz überraschend startete der Mann seinerseits eine Attacke. Er wollte den Kampf an sich reißen. Ich machte einen Ausfallschritt und ließ ihn ins Leere laufen. Bevor er sich umdrehen konnte, bohrte ich die Spitze meines Schwertes in die ungedeckte Seite und zog die Klinge hoch, schlitzte ihn regelrecht auf. Mein Gegner schwankte. Blut quoll aus der Wunde, dann stürzte er wie ein gefällter Baum zu Boden und blieb regungslos liegen, während sich der Sand rot färbte. Ich starrte auf den leblosen Körper. Mein Zorn war verraucht und ich betrachtete die blutbesudelte Klinge meines Schwertes. Es hatte keinen Grund gegeben, den Mann zu töten. Das war das erste Mal, dass ich mich schlecht fühlte, weil ich in der Arena jemanden niedergestreckt hatte. Ich schüttelte mich, als könnte ich mich damit von dem, was ich fühlte, befreien. Es funktionierte nicht. Seit Fenn zu unserer Familie gehörte, konnte ich Männern nicht mehr mit der eisigen Abgebrühtheit gegenübertreten wie früher. Durch ihn hatte ich erkannt, dass auch sie fühlende Wesen waren, keine Bestien, die Frauen nur Gewalt antaten. Zumindest nicht alle. Früher hatte ich getan, was getan werden musste, doch jetzt fragte ich mich, ob ich vielleicht jemandem den Mann oder den Bruder genommen hatte.

Ein Schwarzgekleideter trat neben mich. »Die Frau hat gewonnen, der Mann ist tot«, stellte er trocken fest. »Die Kämpfe sind für heute beendet, warte dennoch im Bereich der Teilnehmer«, sagte er, an mich gewandt. Ich nickte und ging zum Tor. Noch immer hielt ich das Schwert in der Hand. Die Beine waren weich, ich hatte das Gefühl, auf Eierschalen zu laufen. Meine Kehle war ausgetrocknet und das Schlucken schmerzte. So war es also, wenn man ein Gewissen hatte. Vielleicht sollte ich wirklich lernen, mein Temperament zu zügeln.

Ich saß im Vorraum, die Ellenbogen auf die Knie gestützt, das Gesicht in die Handflächen gelegt.

»Hier, der gehört dir«, sprach mich ein Mann an, worauf ich den Kopf hob. Der Kämpfer, ein zäher kleiner Bursche, von dem ich zu Beginn nie gedacht hätte, dass er so weit kommen würde, hielt mir einen Dolch hin. Bei genauerer Betrachtung stellte ich fest, dass es tatsächlich meiner war.

»Ich danke dir.« Damit nahm ich die Waffe entgegen.

»Keine Ursache«, brummte der Mann und setzte sich einige Schritt von mir entfernt auf die Bank.

Ich drehte die Waffe, an der noch das Blut des letzten Gegners haftete, in meinen Händen. Im Magen spürte ich einen Stein. Ich lehnte mich mit gesenkten Lidern an die Wand. Diese Gefühle durfte ich nicht an mich heranlassen, denn sie könnten mich im nächsten Kampf das Leben kosten. Der Mann hatte freiwillig teilgenommen und das Risiko gekannt. Sein Tod war nicht meine Schuld, versuchte ich mir einzureden. Ich kauerte mich zusammen, ließ die Hand, die den Dolch hielt, auf die Bank rutschen. Aber warum fühlte ich mich dann so verflucht schlecht?

Der Maskierte kam herein, Blut lief an seinem Arm herab. Ohne mich eines Blickes zu würdigen, verschwand er im Tunnel, wie er es nach den Kämpfen immer tat. Das Tor wurde abermals geöffnet. Attikus betrat den Wartebereich und blieb vor mir stehen.

»Sauberer Kampf«, sagte er und kratzte sich seine blutverkrustete Brust.

»Deiner scheint weniger sauber gewesen zu sein.«

»War ein zäher Bursche, fast so zäh wie du«, gab Attikus schmunzelnd zurück. »Die übrig gebliebenen Kämpfer ziehen heute um die Häuser, komm doch mit. Vielleicht wird noch was aus uns.«

Ich zog eine Braue hoch. »Lieber paare ich mich mit einer Berghyäne.«

»Da lässt sich hier bestimmt was arrangieren.« Attikus zeigte mir das schmutzigste Grinsen, das ich je in meinem Leben zu Gesicht bekommen hatte.

»Du bist und bleibst ein elender Bastard und ich werde dir in diesem Turnier den Arsch aufreißen.« Ich ballte meine Hand zu einer Faust, bis die Nägel schmerzhaft ins Fleisch stachen, mit der anderen umklammerte ich den Dolch.

Attikus zuckte mit den Schultern. »Versprich nichts, was du nicht halten kannst.«

Als ich etwas erwidern wollte, unterbrach mich der Klang der Fanfaren. Das Tor wurde aufgeschoben, ich erhob mich und ließ den Mann stehen, ehe ich der Versuchung nicht mehr widerstehen konnte, ihm den Dolch in den Bauch zu rammen. In meinem Kopf hallten die Worte *Temperament zügeln* wider.

Jubel empfing mich, als ich langsam mit den übriggebliebenen Kämpfern in das Rund schritt. Die Zuschauer waren aufgestanden, klatschten und johlten. Die Sonne verabschiedete sich mit langen Strahlen, die die Schatten der Männer auf dem Platz vor dem Herrscherthron neben mir wie die von Riesen aussehen ließen. Ich sah den, der mir den Dolch gebracht hatte, dann den weißhäutigen Dunkelelf, drei Kämpfer, die mir bisher nicht besonders aufgefallen waren, Attikus und vier Schwarzgekleidete. Der Maskenmann fehlte.

»Wo ist der Maskierte? Ist der sich zu fein, um mit den anderen Kämpfern vor dem Herrscher zu stehen?«, sprach Attikus meine Gedanken laut aus.

»Er wurde verletzt, daher sollte er sofort zum Heiler, um morgen die Ehre des Königs gebührend zu verteidigen. Er ist Lucius' bester Kämpfer. Aber zerbrich dir nicht über Dinge den Kopf, ehe es dich ebendiesen kosten könnte«, zischte einer der Schwarzgekleideten, die sich hinter uns aufgestellt hatten. Attikus drehte sich um und wollte dem Mann offensichtlich Kontra geben, als der König an die Brüstung trat und mit dem Heben seiner Hände die Menge zum Schweigen brachte. In dem Hexenkessel wurde es fast unheimlich still, man hätte eine Stecknadel fallen hören können. Auch ich hatte das Gefühl, strammstehen und das Atmen einstellen zu müssen. Der Mann hatte etwas Respekteinflößendes an sich, was kein Wunder war, er war ja der König. Ich versuchte, einen Blick auf sein Gesicht zu erhaschen, doch die Kapuze hüllte es in Schatten. Dass die Sonne zudem in seinem Rücken stand, tat ihr Übriges.

»Kämpfer, ihr habt euch tapfer geschlagen und mein Volk gut unterhalten. Die morgigen Paarungen wurden ausgelost.« Die sehr dunkle Stimme des Königs vibrierte in meinen Eingeweiden und sorgte dafür, dass sich mir die feinen Nackenhärchen sträubten. Ein Mann neben ihm entrollte ein Pergament und hielt es vor den Herrscher. »Mein Kämpfer trifft auf Zebrus aus Tyr, der Dunkelelf auf Elwes von Spyxs, Kayla die Kriegerin auf Attikus ….« Was danach kam, hörte ich nicht mehr. Mein Herz machte einen Sprung, ich blickte zu Attikus, der mir überlegen zulächelte. Endlich bekam ich meine Revanche. Bald würde er nichts mehr zu lachen haben. Ich schaute wieder zu Herrscherloge. »Ruht euch aus und bereitet euch auf die morgigen Kämpfe vor. Sie werden so lange gehen, bis zwei Kämpfer übrigbleiben, die sich im Finale gegenüberstehen. In den letzten drei Kämpfen wird nur jeweils einer das Rund lebend verlassen, außer, ich lasse Gnade walten.« Der Mann reckte eine Faust in den Himmel. »Ehre den Gefallenen.« Zur Antwort schlugen sich die Kämpfer mit der Faust auf die Brust, dann verließ der König die Loge durch einen hinter dem Thron liegenden Ausgang. Das bedeutete wohl, dass die Kämpfe für heute vorbei waren. Meine Muskeln brannten und mein Kinn fühlte sich an der Stelle, an der mich der Schild des Jünglings getroffen hatte, taub an. Ich drückte dagegen. Dumpfer Schmerz schoss durch meinen Kiefer. Langsam ging ich zum offenstehenden Tor und betete, dass Attikus mich zufriedenließ. Mir reichte es völlig, morgen in der Arena auf ihn zu treffen. Die Götter schienen mich erhört zu haben, denn von dem Kerl war im Vorraum nichts zu sehen.

»Ihr Götter, ich weiß, dass ich nur selten mit euch spreche, und ich will nicht zu vermessen sein, aber bitte haltet ihn mir heute weiter vom Hals«, flüsterte ich, während ich die Stufen hinunterstieg. Manchmal waren die Götter eben doch zu gebrauchen.

Im Zimmer angekommen, legte ich weder Rüstung noch Waffen ab. Ich ließ mich, so, wie ich war, aufs Bett fallen und schloss die Augen. Unbeweglich wie eine Schildkröte lag ich so da und genoss einfach die Ruhe.

Die Tür flog auf. »Da ist ja unsere unerschrockene Kämpferin.« Als Naias neben mir aufs Bett sprang, wackelte der Holzrahmen.

»Weißt du eigentlich, dass ein fetter Bluterguss dein Kinn ziert?«

»Au! Jetzt schon, hör damit auf, darauf herumzudrücken.« Ich wollte ihre Hand wegschubsen, war aber zu faul, meinen Arm auch nur einen Fingerbreit zu bewegen.

»Fenn, stell die Sachen auf den Tisch«, kommandierte Naias ihren Gefährten herum.

»Natürlich, Eure Majestät«, erwiderte dieser amüsiert. Ich hörte ein Rascheln, dann klapperte etwas Hölzernes und der Duft von Braten stieg mir in die Nase. Anschließend wurde ein Stuhl gerückt. Doch meine Lider wollten sich nicht heben, trotz der Köstlichkeiten, die mich erwarteten, wenn meine Nase mich nicht täuschte.

»Rieche ich da ein Festmahl? Dir ist wohl der Anblick des Königs zu Kopf gestiegen«, murmelte ich.

»Wir saßen ganz oben der Herrscherloge direkt gegenüber. Obwohl ich ihn nicht genau gesehen hab, empfand ich ihn als – wie soll ich sagen – so königlich«, schwärmte Naias.

»Wir können ja um eine Audienz bitten. Vielleicht sucht er noch eine Zweit- oder Drittfrau. Eine, die ihm die Schuhe hinterherträgt oder den Dreck unter den Fingernägeln heraus-kratzt«, brummte Fenn.

»Oh, der Mann hat bestimmt wunderschöne Fingernägel und viele Sklavinnen, die diese Arbeit erledigen.« Naias lachte. »Kayla, steh auf und iss was.« Sie begann damit, mir die Armschienen zu lösen.

»Wie wäre es, wenn mich jemand füttert?«

»Ich fürchte, für zwei Königinnen reicht meine Energie nicht. Ich bin ein Ein-Herrscherin-Sklave«, erwiderte Fenn.

»Er gehört mit Haut und Katzenhaaren mir«, kicherte Naias, die inzwischen die Binden abwickelte und mir anschließend die Beinschienen abnahm.

»Alles muss man allein machen«, seufzte ich und erhob mich, meiner brennenden Muskeln zum Trotz. Ich legte den Waffen-gürtel ab, den ich auf den Tisch packte, direkt neben dem Braten und einem Laib Brot, wovon Fenn ein Stück abriss. Anschließend nahm ich Platz und griff mir das im Braten steckende Messer. In-zwischen holte Naias einen Wasserschlauch und legte ihn ebenfalls auf den Tisch. Dann setzte sie sich auf Fenns Schoß und ließ sich von ihm Brotbrocken in den Mund schieben.

»Wirklich schön, wenn man seinen Sklaven hat«, brummte ich, nahm einen kräftigen Schluck aus dem Schlauch und schnitt ein Stück von dem Braten ab. Fenn tat es mir gleich, abwechselnd aß er und fütterte Naias.

»Ich weiß nicht, wann du wieder zu einem Kleinkind geworden bist, Schwester!« Ich schüttelte den Kopf.

»Auch du wirst jemanden finden, der dich verwöhnt«, gab Naias zurück. »Den Maskenmann finde ich seltsam und auch be-ängstigend«, wechselte sie abrupt das Thema.

Überrascht zog ich die Brauen hoch. »Wie kommst du darauf?«

»Er hat etwas Raubtierhaftes«, antwortete Naias.

»Ist das was Schlechtes?«, wollte Fenn wissen und stoppte das Fleischstück kurz vor Naias' Mund.

»Nein, natürlich nicht, dummer Kater!« Sie küsste Fenns Wange. »Aber bei diesem Maskierten finde ich es beunruhigend. Außerdem: Wieso trägt er überhaupt eine Maske? Der Kerl hat sicherlich was zu verbergen.« Naias tippte mit dem Zeigefinger gegen ihr Kinn.

»Vielleicht hat er entstellende Narben im Gesicht«, überlegte ich.

»Könnte sein«, meinte Naias.

»Ich für meinen Teil kann dazu sagen, dass der Kerl der lokale Favorit und seit Jahren unbesiegt ist. Es ist so sicher, wie auf Flut Ebbe folgt, dass er in der Finalrunde sein wird. Wer auch immer so weit kommt, muss gegen ihn kämpfen.« Nun wurde Fenns Blick ernst. »Und er ist eine verdammt harte Nuss, dagegen war der Finalkampf in N`ola ein Kinderpups.«

»Da hatte ich eine angebrochene Rippe«, erinnerte ich ihn und erhob mich. »Ich werde mich im Badehaus gegenüber waschen und dann ins Bett gehen.«

Kapitel 9

Vorsichtig rutschte ich von Naias weg und setzte mich an den Bettrand. Ich hoffte, dass das knarrende Stöhnen, das die Bettstatt bei jeder Bewegung von sich gab, sie nicht weckte. Als ich mich erhob, schielte ich mit angehaltenem Atmen zu meiner Schwester, die jedoch friedlich weiterschlief. Auch Fenn, der es sich auf dem Boden gemütlich gemacht hatte, schnarchte leise vor sich hin. Unter meinen Füßen spürte ich die kalten Steinfliesen. Möglichst lautlos zog ich mich an, dann schnappte ich mir den Waffengurt und öffnete die Tür. Eine kühle Brise wehte mir entgegen und strich angenehm über meine Haut, warmer Lichtschein drang von der fackelbeleuchteten Übungsarena ins Zimmer. Ich warf noch einen Blick zurück: Die beiden schliefen tief und fest.

Sachte schloss ich die Tür und schnallte mir das Waffengehänge um. Prüfend zog ich das Schwert aus der Scheide, ließ es wieder zurückgleiten und tastete nach dem Dolch, dann machte ich mich auf den Weg zur Hauptarena. Fackeln hingen an jeder Säule der Arkade, die das Übungsareal umrahmte. In der kleinen Arena sowie den umliegenden Unterkünften war keine Menschenseele zu sehen, wahrscheinlich zogen die Männer noch um die Häuser, wie es Attikus genannt hatte. Ich betrat den Korridor, der direkt zur Hauptarena führte. Das Feuer der Wandfackeln tanzte, als ich vorbeilief, und warf bizarre Schatten an die grob behauenen Granitwände. Ich überwand die Stufen, öffnete das Tor, dann stand ich in der Arena.

Heute Nachmittag hatten hier Tausende Zuschauer den Kämpfern zugejubelt, nun herrschte eine Totenstille in dem Rund, sodass ich bei jedem Schritt das Knirschen des Sands unter meinen Füßen hörte. Ich ging zu der Stelle, an der ich meinen Gegner getötet hatte. Dort sank ich auf die Knie und fuhr mit den Fingern über den feinen Bodengrund. Im Lichtschein des wachsenden Mondes fand ich keinen Hinweis darauf, dass hier ein Mensch gestorben war. Noch immer ging mir der Mann, den ich hier in die jenseitige Welt geschickt hatte, nicht aus dem Kopf. Warum nur? Mit seiner Anmeldung zu den Kämpfen hatte er es, wie alle anderen Teilnehmer auch, in Kauf genommen, zu sterben. Wann war ich so weich geworden?

Die seichte Brise, die vom Meer her wehte und salzgeschwängerte Luft mitbrachte, spielte mit meinem Haar.

Es nützte keinem etwas, sich mit Dingen zu beschäftigen, die man nicht mehr ändern konnte. Ich musste nach vorne schauen. Nur noch drei Gegner galt es zu besiegen, dann war die Statue mein, die Naias und mir ein gutes Leben verhieß. Aber Fenn zufolge war es unmöglich, das kleine, goldene Gottesabbild zu gewinnen, da ich an dem Maskierten vorbeimusste, um es zu erhalten. Außerdem war da noch das Halbfinale, das auch nur einer der Kämpfer überleben durfte, falls der Herrscher es so entschied. Die Männer, die es erreichten, hatten ihre Stärke bewiesen. Jeder von ihnen würde eine harte Nuss sein, wie es Fenn so schön ausgedrückt hatte. Vielleicht sollte ich ihn bitten, gegen mich zu setzen. Wenn ich verlor, würde der Gewinn reichen, um ihm und Naias ein sorgenfreies Leben zu sichern. Ich war ein Geheimtipp, mit dem man viel Geld machen konnte, wenn ich das Halbfinale gewann. Falls ich verlor, konnten die, die gegen mich gesetzt hatten, so einiges gewinnen, und das Verlieren vermochte ich zu beeinflussen. Meine Schwester durfte von dem Plan nichts wissen, denn er beinhaltete, dass ich wahrscheinlich das Rund nicht lebend verlassen würde. Es machte mir nichts aus, den Tod vor Augen zu haben, wenn ich wusste, dass Naias versorgt war.

Ein möglicher Kandidat für das Halbfinale war der Dunkelelf, ein Meister des Schwertes, doch er hatte eine Schwäche: Kurz bevor er attackierte, vernachlässigte er seine Deckung. Diesen Schwachpunkt würde ich mir zunutze machen, falls ich gegen ihn anzutreten hatte. Bei den anderen möglichen Kämpfern handelte sich um den zähen Burschen, der mir den Dolch gebracht hatte und zwei Männer, die ich noch nicht näher hatte beobachten können. Der blonde Krieger, der ohne jegliche Disziplin kämpfte, trat gegen den Maskierten an, seine Chancen, ins Halbfinale zu kommen, standen bei null. Attikus, den ich bereits genießen durfte, würde dieses Mal nicht als Sieger vom Platz gehen, dafür wollte ich sorgen.

Nur noch er stand zwischen mir und dem Halbfinale. Natürlich konnte ich da, falls ich es erreichte, auf den Maskierten treffen. Meine Nackenhärchen stellten sich auf. Normalerweise hatte jeder Kämpfer einen Schwachpunkt, aber für den Kerl, der nur aus Muskeln und Sehnen bestand, schien das nicht zu gelten. Der über sechs Fuß große Mann bewegte sich mit der Geschmeidigkeit eines Raubtiers und führte seine Schwerter so sicher, als wären sie ihm an die Hand gewachsen. Eine Gänsehaut überzog meinen Körper, die keinesfalls der leichte Windstoß verursacht hatte, der meinen Körper streifte. Wenn Fenn recht behielt, war dieser Mann das Ende. Eine leise Stimme flüsterte mir zu, dass es besser wäre, meine Sachen zu packen und abzuhauen. Wieder hatte ich das Gefühl, eine Antilope im Visier eines Raubtiers zu sein. Ich stand auf und ballte die Hände zu Fäusten, denn Aufgeben kam nicht infrage. Sich jetzt über diesen Kampf Gedanken zu machen, war nur hinderlich. Zuerst musste ich Attikus besiegen.

Hinter mir knirschte es. Ruckartig drehte ich mich in die Richtung, aus der das Geräusch gekommen war. Der Maskierte blieb nur eine Armlänge von mir entfernt stehen. Eine salzige Brise blies ihm dunkle Strähnen ins Gesicht. Das sonst zu einem strengen Zopf gebundene Haar wehte nun ungebändigt um seine Schultern.

»Was willst du?«, fragte ich schroff.

»Du hast heute gut gekämpft.« Seine samtige Stimme strich über meine Haut.

»Du auch«, gab ich heiser zurück. Mist auch, eigentlich hatte ich stark und selbstbewusst klingen wollen, doch ich hörte mich wie ein eingeschüchtertes Kind an. *Ich bin keine verdammte Antilope!* Also straffte ich die Schultern und sah dem Mann fest in die Augen, oder zumindest zu den Augenlöchern in der Maske.

»War das alles, was du mir sagen wolltest?« Nun war der Klang meiner Stimme so eisig, wie ich es beabsichtigt hatte.

»Ich bin gekommen, um dich zu warnen. Ich werde auch bei einer Frau keine Rücksicht zeigen.«

»Ich erwarte keine Rücksicht.« Ich umfasste den Griff meines Schwertes. »Glaubst du, du könntest so einfach hereinspazieren, Warnungen ausstoßen und ich würde schreiend davonlaufen? Oder denkst du, deine Maske wirkt so einschüchternd? Vielleicht solltest du sie abnehmen und das, was darunter zum Vorschein kommt, lässt mich in Ohnmacht fallen.« Erschrocken biss ich auf meine Unterlippe – jetzt war ich zu weit gegangen. Vielleicht hatte ein tragischer Unfall wirklich das Gesicht des Mannes entstellt?

»Du möchtest, dass ich meine Maske abnehme? Bitte schön.« Bei diesen Worten griff er sich an seinen Hinterkopf und zog die Maske vom Gesicht. Ich öffnete den Mund, um ihn gleich wieder zu schließen, denn das, was ich im Mondschein erkennen konnte, war äußerst attraktiv. Die ebenmäßigen und kantigen Züge strahlten Männlichkeit aus. Die ganze Zeit hatte ich gedacht, er sei entstellt. Nur ein winziger Wulst in der Nasenmitte, auf der sich das fahle Licht brach und ihm etwas Verwegenes gab, wies auf eine verheilte Verwundung hin.

Wie in der Arena trug er kein Hemd, einzig die zwei Ledergurte, die die Schwertscheiden am Rücken hielten, liefen über seine imposante Brust. Die Spitzen seiner beiden gebogenen Kurzschwerter ragten ein Stück über seine Schultern hinaus. Ich bewunderte das Spiel seiner Muskeln unter den schmalen Gurten, bis mir bewusst wurde, was ich da gerade tat. Verdammt, ich starrte ihn an. Was war nur in mich gefahren? Ich zwang mich, ihm in die Augen zu sehen. Er fixierte mich wie ein Höhlenlöwe ein Lamm. Nur mit Mühe konnte ich seinem hungrigen Blick standhalten. Mein Herz schlug schneller, obwohl ich alles versuchte, um das dumme Ding in meiner Brust ruhig zu halten. Er sollte nicht das geringste Anzeichen von Schwäche sehen.

»Ich denke, gegen die anderen Kämpfer hast du Chancen, aber gegen mich wirst du verlieren. Es wäre schade um so ein hübsches Mädchen. Es gibt andere Dinge, die wir zusammen tun könnten als kämpfen.« Bei diesen Worten huschte ein Lächeln über das Gesicht des Mannes, das ihm wirklich gut stand.

»Ich freu mich jetzt schon auf den Kampf mit dir, da werde ich dir zeigen, was wir so zusammen tun können.« Ich umklammerte das Schwert so fest, dass meine Finger langsam taub wurden, trotzdem lockerte ich meinen Griff nicht.

Der Mann ließ die Maske in den Sand fallen, fasste mit einem Grinsen an seiner Taille vorbei und packte die Griffe seiner Schwerter, die er nach unten aus den Scheiden zog.

»Warum zeigst du es mir nicht schon jetzt?« Er hob herausfordernd seine Brauen. Statt zu antworten, holte ich langsam meine Waffen aus den Scheiden und suchte dabei einen sicheren Stand.

Die Erregung des Kampfes durchflutete meinen Körper. Ich hielt das Schwert waagerecht vor meinen Leib, erwartete so den Angriff, der wahrscheinlich mit großer Wucht erfolgen würde. Der Mann holte aus, ich riss meine Waffe nach oben. Als die beiden Klingen aufeinandertrafen, sprühten die Funken, mein Körper vibrierte. Mit seiner zweiten Waffe setzte er sofort nach und zielte damit auf meine Hüfte. Mit dem Dolch konnte ich einen Treffer abwehren. Wieder flog das erste Schwert auf mich zu. Ich hielt es kurz vor meinem Gesicht auf. Daraufhin attackierte er mit schnellen abwechselnden Schlägen und trieb mich damit vor sich her. Meine Arme wurden durch die Wucht der Schläge schwer und meine Schultern begannen zu brennen, doch aufgeben würde ich auf keinen Fall. Aber ich musste den Kampf in eine andere Richtung lenken, sonst würde ich es nicht mehr lange durchhalten. Als er erneut ausholte, duckte ich mich unter seinem Arm weg. Er schlug ins Leere und sein Rücken war ohne Deckung. Sofort griff ich an. Nun war es an ihm, sich mit einer geschmeidigen Bewegung, die an eine Raubkatze erinnerte, aus meiner Reichweite zu bringen. Schwer atmend umkreiste ich den Mann. Er wich lauernd zurück. Schweiß rann in Strömen über mein Dekolleté. Ich griff an. Die Spitze der Dolchklinge streifte seine Brust und hinterließ dort einen dunklen Streifen. Sofort setzte ich nach, doch er wich aus und ich geriet ins Straucheln. Ein Schmerz, als würden Knochen brechen, durchzuckte meine Finger: Der verfluchte Kerl hatte mit dem Knauf seiner Waffe meine Hand getroffen. Ich ließ das Schwert fallen. Dann zog er mir mit einem gezielten Tritt die Beine weg und ich folgte meiner Waffe in den Sand. Als ich mit dem Rücken voran auf dem Boden aufschlug, blieb mir im ersten Moment die Luft weg. Der Langdolch schlitterte über den Grund. Breitbeinig, mit siegessicherem Grinsen, stand der Mann über mir. Er beugte sich herunter, seine Schwertspitze zeigte auf meine Kehle.

»Ich denke, du gibst auf«, meinte er höchst amüsiert. Ich lächelte, denn in der Hand hielt ich meinen Dolch, den ich während des Sturzes aus dem Stiefelschaft gezogen hatte und der nun auf die edlen Teile meines Gegners gerichtet war. Durch eine leichte Bewegung sorgte ich dafür, dass er die Klinge an seiner empfindlichen Stelle spürte. Der Mann verharrte in der Bewegung wie eine Statue, sein dämliches Grinsen verschwand.

»Ich denke, du gibst auf, weil du kein Verlangen hast, demnächst im Eunuchenchor zu singen.« Ich versuchte, die Atmung flach zu halten, denn ich hatte das Bedürfnis, zu keuchen, als wäre ich bis nach N'ola gesprintet. Der Mann nahm seine Waffe von meinem Hals, dann reichte er mir seine Hand. »Und ich denke, wir einigen uns auf unentschieden.«

Hastig rutschte ich ein Stück weg und rappelte mich ohne seine Hilfe auf. Als ich die Waffen aufhob, atmete ich zischend ein, so sehr schmerzten die Finger meiner Schwerthand. Zum Glück konnte ich sie bewegen, gebrochen waren sie demnach nicht. Darum würde sich wohl Naias kümmern müssen.

»Wieso kämpft eine schöne Frau wie du in Arenen, statt einem Mann einen Haufen Kinder zu schenken?«, erkundigte sich mein Gegner, während er seine Schwerter verstaute und anschließend die Maske aufhob. Ich schob meine Waffen ebenfalls in die Scheiden.

»Weil ich mich niemals einem Mann unterwerfen und zuhause die Kinder hüten werde.« Mein Blick kreuzte den meines Gegenübers. Seine Lippen kräuselten sich amüsiert.

»Ich denke, man sollte nie niemals sagen, es muss nur der Richtige kommen, der dir gewachsen ist«, erwiderte er. Ohne auf eine Antwort zu warten, wandte er sich ab und verließ die Arena.

Mit offenem Mund blieb ich zurück, während mein Blick dem Mann folgte, bis er nicht mehr zu sehen war. Was hatte das zu bedeuten? Fühlte er sich jetzt herausgefordert?

Ich bewegte die Finger der angeschlagenen Hand, was mir gleich wieder leidtat. Tränen liefen aus meinen Augenwinkeln. Ich sog scharf Luft ein.

Müde ging ich zum Quartier zurück. Das Kräftemessen mit dem Maskierten war eine törichte Idee gewesen. Ich hatte lange genug in Arenen gekämpft, um zu wissen, dass der Mann nicht alles gegeben hatte. Er hätte mich leicht besiegen können. Wenn ich gegen ihn antrat, würde ich sterben. Ich schluckte den Klumpen in meiner Kehle hinunter – ich wollte es ja nicht anders. Vielleicht sollte hier alles enden, vielleicht war das mein Schicksal.

Als ich die Tür öffnete, wurde ich von einem leisen Knurren begrüßt.

»Fenn, ich wollte dich nicht wecken.« Ich trat sachte ein. Fenn entzündete eine Kerze und setzte sich an den Tisch. Er bedeutete mir, ebenfalls Platz zu nehmen. Bevor ich der Aufforderung nachkam, nahm ich den Waffengürtel ab und legte ihn auf den Tisch. Ich schloss die Hand zu einer Faust und zischte. Die Schmerzen hatten noch immer nicht nachgelassen.

»Ich bin dir gefolgt.«

Überrascht hob ich den Kopf und blickte in Fenns smaragdgrüne Augen, die mich ernst ansahen. Der sonst so optimistische Mann, dessen Frohnatur mich manchmal in den Wahnsinn trieb, nahm meine verletzte Hand. Als er sie leicht drückte, zuckte ich zusammen. Seine Miene wurde weicher.

»Wir haben einiges erlebt. Ich liebe dich wie eine Schwester, und ihr gehört mein Herz.« Er schenkte Naias, die zusammengerollt im Bett lag, einen zärtlichen Blick, dann schaute er wieder zu mir.

»Wenn dir was zustößt, würde sie das zerstören.« Er hob seine sandfarbenen Brauen. Ich räusperte mich, doch die Enge in meinem Hals wollte nicht verschwinden.

»Was willst du mir sagen?«, fragte ich mit heiserer Stimme. Mein Mund war völlig ausgedörrt, als wäre ich tagelang ohne Wasser durch eine Wüste geirrt, denn ich wusste genau, was ihm

Sorge bereitete. Schlimmer noch, ich würde mit meiner Bitte, gegen mich zu setzen, seine Befürchtungen bestätigen.

»Ich habe dich mit dem Krieger kämpfen sehen und du wirst ihn niemals besiegen.«

Für einen Moment hielt ich den Atem an. Fenn sprach laut aus, was ich bereits wusste. Ich entzog ihm meine Hand und straffte die Schultern. Mit festem Blick sah ich in seine Augen, in denen aufrichtige Besorgnis lag.

»Jeder Kämpfer hat einen Schwachpunkt, man muss ihn nur finden«, entgegnete ich.

»Dieser nicht«, zischte Fenn. Ein Schnauben aus Richtung des Bettes ließ ihn innehalten. Naias drehte sich um und atmete dann gleichmäßig weiter.

»Er ist seit Jahren hier in der Arena der unangefochtene Sieger. Der Mann wird dich mit seinen Schwertern in Stücke hacken«, flüsterte er.

»Ich werde nicht aufgeben«, erwiderte ich. »Wenn ich meine Teilnahme zurückziehe, sofern sie mich überhaupt lassen, verlieren wir unseren Einsatz. Außerdem brauche ich mich dann in den Arenen im Umkreis von mehreren Hundert Meilen nicht mehr blicken zu lassen. Wie soll ich da genug Geld zusammenbekommen, um Naias auf die Heilerschule zu schicken?«

»Wenn du tot bist, wirst du auch nicht mehr kämpfen können.« Fenns Pupillen zogen sich Schlitzen zusammen, das Grün seiner Augen wurde heller, bis sie leuchteten. So wütend hatte ich ihn bisher nur selten gesehen. Doch das beruhigte mich auch. Er würde sich gut um Naias kümmern und er war schon in seiner menschlichen Gestalt ein passabler Kämpfer, doch als Löwe zerfleischte er regelrecht jeden Gegner.

»Hast du jetzt keine deiner schlagfertigen Antworten parat?«, fragte er herausfordernd.

»Es gäbe eine Möglichkeit, wie wir genug Geld zusammenbekommen, damit Naias ihre Ausbildung beginnen kann.«

Fenn lehnte sich auf seinem Stuhl zurück und verschränkte die Arme. »Welche?«

»Du setzt gegen mich.«

Glühende Augen starrten mich an. »Bist du verrückt?«

Ich wollte mit ihm nicht darüber diskutieren, mein Entschluss stand fest. »Auf keinen Fall werde ich aufgeben, also entweder setzt du Geld gegen mich, wenn ich gegen den Maskierten antrete, oder ich werde es tun. Ich bin jetzt müde. Wenn es dir nichts ausmacht, gehe ich schlafen. Morgen wird ein anstrengender Tag.« Ich nahm mein Hemd vom Stuhl, dann wandte ich mich ab, um mich auszuziehen. Nachdem ich mir das Hemd übergeworfen hatte, schlüpfte ich ins Bett, um mich neben Naias zu kuscheln.

»Gute Nacht«, hörte ich Fenn zerknirscht sagen. Nachdem er die Kerze ausgeblasen hatte, ging er nicht zu seinem Lager am Boden, sondern verließ das Zimmer. Einen Augenblick lang überlegte ich, ob ich ihm folgen sollte, doch es gab nichts mehr zu sagen. Meine Gedanken schweiften zu dem Maskierten, ich sah seine ebenmäßigen Gesichtszüge vor mir. Sofort beschleunigte sich mein Puls, in meinem Magen kribbelte es. Es war keine Angst, eher Vorfreude, wie die eines Kindes, das nur noch eine Nacht schlafen musste, bis es sein Geburtsfest feiern durfte. Nicht, dass ich je ein Geburtsfest gefeiert hätte. Etwas in mir wünschte sich, ihn so bald wie möglich wiederzusehen. Warum reagierte ich nur so? In diesem Moment hasste ich meinen Körper. Um mich abzulenken, lauschte ich Naias' gleichmäßigen Atemzügen, bis ich endlich selbst eingeschlafen war.

Kapitel 10

Ich hatte das kleine Fenster wohlweislich mit einem Stück Stoff verhängt, aber trotzdem wurde ich von einem hartnäckigen Sonnenstrahl geweckt. Meine Augen gewöhnten sich nur langsam an die Helligkeit des Morgens, und ich rieb sie gähnend. Dabei entfuhr mir ein Zischen, denn die verdammte Hand schmerzte immer noch. Steif rutschte ich aus dem Bett und setzte mich auf die Kante. Strähnen hatten sich aus meinem Zopf gelöst und fielen mir ins Gesicht. Erleichtert stellte ich fest, dass Fenn auf seinem Lager schlief. Er war also doch zurückgekommen. Hoffentlich hatte er heute Nacht nichts Dummes angestellt.

»Wann beginnen heute die Kämpfe?«, fragte Naias.

Ich drehte mich zu ihr um. »Erst nachmittags, vorher treten noch Gaukler auf. Es wird dir bestimmt gefallen.« Obwohl mir nicht danach zumute war, lächelte ich. »Ich geh Wasser holen.« Damit stand ich auf, zog das Hemd aus, die lederne Hose sowie den Oberkörperschutz an, schlüpfte in meine Stiefel und verließ den Raum. Durch die Arkaden hatte ich direkten Blick auf die Männer, die in der Übungsarena bereits kämpften. Darunter auch der Maskierte. Als ich an den Zimmern vorbei den Bogengang entlangschritt, versuchte ich, stur geradeaus zu schauen. Jedes Geräusch, das von den Kämpfenden kam, verleitete mich dazu, doch hinzusehen. Der Maskierte bewegte sich mit einer geschmeidigen Eleganz, wie ich es nur noch von Fenn kannte. Ich blieb stehen: Es war ein wahres Fest, ihm dabei zuzusehen. Plötzlich drehte er seinen Kopf in meine Richtung. Ich fühlte mich ertappt, konnte meinen Blick aber nicht abwenden. Trotz der Ablenkung hielt der Maskierte seine Angreifer in Schach. Mein Herz pochte gegen den Brustkorb und ich fuhr mir vor Anspannung mit der Zunge über die trockenen Lippen. Als ein wild aussehender Kerl mit lautem Gebrüll in Richtung des Maskierten stürmte, hielt ich den Atem an. Mühelos beförderte der Verhüllte den Hünen in den Staub. Auch der zweite Angreifer hatte keine Chance und landete stöhnend auf dem Boden. Der Maskierte ließ lächelnd die Schwerter kreisen und blickte direkt zu mir. Auch wenn ich seine Augen nicht erkennen konnte – das Kitzeln in meinem Bauch sagte mir, dass er mich musterte, und das löste ganz seltsame Empfindungen bei mir aus: eine Mischung aus Panik gepaart mit Erregung. Wieder hatte ich das Gefühl, bei etwas Verbotenem erwischt worden zu sein. Schnell schritt ich weiter, konnte aber nicht widerstehen, die Geschehnisse in der Arena zu verfolgen. Der Mann forderte die Kämpfer auf, ihn erneut zu attackieren, was sie taten.

Fast wäre ich am Brunnen vorbeigelaufen. Ich schnappte mir einen der danebenstehenden Eimer und hielt ihn unter den steinernen Löwenkopf, aus dem unaufhörlich Wasser in ein halbrundes, mit der Wand verbundenes Marmorbecken floss. Auf meinem Rückweg bemühte ich mich, meinen Blick starr nach vorne zu richten, doch wieder konnte ich den Drang nicht unterdrücken, hinzusehen. Endlich erreichte ich das Zimmer. Ich drehte mich nochmals kurz zu dem Maskierten um, der so locker mit drei Gegnern kämpfte, als würde er nur einen Spaziergang machen, dann beeilte ich mich, in mein Zimmer zu kommen. Hastig schob ich die Tür mit dem Rücken zu, lehnte mich dagegen und schloss die Lider. Was, zum Herrn der Unterwelt, war nur los mit mir?

»Ist was passiert?«, riss Naias mich aus meinen Gedanken.

»Nein, alles bestens.« Damit stellte ich den Eimer auf den Tisch. »Kannst du dir meine Hand ansehen? Ich glaube, ich habe mich bei meinem letzten Kampf verletzt.« Dass dieser erst in der Nacht stattgefunden hatte, verschwieg ich. Mein Blick glitt zu Fenn, der mit finsterer Miene auf seinem Lager saß. Zu meiner Erleichterung hielt er den Mund.

»Na, gib mal her.« Naias drückte meine Hand. Ich sog scharf den Atem ein.

»Nichts gebrochen.« Meine Schwester hob den Kopf. »Halte sie in den Wassereimer.«

Nachdem ich meine Finger in das kühle Nass gesteckt hatte, hielt Naias die Hände darüber und schloss die Augen. Zuerst brodelte das Wasser nur, dann bildete sich eine Blase um meine Hand und es pochte. Für einen Wimpernschlag wurde der Schmerz stärker, schließlich verschwand er.

»Fertig.« Naias trocknete die Hände an ihrem Rock ab. Ich ballte die Hand mehrmals zur Faust: Es war kein Schmerz zu spüren. Die Heilkünste meiner Schwester verblüfften mich jedes Mal wieder.

»Wie neu.«

Naias erwiderte mein Lächeln. »Hast du etwas anderes erwartet?«

Sanft strich ich ihr Haar zurück, dann küsste ich ihre Stirn. »Nein, meine kleine Wasserelfe. Ich werde jetzt noch etwas trainieren gehen.« Mit diesen Worten griff ich nach meinem Waffengürtel.

»Ich komm mit.« Fenn holte sich ebenfalls sein Schwert, das neben seinem Lager lag.

»Nimm sie ordentlich ran«, scherzte Naias. Fenn ging zu ihr, zog sie zu sich und hob mit dem Fingerknöchel ihr Kinn an. »Du willst wirklich, dass ich eine andere Frau rannehme, auch wenn es deine Schwester ist?«

Naias errötete. Bevor sie antworten konnte, küsste Fenn sie. Ich verließ das Zimmer, denn das war eindeutig mehr Süßholzgeraspel, als ich um diese Zeit ertragen konnte. Zielstrebig stapfte ich zur Arena und entdeckte den Elf und den kleinen Krieger, die inzwischen ebenfalls trainierten.

»Deckung, verdammt, achte auf deine Deckung!«, schrie ein Mann mit grauem Bart den Elf an.

Verstohlen sah ich mich um. Der Maskierte war schon weg. Ein verwirrendes Gefühlschaos von Erleichterung und Enttäuschung wallte in mir auf. Warum kümmerte es mich überhaupt, wo der Kerl war? Energisch schüttelte ich den Kopf. Verdammt, er war mein Feind, er sollte mir verflucht egal sein. Das ergab keinen Sinn, und warum hörte es in meinem dämlichen Magen nicht auf, zu kribbeln?

»Dann lass uns anfangen.« Fenns Worte schreckten mich aus meinen Gedanken. Er stand mit seinem Schwert vor mir, zum Angriff bereit. Kaum hatte ich mir den Waffengürtel um die Hüften geschnallt und das Schwert gezogen, griff er an. Er drosch regelrecht auf mich ein. Daraus schloss ich, dass er immer noch wütend war. Das wiederum machte ihn zum idealen Trainingspartner. Ich parierte seine harten Treffer gekonnt und ging zum Gegenangriff über, attackierte ihn mit einer schnellen Abfolge von Schlägen, die er mehr schlecht als recht abwehrte.

»Wut ist kein guter Lehrmeister«, kommentierte ich den Kampfstil meines Partners. Als Antwort riss er sein Schwert hoch und stoppte meines. In dieser Position umkreisten wir uns.

»Du wirst verdammt noch mal in dieser Arena sterben!« Fenns smaragdgrüne Augen funkelten mich an. Ich machte einen schnellen Ausfallschritt zurück, die beiden Waffen stoben mit metallenem Kratzen auseinander.

»Lass das meine Sorge sein.« Wieder griff ich an. Fenn wich aus, ich schlug ins Leere. Ein dumpfer Schmerz durchzuckte meinen

Lendenbereich und ich geriet ins Straucheln, als Fenn mir den Knauf seiner Waffe in die Seite donnerte. Mit einem Sprung warf er mich zu Boden und hockte sich auf mich. Er drückte meine Oberarme gegen den harten Untergrund, dann beugte er sich tief herunter. Seine Pupillen schrumpften zu Schlitzen und das Grün der Augen wurde heller. Fast berührte seine Nase die meine.

»Auch auf die Gefahr hin, dass ich mich wiederhole. Dein Tod würde Naias zerstören, und ich lass das nicht zu.«

»Geh von mir runter, Katzenmann, oder ich schlitze dich auf«, presste ich hervor. Fenn ließ von mir ab, erhob sich und trat einen Schritt zurück.

Ich rappelte mich ächzend auf. Mehrere Regionen meines Körpers pochten schmerzhaft, allen voran der Rücken. Ohne ihn anzusehen, verstaute ich mein Schwert.

»Ich hab Durst«, sagte ich und ging zum Brunnen. Dass er sich um mich sorgte, war eigentlich sehr edel von ihm, aber ich hasste jede Art von Bevormundung. Seit meinem zehnten Lebensjahr war ich es gewohnt, meine Entscheidungen allein zu treffen und niemandem Rechenschaft ablegen zu müssen. Wenn jemand versuchte, vor allem ein Mann, sich in meine Angelegenheiten zu mischen, schaltete mein Verstand auf stur.

Schweiß überzog meinen Oberkörper. Schon jetzt am Morgen stand die Luft in der Arena, es würde ein heißer Tag werden. Am Brunnen angekommen, spritzte ich mir zuerst einen Schwall Wasser ins Gesicht, dann formte ich Hände zu einer Kelle und ließ das kühle Nass hineinlaufen. Es rann meine ausgedörrte Kehle hinunter. Gierig trank ich Schluck um Schluck. Während des Trainings war mir gar nicht aufgefallen, wie durstig ich war. Wahrscheinlich wegen Fenn.

»Dummer Kerl«, flüsterte ich.

»Na, Gewitterwolken im Paradies der Liebenden?« Eine tiefe Stimme ließ mich zusammenzucken. Ich richtete mich auf und sah in ein Gesicht, das eine Maske bedeckte. Der Mann lehnte an der Wand neben dem Brunnen. Ein Kribbeln erfasste meinen

Bauch, als würden Tausende kleiner Perlen im Magen durcheinander kullern. Etwas in mir war über seine Anwesenheit erfreut, ein anderer Teil wollte weglaufen. Doch ich ignorierte das Gefühlswirrwarr, so gut es eben ging. Mit betont gleichgültiger Miene, so hoffte ich zumindest, musterte ich ihn.

»Er ist nicht mein … Ach, das geht dich nichts an. Kümmere dich um deinen eigenen Kram.« Ich wandte mich ab, denn der Fluchtreflex hatte gesiegt, doch er hielt mich am Handgelenk fest. Sein Griff war verdammt stark. Ich spürte Schwielen, die vom regelmäßigen Umgang mit Waffen herrührten. Mein Puls beschleunigte sich, trotzdem versuchte ich, kontrolliert zu atmen.

»Es wird heute ein interessanter Nachmittag werden.« Sein Mund verzog sich zu einem Lächeln.

»Kommt jetzt wieder: *Du kannst nicht gegen mich gewinnen* und so weiter, oder hast du noch etwas anderes zu sagen, als immer das gleiche Lied zu singen?« Entschlossen drehte ich mich zu dem Maskierten um, meine freie Hand stützte ich lässig am Mauerwerk ab. Zu meinem Leidwesen musste ich hinaufblicken, was meinen Auftritt nicht so abgebrüht wirken ließ, wie ich es mir gewünscht hätte. Er sah grinsend auf mich herab. Das versetzte mein Blut in Wallung, es erhitzte sich und brachte Wut mit. Die galt zwar zum größten Teil mir selbst, doch er war ja schließlich schuld an dem Gefühlschaos, das in mir tobte. Am liebsten hätte ich ihm das dämliche Grinsen aus dem Gesicht geprügelt.

»Es wird mir ein Vergnügen sein, mit dir zu kämpfen und zu siegen«, erwiderte ich mit einer Kälte in der Stimme, die sogar Lava zu Eis hätte erstarren lassen.

Der Mann beugte sich zu mir, sodass seine Lippen den meinen gefährlich nahekamen und mein Herz dazu brachten, in derselben Geschwindigkeit zu schlagen wie Schmetterlingsflügel. Mir stellten sich sämtliche Härchen auf. Von ihm ging etwas sehr Gefährliches und gleichzeitig verflucht Anziehendes aus. Noch niemals zuvor war ich einem solchen Mann begegnet.

»Wie wäre es, wenn wir den Einsatz erhöhen?«

Ich hob die Augenbrauen und der Maskierte fuhr fort: »Der Verlierer wird der Sklave des Siegers?«

»Was will ich mit einem toten Sklaven? Soweit ich weiß, wird von den finalen Kämpfern nur einer lebend die Arena verlassen.« Sein wundervoller Duft eroberte meinen Körper wie siegreiche Soldaten eine feindliche Festung und ließ mich erschaudern. Er war mir so unglaublich nahe, was mich beunruhigte. Trotzdem wich ich nicht einen Schritt zurück.

Wieder lächelte er. »Es sei denn, der König begnadigt den Unterlegenen. Du scheinst dir deiner Sache ja sehr sicher zu sein. Ich habe Einfluss beim König. Er wird mir diese Bitte zweifellos gewähren, und wie ich ihn kenne, hat er an dieser kleinen Wette seinen Spaß. Also?«

»Abgemacht, ich wollte schon immer einen großen, starken Sklaven.«

Der Mann ließ mich los. Ich schickte mich an, Abstand zwischen uns zu bringen.

»Hand drauf?« Er streckte mir seine Hand entgegen, die ich ergriff.

»Hand drauf!« Mehrere Herzschläge lang standen wir so da.

»Kommst du jetzt weitertrainieren?« Fenns scharfer Ton hinter mir überraschte mich. Der Maskierte blickte über mich hinweg, sein Mund, der eben noch gelächelt hatte, wurde zu einem schmalen Strich, und er löste seine Finger.

»Ich freu mich auf den Kampf.« Damit schritt er davon. Mein Blick folgte ihm, bis er zwischen den Arkaden verschwunden war, dann sah ich zu Fenn.

»Zu deiner Beruhigung: Wir werden wohl beide, falls ich gegen ihn kämpfe, die Arena lebend verlassen.«

Fenn sah mich mit großen Fragezeichen in den Augen an.

»Wir haben eine Wette laufen. Der Verlierer wird der Sklave des Siegers. Der Maskenmann hat wohl als Lokalmatador ziemlichen

Einfluss auf den König. Außerdem meinte er, dass so eine Wette seinem Herrscher sehr gefallen würde.« Ich zuckte mit den Schultern und Fenn verdrehte die Augen.

»Oh, ich sehe dich schon, wie du ihm knapp bekleidet die Füße massierst.«

Gekränkt bohrte ich Fenn meinen Finger in die Brust. »Du hast ja sehr viel Vertrauen in meine Kampfkunst.«

Der rieb sich mit einem übertriebenen Schmerzenslaut die von mir traktierte Stelle. »Ich habe Vertrauen in dich, aber er kämpft weitaus besser.«

»Lass uns trainieren. Ich reiß dir deinen Katzenhintern auf, mein Lieber.« Damit stapfte ich entschlossen in die Manege.

Kapitel 11

Eine Stunde später war ich mit der Vorbereitung beschäftigt: Ich umwickelte meine Arme bis zu den Ellenbogen mit Leinenbinden. Naias und Fenn wohnten dem Auftritt der Artisten bei, die das Publikum in der Arena unterhielten, bis die Kämpfe begannen. So gut wie alle Bewohner der Stadt folgten dem Beispiel der beiden. In der Übungsarena hielt sich keine Menschenseele auf, die Quartiere jener Kämpfer, die ausgeschieden waren, standen leer.

Aus der großen Arena drangen die Jubelschreie der Menge zu mir. Ich lächelte, denn die Artisten schienen eine gute Darbietung abzuliefern. Ich hatte Naias offensichtlich nicht zu viel versprochen. Eigentlich hatte sie bei mir bleiben wollen, aber ich bestand darauf, dass sie sich mit Fenn das Spektakel anschauen sollte. Mir war es ganz recht, die letzten Augenblicke vor dem Kampf allein zu verbringen.

Es lag eine beinahe friedliche Ruhe über dem menschenleeren Trainingsrund. Als meine Arme fest gepolstert waren, legte ich die

Unterarmschützer an. Mit Lederbändern befestigte ich die metallenen Beinschienen über den Stiefeln. Ich prüfte die Bänder, die den ledernen Oberkörperschutz zusammenhielten, und legte den Waffengürtel um die Hüfte, dann griff ich nach dem Schild, den ich nach dem Training mit Fenn erstanden hatte. Mein Instinkt hatte mir geraten, dass es vielleicht besser war, die Kampftaktik zu ändern, um für Attikus weniger vorhersehbar zu sein. Das runde Metall war nicht sehr groß, hatte nur eine Unterarmlänge Durchmesser, aber das machte mich beweglich. Aus meinem streng geflochtenen Zopf hatte sich eine Strähne gelöst, die ich mir aus der Stirn wischte.

Dann ging ich zum Ausgang. Von draußen waren Schritte zu hören. Entschlossen legte ich die Hand auf den Riegel. Bevor ich ihn aufschob, hielt ich inne, mein Arm zitterte vor Erregung. Ich atmete tief ein und öffnete die Tür. Ein paar Kammern weiter trat Attikus ins Freie und warf mir einen vernichtenden Blick zu. Abschätzend betrachtete ich den Mann in seiner Kampfmontur. Seine Rüstung bestand aus Beinschienen, die knapp unter dem Knie endeten und einem Kettenschutz über seinem Schwertarm. Ansonsten bedeckte eine aus einem Leinentuch bestehende Hose, die durch einen breiten Metallriemen gehalten wurden, seine Körpermitte. Die sehnigen Schenkel und der größte Teil des Oberkörpers waren weitgehend frei. Ich musterte den großen rechteckigen Schild, den er mit sich führte. Er hatte also auch seine Kampfmontur gewechselt. Stolz hob ich mein Kinn, dann reihte ich mich hinter dem Dunkelelf ein, dessen weißblonder Zopf ihm um die Hüften baumelte.

Ich wartete neben sechs Kämpfern vor dem großen Holztor darauf, dass es geöffnet wurde. Der Maskierte ließ sich wieder mal Zeit. Es hatte offensichtlich seine Vorteile, der Lieblingskämpfer des Königs zu sein. Wahrscheinlich rieb ihm in diesem Augenblick eine willige Sklavin seine breite Brust mit Öl ein, damit seine zweifellos beeindruckenden Muskeln im Schein der Sonne gut zur Geltung kamen, während ihm eine zweite Luft zufächelte. Der Gedanke sorgte dafür, dass mir Galle hochstieg. Aus irgendeinem unerfindlichen Grund gefiel er mir nicht. Warum? Was juckte es mich, wie der Kerl seine Zeit vor den Kämpfen verbrachte?

Ich konnte und wollte mich mit dieser Frage nicht länger beschäftigen. Der Jubel Tausender Stimmen, der durch das Tor zu mir drang, lenkte mich ab. Die Arena war bis zum letzten Platz besetzt. Abrupt verstummten die Menschen, ich hielt den Atem an, um die einzelne männliche Stimme besser hören zu können, die gedämpft durch das Holz zu mir drang. Als der Redner schwieg, brandete der Beifallssturm erneut auf.

Es dauerte eine gefühlte Ewigkeit, bis wir endlich in die Manege gelassen wurden. In dem Moment, in dem sich das Tor öffnete, gesellte sich der Maskierte zu uns. Lässig schritt er an mir vorbei, als würde er über den Marktplatz flanieren. Ich verdrängte das antilopenhaften Fluchtgefühl, das bei seinem Anblick in mir aufkam, und auch die anderen verwirrenden Empfindungen, drohte in Gedanken meinem Magen damit, ihn eigenhändig rauszuschneiden, wenn er nicht aufhörte, zu kribbeln.

Eine Mischung aus Lärm, Hitze und Staub schlug mir entgegen und mein Herz trommelte wild in der Brust, als ich ins Rund trat. Ich wollte kämpfen und siegen. Entschlossen sah ich zu Attikus, dessen Blick sagte, dass er bereit war. Worauf ich ihm zunickte, denn ich war auch bereit. Dann schritt ich bis zur Mitte des Runds. Dort angekommen, wandte ich mich der Loge des Herrschers zu, der, wie schon während der ganzen Kämpfe zuvor wie ein Schatten wirkte. Neben ihm befand sich wieder die schöne Frau. Ihr Blick ruhte auf mir. Wachen umrahmten die beiden, und Sklaven fächelten ihnen unermüdlich Luft zu oder reichten Erfrischungen.

Heute bauten sich nur vier Schwarzgekleidete hinter uns auf. Wir Kämpfer verbeugten uns vor dem Herrscher, dann drehte ich mich zu Attikus, der mich überheblich angrinste. Ich streckte meinen Arm aus und winkte ihn heran. Wie ein Wolf auf Beutezug schlich er in meine Richtung.

»Das letzte Mal ist unser Kampf nicht gut für dich ausgegangen, Süße«, sagte er, nachdem er mich erreicht hatte.

»Nur habe ich heute keine gebrochene Rippe.« Ich zog das Schwert, während meine andere Hand den Schild abwehrbereit hielt. Mein kochendes Blut rauschte durch die Adern. Ein Schweißtropfen bahnte sich seinen Weg über mein Dekolleté und kitzelte mich zwischen den Brüsten. Das Fanfarensignal gab die Kämpfe frei. Sofort stürzte sich Attikus auf mich, sein Schwert traf so hart auf meinen Schild, dass mein Arm vibrierte. Ich schlug blitzschnell zurück. Er machte einen hastigen Ausfallschritt nach hinten, doch die Spitze meines Schwertes ritzte eine rote Linie in seinen Bauch. Attikus holte aus, die Klingen trafen klirrend aufeinander, mit einem metallenen Kratzen trennten sie sich. In mir brodelte reine Kampfeslust, dieses Mal wollte ich um jeden Preis gewinnen und diesen Bastard in Grund und Boden rammen. Ich riss den Arm hoch und blockte seinen Angriff mit dem Schild. Attikus verstärkte den Druck auf seine Waffe, während ich mich mit zusammengebissen Zähnen dagegenstemmte. Meine Schulter brannte wie Feuer, lange würde ich ihm nicht standhalten können. Um mich aus der Situation zu befreien, trat ich gegen seine Kniescheibe. Knochen knackten. Mit einem Schmerzensschrei sprang Attikus zurück und verlor seine Waffe.

Ich genoss das Triumphgefühl zu lange, denn bevor ich reagieren konnte, rammte er mir den Knauf seiner Waffe in den Bauch. Sämtliche Luft wich aus meinen Lungen. Nach Atem ringend, prallte ich auf den Boden, wobei mir das Schwert entglitt. Tränen schossen in meine Augen. Mein Magen weigerte sich, seinen Inhalt zu behalten. Ich drehte mich schnell zur Seite und übergab mich.

In diesem Moment fiel Attikus' Schatten auf mich. Er stand breitbeinig über mir, sein Schwert flog auf mein Gesicht zu und ich riss das Schild nach oben. Meine Zähne schlugen aufeinander, als ich den Angriff stoppte. Ich boxte mit der freien Hand gegen sein Knie, das ich schon getroffen hatte. Wieder knackte es. Attikus heulte auf und taumelte zurück.

Der Schmerz lenkte ihn ab. Ich nutzte den Moment, um wieder auf die Beine zu kommen. Der verdammte Kerl stand zwischen mir und meiner Waffe. Zu meinem Leidwesen hatte er sich schneller wieder im Griff, als ich gehofft hatte. Wütend hob er sein Schwert.

Ich wich einige Schritt zurück, um den Abstand zwischen uns zu vergrößern. Bevor er sich in Bewegung setzte, rannte ich auf ihn zu und riss mein Schild hoch, um mich vor seinen Angriffen zu schützen. Im vollen Lauf ließ ich mich auf dem Boden fallen, schlitterte mit den Füßen woran an ihm vorbei und schnappte mir das Schwert.

Brüllend setzte Attikus mir nach. Ich rollte zur Seite, seine Waffe traf knapp neben meinem Kopf den Boden. Staub wirbelte auf, flog mir in den Mund und ich musste husten. Das brachte mich auf eine Idee. Ich griff mir eine Handvoll Sand, den ich Attikus ins Gesicht schleuderte.

»Verdammtes Miststück!« Hustend wischte er sich den Sand aus den Augen. Diese Ablenkung gab mir die Gelegenheit, wieder auf die Beine zu kommen.

Ich griff an. Meine Klinge traf auf sein Schild, doch seine kratzte über meinen Oberkörperschutz. Er war eindeutig zu nah an mich herangekommen. Ich hüpfte zurück, als würde ich einer wütenden Schlange ausweichen. Attikus setzte nach, ließ Hiebe auf mich niederprasseln und trieb mich vor sich her. Dummerweise konzentrierte ich mich auf sein Schwert und ließ seinen Schild außer Acht. Das rächte sich, denn er versetzte mir damit einen Schlag, der sich gewaschen hatte. Ich taumelte nach hinten. Wieder suchte der Inhalt meines

Magens nach dem falschen Ausgang. Doch diesmal konnte ich den Brechreiz unterdrücken. Attikus stürmte wie ein wild gewordener Stier auf mich zu. Zuerst wollte ich ihm entgegentreten, aber dann besann ich mich eines Besseren, denn ich war nur noch ein paar Schritte von der drei Mann hohen Umrandung der Arena entfernt. Ich warf den Schild von mir, sprintete der Wand entgegen, stieß mich daran ab und machte einen Salto über Attikus hinweg. Als ich hinter ihm aufkam, drehte ich mich blitzschnell und trat ihm mit dem gestreckten Bein in den Rücken, worauf er mit dem Gesicht gegen die Mauer prallte und zu Boden rutschte. Benommen stützte er sich auf sein Schwert, um auf die Knie zu kommen. Als ich ihm die Spitze meiner Waffe ins Genick bohrte, überflutete mich ein Siegesgefühl, das den brennenden Schmerz, der in meinen Gliedern pochte, in den Hintergrund treten ließ. Blut tropfte von Attikus' Gesicht auf den Boden.

Ich atmete schwer. Schweiß rann meinen Hals hinunter und sammelte sich zwischen den Brüsten. Ich hatte es geschafft, ich hatte Attikus besiegt. Tief sog ich Luft in meine Lungen.

Ein Schwarzgekleideter kam. »Die Frau hat gewonnen, der Mann muss auf die Gnade unseres Herrschers hoffen«, meinte er. Ich hielt Attikus weiter mit meinem Schwert in Schach. Aus den Augenwinkeln sah ich zur Herrscherloge. Der König streckte die geballte Hand aus. Die Menschen schrien im Chor: »Nach unten.« Das Volk wollte ganz öffentlich Blut sehen. Ein Zittern lief durch Attikus' Leib. Auch wenn es alles andere als schön war, einen entwaffneten Mann zu töten, würde ich es tun, denn er hätte mich ohne zu zögern in die Unterwelt geschickt. Mein Schwert glänzte in der Sonne. Ich holte tief Luft und wartete darauf, wie sich der Herrscher entschied. Plötzlich stand die Frau neben ihm auf und zeigte mit dem Daumen nach oben. Der König zog seinen Arm zurück und nickte.

»Ihr könnt beide die Arena lebend verlassen«, sagte der Schwarzgekleidete, und ich ließ von Attikus ab, um zu den Unterkünften der Kämpfer zu gehen.

»Was hast du vor?«, schrie jemand hinter mir. Verwirrt wandte ich mich um. Attikus stürmte auf mich zu. Blut floss aus seiner Nase, sein Gesicht war wutverzerrt. Er glich einem Rachedämon aus der Unterwelt. Ich stand einfach da, ließ es geschehen. Mein Verstand versuchte, mir etwas zu sagen, doch ich konnte es nicht verstehen. Ich fühlte mich, als wäre ich in Schafswolle gepackt worden. Ich starrte den wütenden Krieger, der die Waffe zum Angriff hob, nur an, als gelte sein Zorn nicht mir. Alles kam mir so unwirklich vor, fast wie im Traum. Kurz bevor mich Attikus erreichen konnte, brach er zusammen. Eine gebogene Klinge durchbohrte seine Brust. Ich bemerkte den Maskierten neben mir, der nur noch ein Schwert hielt. Welche Wucht musste in diesem Wurf gesteckt haben? Eine solche Waffe in dieser Weise einzusetzen, widersprach allem, was ich gelernt hatte.

Ich zuckte zusammen, als der Jubel der Zuschauer wie Donner durch die Arena hallte. Das Volk hatte Blut bekommen wie gewünscht. Mein Herz schlug mir bis zum Hals, die Arme zitterten, während ich das völlig enthemmte Publikum betrachtete. Ich war wieder in der Realität angekommen. Attikus' lebloser Leib lag vor mir, sein Blut sickerte in den Sand. Dieses Mal plagte mich mein Gewissen nicht. Er war ein verdammter Narr gewesen, der bekommen hatte, was er verdiente, denn er hätte das hier überleben können.

Kapitel 12

In der Pause vor dem Halbfinale wurden die nächsten Gegner ausgelost. Am späten Nachmittag stand ich dem Dunkelelf gegenüber, der mich lauernd wie ein Raubtier umkreiste. Nur wir beide befanden uns in der Mitte des Runds. Während ich jedem seiner Schritte folgte, suchte ich nach einem Angriffspunkt. Ich war nassgeschwitzt. Die verdammte Hitze hatte nicht nachgelassen.

Der Arm des Elfs schoss wie der Stachel eines Skorpions vor, ich riss den Schild hoch und die Klinge prallte dagegen. Durch die Wucht des Schlages wankte ich nach hinten und mein Gegner setzte nach. Ein zweiter Hieb traf mein Schild, den ich jedoch besser abfangen konnte. Ich ging zum Gegenangriff über, das Schild des Mannes verbeulte sich unter der Heftigkeit meiner Treffer. Der Elf holte aus, vernachlässigte wie erwartet seine Deckung, und meine Klinge traf seine Hüfte. Er schrie auf und sprang einen Schritt zurück, als hätte er sich an Feuer verbrannt. Knurrend drosch er mit harten Schlägen auf mein Schild ein.

Wieder achtete er nicht auf seine Deckung und ich stach schnell wie eine Bergwespe zu. Erneut traf meine Waffe seine Haut. Der Elf heulte vor Wut auf. Das Blut, das aus seinen Wunden quoll, leuchtete auf dem blassen Körper wie rote Farbe auf einer weißen Leinwand.

Ich ging in Verteidigungsposition, denn mein Gegner startete eine weitere Attacke. Eine Kante seines Schildes traf auf meinen Kiefer. Mein Kopf wurde zur Seite gerissen, und ich sah Sterne. Ich verlor das Gleichgewicht und geriet ins Straucheln. Brutal kickte der Elf mit seinem ausgestreckten Bein gegen meinen Brustkorb, sodass ich einige Schritte nach hinten geschleudert wurde. Als ich hart auf dem Sandboden landete, rang ich nach Atem. Bei jedem Luftholen durchzuckte mich ein stechender Schmerz. Keuchend fasste ich an meine Seite: Schon wieder ließ mich eine meiner Rippen im Stich.

Ich zog den Kampfdolch, denn ich hatte Schwert und Schild verloren. Mein Gegner drosch auf mich ein. Da der Dolch für eine effektive Abwehr zu kurz war, wich ich dem Elf durch Hin- und Herrollen aus. Jeder Atemzug, jede Bewegung tat verflucht weh, aber mein Wille, diese Sache zu überleben, blendete die Schmerzen aus. Ich bekam den Griff meines Schilds zu fassen, riss es hoch und stoppte so den nächsten Schlag. Blitzschnell rammte ich dem Elf meinen Dolch in die ungeschützte Wade. Er taumelte mit gesenktem Schild zurück. Ich biss die Zähne zusammen, sprang auf die Beine, nahm Anlauf und trat mit beiden Füßen gegen den Oberkörper meines Gegners, der zu Boden stürzte. Waffe und Schild entglitten seinen Fingern. Als er auf dem harten Untergrund aufkam, rutschte er ein Stück über den Sand, dann blieb er mit ausgestreckten Armen liegen und japste nach Luft.

Ich ignorierte meinen pochenden Brustkorb sowie die rasselnde Atmung. Mit einem Satz war ich bei dem Elf und nagelte dessen

Waffenhand mit meinem Dolch am sandigen Untergrund fest. Ein Schrei entfuhr der Kehle des Gegners. Schwer schnaufend, wie ein alter Mann nach einem Sprint, nahm ich sein Schwert mit beiden Händen und stellte mich über ihn. Die Spitze der Waffe zeigte auf den Hals des Elfs. Ich sah zum Herrscher.

Der Schwarzgekleidete war schon auf dem Weg, als der Elf mein Bein packte und es mit eisernem Griff festhielt. Er versuchte, mich zu Fall zu bringen. Ich schwankte. Bevor er Erfolg hatte, stach ich zu. Die Spitze des Schwertes durchstieß seine Haut und trennte fast den Kopf vom Körper, seine Glieder erschlafften, mein Bein war frei. Blut sprudelte aus seiner Wunde wie Wasser aus einer Quelle und bildete eine Lache.

Jubel brandete auf. Das erinnerte mich daran, dass ich in der Mitte einer von Menschen gefüllten Arena stand. Ich drehte mich um die eigene Achse und betrachtete die applaudierenden Zuschauer, die teilweise aufgestanden waren. Mein Blick suchte in der Menge nach Naias' Gesicht, doch es war unmöglich, zu finden. Die Kampfeslust, die meine Schmerzen betäubt hatte, ebbte langsam ab.

Der Mann in schwarzer Toga trat zu mir. »Die Frau hat gewonnen, der Elf ist tot«, stellte er ohne Gefühl in der Stimme fest. Ich nahm mich zusammen und hob Waffen sowie Schild auf.

Das Tor wurde geöffnet. Schwert und Dolch verstaute ich in den Scheiden, dann ging ich, gefolgt vom Jubel der Zuschauer, in Richtung Ausgang. Nur mit Mühe gelang es mir, mich aufrecht zu halten. Stechende Schmerzen in meiner Brust machten mir das Atmen fast unmöglich. Ich unterdrückte den Hustenreiz, so gut ich konnte.

Am Ausgang angekommen, stieg ich vorsichtig die Treppe hinunter. Nun konnte ich den Husten nicht mehr aufhalten, bei jedem Anfall musste ich mich an der Wand festhalten. Verflucht, ich bekam keine Luft mehr. Es war, als zöge sich ein Gürtel um meine Brust immer enger.

Endlich erreichte ich den Tunnel, der zur Übungsarena führte. Schritte, begleitet von Waffengeklirr und dem Scheppern von Rüstungen, bewegten sich in meine Richtung. Nur Augenblicke später sah ich den maskierten Krieger.

Als er mich, gefolgt von seinem Kontrahenten, passierte, hielt ich den Atem an, um einigermaßen aufrecht an den beiden vorbeizuschreiten zu können. Schweiß floss in Strömen meinen Rücken hinunter. Obwohl ich die Augen des Kriegers aufgrund der Maske nicht erkennen konnte, spürte ich genau, dass er mich musterte. Er verlangsamte seinen Schritt. Ich straffte die Schultern und setzte den Weg fort, ohne ihm weitere Beachtung zu schenken. Nachdem ich mich weit genug von den Männern entfernt hatte, blieb ich an der Wand stehen und krallte mich an einem hervorstehenden Steinquader fest. Ich wollte abwarten, bis das Schwindelgefühl, das mich wie eine Welle überrollte, wieder verebbt war. Mein Schild fiel scheppernd zu Boden. Ein kupferartiger Geschmack füllte meinen Mund und ich musste mich übergeben.

Ich schaute hinab und sah meinen Verdacht bestätigt: Im Erbrochenen war Blut. Ich hatte mir wieder eine Rippe gebrochen, die sich dieses Mal in meine Lunge gebohrt hatte. Mit beiden Armen umschlang ich meinen Brustkorb, der vor Schmerzen zu platzen drohte. Keuchend stöhnte ich auf. Ich hatte das Gefühl, zu ersticken, und für einen Wimpernschlag wurde mir schwarz vor Augen. Leise Schritte kamen auf mich zu, zitternd hielt ich mich an der Tunnelwand fest.

»Da ist sie«, rief Naias, eilte zu mir und nahm meinen Kopf in beide Hände. »Bei den Göttern, aus deinem Mund kommt Blut.« Sie sah zu Fenn neben ihr. Nachdenklich biss sie sich auf die Unterlippe. »Da wird ein Eimer nicht reichen, ich brauche ein Becken. Heb sie hoch.« Zuerst sträubte ich mich dagegen, getragen zu werden, doch ich war zu schwach, und so ließ ich es geschehen. Mein Kopf sank gegen Fenns Brust, ich rang stoßweise nach Atem.

»Ich hab's! Der Brunnen, bring sie zum Brunnen«, meinte Naias.

»Dort ...« Ich keuchte auf, das Sprechen fiel mir schwer. »... werden ... sie dich ... sehen«, presste ich hervor.

»Sie hat recht«, pflichtete Fenn mir bei.

»Ist mir egal, es geht um ihr Leben. Bringst du sie jetzt hin oder muss ich es selbst tun?«, fragte Naias mit einem scharfen Unterton in der Stimme, der keinen Widerspruch duldete. Fenn knurrte, setzte sich aber in Bewegung. Ich schloss die Augen, spürte, wie eine warme Brise meine Haut streifte, als wir den Tunnel verließen. Augenblicke später kündigte ein Plätschern an, dass wir den Brunnen erreicht hatten. Bevor Fenn mich ins heilende Nass legte, nahm Naias mir den Waffengurt ab. Wenig später fand ich mich im Becken wieder. Mein Kopf lag auf dem abgerundeten Marmorrand, an der gegenüberliegenden Seite ragten meine Beine heraus. Der lederne Oberkörperschutz sog sich mit dem eisigen Wasser voll, das meinen Leib umspülte. Ich zitterte. Meine Lider waren so schwer, als würden Eisengewichte daran hängen, und ich schloss die Augen.

»Es wird wehtun«, sagte Naias neben mir. Sanft strich sie Haarsträhnen aus meinem Gesicht. »Bis du bereit?«

Ich nickte und presste die Lippen aufeinander. Tausende kleiner Blasen sprudelten um meinen Körper. Es war, als würde das Wasser sieden, doch ohne Hitze. Mein Herzschlag verdoppelte sich und das Blut rauschte durch meine Adern. Im nächsten Moment drohte mein Brustkorb zu verbrennen. Ich bäumte mich auf.

Ein Schrei ertönte. Augenblicke später wurde mir bewusst, dass ich es gewesen war, die geschrien hatte. In meiner Brust schmerzte es noch, doch ich konnte wieder ungehindert atmen.

»Nein, ich bin noch nicht fertig, lasst mich zu ihr«, flehte Naias. Ihre Stimme klang, als stand sie nicht mehr direkt neben mir. Ich versuchte, meine Lider zu heben, aber die Gewichte hinderten mich daran.

»Nehmt eure dreckigen Finger von ihr!«, fauchte Fenn.

»Es ist magischen Wesen verboten, sich ohne Registrierung in Ro'an aufzuhalten«, entgegnete eine autoritäre, männliche Stimme.

»Bitte, ich muss zu ihr«, bettelte Naias. Mit viel Anstrengung gelang es mir, die Augen zu öffnen, doch ich nahm nur Schatten wahr, daher gab ich dem Drang, die Lider wieder zu senken, nach. Ich versuchte, zu sprechen, aber ich brachte nur ein Stöhnen zustande.

»Ich sag es nicht noch einmal. Lasst sie los.« Fenn sprach diese Worte sehr beherrscht. Mir schwante Schlimmes, ich klammerte die Finger an den Beckenrand, wollte mich hochstemmen. Aber es gelang mir nicht, meinen Leib auch nur eine Handbreit zu bewegen. Ein Fauchen ließ meinen Puls beschleunigen.

»Bei den Göttern, er ist ein Katzenmensch«, schrie ein Mann panisch.

»Fenn, hör auf«, flehte Naias mit tränenerstickter Stimme.

Waffen klirrten, Menschen schrien, dazwischen erklang das mächtige Gebrüll eines Löwen. Noch einmal bäumte ich mich auf, aber ohne Erfolg. Ich spürte, wie die Bewusstlosigkeit ihre Finger nach mir ausstreckte. Auf keinen Fall durfte ich ohnmächtig werden, ich kämpfte dagegen an, doch nur einen Herzschlag später umfing mich Dunkelheit.

Kapitel 13

Der süßliche Duft von Rosen weckte mich. In der Ferne erklang ein Rauschen, aber ich konnte das Geräusch nicht einordnen. Meine Lider weigerten sich, sich zu heben. Unter mir spürte ich etwas Weiches und Warmes, auf mir ertastete ich eine Decke. Als eine salzige Brise meine Nase umspielte, wusste ich, was ich vernahm: Meeresrauschen. Ich blinzelte und sah über mir goldverzierte Stuckelemente. In einem Kerker befand ich mich demnach nicht, es sei denn, die Gefängnisse hier waren sehr luxuriös eingerichtet. Mein Blick glitt an der mit Mosaikbildern bedeckten Wand entlang, die tanzende oder Instrumente spielende Frauen darstellten. Hinter einem Vorhang aus Gaze, der die Schlafnische abtrennte, in der ich lag, vernahm ich weibliche Stimmen. Als ich mich aufrichtete, floss mein Haar über meine nackten Schultern. Wieder nahm ich den Geruch von Rosenblüten wahr und hielt mir eine Strähne an die Nase. Ich hatte die Duftquelle gefunden:

Offensichtlich war mein Haar gewaschen worden. Ein Ziehen im Oberkörper erinnerte mich an die vergangenen Ereignisse und mein Herz begann, gegen den Brustkorb zu hämmern. Wo waren Naias und Fenn? Die aufkeimende Panik schnürte mir die Kehle zu. Ich holte tief Luft, ich musste Ruhe bewahren. Panik nützte keinem etwas, schon gar nicht den beiden. Also versuchte ich, mich zu orientieren, denn als Kämpferin war ich es gewohnt, die Umgebung schnellstmöglich zu erfassen. So etwas konnte für Sieg oder Niederlage entscheidend sein.

Augenscheinlich saß ich auf einem Bett. Durch den Vorhang erkannte ich schemenhafte Gestalten. Ich rappelte mich auf. Auf den Knien beugte ich mich nach vorne und zog vorsichtig die Gaze zurück. Der süße Duft von Früchten und schwerem Parfüm schlug mir entgegen. Mit angehaltenem Atem suchte ich den großen Raum nach Naias ab. In der Mitte lümmelten sich auf kunstvoll bestickten Bodenkissen in wenig Stoff gehüllte Damen und schwatzten angeregt miteinander. Dienerinnen, denen man offensichtlich mehr Bekleidung zugestand, umschwärmten die Frauen, schenkten aus goldenen Krügen rote Flüssigkeit, wahrscheinlich Wein, in Kelche oder reichten Früchte. Mit einem Fluch auf den Lippen atmete ich aus, denn unter den leichtbekleideten Damen konnte ich meine Schwester nicht entdecken. Sollte ich darüber nun erleichtert oder besorgt sein? Schon die Vorstellung, Naias in diesem Hauch von Nichts zu sehen, sorgte dafür, dass mein Blut zu sieden begann.

Ich schob die Decke von mir und musste feststellen, dass die Sachen, die ich trug, ebenfalls mehr preisgaben, als sie verbargen. Ein Band aus seidenem Stoff, das sich über meinen Brüsten kreuzte und dessen Enden im Nacken verknotet waren, stellte das Oberteil dar. Über einer an den Seiten verschnürten Unterhose, deren dreieckiges Vorderteil gerade groß genug war, um meine Scham zu bedecken, trug ich einen Fetzen aus durchschimmerndem Stoff. Er hatte die Bezeichnung Rock nicht ansatzweise verdient.

Welcher idiotische Perverse war hier für die Kleiderordnung zuständig? Lebte da ein Weiberheld seine Träume aus?

Ich erhob mich. Der zweite Teil der Unterhose bedeckte mein Gesäß mehr recht als schlecht, darüber baumelte wie vorne ein zartes Tuch. Es war mit dem Vorderteil an den Seiten durch zierliche Schnallen verbunden. Ich seufzte leise. Selbst die Straßendirnen in den engen Gassen von Tigres hatten mehr Kleidung am Leib.

Wieder spähte ich durch den Vorhang. An der gegenüberliegenden Wand reihte sich eine Schlafnische an die andere. Ich zählte zwanzig. Wahrscheinlich sah es auf meiner Seite genauso aus. An einem Ende des großen Raumes gab es drei auf Säulen gestützte Rundbögen, wobei der mittlere die beiden anderen überragte. Die mit Ornamenten verzierten Bögen dienten offensichtlich als Fenster. Aufgrund des milden Klimas, das hier das ganze Jahr über herrschte, konnte man auf Bespannung mit Tierhäuten verzichten. Mein Blick glitt zur anderen Seite: Dort gab es eine Flügeltür.

Als ich die Nische verließ, verstummten die Frauen und schenkten mir ihre ganze Aufmerksamkeit. Ich warf energisch mein Haar zurück. Das nervte, wie ein goldenes Kalb begafft zu werden. Was mich hingegen erfreute, war, dass ich flache Ledersandalen trug, deren Bänder kniehoch meine Beine umwickelten, und ich also nicht barfuß herumlaufen musste.

Ich stieg die drei Stufen vor der Schlafnische hinab. Ohne die Augen von mir abzuwenden, raunten sich die Weiber, die mich an einen Hühnerhaufen erinnerten, etwas zu.

Eine der Frauen löste sich aus der Gruppe und kam lächelnd zu mir.

»Mein Name ist Sharri«, stellte sie sich vor.

»Ich heiße Kayla. Wo bin ich hier?«, erwiderte ich barsch, denn ich hatte keine Zeit für Höflichkeiten.

»Im Harem des Königs«, antwortete Sharri mit Stolz in der Stimme.

Ich spürte, wie mir die Farbe aus dem Gesicht wich. Ich ballte meine Hände, bis sich die Fingernägel in das Fleisch gruben. In diesem Raum befanden sich um die fünfzehn Frauen. Das durfte ja nicht wahr sein. Ich sollte die Konkubine eines lüsternen Weiberhelden werden! Niemals!

»Ich glaube, das ist ein Missverständnis. Kann ich euren Herrscher sprechen?«

Der Ausdruck in Sharris hübschem Gesicht wurde mild, als betrachtete sie ein kleines Kind. Ihre vollen Lippen kräuselten sich amüsiert.

»Wenn er dich sehen möchte, wird er dich holen lassen. Ich denke, er wird bald nach dir verlangen, denn so eine ungewöhnliche Haar- und Augenfarbe habe ich noch nie gesehen.« Die Frau nahm eine meiner kupferfarbenen Haarsträhnen, die sie wie ein Schmuckstück hin und her drehte. »Ganz zu schweigen von deiner hellen Haut, sehr exotisch, das wird meinem Herrn gefallen.« Sie ließ mein Haar los und fuhr mit den Fingerspitzen über meine bloße Schulter. Ich sah zu den anderen Frauen. Wirklich, sie hatten alle einen mehr oder weniger ins Olivfarbene gehenden Teint und dunkles Haar, ich war die Einzige mit kupferfarbenem Haar und heller Haut in diesem Haufen. Ein Unikat in der Frauensammlung des königlichen Bastards. Mein Blut pulsierte wie die Lavaströme des Vulkans Lagos durch meine Adern. Dem feinen Herrn würde ich einen Strich durch die Rechnung machen.

»Also, wo kann ich euren Herren finden?«

Hinter Sharri kicherten die Frauen.

»Oh, es ist früh am Morgen. Er ist in seinem Schlafgemach. Amara, seine Favoritin, ist bei ihm.«

Es war später Nachmittag gewesen, als Naias mich im Brunnen geheilt hatte. Offensichtlich hatte ich eine Erinnerungslücke. Nur: Wie groß war sie?

»Wie lange habe ich geschlafen?«, wollte ich wissen.

Sharri sah nachdenklich in die Ferne, dann schien sie sich zu besinnen, denn ihre Miene hellte sich auf. »Also, sie brachten dich vor zwei Tagen.«

Ein leises Zischen entfuhr mir. Ich hatte ganze zwei Tage verschlafen.

»Diese Amara, ist das die, die bei den Spielen neben dem König saß?«

Sharri zog ihre dunklen Brauen hoch. »Nein, wir gehen mit ihm nicht in die Öffentlichkeit. Das war seine Gemahlin.«

Das wurde ja immer schöner. Ein Weib hatte der wollüstige Bastard also auch noch. Ich straffte die Schultern, das alles ging mich nichts an. Mein Plan war es, zuerst hier auszubrechen und dann nach Naias und Fenn zu suchen.

»Ist ein Mädchen mit hellen Haaren hier im Harem? Hält sie sich vielleicht in einem anderen Bereich auf?« Hoffnung keimte in mir auf, doch als Sharri mit dem Kopf schüttelte, ließ ich die Schultern sinken. Nun denn, dann würde ich mich wohl durchkämpfen müssen, bis ich die beiden gefunden hatte. Aber vielleicht sollte ich zuerst dem sonnenscheuen Herrscher einen Besuch abstatten? Er wusste mit Sicherheit, wo die beiden sich befanden.

»Ich danke dir für deine Hilfe.« Damit steuerte ich auf die Tür zu.

»Was hast du jetzt vor?« Sharri folgte mir.

»Ich werde den Hausherrn suchen. So ein König kann ja nicht so schwer zu finden sein.« Als ich durch die Tür trat, gelangte ich in einen Raum, der ebenfalls von Stuck und kunstvollen Mosaiken dominiert wurde. Natürlich waren Frauen darauf abgebildet, was auch sonst. Zu meiner Rechten entdeckte ich einen vergitterten Torbogen und dahinter eine Terrasse, links neben mir und geradeaus gab es weitere Türen.

»Wo kommt man da hin?« Ich ging zum Gitter und rüttelte daran. Salzige Luft wehte mir ins Gesicht. In der Ferne donnerten Wellen gegen Klippen.

»Das ist unser Weg zum Herrscher, der wird nur geöffnet, wenn er eine von uns holen lässt.«

»Dort ...«, Sharri deutete nach links, »... befinden sich weitere Räume des Harems, und da ...«, sie zeigte auf das Portal direkt vor mir, »… geht es hinaus. Tag und Nacht stehen zwei bewaffnete Wachmänner davor.«

»Na dann.« Ich atmete tief ein, öffnete das Portal und sah die Wachen. Zwei Männer, deren Oberkörper von Schuppenpanzern bedeckt waren. An den Hüften trugen sie Schwerter, außerdem schützten Helme ihre Köpfe, die jedoch die Gesichter weitgehend freiließen. Sie hatte damit nicht viele Schwachpunkte. Die gleichen Gestalten standen einige Schritte entfernt vor einem Portal, und weitere Wachen befanden sich vor einer Tür am Ende der Galerie zu meiner Linken. So ein König hatte seine Gemächer bestimmt im Mittelpunkt des Palastes.

»Halt, Frau! Geh zurück!«, befahl der Größere der Wachen barsch. Sein Kamerad, ein schmaler Jüngling, schien sehr verwirrt zu sein. Nun wusste ich, wie ich vorgehen musste. Ich machte einen Schritt in Richtung des Größeren.

»Oh Herr, eine der Damen fühlt sich nicht wohl, wir brauchen einen Heiler.« Die Brauen des Mannes zogen sich zusammen. »Wieso schickt ihr keine Dienerin?«

Mit gespielter Verlegenheit senkte ich die Lider und schaute den Mann durch meine langen Wimpern hindurch an, während ich mir mit der Zungenspitze über die Unterlippe fuhr. »Ach, Ihr hab ja so recht, Herr. Warum habe ich nicht daran gedacht?«

Der Mann straffte zufrieden seine Schultern, hob arrogant das Kinn und sein Hals bot eine hervorragende Angriffsfläche. Ein Fehler! Blitzschnell schlug ich meine Fingerknöchel gegen seinen Kehlkopf. Er sackte in sich zusammen und umfasste röchelnd den Hals. In einer fließenden Bewegung zog ich sein Schwert blank und fegte ihn mit einem Tritt von den Beinen. Ich hielt die Spitze meiner frisch erbeuteten Waffe dem anderen Wächter an die Kehle. »Denk nicht einmal daran, dein Schwert zu ziehen, Junge.«

Hinter mir gab Sharri ein fiependes Geräusch von sich, als hätte sie einen Schrei unterdrückt.

Alarmiert von dem Tumult eilten die anderen Wachen ihren Kollegen zu Hilfe.

»Stehenbleiben!«, warnte ich mit lauter Stimme und zog die Waffe meiner Geisel. Ich nahm sie kampfbereit in die andere Hand. Die Soldaten hielten inne.

»Jetzt, mein Junge, wirst du mich zu eurem Herrscher führen. Dreh dich langsam um.« Schweiß überzog das Gesicht des Jünglings. Er wandte mir den Rücken zu und ich bohrte ihm die Spitze des Schwertes in seinen Nacken. Mit dem zweiten zeigte ich in Richtung der Wachen hinter mir. Ich war zu allem bereit, auch dazu, zu sterben. Denn ich war lieber tot, als in einem Harem zu leben.

»Los jetzt!«, fuhr ich den Jüngling an. Der setzte sich in Bewegung und schritt geradeaus. Ich folgte ihm seitwärts gehend, wie eine Krabbe, um die Soldaten vor uns und die Männer, die uns folgten, besser im Blick behalten zu können. In meinem Kopf ging ich fieberhaft die verschiedenen Kampfszenarien durch. Wie viele Männer konnte ich wohl erledigen?

Die Galerie, auf der ich mich befand, umlief einen viereckigen Innenhof. Wir passierten eine Treppe, die in diesen Hof führte. Das war ein möglicher Fluchtweg. Meine Geisel schritt bis zum großen Portal in der Mitte der Galerie, doch dann bauten sich Wachleute davor auf. Ich positionierte mich so, dass ich das Geländer im Rücken hatte, und überkreuzte die beiden Schwerter im Nacken der Geisel.

»Aufmachen.«

»Nein, Weib! Wir werden unseren Herrscher mit unserem Leben beschützen«, schrie ein Soldat. Er und ein weiterer zogen die Waffen. Verdammter Mist! Mein Puls begann zu rasen. Dann würde ich wohl kämpfen müssen.

»Ich würde eine friedliche Lösung bevorzugen, Jungs, aber wenn ihr wollt«, sagte ich.

In diesen Moment wurde das Portal geöffnet.

»Bei den Göttern, soll das ein Scherz sein?«, flüsterte ich. Beim Anblick des Mannes, der mit einer Hand ein Laken um seine schmalen Hüften festhielt, wich jeglicher Tropfen Blut aus meinem Gesicht. Vor mir stand der Krieger, der während der Arenakämpfe eine Maske getragen hatte. Jetzt wusste ich auch, warum.

»Was geht hier so früh am Morgen vor?«, brummte er mit verschlafener Stimme.

»Herr, diese Konkubine wollte zu Euch«, informierte ihn der Jüngling in Uniform heiser.

»Die was?«, fauchte ich. Verflucht, was war hier los? Ich hatte das Gefühl, dass mir gerade der Boden unter den Füßen weggezogen wurde.

»Hattest du solche Sehnsucht nach mir?« Der Mann musterte mich mit einem spöttischen Grinsen. Wie Lava wallte die Wut durch meinen Körper. Der verdammte Bastard machte sich doch wirklich lustig über mich.

»Wo sind meine Schwester und Fenn?« Ich spuckte ihm die Worte fast ins Gesicht.

»Leg die Waffen ab, dann können wir reden«, meinte er gleichmütig.

In meinem Kopf rasten die Gedanken. Ich wog das Für und Wider ab, seiner Aufforderung nachzukommen. Nach wie vor hatte ich die Option, mich durchzukämpfen. Aber wo sollte ich in der riesigen Stadt mit der Suche beginnen? Außerdem würde dieser Bastard von Herrscher den beiden mit Sicherheit etwas antun, wenn ich mich nicht fügte. Anderseits war ich ganz schlecht im Aufgeben und Befolgen von Befehlen. Ich festigte den Griff um meine Waffen, meine Muskeln spannten sich an.

»Ich warte nicht mehr lange. Leg die Schwerter ab, andernfalls kann ich für die Unversehrtheit deiner Schwester und ihres Begleiters nicht garantieren«, drohte der König, als hätte er meine Gedanken gelesen.

Trotz des Druckes in meiner Magengegend, der mir sagte, dass es eine ganz dumme Idee war, die Waffen zu senken, kam ich der Aufforderung nach. Ein Soldat griff nach den Schwertern, zwei andere packten mich grob an den Armen. Meine befreite Geisel rannte zu ihrem angeschlagenen Kameraden, der am Boden lag, und verlangte nach einem Heiler.

»Bringt sie herein.« Der König kehrte in sein Gemach zurück und die Soldaten folgten ihm mit mir im Schlepptau. Sie gingen nicht sehr zärtlich mit mir um, schnürten mir fast die Blutzufuhr in den Armen ab. Doch ich hätte mir selbst eher die Zunge rausgerissen, als einen Schmerzenslaut von mir zu geben. Zähneknirschend ließ ich es zu, dass sie mich vor dem Herrscher auf die Knie drückten. Der hoheitliche Bastard war vor einem dreistufigen Podest stehengeblieben, auf dem sich das größte Himmelbett befand, das ich je in meinem Leben gesehen hatte. Ich hatte in Kammern geschlafen, die kleiner als das Bett gewesen waren.

Langsam drehte er sich zu mir. Eine laue Brise, die durch die Arkaden dahinter hereinwehte, spielte mit den zarten Bettvorhängen. Ich vernahm ganz deutlich Meeresrauschen und roch salzige Luft. Im Bett konnte ich eine dunkelhaarige Frauengestalt ausmachen. Das war wohl Amara.

Ich versuchte, mich aus dem Griff der Männer herauszuwinden. Es war ein aussichtsloses Unterfangen. Also blendete ich den Schmerz, den der harte Druck ihrer Finger verursachte, aus und konzentrierte mich auf etwas anderes. Auch diesen Raum zierte üppiger Stuck und Mosaike. Trotz des verschwenderischen Wand- und Deckenschmucks und der unglaublichen Größe gab es erstaunlich wenig Möbel. Außer dem Bett entdeckte ich noch ein Liegesofa in einer Nische und einen zierlichen Schrank auf Löwenbeinen.

»Lasst sie los«, befahl der König. Die Soldaten betrachteten ihren Herrscher zwar mit erstauntem Blick, doch sie kamen unverzüglich seinem Befehl nach. In meinen Schultern kribbelte es.

»Holt die Heilerin und den Katzenmann. Bringt die Gefangenen in den Thronsaal.«

Die Männer salutierten, dann verließen sie das Zimmer. Fenn und Naias lebten. Ein Gefühl der Erleichterung erfasste mich. Fast hätte ich aufgeatmet, bemühte mich aber, meinen starren Blick beizubehalten und nicht die winzigste Gefühlsregung zu zeigen. Der König betrachtete mich wie eine Schlange die Maus. In mir regte sich wieder das Gefühl, dass ich eine Antilope war, die einem mächtigen Jäger gegenüberstand. Das machte es mir nicht leicht, abgebrüht zu wirken. Dazu kam, dass der Mann halbnackt war und ich seinen Anblick nicht im Mindesten als so abstoßend empfand wie den von anderen Männern. Obwohl ich spürte, wie mir die Hitze in die Wangen stieg und ich meinen Blick am liebsten abgewandt hätte, hielt ich seinem stand. Die salzige Brise spielte mit dem Haar des Königs, das er sich aus dem Gesicht strich.

»Amara, du kannst auch gehen.« Hinter ihm rutschte eine junge Frau aus dem Bett. Sie wickelte sich ein Laken um ihren schlanken Körper. Verschlungene Ornamente zierten ihren rechten Oberarm. Ihre dunklen Augen funkelten mich an.

»Jemand müsste aufschließen, Herr«, erinnerte sie den König mit samtiger Stimme.

»Geh über die Galerie.«

Die Wangen der Konkubine färben sich rot und eine tiefe Zornesfalte erschien auf ihrer sonst glatten Stirn. Die Frau fauchte leise, als sie mich passierte, wahrscheinlich hätte sie am liebsten ihre langen Nägel in mein Fleisch gerammt. Ein paar Augenblicke später flog das Portal scheppernd zu.

Nun, da seine Geliebte weg war, musterte der König mich eingehend. Das hatte etwas von Viehmarkt. Bei dem bisschen Stoff, das ich trug, bedurfte es nicht sonderlich viel an Fantasie, um sich mich gänzlich ohne Kleidung vorzustellen. Seine anzüglichen Blicke trieben noch mehr Hitze in meine Wangen. Der Auftritt als eiskalte Kriegerin war damit vollends zerstört, und ich sah auf den

Boden. Sein offensichtliches Interesse an mir sorgte dafür, dass mir ganz übel wurde. Ich versuchte, dieses Gefühl auszublenden, um mich auf das Wesentliche zu konzentrieren. War ich ein kleines Mädchen oder eine Kämpferin? Stolz hob ich mein Kinn und sah ihm direkt in die Augen.

»Darf ich erfahren, wer Ihr wirklich seid …« Erst, nachdem ich tief Atem geholt hatte, brachte ich das Wort *Herr* heraus. Zwar hatte ich im Laufe der Kämpfe den Namen des herrschenden Königs ein oder zwei Mal gehört, aber ich konnte mich nicht mehr daran erinnern. Wie sollte ich auch? Ich hatte im Moment genug damit zu tun, diese ganze Situation hier zu verstehen.

Der Mann neigte zustimmend sein Haupt. »Mein Name lautet Lucius Draga der Erste – Herrscher über das vereinte Königreich Ro'an.«

»Könnt Ihr mir sagen, wie ich in Eurem Harem geriet?« Ich schluckte gegen den Würgereiz an. »Herr.« Dieses Wort würde mir niemals leicht über die Lippen kommen.

»Du hast die Wette verloren«, antwortete der Mann, als wäre das vollkommen logisch, und legte den Kopf schief.

Bei den Göttern, welche verfluchte Wette? Ich kramte in meinem Hirn, das offensichtlich nur noch aus Schafswolle bestand.

»Der Verlierer dient dem Gewinner als Sklave«, fügte Lucius hinzu. Ein Klumpen, so groß wie ein Drachenei, bildete sich in meinem Magen und die Zunge klebte am Gaumen fest. Ich schluckte.

»Wir kämpften nicht miteinander, somit ist unsere Wette hinfällig«, hielt ich dagegen.

»Ich stand in der Arena, du bist nicht angetreten. Daher bin ich Sieger der Kämpfe.«

Vor Zorn kochend, ballte ich die Fäuste so stark, dass meine Fingerknöchel weiß hervortraten. »Wie Ihr wisst, befand ich mich zu dieser Zeit bewusstlos in Eurem Harem. Es war mir somit unmöglich, anzutreten. Herr.« Das letzte Wort zischte ich bedrohlich.

»Wie dem auch sei, ich bin der Sieger, und du bist meine Sklavin.« Lucius zuckte mit den Schultern. »Finde dich damit ab. Ich werde mich jetzt anziehen.« Er fuhr über die dunklen Locken, die seine muskulöse Brust bedeckten. Als er am Bett vorbeiging, ließ er das Laken fallen und war splitternackt. Mein Herz schlug bis zur Kehle. Er erreichte eine Tür, die er öffnete. Bevor er hindurchging, sah er zu mir. »Sklavin, willst du deinem Herrn nicht helfen?« Damit verschwand er in dem angrenzenden Raum.

»Natürlich, Herr«, knurrte ich und folgte ihm. Oh ja, ich würde ihm helfen … helfen, zu sterben. Magma statt Blut floss durch die Adern, jede Faser meines Körpers brannte. Wenn der Kerl wirklich gedachte, mich als Sklavin zu behalten, würde ich ihn töten. Es war nur eine Frage der Zeit. Er schuldete mir ohnehin einen Kampf. Ich hasste ihn. Bei den Göttern, und wie ich ihn hasste.

Kapitel 14

Der Gang, den ich betrat, war durch säulengetragene Rundbögen abgetrennt und machte in einiger Entfernung eine Biegung. Durch die offene Bauweise konnte ich sehen, dass er an einer Tür endete. Zu meiner Linken blickte ich auf die Terrasse, die man auch vom Schlafgemach aus erreichte. Eine weitere Tür in der Mitte des Ganges schien in einen turmartigen Bau zu führen, der die Terrasse begrenzte.

Auf der rechten Seite befand sich etwas erhöht ein Marmorbecken, dahinter eine massive Wand mit drei Öffnungen – zwei kreisrunde, in denen kleine Öllampen brannten, und in der Mitte ein Durchgang, in dem der königliche Bastard so nackt, wie er bei seiner Geburt den Schoß der Mutter verlassen hatte, stand. Er hatte mir den Rücken zugewandt. Diese Situation war so surreal, dass ich zu träumen glaubte.

»Wo bleibst du, Sklavin?«, fragte er, ohne sich umzudrehen. Das Wort *Sklavin* betonte er. Er schien es zu lieben, mich so zu nennen. Für mich hingegen war es jedes Mal, als würde ich mit

Säure übergossen werden. Der Mann war nackt, ich trug nicht viel am Leibe … Panik griff mit ihren eisigen Fingern nach mir. Das Herz drohte, mir den Rippenkäfig zu sprengen, und ich wollte hier einfach nur weg. Mein Blick durchsuchte den Raum nach einer Fluchtmöglichkeit. Nachdenklich betrachtete ich den Gang und mir dämmerte, wo die Tür an dessen Ende hinführte: zu der Terrasse, die an den Harem grenzte. Vielleicht konnte ich auf diese Weise fliehen? Dann fiel mir ein, warum ich hier stand und Sklavin genannt wurde. Flucht war keine Option, solange ich damit Naias' oder Fenns Leben aufs Spiel setzte.

»Soll ich betteln? Sklavin!«

Ich schüttelte mich, als könnte ich das bittere Gefühl, das diese Situation bei mir hinterließ, auf diese Weise loswerden, hob mein Kinn und stieg die Stufen hoch. Für Naias würde ich einfach alles tun, wirklich alles. Das zwei Schritte große Marmorbecken war leer, wahrscheinlich wurde es jedes Mal frisch befüllt, wenn seine Hoheit darin baden wollte. Er musste das mit Sicherheit nicht selbst tun. Ich konnte mir lebhaft vorstellen, wie er mit einer dunkelhaarigen Schönheit darin plantschte, im romantischen Schein des Kamins, der in der Wand zum Schlafgemach eingelassen war. Sofort verbannte ich das Bild von Lucius mit Amara in dem Becken aus meinen Gedanken. Es hatte mich nicht zu kümmern, mit wem sich dieser königliche Weiberheld abgab. Ich hasste ihn. Wenn er mir mit seinen dreckigen Fingern zu nahekam, würde ich sie ihm abbeißen. Ich ging in den schmalen Raum, in dem eine Reihe von Truhen stand. Durch die runden Aussparungen und die darin befindlichen Öllampen fiel Licht in die Kammer. An den Wänden hingen Kleiderstücke, einige Waffen und Schilde. An einem Ende auf einen Ständer drapiert entdeckte ich eine Rüstung, die nach den Beschädigungen zu urteilen nicht nur ein Ausstellungsstück war. Der König kniete mit dem Rücken zu mir und wühlte in einer Truhe. Wie unter Hypnose beobachtete ich das Spiel seiner wirklich gut definierten Muskeln.

»In dieser sind Hosen«, sagte er zu mir, ohne sich umzudrehen, während er auf die Truhe neben seiner tippte. Ich schreckte zusammen und fühlte mich, als wäre ich bei etwas Verbotenem ertappt worden. Eilig ging ich zu dem verzierten Kasten, über dem ein Schwert an der Wand hing. Aus den Augenwinkeln schielte ich zu Lucius, der scheinbar ein Oberteil gefunden hatte, das ihm gefiel. Er hielt ein einfaches Leinenhemd in die Höhe und betrachtete es zufrieden.

Ich sah zu der Waffe. Meine Hände zitterten vor Aufregung, daher ballte ich sie zusammen. Nur ich und der König befanden uns in den Räumen. Wenn ich ihm die Klinge in den Leib rammte, würde es sicherlich so schnell keiner merken. Er zog sich das Hemd über. Jetzt wäre die Gelegenheit. Meine Finger zuckten in Richtung Waffe, dann besann ich mich eines Besseren und kniete seufzend nieder. Naias würde ich damit wahrscheinlich in Gefahr bringen. Außerdem war ich keine kaltblütige Mörderin. Ihn im Kampf zu töten war ehrenhaft, ihn hinterrücks zu erstechen schäbig. Dann wäre ich so wie der Bastard, der … Ich schüttelte den Kopf, um den Gedanken herauszubekommen, meine Augen brannten.

Schnell öffnete ich die Truhe, aus der ich mir die erstbeste Hose griff und sie Lucius reichte.

»Das ist meine Reithose. Eine andere, bitte.« Ich stöhnte leise auf, dann nahm ich das zweitbeste Beinkleid heraus, ebenfalls aus Leder, es war aber ziemlich derb. Als der König sich nach dem Aufstehen mir zuwandte, hätte ich mich fast verschluckt. Dessen volle Pracht baumelte direkt vor meinem Gesicht herum. Den Kopf zu Boden gesenkt, um die Röte zu verbergen, die in meine Wangen stieg, sprang ich wie von einer Moorspinne gebissen auf die Beine.

»Vielleicht sollte ich ins Schlafgemach zurückkehren.« Noch bevor der Mann widersprechen konnte, eilte ich ins Gemach nebenan. Erst als ich dort ankam, wagte ich es, wieder zu atmen. Meine Wangen glühten förmlich. In meinem Leben hatte ich bisher genau einmal das beste Stück eines Mannes gesehen, nämlich Fenns, als meine Schwester ihn geheilt hatte, und der Feles war mittlerweile wie ein Bruder für mich. Obwohl ich alle Körperstellen kannte, die geeignet waren, jemanden zu schnell zu töten, beschränkten sich meine Erfahrungen in diesen Dingen auf sehr wenig bis gar keine. Besser gesagt, es gab nur eine … In meinem Hals spürte ich eine bittere Enge wachsen, die mir fast die Luft zum Atmen raubte. Als ich noch auf den Straßen von Tigres lebte, war mir Gewalt angetan worden. Nur indem ich eine zersprungene Phiole in den Hals dieses Bastards rammte, war es mir gelungen, zu entkommen. Er war der erste, den ich getötet hatte. Bis heute erinnerte ich mich an den fauligen Geruch seines Atems, gepaart mit stinkenden Ausdünstungen seines schwammigen Körpers, der erdrückend schwer wie ein Felsen auf mir lag. In meinem Mund schmeckte ich Galle, meine Hände zitterten. Von diesem Tage an war ich kein Kind mehr gewesen.

»Fertig.«

Ich zuckte zusammen, als Lucius hinter mir auftauchte. Leise atmete ich durch, dann wandte ich mich dem König zu. Der hatte sein Gewand mit einem Gürtel und Stiefeln komplettiert.

Er fuhr sanft mit der Hand über meine Wange. Ich schreckte zurück, als hätte er mir glühende Kohle ins Gesicht gedrückt.

»Unglaublich, in der Arena eine Löwin und im Schlafgemach schreckhaft wie ein Kätzchen. Ich glaube, wir werden noch viel Spaß miteinander haben.« Damit ging er zu einer Tür auf der gegenüberliegenden Seite. Ich fuhr mir über die Wange, spürte noch immer seine Finger, mein Blick folgte ihm. Seine Berührung hatte in mir nicht das Bedürfnis ausgelöst, mir die Haut von den Knochen zu schrubben, im Gegenteil. Ich empfand sie als tröstlich. Genau das war es auch, was mich so extrem beunruhigte. Ich war sprachlos, etwas, das mir nicht oft passierte.

»Willst du nicht kommen und mir die Tür öffnen?« Dieser Satz sorgte dafür, dass mein Blut sich erhitzte. Es gab bestimmt Millionen Dinge, die ich ihm jetzt an den Kopf hätte werfen können.

Doch da ich nicht wusste, was er mit Naias und Finn vorhatte, war es besser, mich zu fügen. Ohne zu widersprechen, kam ich seiner Aufforderung nach.

Im Mittelpunkt des nächsten Raumes, der auch einen Blick auf die Terrasse erlaubte, stand ein riesiger mit Einlegearbeiten verzierter Esstisch und die dazu passenden geschnitzten Stühle. Außerdem zählte ich drei Türen – eine musste zur Galerie führen, eine zweite, ungefähr drei, vier Schritte daneben, vielleicht in einen weiteren Raum. Was auch immer dahinter lag. Der König ging zu der dritten und blieb davor wieder stehen. Er zog diese *Ich bin der Herr, du die Sklavin*-Sache eisern durch. Mit einem bitteren Geschmack im Mund hielt ich ihm auch diese Tür auf.

»Stoßt Euch nicht Euren königlichen Kopf, Herr.« Diesen Kommentar konnte ich mir nicht verkneifen, als der große Mann die niedrige Zarge durchschritt.

»Schön, dass du dir solche Sorgen um mich machst. Aber einer guten Sklavin sollte immer das Wohl ihres Herren am Herzen liegen«, erwiderte er sichtlich erheitert. Dann stieg er die steinerne Wendeltreppe hinunter, die sich in dem schmalen, von Fackeln erhellten Turm nach unten wand.

»Willst du da oben Wurzeln schlagen?«, rief er mir zu. Mir entfuhr ein Seufzer. Diese Geräusche gab ich in letzter Zeit sehr häufig von mir, und wahrscheinlich würde das auch so bleiben. Das hieß wohl, ich sollte ihm folgen, um ihm noch mehr Türen aufzuhalten. Also setzte ich mich in Bewegung. Eine Kämpferin, degradiert zur Türsklavin. Am liebsten hätte ich die Faust gegen das grobe Mauerwerk gerammt. Lange würde ich mir das nicht gefallen lassen.

Am Fuße der Treppe angekommen, trafen wir natürlich wieder auf eine Tür, doch die öffnete der König zu meinem Erstaunen selbst.

Hinter ihm betrat ich einen Saal, der so groß wie die oberen drei Räume und die Terrasse zusammen war.

Vor einer Reihe Arkaden befand sich ein steinerner Thron auf einem Podest. Doch für den Ausblick auf das Meer dahinter hatte ich keine Augen, denn ich hielt den Atem an und mein Herz stand einen Moment still.

In der Mitte des Saales kniete meine Schwester neben Fenn, der wie ein Tier angekettet war. Sechs schwer bewaffnete Soldaten standen hinter den Gefangenen, davor ein grauhaariger Mann in einer Toga. Nachdem mein Herz sich gefangen hatte, schlug es so schnell, dass ich Angst hatte, es könnte zerbersten.

Mir war egal, ob ich man mich dafür bestrafte: Ich rannte durch den Saal zu Naias und fiel vor ihr auf die Knie. Fest drückte ich sie an mich. Tränen brannten in meinen Augen, dann nahm ich ihren Kopf in beide Hände, um sie anzusehen.

»Haben sie dir etwas getan? Geht es dir gut?« Meine Stimme versagte fast. Aus den Augenwinkeln musterte ich die Soldaten. Ein paar Schritte hinter den Männern befand sich ein Portal, das, wenn ich richtig lag, in den Innenhof führte. Ich könnte einen der Kerle entwaffnen und …

»Mir geht es gut«, entgegnete Naias matt lächelnd. Meine Fluchtgedanken zersprangen wie Glas, denn die Chance, dass wir alle drei hier lebend herauskamen, lag bei null. Ein Soldat packte meinen Arm. Bevor er mich hochzog, küsste ich Naias auf die Stirn.

»Ich liebe dich, vergiss das nie«, flüsterte ich, dann ließ ich mich ohne Widerstand von dem Mann wegbringen. Der Soldat stellte mich unterhalb des Throns ab, auf dem der König Platz genommen hatte. Lucius schaute über mich hinweg.

»Nun, Tullus Ancus, wie lautet Eure Anklage?«, fragte er jemanden hinter mir. Wahrscheinlich den Grauhaarigen.

»Diese Frau praktizierte hier ohne Genehmigung als Heilerin. Außerdem ist sie ein magisches Wesen und hat sich nicht registrieren lassen. Der Mann, ebenfalls ein nicht registriertes magisches Wesen, hat in seinem Katzenzustand zwei Männer getötet.« Die Stimme hörte sich an wie Fingernägel, die über Schiefer kratzten und mir Gänsehaut verursachte, schwieg endlich. Lucius sah zu mir, und um meinen Magen legte sich eine eisige Klaue, die ihn langsam zu zerquetschen drohte.

»Was für eine Strafe schlagt Ihr vor?«, wollte er wissen, ohne seine Augen von mir abzuwenden.

»Die Frau sollte als Sklavin dienen, der Mann hingerichtet werden«, lautete die Antwort.

»Nein!«, schrie ich. Hinter mir vernahm ich ein leises Schluchzen. Meine kleine Schwester weinte. Heiße Wut kroch durch meine Adern. Mir konnten sie antun, was sie wollten, aber wenn sie meine Schwester bedrohten, hörte der Spaß auf. Jeder Muskel in meinem Leib spannte sich an, ich wollte kämpfen und so viele mit in den Tod reißen, wie ich konnte. Wo bekam ich eine Waffe her?

»Hast du mir etwas zu sagen, Sklavin?«, fragte Lucius mich. Da sah ich meine Chance, es ohne Kampf hinzubekommen. Ich hielt seinem Blick stand und reckte mein Kinn vor.

»Die beiden trifft keine Schuld, nur mich. Ich habe ihnen verboten, sich registrieren zu lassen. Die Frau hat lediglich geheilt, weil sie mich, ihre Schwester, retten wollte. Der Mann hat nur seine Partnerin geschützt. Wenn Ihr also jemanden bestrafen wollt, dann bestraft mich.« Ich stellte mich so aufrecht hin, wie ich konnte und hoffte, Selbstsicherheit auszustrahlen. Sogar den Schluckreflex unterdrückte ich.

»Komm zu mir hoch, Sklavin.«

Seine Reaktion verunsicherte mich jetzt doch etwas. Mit einem mulmigen Gefühl stieg ich die Stufen zum Thron hinauf.

»Näher«, befahl er, und ich ging langsam zu ihm. Erst, als ich mich eine Unterarmlänge entfernt vor ihm befand, bedeutete er mir, stehenzubleiben.

»Knie nieder.«

Mein Blut brodelte wie Eintopf über einem Feuer. Wie ich es hasste, vor diesem Mann herumkriechen zu müssen. Doch Naias' Leben hing davon ab. Mit zusammengepressten Lippen kam ich seiner Aufforderung nach. Ich spürte den kalten Granitboden unter meinen Knien.

Der König beugte sich vor, legte seine Finger unter mein Kinn und hob meinen Kopf an. Die Stellen, die seine Hand berührten, begannen zu kribbeln.

»Wirst du mir Ergebenheit schwören? Mir dein Leben schenken, wenn ich Gnade vor Recht ergehen lasse?«, flüsterte er. Die Enge in meinem Hals ließ mich fast keine Luft mehr bekommen. Die Welt um mich herum schien den Atem anzuhalten. Die dunklen Iriskreise des Königs schimmerten um die Pupillen bernsteinfarben. Mehrere Herzschläge lang starrte ich sie an, dann nickte ich.

»Schwöre beim Leben deiner Schwester.«

»Ich schwöre Euch beim Leben …« Mein Mund war völlig ausgetrocknet, ich vermochte kaum noch sprechen. »… meiner Schwester, dass ich Euch treu ergeben bin und Euch mein Leben schenke.«

Zufrieden ließ der König mein Kinn los und lehnte sich zurück. »Geh zurück in meine Privatgemächer.«

Ich öffnete meinen Mund, um zu protestieren.

»Willst du jetzt schon deinen Schwur brechen?« Lucius zog die Brauen hoch. Natürlich wollte ich nichts tun, was Naias' Leben gefährdete, also erhob ich mich und ging zur Wendeltreppe. Naias betrachtete mich mit großen Augen, ihren Wangen glänzten nass. Ich formte ohne Stimme die Worte *Ich werde dich immer lieben*. Dann trat ich durch die Tür zur Wendeltreppe und blieb stehen. Ich legte mein Ohr gegen das Blatt, doch durch das massive Holz drang kein Laut. Der Versuch, die Tür ein Stückchen zu öffnen, scheiterte ebenfalls – sie gab keinen Fingerbreit nach, als würde auf der anderen Seite jemand dagegen drücken. Enttäuscht stieg ich die Treppe empor. In mir wuchs das Gefühl, meine Seele an den Herrn der Unterwelt verkauft zu haben.

Kapitel 15

Im Speisesaal lehnte ich mich gegen eine Säule. Der laue Wind spielte mit meinem Haar. Ich schaute aufs Meer, dessen Unendlichkeit die Sehnsucht nach Freiheit in mir weckte. Durch Wälder zu streifen, von Stadt zu Stadt zu ziehen und mein eigener Herr zu sein. All das hatte ich mit einem Schlag verloren. Durch diesen Schachzug hatte Lucius sich meine vollkommene Ergebenheit gesichert. Er musste sich keine Sorgen mehr machen, dass ich einen erneuten Fluchtversuch startete. Denn damit gefährdete ich nicht nur mein Leben allein, sondern Naias' und Fenns ebenso. Der verschlagene Bastard von Herrscher hatte sofort erkannt, dass mir das Sterben keine Frucht bereitete, aber ich niemals das Leben dieser beiden Menschen gefährden würde. Er schien sehr versessen darauf, aus mir seine gehorsame Sklavin zu machen. Nur – warum? Das war eine gute Frage. Was interessierte einen so mächtigen Mann an einer unbedeutenden Kämpferin, einer Vagabundin, niedriger im Stand als ein Bauer?

Die Tür wurde geöffnet. Ich drehte mich um: Der König blieb vor mir stehen.

»Was ist mit meiner Schwester und Fenn?« Ich sah zu dem Mann hinauf. Sein warmer Atem streifte meine Haut, sodass sich mir die Nackenhärchen aufstellten.

»Die beiden werden nicht in Gefangenschaft leben. Mehr brauchst du nicht zu wissen.«

»Aber sie werden leben?«, hakte ich nach. Zur Antwort neigte Lucius das Haupt. Das war ein Ja. Ich spürte Erleichterung, wenn auch mit einem bitteren Beigeschmack. Schwarze Wellen fielen in Lucius' Gesicht.

»Darf ich Euch um etwas bitten …« Ich machte eine Pause und schluckte. »… Herr.«

»Nur zu«, forderte er mich mit rauer Stimme auf.

»Schickt mich nicht in den Harem zurück. Ich könnte Euch auf andere Weise dienen, in der Küche oder in den Ställen oder …« Als ich sein Grinsen sah, verstummte ich. Der verdammte Hund schien sich im wahrsten Sinne des Wortes königlich über mich zu amüsieren. Was mich aber noch mehr nervte, war die Tatsache, dass dieses Grinsen ihn sehr attraktiv machte und mein Herz seltsame Dinge vollführte. Hastig, sodass ich fast über meine Beine gestolpert wäre, trat ich einen Schritt zurück und setzte den eisigsten Blick auf, der mir zur Verfügung stand. Von dem sagte Naias immer, ich könnte damit jede Wüste zufrieren lassen. Unbeeindruckt überwand der Mann den Abstand, den ich zwischen uns beide gebracht hatte. Er war mir jetzt so nahe, dass ich das Heben und Senken seines Brustkorbs spürte. Sein Duft erinnerte mich an eine laue Sommerbrise. Aus einem unerfindlichen Grund wurde mir warm, genauer gesagt, mächtig heiß, als säße ich inmitten eines Feuerinfernos.

»Ich hätte da verschiedene Positionen für dich im Sinn.« Seine Stimme vibrierte in meinem Magen. Mein von seinem einnehmenden Duft vernebeltes Hirn begann wieder zu funktionieren. Wollte dieser Hundesohn von König mich zu seiner neuesten

Favoritin machen? Entschlossen wich ich zurück, bis ich auf der Terrasse stand, und verschränkte die Arme vor der Brust.

»An so was habe ich nicht gedacht«, brauste ich auf.

Der König musterte mich, seine Brauen zogen sich zusammen. Jetzt würde wohl ein Wutausbruch folgen. Eigentlich durfte eine Sklavin nur reden, wenn ihr Herr sie dazu aufforderte, und ihm zu widersprechen, ging gar nicht. Ich straffte die Schultern und hielt seinem Blick stand. Den Wutausbruch würde ich aushalten, denn ich hatte in Arenen gekämpft. Zu meiner Verwunderung begann er zu lachen. Ich war für ihn ein Witz. Der Gedanke ließ mein Blut kochen. Es fehlte nicht mehr viel, und ich schlug zu.

»Ich denke, du wirst eine gute Leibwächterin abgeben. Zum einem, weil du kämpfen kannst, des Weiteren liegt dir mein Leben, auch wegen deiner Schwester, bestimmt sehr am Herzen, und zuletzt werden dich meine Feinde nicht als Bedrohung einschätzen, was ein großer Vorteil sein kann.« Der Mann hatte es wieder geschafft: Mir verschlug es erneut die Sprache. Ganz sicher konnte dieser Hüne selbst für seine Unversehrtheit sorgen. Vor allem angesichts der Tatsache, dass er ein sehr guter Kämpfer, wahrscheinlich sogar ein Krieger war. Der machte sich doch auf meine Kosten lustig. Das alles wollte ich ihm an den Kopf werfen, aber ich beschränkte mich auf die Frage: »Bekomme ich eine Waffe?«

Lucius strich über meine Wange. Zu meiner Schande empfand mein Körper die Berührung als angenehm, während etwas tief in meinem Inneren mich dazu drängte, ihm die Finger abzubeißen. Ich ignorierte beides.

»Mein Vertrauen und damit eine Waffe musst du dir erst verdienen, mein Täubchen.«

»Wie soll ich Euch dann schützen, Herr?«

Der Mann betrachtete mich mit erstauntem Blick.

»Ich denke, mit der gleichen Technik, mit der du den Soldaten zu Fall gebracht hast, der den Harem bewachte. Er kann seinen Dienst noch immer nicht antreten.«

Bevor ich ihm antworten konnte, wurde die ins Schlafgemach führende Tür geöffnet, dann betrat ein kleiner Junge den Raum. Der König wandte sich dem Knaben zu.

»Ja, wen haben wir denn da?« Lucius' Stimme klang liebevoll. Der Junge rannte zu ihm und sprang dem König in die Arme, der ihn hochhob, als wäre er leicht wie eine Feder.

»Ich habe dich gesucht. Mutter meinte, ich darf dich nicht stören und wollte mich nicht zu dir lassen.« Der Knabe schob Lucius die Haare vom Ohr. Mit den Händen bildete er einen Trichter um seinen Mund, dessen Öffnung er dem König ans Ohr legte. »Da bin ich weggelaufen«, flüsterte er. Lucius sah ihn streng an, doch seine Lippen umspielten ein Lächeln. »Du weißt doch, dass man seiner Mutter nicht wegläuft.«

Der Knabe blickte betreten auf seine Finger, die mit den langen Haaren des Königs spielten. »Ja.«

»Daher muss ich dich bestrafen, oder?«

Der Junge sah dem Mann nicht in die Augen, er drehte verlegen eine schwarze Strähne in seiner Hand und ließ sie wieder los. »Ja.«

»Dann muss ich dich …« Anstatt den Satz zu beenden, kitzelte er den Bauch des Kleinen. Dessen perlendes Lachen schallte laut durch den Saal.

»Natürlich finde ich dich hier.« Eine Frau, beide Hände in die schmale Taille gestemmt, stand in der geöffneten Tür.

»Und du bist auch nicht besser!« Sie fegte durch den Raum und wedelte mit ihrem Zeigefinger vor der Nase des Königs herum. Ich kam mir wie ein Eindringling in diesem Familienidyll vor, daher versuchte ich, wegzuhören. Ich konnte es mir aber nicht verkneifen, die Frau zu mustern. Mir fiel ein, wo ich die Schönheit schon einmal gesehen hatte. Sie hatte in der Loge neben dem Herrscher gesessen. Dies musste seine Gemahlin sein und der kleine Junge sein Sohn. In meinem Magen spürte ich einen schmerzhaften Druck. Ich betrachtete den Knaben, dessen braune Lockenpracht ungebändigt in alle Richtungen spross, und suchte nach Ähnlichkeiten mit dem Mann, der ihn auf dem Arm trug. Mein Blick glitt zu der Frau zurück. Sie hielt ihrem Sohn eine Standpauke. Sie war zierlich wie eine Nymphe und ihre Haut heller als die der Haremsfrauen. In das braune Haar hatte sie goldene Bänder eingeflochten. Diese fanden sich auch in ihrem Gewand wieder: eine helle Tunika, die an der Taille und unter den Brüsten mit Bändern gerafft war. An den Schultern verbanden juwelenbesetzte Spangen Vorder- und Rückseite. Nun schenkte die Frau mir ihre Aufmerksamkeit.

»Ist das nicht die Kämpferin?«, wollte sie von ihrem Gemahl wissen. Der stellte den Jungen ab, kam zu mir und schob mich vor sie, sodass ich der Königin direkt gegenüberstand. Die Frau war etwas kleiner als ich. Beim Anblick ihrer strahlenden Augen kam mir der Himmel über Tigres an einem warmen Sommertag in den Sinn.

»Ja, und ab heute meine Leibwächterin«, antwortete der König hinter mir. Der Junge drängte sich an seine Mutter. Auch seine Augen besaßen diese außergewöhnliche blaue Farbe.

»Mein König, da hast du wirklich eine sehr schöne Wächterin an deiner Seite. – Ich hoffe, du wirst meinem Gemahl gute Dienste leisten«, meinte die edle Dame an mich gewandt mit mildem Lächeln. Der Junge berührte meinen Arm und ich konnte ihn jetzt aus der Nähe betrachten. Er war seiner Mutter wie aus dem Gesicht geschnitten, aber ich erkannte nicht die geringste Ähnlichkeit zu seinem Vater.

»Du musst gut auf ihn aufpassen, er ist der König«, sagte er zu mir. Ich kniete mich zu dem Knaben.

»Ich verspreche es Euch, junger Herr.«

Der Junge lachte auf, ging zu mir und drückte mich fest an sich.

»Wie heißt du?«, wollte er wissen, als er mich wieder losließ.

»Kayla.«

»Mein Name lautet Aurelio.«

»Das ist meine Gemahlin und deine Herrin, Livia Aurelia«, stellte mir der König die Mutter des Jungen vor.

Ergeben senkte ich mein Haupt. Diese Frau würde ich gerne mit meinem Leben schützen. »Es ist mir eine Ehre, Euch kennenzulernen, edle Dame.«

Livia nahm mich bei den Schultern. »Steh auf, mein Kind«, meinte sie. Ich kam der Aufforderung nach und erhob mich. »Ich habe dich in der Arena gesehen, du bist wahrlich eine vortreffliche Kriegerin.«

»Ich danke Euch, edle Dame.« Ich hätte diese Frau gern gehasst, da sie Lucius' Gemahlin war, doch mein Herz konnte nichts Schlechtes an der sanftmütigen Schönheit finden. Im Gegenteil: Ich mochte sie.

»Wir werden jetzt wieder gehen«, meinte Livia zu ihrem Gemahl und nahm die Hand ihres Sohnes.

»Ich habe noch nicht gefrühstückt, wenn du willst, kannst du mir Gesellschaft leisten.« Der König trat zu seiner Frau, doch sie winkte ab.

»Aurelio hat schon genug Unterricht versäumt, wir wollen ihn für seine Missetat nicht noch mehr belohnen.«

Lucius tippte dem Jungen auf die Brust. »Dass du immer schön auf deine Mutter hörst.«

»Entschuldigt mich, mein König.« Livia hob fragend die Brauen, worauf Lucius nickte.

»Ja, du kannst gehen.«

Damit verließ die Königin mit ihrem Sohn im Schlepptau den Raum durch die Tür, die direkt zur Galerie führte. Der Junge winkte noch mal, bevor seine Mutter ihn aus dem Speisezimmer zog und die Tür hinter den beiden zufiel. Ich spürte eine Leere in mir, wusste nicht, was ich denken oder fühlen sollte. Der Mann, der mein Herz auf eine Weise berührte, die mir bisher vollkommen fremd war, und den mein Verstand hassen wollte, war eine liebevoller Vater und hatte eine wundervolle Frau. Dafür gab es nur eine Lösung: Ich musste einfach eine beherrschte Distanz zu ihm wahren. Ich war seine Untergebene, mehr nicht, und so würde ich mich auch benehmen.

»Geh in die Küche und sag den Dienern, dass sie auftischen können.«

Irritiert schaute ich zum König, denn ich wusste ja nicht, wo sich die Küche befand.

»Du gehst eine der beiden Treppen runter, die von der Galerie in den Innenhof führen, und dann hältst du dich links.«

Eilig deutete ich so was wie eine Verbeugung an, dann verließ ich fast fluchtartig den Raum. Es war mir sehr willkommen, etwas Abstand zwischen mich und den Mann zu bringen. Vor dem Schlafgemach standen neue Männer, die mich finster beäugten. Mein Ruf hatte sich bei den Soldaten also schon herumgesprochen. Ich straffte mich und steuerte die Treppe an, die in den Innenhof führte. Dabei ignorierte ich, dass ich halb nackt war. Warme Sonnenstrahlen küssten meine Haut und Salz lag in der Luft. Als ich die Stufen hinunterstieg, betrachtete ich die sich vor mir ausbreitende Anlage. Säulen standen, stummen Riesen ähnlich, zu beiden Seiten des Atriums stramm, ihre Häupter trugen die Last der Galerie. Den Eingang des Innenhofes, den zwei Männer bewachten, bildeten drei Arkaden aus Marmor, von denen die mittlere ihre Geschwister überragte. Wie große Augen blickten sie auf die sich ins Tal schlängelnde Stadt. Ich passierte eine zweiflüglige Tür, die sich zwischen den beiden Treppen befand. Wenn ich richtig lag, gelangte man so ebenfalls in den Thronsaal. Ein breiter Kiesweg führte wie ein weißer Teppich von der mittleren Arkade direkt zum Thronsaal. Essensdüfte leiteten mich zu einer offen stehenden Tür, hinter der rege Betriebsamkeit herrschte. Eine füllige Frau in einer Tunika aus grobem Stoff stand neben einem Tisch, an dem ein Mädchen in einem ähnlichen Gewand Gemüse schälte. Die Ältere trommelte mit einem Holzlöffel auf die Tischplatte, um die Jüngere anzureiben. Ein anderes Mädchen rührte in einem Kessel, der so groß war, dass sie einen Hocker brauchte, um über dessen Rand schauen zu können. Schweißperlen kullerten über ihr Gesicht. Ein wunderbarer Duft schlug mir entgegen, und mein Magen kommentierte das mit einem Knurren. Das war kein Wunder – ich hatte seit Tagen nichts gegessen. Die beleibte Köchin stellte sich neben den Kessel, um zu probieren. Sie wies ein Mädchen an, Gewürze zu holen, dann schaute sie zur Tür und erblickte mich.

»Was willst du?« Die Frau wartete nicht auf die Antwort, sondern nahm ihrer Hilfe die Gewürze ab, die sie in den Kessel rieseln ließ.

»Der König schickt mich, ihr sollt auftischen.« Kreidebleich drehte sich die Köchin um und wischte mit einem Tuch, das am Gürtel hing, den Schweiß von ihrer Stirn.

»Warum sagst du das nicht gleich, Mädchen.« Die Frau stürmte zur Tür und zog mich in den Raum. Da meldete sich mein Magen erneut zu Wort.

»Meine Güte, du musst ja hungrig sein. Setz dich doch.« Die Köchin schob mich zu einem vor dem Tisch stehenden Hocker, nahm das Tuch und wischte darüber.

»Bitte schön.« Zu gerne kam ich der Einladung nach. Die Magd, die sich darum gekümmert hatte, dass der Inhalt des Kessels nicht anbrannte, stellte ein mit duftendem Eintopf gefülltes Holzschälchen vor mich. Ein anderes Mädchen legte einen Löffel daneben.

»Ich hoffe, es schmeckt dir«, meinte die Köchin freundlich und trocknete sich die Hände an ihrem Tuch ab. Und wirklich: Der Eintopf war ein Traum, meine Geschmacksknospen jubilierten.

»Das ist der beste Eintopf, den ich je gegessen habe«, entgegnete ich, worauf die füllige Frau breit grinste. »Bist du diejenige, die aus dem Harem geflohen ist und den Wachmann umgehauen hat?«, wollte die Magd wissen, die mir gegenübersaß und Gemüse schnitt. Das dünne Mädchen strich sich mit dem Handrücken eine Strähne aus dem Gesicht, ohne den Blick von mir zu nehmen. Die Sache schien sich ja wie ein Lauffeuer herumgesprochen zu haben. Ich schob den nächsten Löffel in den Mund und genoss das wunderbare Aroma.

»Hat sie recht?«, erkundigte sich eine zweite Magd und stellte mir einen Becher hin. Ohne darauf zu achten, was er enthielt, trank ich einen kräftigen Schluck. Fast hätte ich gehustet, denn es war Wein. Ich wollte um Wasser bitten, doch im Raum herrschte plötzlich eine unangenehme Stille, die nur von dem blubbernden Geräusch aus dem Inneren des Kochtopfs unterbrochen wurde. Alle Augen waren auf mich gerichtet.

»Ja, es ist wahr.« Ich spielte mit dem Löffel.

»Aber du siehst gar nicht so stark aus«, meldete sich mein Gegenüber zu Wort.

Jetzt musste ich lächeln. »Stärke ist nicht alles.«

»Sie sagen, du hast in der Arena gekämpft.« Die Wangen des jungen Mädchens röteten sich vor Eifer.

»Auch das ist wahr.« Ich zuckte mit den Schultern, behielt meine Ruhe, obwohl ich bei dem Gedanken daran, dass ich ab sofort nicht mehr als freie Kämpferin durch die Lande ziehen würde, sondern eine Sklavin war, am liebsten jemanden verprügelt hätte. »Aber das ist jetzt wohl alles vorbei.« Mit unbewegter Miene aß ich weiter, doch mir war zum Heulen, Zerstören oder Schreien zumute oder alles zusammen. Da kam mir eine Idee.

»Wo werden hier eigentlich die Gefangenen festgehalten?«, fragte ich beiläufig und schob mir einen weiteren Löffel voll Eintopf in den Mund.

»Es gibt in der Nähe der Arena ein Verlies«, meinte das Mädchen.

Vielleicht schaffte ich es bis zu dem Verlies? Ich musste nur die örtlichen Gegebenheiten auskundschaften, und dann brauchte ich einen Plan. Ich durfte nichts überstürzen. Doch zuallererst musste ich mir absolut sicher sein, dass Naias und Fenn dort festgehalten wurden.

»Siri, lass sie in Ruhe essen.« Die Köchin klatschte in die Hände. »Nun, meine Damen, weiterarbeiten, der König wartet.«

»Soll er doch warten, der …«, murmelte Siri.

»Zügle deine Zunge«, fuhr die beleibte Frau ihr über den Mund. Siri schaute finster zu mir.

»Der Leichnam seines Bruders war noch nicht einmal kalt, da heiratete er schon dessen Frau. Nur damit er den Thron besteigen konnte. Was soll man davon halten«, grummelte sie leise, während sie weiter schnitt.

Ich hielt inne. »Wie lange ist das her?«

»Vier Jahre, warum?« Das Mädchen verharrte in der Bewegung und blickte zu mir.

»Der Junge dürfte fünf sein«, entgegnete ich.

»Du meinst Aurelio, ja, er ist der Sohn des Bruders. Leider war er noch sehr jung, als sein Vater starb.« Siri schnippelte weiter. Irgendwie löste diese Auskunft in mir ein Gefühl der Erleichterung aus, dann aber kam mir ein schrecklicher Verdacht. »Wie ist sein Vater, der König, gestorben?«

Wieder stoppte Siri und beugte sich vor. »Gift! Eine Schlange soll ihn in seinem Bett gebissen haben. Es dauerte Wochen, bis er dahinschied. Keiner weiß, wie das Tier dahin kam.«

»Unser jetziger König ist über jeden Verdacht erhaben. Sie holten ihn von der Nordfront, als sein Bruder im Sterben lag. Dort befand er sich schon seit drei Jahren, um die Grenzen unseres Reiches zu sichern. Und jetzt arbeite.« Die Köchin stand neben Siri, die sich duckte, als die füllige Frau ihren Holzlöffel schwenkte. Dann tupfte sich die Köchin den Schweiß von der Stirn und sah zu mir.

»Das Mädchen hat nur Dummheiten im Kopf. In Wirklichkeit schwärmt sie wie alle hier für unseren Herrscher. Er ist ein wirklich ansehnliches Mannsbild.« Hinter dem Rücken der Köchin äffte Siri sie nach. Als die Frau streng zu ihr schaute, schnitt das Mädchen hoch konzentriert Gemüse.

»Ich danke euch für das leckere Mahl. Lasst das ansehnliche Mannsbild nur nicht zu lange warten«, meinte ich lächelnd und erhob mich. An der Tür angekommen, schaute ich kurz zurück, dann trat ich aus der Küche. Hinter mir klatschte die Köchin in die Hände und scheuchte ihre Mägde herum.

Der Kies knirschte unter meinen Ledersohlen. Je näher ich der Treppe kam, desto mulmiger wurde mir zumute. Sehnsüchtig schaute ich zu den großen Torbögen, durch die man die Dächer der Stadt sah. Dahinter lag die Freiheit.

Ich stieg die Marmorstufen hoch, doch statt zum Speisesaal zu gehen, bog ich um die Ecke, folgte der Galerie und passierte mehrere Türen. Am Ende der Galerie angekommen, stellte ich mich an die Balustrade und blickte ins Tal. Von diesem Punkt aus erkannte ich, wie groß die Stadt eigentlich war. Ein Meer aus roten Dächern lag vor mir, in deren Mitte sich stolz die Arena erhob. Hier hatte alles angefangen. Irgendwo dort war das Verlies. Dessen Nähe zur Arena erklärte sich mit Sicherheit damit, dass man darin Gefangene um ihre Freiheit kämpfen ließ. Vielleicht durfte ich ja auch um meine Freiheit kämpfen. Eine verlorene Wette hatte mich hierhergebracht, eventuell konnte mich eine weitere Wette aus dieser Situation wieder befreien.

Der Wind zerrte an meinem Haar und streifte meine nackte Haut. Ich schlang die Arme um meinen Körper, doch das Zittern hörte nicht auf.

In der Ferne sah ich riesenhafte Berge, deren Gipfel schneebedeckt waren, als kauerten eine Reihe alter Männer mit schlohweißem Haar nebeneinander. Im Tal lag der Hafen. Gerade lief ein Schiff ein, dessen Segel sich im Wind blähten. Ich beobachtete das Schauspiel, bis der Schrei einer Möwe meine Aufmerksamkeit erregte. Das Tier segelte durch die Lüfte und ließ sich in Richtung See treiben. Was würde ich jetzt dafür geben, dieser Vogel zu sein.

Schritte auf Kies veranlassten mich dazu, in den Innenhof zu sehen. Geschäftig balancierten Diener Tabletts mit Speisen in den ersten Stock und verschwanden im Speisesaal. Seufzend ging ich zu dem Mann zurück, um den ich am liebsten einen großen Bogen gemacht hätte. Als ich im Speiseraum ankam, saß er an der Stirnseite des Tisches und tat sich an den dargereichten Leckereien gütlich. Seine Diener, vor allem die weiblichen, umschwärmten ihn wie Bienen ihren Stock.

»Hast du dich irgendwo verlaufen?«, begrüßte er mich und nahm einen kräftigen Schluck aus einem Pokal, über dessen Rand hinweg er mich anblickte. Ich zog es vor, nicht darauf zu antworten, sondern stellte mich stumm mit gesenktem Haupt neben ihn, wie es sich für eine Sklavin gehörte.

»Hat es dir die Sprache verschlagen?«, stichelte er weiter. Fast hätte ich meine Hände zu Fäusten geballt, doch ich besann mich eines Besseren, denn wenn ich keine Anzeichen von Ärger zeigte, verlor er bestimmt sein Interesse an mir. Daher versuchte ich, mich auf andere Dinge zu konzentrieren, wie das Messer, das neben seiner Hand lag und das sich bestimmt noch besser machen würde, wenn es seine Hand an den Tisch nagelte.

»Ihr könnt alle gehen, bis auf meine Lieblingssklavin.« Augenblicke später war der Saal leer und ich mit ihm allein. Lucius schob seinen Stuhl zurück, dann erhob er sich. Er blieb vor mir stehen.

»Hegst du vielleicht einen Groll gegen mich?«, wollte er wissen, nahm mein Kinn und drückte es mit sanfter Gewalt nach oben. Mein Herz begann zu flattern. In mir tobte ein Kampf zwischen Furcht und Anziehung. Verdammt, der Mann kam mir viel zu nahe. Die Angst siegte. Um meine Brust schien sich ein Gürtel zu winden, der langsam enger gezogen wurde. Das Gefühl zu ersticken überkam mich. Fast panisch entwand ich mich seiner Hand, trat hastig ein paar Schritte zurück und atmete tief durch, um mich wieder in Griff zu bekommen.

»Ihr seid ein gerechter König, es steht mir nicht zu, einen Groll gegen Euch zu hegen«, sagte ich rau und senkte meinen Kopf.

»Aber dennoch tust du es.« Bei diesen Worten näherte er sich mir wieder. Zart strich er über meine Arme, worauf sich mir die Nackenhärchen aufstellen. Bilder seiner Frau, seiner Geliebten, dem Harem blitzten in meinen Gedanken auf, dazwischen die von einem schwitzenden Männerkörper auf meinen. Glühender Zorn brandete in mir auf. Bei den Göttern, ich wollte nicht von einem Mann berührt werden, für den ich nur ein weiteres Stück in seiner Sammlung darstellte. Genau genommen wollte ich von gar keinem Mann berührt werden. Lieber würde ich sterben, als das zu ertragen.

»Wenn Ihr mich noch mal anfasst, breche ich Eure Finger«, zischte ich. Und wenn er mich für diesen Ungehorsam auspeitschen ließ, sollte er das tun. Die Hände des Königs zuckten zurück und er betrachtete mich einen unendlich scheinenden Moment lang mit ausdrucksloser Miene. Dann lachte er laut auf. Ich verstand die Welt nicht mehr.

»Ja, da ist sie wieder, meine kleine Wildkatze. Doch sei gewarnt.« Er packte meine Handgelenke, sein fester Griff schnürte mir die Blutzufuhr ab. Wieder fasste er mich an, zeigte mir, wer hier das Sagen hatte. Meine Muskeln waren zum Zerreißen gespannt. Ich machte mich zum Kampf bereit, während mir das Herz bis zum Hals schlug. Denn käme es zu Handgreiflichkeiten, standen meine Chancen nicht gerade gut. Die bernsteinfarbenen Kreise um Lucius' Pupillen, die von dunklen Ringen eingefasst waren, funkelten, doch ich wich seinem Blick nicht aus.

»Ein zweites Mal lasse ich nicht so mit mir sprechen, Sklavin.« Der Mann löste seinen Griff und setzte sich wieder.

»Übrigens, als meine Leibwächterin wirst du bei mir schlafen«, offenbarte er mir, dann biss er von einer gelben Frucht ab, deren Saft durch seine Finger rann. Mein Herz trommelte gegen den Brustkorb. Das alles war ein einziger Albtraum, aus dem ich einfach nicht erwachte.

»Natürlich nicht in meinem Bett, das brauche ich für, sagen wir, kooperativere Frauen. Das Liegesofa im Schlafgemach gehört ab sofort dir.« Damit leckte er genüsslich einen Finger nach dem anderen ab, während er mich wie eine Katze ansah, die noch ein wenig mit ihrer Beute spielen wollte, bevor sie sie fraß.

Ich rieb meine brennenden Gelenke, die von roten Druckstellen geziert wurden.

»Herr.« Ich schluckte das Würgegefühl hinunter, das dieses Wort in mir auslöste. Der Mann betrachtete mich mit einem erstaunten Gesichtsausdruck, sagte jedoch nichts. Ich fuhr fort.

»Als Eure Wächterin – sollte ich da nicht andere Kleidung tragen?«

Seine Lippen kräuselten sich, und mein Puls beschleunigte, jagte mein Blut durch die Adern. In diesem Moment hätte ich ihm so gern diesen selbstgefälligen Ausdruck aus dem Gesicht geprügelt, den er jedes Mal aufsetzte, wenn ich ihn um etwas bat. Innerlich holte ich tief Luft, um mich zu beruhigen, denn mir blieb ja nichts anderes übrig. Ihn zu verprügeln war keine Option.

»Nun ja, ich finde deine Aufmachung sehr nett. Meine Feinde werden dich für eine Haremsdame halten, so liegt der Überraschungseffekt auf deiner Seite.« Ich versteckte die bebenden Fäuste hinter meinem Rücken, denn dies alles waren nur Ausflüchte. Der Bastard mochte es nur, wenn ich halbnackt vor ihm herumlief. Wieder sah ich zum Messer, das sich in seiner Brust noch besser machen würde als in seiner Hand.

Kapitel 16

Nach dem Essen empfing der König in seinem Thronsaal Bittsteller und einen Unterhändler aus Lorenn, der im Namen seines Herrschers Beziehungen zu Ro'an aufnehmen sollte, da die Weber in Lucius' Reich für ihre feinen Seidenstoffe bekannt waren. Der König überließ es einem seiner Ratsherren, mit dem Mann zu verhandeln. Sichtlich gelangweilt verfolgte er die Gespräche. Ich musterte den großen Mann auf dem Thron, der die Ellenbogen auf die Oberschenkel stützte. Er kam mir wie ein Raubtier vor, das man in einen goldenen Käfig gesperrt hatte. Dieser Hüne war ein Krieger, zum Kampf geboren, und verbrachte seine Tage damit, sich mit Staatsgeschäften herumzuschlagen. Mir kamen die Worte der Köchin in den Sinn. Sie hatten ihn, als sein Bruder im Sterben lag, von der Nordgrenze geholt, auf deren anderer Seite Kriegerstämme hausten, die für ihre Wildheit, Kampfkunst und grausamen Überfälle auf andere Völker berüchtigt waren. Um dort zu überleben, musste man selbst ein Raubtier sein.

Nachdem er die Audienzen hinter sich gebracht hatte, stattete er der Königin einen Besuch ab. Da er mit ihr allein sein wollte, schickte er mich in seine Privatgemächer. Dort saß ich auf dem Liegesofa und blickte mit einem mulmigen Gefühl zum Himmelbett, dessen Vorhänge der Wind aufblähte. Wenn ich genau darüber nachdachte, hätte ich die Nächte doch lieber im Harem verbracht, aber diese Option hatte ich mir selbst verbaut.

Ich seufzte. Eigentlich hätte ich wissen müssen, dass der König mich nicht einfach zur Küchensklavin machen würde, da ich nicht im Harem bleiben wollte, denn es bereitete ihm Vergnügen, mich zu ärgern.

Die Tür wurde geöffnet, ich schreckte hoch. Hastig stand ich auf, doch nicht der König betrat den Raum, sondern zwei Bedienstete, die zusammen einen Kessel trugen. Die jungen Männer, bekleidet mit Hosen aus grobem Stoff und ärmellosen Hemden, beäugten mich. Als ich ihren Blicken begegnete, sahen sie eilig in eine andere Richtung. Hinter den Dienern schleppten Frauen in schlichten Tuniken wassergefüllte Eimer sowie Körbe mit Holz in das Schlafgemach. Die Karawane durchquerte es, dann verschwand sie im angrenzenden Raum, in dem das Marmorbecken stand. Einen kurzen Augenblick später verließen die Sklavinnen mit leeren Eimern das Gemach, um mit vollen wieder zurückzukehren. Diese Prozedur wiederholte sich mehrere Male. Dann brachten sie Leinentücher, Schwämme und ein Körbchen, aus dem Fläschchen hervorlugten. Der Aufmarsch konnte nur eines bedeuten: Der König gedachte, ein Bad zu nehmen. Als die Tür erneut aufging, stand Lucius im Raum.

»Euer Bad ist fertig, Herr«, informierte ihn eine Sklavin.

»Wundervoll. Du kannst gehen«, entgegnete er sichtlich zufrieden. Die Frau bewegte sich in gebückter Haltung rückwärts zum Portal. Der König verschwand im Marmorbeckenraum, aus dem nach einer Weile die restlichen Diener heraustraten. Einer schlurfte zu mir.

»Du sollst zum Herren kommen«, richtete er mir aus, dann verließ er, wie auch die anderen Sklaven, das Schlafgemach. Ich verdrehte die Augen. Was, bei den Göttern, hatte sich der Mistkerl von König jetzt wieder ausgedacht?

Langsam, um das Unvermeidliche hinauszuzögern, schritt ich zur Tür, die in die Kammer mit dem Marmorbecken führt. Eine unsichtbare Faust versuchte gerade, meinen Magen zu zerquetschen, mit jedem Schritt drückte sie fester zur. Im Baderaum angekommen, atmete ich leise auf, denn Lucius saß bereits im Becken. Das Wasser reichte bis zu seiner Brust, auf der sich kleine Locken kräuselten. Wassertröpfchen schimmerten wie Diamanten dazwischen. Ich flüsterte ein leises Dankgebet. Er ersparte es mir, ihm beim Entkleiden helfen zu müssen.

»Sklavin, wasch mir den Rücken«, befahl er mir, als er mich bemerkte. Das Wasser im Kessel über dem Feuer im Kamin gab ein leise blubberndes Geräusch von sich. Der aufsteigende Dampf kondensierte und perlte von den mosaikverzierten Wänden.

Als ich das Becken passierte, schaute ich stur zu Boden. In meine Wangen spürte ich Hitze kriechen, die nicht durch das Kaminfeuer verursacht wurde. Direkt neben dem König stehend, regte sich in mir eine gewisse Neugier. Ein kleiner Teil meines Verstandes wollte genauer wissen, was sich unter der Wasseroberfläche verbarg. Diese Erkenntnis erschreckte mich ebenso wie die Tatsache, dass es in Regionen meines Körpers kribbelte, wo es sich eindeutig nicht schickte.

Der König konnte von seiner Position aus direkt auf die Terrasse sehen. Er hielt mir Schwamm und Seife hin. Nachdem ich ihm die Utensilien abgenommen hatte, legte er seine Arme entspannt auf den Beckenrand. Ich kniete mich hinter ihn, um besser an seinen Rücken gelangen zu können, sodass meine Brüste in Höhe seiner Arme waren. Nachdem ich seine langen Haarsträhnen zur Seite gestrichen hatte, schäumte ich den Schwamm ein, legte das Seifenstück auf den Boden und begann, damit über den Nacken des Königs zu streichen. Der Mann gab ein wohliges Seufzen von sich.

Auf seiner Schulter entdeckte ich eine Narbe, die von einer schweren Verletzung herrühren musste. Am liebsten wäre ich mit den Fingern darübergefahren. Ich wollte wissen, wie sich das anfühlte. Obwohl ich selbst in unzähligen Kämpfen nicht wenige Verwundungen davongetragen hatte, bedeckten meinen Körper wegen Naias' Heilfähigkeiten verhältnismäßig wenig Narben. Die, die ich hatte, rührten von Verletzungen aus meiner Kindheit her, bevor Naias ihr Talent entdeckt und zu beherrschen gelernt hatte. Ich biss mir auf die Unterlippe, um mich von der Versuchung abzulenken, über das verletzte Gewebe auf Lucius' Haut zu streichen.

»Beugt Euch bitte nach vorne.« Er kam der Aufforderung nach. Unter meinen Händen spürte ich die Bewegung seiner Muskeln. Als ich sein Rückgrat einseifte, fand ich eine weitere alte Verwundung zwischen zwei Rippen. Dort musste ein Schwert tief in das Fleisch eingedrungen sein. Nun gab ich doch der Neugier nach und berührte die vernarbte Stelle, die sich hart und rau anfühlte. Sanft strich ich mit den Fingerspitzen darüber. Lucius erschauerte, worauf ich schnell die Hand zurückzog.

»Hab ich Euch wehgetan?«

»Nein«, erwiderte er mit belegter Stimme. »Aber wenn du nicht weitergehen möchtest, rate ich dir, aufzuhören. Ich bin auch nur ein Mann.«

Im ersten Moment verstand ich die Bedeutung seiner Worte nicht, dann wurde mir unerträglich heiß. Denn mir wurde klar, dass meine Berührungen Lucius auf eine Weise ansprachen, die nicht in meinem Sinne lagen. Woher sollte ich so etwas auch wissen? Schnell wusch ich die Seife aus dem Schwamm und ließ klares Wasser über den Rücken des Königs laufen.

»Fertig«, verkündete ich.

»In dem Schrank im Schlafgemach befindet sich ein Kästchen, darin liegt ein Schlüssel. Hol ihn mir«, befahl Lucius. Seine Stimme klang immer noch rau.

Ich wischte die feuchten Hände an meinem Rockfetzen ab, ging in den nächsten Raum und fand das verzierte Kästchen. Den goldenen Schlüssel brachte ich Lucius.

»Du kannst nach nebenan gehen.«

Ich deutete eine Verbeugung an und verließ das Bad. Im Schlafgemach angekommen, starrte ich den Schrank mit dem Käschen an. Mir fiel sofort eine Möglichkeit ein, wohin der König mittels des Schlüssels gelangen könnte: in den Harem. Diese Vorstellung versetzte meinem Herzen einen Stich. Warum, bei den Göttern, störte mich das so über die Maßen, wenn sich der Mann mit anderen Frauen amüsierte? Dann ließ er mich wenigstens in Ruhe. Dieser Gedanke tröstete mich allerdings in keiner Weise. Die sorgsam um mein Herz errichtete Mauer war bröckelig geworden. Ich durfte nicht zulassen, dass er mich verletzen konnte.

Von der Terrasse drang das Rauschen des Meeres zu mir. Ich trat hinaus und stellte mich an die steinerne Brüstung. Der Wind zerrte an meinem Haar, unter mir donnerten die Wellen wild gegen die Klippen, über denen der Königspalast erbaut war. In der Ferne stritten sich kreischend Möwen.

Eine Träne rann über meine Wange. Ich umschlang meinen bebenden Körper und schaute zum Himmel.

»Ihr Götter seid so grausam und lasst es zu, dass ich für einen Mann Zuneigung empfinde, den ich hassen sollte. Er erpresst mich mit dem Leben meiner Schwester«, flüsterte ich.

Kühle Luft strich über meine Haut und ließ mich frösteln. Ich ging in das Schlafgemach zurück. Dort setzte ich mich auf das Liegesofa, legte die Hände in den Schoß und blickte zur Terrasse. Sanfte Rottöne durchzogen das Blau des Himmels, die Sonne machte Platz für ihren Geliebten, den Mond. Diese Geschichte hatte mir mein Vater erzählt, wenn ich nicht einschlafen konnte. Die beiden Himmelsgestirne liebten sich, doch sie durften aufgrund eines Fluchs nie zur gleichen Zeit am Firmament stehen. So folgte der Mond, der eigentlich ein silberner Drache war, unermüdlich seiner Angebeteten, die in ihrer wahren Gestalt eine schöne Fee war, bis in alle Zeiten. Mein Vater meinte, dass ich mir den Mond nur genau anschauen müsste, dann würde ich den zusammengerollten Drachen erkennen können. Aber so sehr ich mich auch anstrengte, es war mir bis heute nicht gelungen, den Drachen zu sehen.

Das Portal wurde geöffnet, eine Sklavin brachte ein Tablett mit Speisen in den Raum. Das Mädchen stellte es neben mir auf den Liegesessel.

»Das schickt der König.« Mit diesen Worten verschwand das zierliche Ding wieder. Der Duft des Bratens stieg mir in die Nase, daneben stand ein Krug.

Vorsichtig roch ich daran. Der schwere Geruch von vergorenen Trauben kam mir entgegen. Ich schaute zum Braten, aber ich verspürte keinen Hunger. Stattdessen goss ich etwas Wein in den ebenfalls auf dem Tablett stehenden Metallbecher und nahm einige kräftige Schlucke, die warm meine Kehle herunterrannen. Auch wenn ich sonst keine alkoholischen Getränke trank – ich hoffte, der rote Rebensaft würde alles etwas erträglicher machen. Ich hatte häufig in Spelunken beobachtet, dass Menschen nach dem Genuss von Wein zu unbegründeter Heiterkeit neigten, und ich brauchte Aufmunterung. Nach weiteren Schlucken spürte ich, wie mir die Hitze in die Wangen stieg und sich in meinen Gedanken ein Gefühl der Gleichgültigkeit ausbreitete. Sollte der Bastard doch mit seinen Weibern herumhuren, das war mir egal. Nachdem ich die nächsten zwei Becher geleert hatte, wollte ich am liebsten zu ihm, um ihm kräftig in seine Männlichkeit zu treten. Ich sprang auf, doch der ganze Raum drehte sich. Alles schwankte, als befände ich mich auf einem Schiff.

Ich sah zum Bett, es kam mir so verlockend vor, darin zu liegen. Wie schade, dass es leer stand. Unsicher wankte ich los, stolperte Stufen hoch. Fast wäre ich hingefallen. Zum Glück bekam ich einen der Balken zu fassen, die den Betthimmel trugen. Ich grinste.

Der Scheißkerl brauchte sein Bett heute Nacht ja eh nicht. So kroch ich über das weiße Leinenlaken, spürte den fein gewobenen Stoff unter meinen Händen und sank auf die Matratze. Es war, als würde ich auf einer Wolke schweben. Mit Sicherheit fühlte sich so ein schäfchenweiches Wölkchen an, und kleine Lämmer waren ja so niedlich. Ich kicherte. Meine Glieder wurden schwer. Vielleicht sollte ich mich etwas ausruhen, nur ein paar Augenblicke …

Kapitel 17

Schrilles Möwengekreisch weckte mich. Konnte denn niemand diese blöden Viecher verscheuchen? Mein Kopf pochte, als würden die Vögel darauf herumpicken. Meine Lider wollten sich einfach nicht heben, die Morgensonne brannte mir trotzdem in den Augen. Als ich mich herumrollte, um mich vor dem grellen Licht zu schützen, stieß ich gegen einen Körper. Ich schluckte hart und tastete nach dem Leib. Er gehörte eindeutig einem Mann. Vorsichtig hob ich die Lider und mein schlimmster Albtraum wurde wahr, denn ich lag neben dem schlafenden König. Was, zum Herrn der Unterwelt, war gestern passiert? Ich konnte mich an nichts mehr erinnern. Bilder von dem badenden König, dann von einer Sklavin, die Essen brachte, flammten auf, danach wurde es dunkel.

Sachte rutschte ich von dem Mann weg. Am Bettrand angekommen, richtete ich mich auf. Galle schoss meine Speiseröhre hoch. So schnell ich konnte, rannte ich auf die Terrasse, beugte mich über die Balustrade und übergab mich wie ein Seekranker bei stürmischer Überfahrt.

»Wir haben auch eine Latrine. Sie ist in dem Turm, den man vom Baderaum aus erreicht«, hörte ich den König hinter mir sagen.

Das war alles so verdammt peinlich. Am liebsten hätte ich mich in ein Loch verkrochen. Wieder wurde ich von einem Würgereiz durchgeschüttelt. Nachdem der komplette Inhalt meines Magens auf den Klippen gelandet war, spürte ich ein Gefühl der Besserung und richtete mich auf. Lucius, um dessen Hüften ein Laken geschlungen war, hielt mir ein Leinentuch hin, mit dem ich mir den Mund abwischte.

»Na, hoffentlich hast du nicht den darunterliegenden Thronsaal getroffen«, meinte er grinsend. Ich klammerte mich an die Balustrade, meine Beine weigerten sich, mein Gewicht zu tragen.

»Was ist passiert?«, wollte ich wissen. Meine Stimme klang rau und der Hals kratzte, als hätte ich die ganze Nacht lauthals gesungen.

»Ich fand dich betrunken in meinem Bett«, entgegnete Lucius sichtlich belustigt.

»Und dann?« Ich flüsterte die Worte nur.

»Habe ich dich zur Seite geschoben und mich hingelegt«, erwiderte er.

Ich atmete auf, mir fiel ein ganzer Berg vom Herzen, gleichzeitig hätte ich mich selbst ohrfeigen können für so eine Dummheit.

»Du warst anschmiegsam wie ein Kätzchen«, fügte Lucius hinzu. Obwohl die kleinste Bewegung meines Kopfes unerträglich schmerzte, riss ich ihn hoch. Jedes Schlucken tat weh und die Zunge war nur noch ein tauber Klumpen in meinem Mund.

»Als ich neben dir lag, hast du dich an mich gedrückt wie ein kleines Mädchen, das vor bösen Träumen Zuflucht in starken Armen sucht.«

Erneut schluckte ich, was mein Hals mit Brennen quittierte. So sehr ich mein schmerzendes Hirn auch zermarterte, es gelang mir nicht, mich zu erinnern. Ein undurchdringlicher schwarzer

Schleier verdeckte die gestrigen Ereignisse. Nie wieder in meinem Leben würde ich Wein zu mir nehmen.

»Haben wir …« Ich brachte die Frage nicht über meine Lippen.

»Nachdem du noch deine Kleidung trägst? Nein.« Ein Ausdruck des Bedauerns huschte über Lucius' Gesicht. Ich schaute an mir herab. Jetzt erst bemerkte ich, dass der Hauch von Nichts mich noch bedeckte.

Der König trat zu mir und strich über meine Wange. Die Wärme seiner Berührung tat gut, auch wenn ich das nicht einmal im Angesicht des Todes zugegeben hätte.

»Wenn wir eine Nacht in dieser Weise zusammen verbringen, wirst du es freiwillig tun und du wirst dich am nächsten Tag daran erinnern.« Lucius sagte das, als wäre es eine Gewissheit. Oh, dieser arrogante Bastard hielt sich für unwiderstehlich und dachte wirklich, jede Frau würde seinem Charme erliegen. Wie ich diesen verfluchten Mistkerl hasste.

»Freiwillig! In Euren Träumen, Herr.« Das letzte Wort knurrte ich. Mit erhobenem Kopf und möglichst sicheren Schrittes versuchte ich, in das Schlafgemach zurückkehren, obwohl ich das Gefühl hatte, auf einem Gelege von Mooskröten zu laufen. Ich hielt mich an einer Säule fest, denn offensichtlich war noch etwas Inhalt in meinem Magen und suchte den Weg nach oben. Stöhnend drückte ich meinen Arm in den Bauch, in der Hoffnung, dass die Lage sich so wieder beruhigte. Das tat es nicht. Ich rannte, an einem grinsenden König vorbei, zurück zum Marmorgeländer. Nachdem ich mir die Eingeweide aus dem Leib gekotzt hatte, stützte ich die Arme auf der Balustrade ab. Mit geschlossenen Augen atmete ich tief durch, die klare Meeresbrise durchströmte meine Lungen. Ohne Vorwarnung und bevor ich auch nur die kleinste Gegenwehr leisten konnte, hob Lucius mich hoch, als wäre ich eine Feder. Ich spürte das Spiel seiner Muskeln. Es war irgendwie schön, auf Händen getragen zu werden, und ich genoss es sehr. In diesem Moment kam ich mir wie eine Königin vor. Bei den Göttern, was tat ich da?

»Lasst mich runter, ich kann laufen.«

»Das habe ich gesehen. Heute Morgen erwarte ich einen Ratsherrn, ich würde es begrüßen, wenn du dann besser riechst.« Damit betrat er den Baderaum und ließ mich unsanft in das leere Marmorbecken plumpsen.

Er ging zum Kessel, der noch über der inzwischen erloschenen Feuerstelle im Kamin hing, schöpfte Wasser mit einem Eimer heraus und übergoss mich damit. Eisig rann es über meine Haut und ich quietschte. Ich zitterte, als würde ich im Nachtgewand auf den schneebedeckten Hängen des Berges Las sitzen. Doch der König kannte keine Gnade. Noch ein Guss folgte, und dann ein dritter. Jedes Mal fuhr ich zusammen. Mitsamt Sandalen stand ich in einer Pfütze kalten Wassers. Lucius stellte den nächsten gefüllten Eimer neben das Becken, anschließend reichte er mir Schwamm und Seife.

»Wasch dich, ich schick dir eine Sklavin mit neuen Gewändern.«

Damit verließ er die Kammer. Ich starrte ihm zitternd hinterher. »Was für arroganter, verflucht starker Mistkerl«, entfuhr es mir leise.

Ich wartete noch einige Augenblicke, ob er zurückkam, doch als das nicht geschah, zog ich meine durchnässten Sachen aus und warf sie neben dem Becken zu Boden. Dann wusch ich mich. Ich biss die Zähne zusammen, während ich mir mit dem kalten Wasser den Seifenschaum abspülte. So schnell ich konnte, kletterte ich aus der Wanne und hüllte meinen frierenden Leib in eines der frischen Leintücher, die eigentlich für Lucius bereitlagen.

Obwohl das Tuch mich warm umhüllte, zitterte ich noch immer. Der Hund hätte das Wasser vorher auch anwärmen können. Ein Feuer zu machen, lag wohl unter der Würde des edlen Herrn. Ich fuhr zusammen, als sich die Tür öffnete, doch anders als befürchtet stand nicht der König im Raum, sondern die angekündigte Sklavin mit der Kleidung: ein Mädchen von etwa fünfzehn Jahren, das wie beinahe alle Frauen dieses Landes einen dunklen Teint und dunkle Haare hatte.

»Herrin, ich bringe frische Gewänder«, sagte die junge Sklavin mit dünner Stimme und kniete sich hin. Im ersten Augenblick wusste ich nicht, was ich entgegnen sollte. Ich war keine Herrin. Schnell durchquerte ich den Raum.

»Bei den Göttern, steh auf, Kleine, du musst nicht vor mir knien. Ich bin genauso Sklavin wie du.« Mit beiden Armen umfasste ich die Schultern des Mädchens, das mich mit großen Augen anstarrte.

»Jetzt steh schon auf, ich komme mir langsam etwas dumm vor«, sagte ich, worauf sich das Mädchen erhob.

»Aber Ihr, äh, du schläfst in den Gemächern des Königs. Er lässt dich hier baden. So etwas dürfen nur seine Konkubinen, die über uns Sklaven stehen. Teilt er sein Bett mit dir?« Die Wangen der Sklavin glühten förmlich. Ein leises Stöhnen entwich mir. Ich sollte es mir auf die Stirn tätowieren lassen, dass ich nicht mit dem König schlief. »Nein, ich glaube, er sieht in mir so eine Art nettes Haustier oder Spielzeug. Dies ist kein schönes Schicksal, glaube mir.«

Im Blick der Sklavin sah ich Zweifel, doch sie sagte nichts.

»Mein Name lautet Kayla. Wie heißt du?«

»Mira.«

»Ein schöner Name«, entgegnete ich lächelnd. »Na, Mira, dann wollen wir mal sehen, was für ausgefallene Gewänder der König wieder ausgesucht hat.«

Damit nahm ich der Sklavin das Kleiderpäckchen ab und rollte es auf. Schon beim ersten Griff merkte ich, dass ich es mit edlem Seidenstoff zu tun hatte. Dann stieß ich auf Sandalen. Als ich das Päckchen zur Gänze entrollt hatte, kam – ich konnte es kaum fassen – eine Tunika zum Vorschein, in der Art, wie sie die Königin trug, und ein schambedeckendes Höschen. Dieses Mal schien mir der gütigste aller Herrscher unter der Sonne mehr Stoff zuzugestehen.

»Ich werde dein Haar kämmen«, schlug Mira vor, nachdem sie mir beim Anziehen der Tunika behilflich gewesen war. Allein hätte ich es nie geschafft. Ich hatte zuletzt als Kind ein Kleid getragen – wenn man von diesen Stofffetzen im Harem mal absah.

Eigentlich sahen diese Gewänder gar nicht so kompliziert aus, aber mit den Bändern und den Schmucknadeln, die die Enden der Vorder- und Rückseite zu Trägern verbanden, brauchte man ja fast fünf Hände. Wehmütig dachte ich an meine Hose und Lederrüstung zurück. Wie ich meine Kleidung doch vermisste. Ich setzte mich an den Rand des Beckens und versuchte, der Schnürung der Sandalen Herr zu werden.

»Lass mich das machen.« Mira nahm mir die Lederbänder ab, die sie kunstvoll um mein rechtes Bein bis zum Knie wickelte, das wiederholte sie beim linken. Anschließend griff sie nach einer Bürste, die mit anderen Frisierutensilien in einem Körbchen lag. Ohne auf Erlaubnis zu warten, begann Mira damit, über mein Haar zu fahren.

»Dein Haar ist außergewöhnlich. Ich habe noch nie so eine Farbe gesehen. Es erinnert an die Sonne, wenn sie nach einem klaren Sommertag untergeht. Und es ist so weich wie Seide.«

Bilder traten in meine Gedanken – Naias, die so gerne mein Haar gekämmt hatte. Als ich meine Augen schloss, drängten Erinnerungen aus einer Zeit, in der die Welt einfach und frei gewesen war, an die Oberfläche. Die Strahlen der Sonne fielen auf den Fluss, der glitzerte, als würde ein Goldschatz am Grund darauf warten, geborgen zu werden. Hinter mir ertönte Naias' klares Lachen, während sie mit einem grobzinkigen Kamm durch meine langen Strähnen fuhr.

»Du solltest dein Haar offen tragen, so siehst du freundlicher aus.«

Entspannt tauchte ich die Finger in das kühle Nass. »Eine Kämpferin soll nicht freundlich aussehen.« Ich spritzte nach hinten. Ein Quieken ertönte, dann ein Kichern.

»Hey, große Kämpferin, nimm das.« Naias ließ eine Wasserkugel aufsteigen.

»Das wagst du nicht!«

»Oh doch, Schwester.« Das Wasser klatschte in mein Gesicht. Ich drehte mich um, packte Naias und kitzelte sie. Wasser tropfte von meinem Gesicht auf das Kleid meiner Schwester, die lauthals lachend »Ich ergebe mich!« schrie.

»Woher kommst du?« Miras Worte holten mich in die Gegenwart zurück. Die Erinnerungen waren fort. Ich hatte das Gefühl, eine Krähe picke ein Stück aus meinem Herzen und hinterließe ein Loch, das nie wieder gefüllt werden konnte. Verflucht, ich musste Naias befreien. Aber wie, wenn ich nicht einmal genau wusste, wo sie war?

Das Verlies war lediglich eine Vermutung. Wenn ich nochmals floh, gab es nur einen Versuch. Denn gelang es mir nicht, sie und Fenn zu befreien, hatte ich das Leben der beiden verspielt.

»Ich bin in Tigres aufgewachsen.«

»Das liegt nordwestlich von hier«, entgegnete Mira neugierig.

»Eher nördlich. Wo ich herkomme, schneit es im Winter.«

»Wirklich!« Begeisterung lag der Stimme des Mädchens. »Ich habe noch nie Schnee aus der Nähe gesehen. In der Ferne erkennt man bei schönem Wetter die weißen Gipfel der Berge. Ich stelle mir vor, dass sie von einer Schicht weicher Daunen bedeckt sind.«

Ich lächelte matt. »Schnee hat nichts von Federn, er ist nur kalt und nass.«

»Oh, das ist aber schade. Übrigens, ich bin fertig.« Mira legte die Bürste zurück und stellte sich vor mich. »Ich muss dann wieder an meine Arbeit gehen.«

»Ich danke dir. Wohin kann ich die alten Sachen schaffen?«

Die junge Sklavin schob die nassen Kleidungsstücke zusammen. »Ich nehm sie mit.« Dann eilte sie aus dem Raum. Augenblicke später öffnete sich die Tür. Ich vermutete, dass Mira etwas vergessen hatte.

»Wie lange soll ich noch auf dich warten?« Die tiefe Männerstimme ließ mich zusammenzucken. Schnell stand ich auf und drehte mich zum König, der mich streng betrachtete. Doch einen Wimpernschlag später entspannte sich seine Miene, und ein Lächeln umspielte seine Lippen.

»Dein neues Gewand steht dir ausgezeichnet«, sagte er zufrieden. Als ich einige Schritte ging, wusste ich auch, warum, denn meine Brüste, die vorher von dem im Nacken gebundenen Band an Ort und Stelle gehalten worden waren, wogten jetzt bei jeder Bewegung mit. Ich schnaubte leise. Natürlich fiel einem Weiberhelden so etwas sofort auf. Aber zumindest bedeckte der dünne Stoff meinen kompletten Oberkörper und ich konnte von Glück sprechen, dass meine Brüste aufgrund des jahrelangen Kampftrainings relativ fest waren.

»Nun lass uns in den Speiseraum gehen. Wie ich schon sagte, erwarte ich ein Mitglied des Rates.«

Lucius durchquerte das Schlafgemach. An der Tür zum Essraum verharrte er, bis ich sie für ihn öffnete.

Im nächsten Zimmer spürte ich, wie mir wieder Galle hochstieg. Die Gerüche der üppigen Speisen auf dem Tisch waren eindeutig zu viel für meinen geschundenen Magen. Sehnsüchtig schaute ich zur Terrasse. Die salzige Meeresbrise dort draußen war bestimmt angenehmer. Ein Scheppern lenkte meine Aufmerksamkeit wieder auf Lucius. Er hatte inzwischen am Tisch Platz genommen.

»Möchtest du auch etwas?« Er hielt mir einen Becher mit Wein hin, dessen bloßer Anblick schon Brechreiz in mir auslöste.

»Ich danke Euch, Herr, aber nein«, entgegnete ich, würgte den Magensaft herunter und machte einige Schritte rückwärts in

Richtung Terrasse, um dem Geruch zu entkommen. Ein Klopfen ließ den König sein Augenmerk auf die Tür zur Galerie richten.

»Herein«, rief er laut.

Das Portal wurde von einem Soldaten geöffnet. Er trat in den Raum und stand stramm.

»Herr, das Ratsmitglied Gaius Acilius wünscht Euch zu sprechen.«

»Er soll hereinkommen.« Lucius lehnte sich zurück.

Der Soldat trat zur Seite und ein Mann in einer azurblauen Toga ging an ihm vorbei. Das Gesicht des Ratsherrn hatte Ähnlichkeit mit einem Wiesel, und verglichen mit König wirkte er wie ein Knabe. Nicht wegen seines Alters – m er war bestimmt zehn Jahre älter als Lucius – sondern aufgrund seiner Statur. Einen Schritt vor dem König blieb er stehen und deutete eine Verbeugung an.

»Ich grüße Euch, Lucius Draga, Herrscher über das ro'anische Imperium, das von hier über Tigres bis zur Nordgrenze reicht.« Das sagte der Ratsherr mit einem leicht sarkastischen Unterton, als würde er Lucius nicht wirklich als Herrscher anerkennen. Der Mann war also kein Freund des Königs. »Mögen die Götter Euch wohlgesonnen sein.« Auch diese Worte waren offenkundig nicht erst gemeint. Ich sah zu Lucius. Für einen winzigen Moment schien er seine Hände zu Fäusten ballen zu wollen, dann entspannte er sich wieder. Neugierig betrachtete ich den Ratsherren. Dieser Mann hatte in seinem Leben bestimmt noch kein Schwert in Händen gehalten, doch das brauchte er auch nicht, denn seine Waffe waren Worte. Er schien durch und durch ein Politiker zu sein, der keinen Hehl daraus machte, dass er mit dem derzeitigen Herrscher nicht einverstanden war.

»Auch ich grüße Euch, Ratsherr Gaius, bitte nehmt doch Platz.« Lucius deutete auf den Stuhl zu seiner Linken.

»Ich danke für Eure Gastfreundschaft, Herr.« Damit setzte sich der Mann.

»Du kannst wegtreten.« Der König schaute zu dem Soldaten, der salutierte und dann das Gemach verließ.

»Etwas Tee?«, fragte Lucius seinen Gast.

»Gerne, Herr.« Es wurde ruhig. Die beiden Männer schienen auf etwas zu warten. Ich war irritiert, denn eine Kanne, die auf einem Stövchen stand, sowie Gläser und Teeblumen befanden sich in unmittelbarer Reichweite des Königs. Der drehte sich in meine Richtung. Auch der Ratsherr sah mit erhobenen Augenbrauen zu mir. Oh, natürlich, ich war die Sklavin, die jede Tür aufhielt. Seiner Hoheit konnte ja nicht zugemutet werden, dies selbst zu tun oder Tee zuzubereiten. Innerlich seufzend ging ich zum Tisch, warf eine Teeblume in eines der goldverzierten Gläser und knallte es vor den Ratsherren, der zusammenzuckte. Anschließend nahm ich die Kanne und goss heißes Wasser ins Glas. Wie kleine, rote Rauchsäulen stieg Tee aus der Blüte, der sich mit der dampfenden Flüssigkeit vermischte. Der Duft des Essens reizte meinen Magen, daher trat ich hinter den König, um der Terrasse näher zu sein.

»Also, was ist Euer Begehr, Gaius?« Lucius beugte sich nach vorne, stützte die Ellenbogen auf den Tisch und legte die Hände aufeinander.

»Ich komme im Namen des Rates.« Der Mann machte eine bedeutungsvolle Pause und fuhr über seine hohe Stirn. »Im Volk regt sich Unzufriedenheit über die neue Steuer, die Ihr erhoben habt.«

»Ich glaube, ich habe etwas Hunger. Geschälte Äpfel wären jetzt gut. Möchtet Ihr auch welche?«, sagte Lucius gleichmütig.

»Nein, habt Dank, mein Herr, der Tee reicht mir.« Gaius spähte zu mir, worauf mir klar wurde, dass dies wieder mein Stichwort gewesen war. Ich schritt zum Tisch, blieb dem Ratsherren gegenüber stehen und nahm einen Apfel und ein Messer. Das Messer lag gut in meiner Hand. Dafür hätte ich eine bessere Verwendung gehabt, als Äpfel zu schälen. Kurz schaute ich zum König, dann wieder zu Gaius, der mich mit seinen Blicken förmlich verschlang, als wäre ich eine Dirne. Auch diesem Bastard hätte ich mit dem Messer gerne diverse Körperteile durchbohrt.

»Also, wir waren bei den Steuern. Wer genau hat sich beschwert?«, hakte Lucius nach. Nur schwer gelang es Gaius, seine Blicke von mir abzuwenden.

»Euer Volk, Herr. Es gibt Stimmen, die fordern, dass Ihr einen Teil Eurer Truppen von der Nordgrenze zurückzieht. Diese zu unterhalten, kostet sehr viel Geld, das wir sparen könnten.«

»Das kommt nicht infrage.« Lucius betrachtete sein Gegenüber mit unbewegter Miene. Doch jeder Muskel seines Körpers schien angespannt zu sein. Ich rechnete jeden Moment damit, dass er aufsprang, den Ratsherren packte und ihm das Genick brach, aber er blieb sitzen.

»Herr, seit Jahren gab es keine größeren Angriffe mehr. Die Hälfte der Männer würde ausreichen, um die Grenze zu sichern. Dann müsstet Ihr auch nicht den Kauf von Sklaven besteuern, das würde Euch das Wohlwollen von manch einflussreichem Haus sichern.«

»Richtet diesen einflussreichen Speichelleckern aus, dass die Truppen an der Nordgrenze nicht halbiert werden.« Obwohl Lucius das sehr ruhig sagte, lag in seiner Stimme ein gefährlicher Unterton.

»Ihr seid kein Politiker, sondern ein Krieger. Es ist wichtig, beim Regieren eines Landes Unterstützung zu haben.« Auch aus den Worten des Ratsherrn hörte ich eine Drohung heraus. Ich schob dem König den Teller mit geschälten und zu Spalten geschnittenen Äpfeln hin. Er beugte sich in Richtung seines Gegenübers.

»Richtig, Gaius, ich bin Krieger. Aber im Gegensatz zu Euresgleichen habe ich an der Nordgrenze gekämpft. In meinen Armen starben gute Männer. Ich weiß, dass dieser Frieden trügerisch ist und die Barbaren jederzeit wieder zuschlagen können. Eines sage ich Euch: Wenn dies der Fall sein sollte, werden wir dort jeden einzelnen Mann brauchen.« Lucius sank nach hinten. »Ich kann mein Haus mit dem Schwert verteidigen, wenn die Nordleute es bis hierher schaffen sollten.« Er hob die Brauen. »Ihr auch?« Mit einem selbstzufriedenen Lächeln nahm er eine Apfelspalte und biss genüsslich hinein. Der Ratsherr schwieg und der König fuhr fort. »Wäre es nicht besser, wenn sie gar nicht bis zu uns vordringen würden? Fragt das Eure einflussreichen Häuser. Ich möchte Wein.«

Ich war noch immer damit beschäftigt, Äpfel zu schälen, denn seine Hoheit hatte nicht gesagt, wie viel er gerne wollte. Daher fühlte ich mich nicht angesprochen, bis ich seinen Blick auf mir spürte. Das wurde langsam lächerlich, denn der Krug stand direkt vor ihm, und der Becher daneben. Doch der Mann schaute mich nur an und wartete. Also hörte ich mit meiner Arbeit auf, wischte mir die Hände an einem Leinentuch ab und nahm den Krug.

»Sie ist etwas einfältig, aber sehr hübsch anzusehen«, meinte Lucius zu dem Ratsherrn.

»Eine Augenweide ist sie in der Tat«, bestätigte dieser.

Einfältig! Das brachte mein Blut zum Kochen. Heiß schoss es durch meine Adern. Dieser Sohn eines Esels!

Nachdem ich den Wein in einen Pokal geschenkt hatte, stellte ich den Krug auf den Tisch und gab ihm einen kleinen Schubs. Er fiel um und der Inhalt lief dem König direkt in den Schoß. Mit gespieltem Schreck schlug ich die Hände vor den Mund. »Oh, verzeiht mir, Herr. Ich bin ja so dumm. Das wollte ich nicht«, murmelte ich zwischen den Fingern hindurch, hinter denen ich mich bemühte, nicht zu grinsen. Tja, ich konnte die Dumme geben, wenn er das wollte. Der König funkelte mich an und brummte etwas Unverständliches. Ich ergriff das Leinentuch und rubbelte unsanft damit in seinem Schoß herum, sodass er mehrmals zusammenzuckte.

»Lass mich das machen.« Schroff riss er mir den Stoff aus den Händen, und ich trat einen Schritt zurück. Mit einer großen Portion Genugtuung betrachtete ich mein Werk. Immer schwerer gelang es mir, das Grinsen zu unterdrücken, das sich meiner Lippen bemächtigen wollte.

»Habt Ihr noch ein Anliegen, Ratsherr, oder kann ich mich zurückziehen?«, schnaubte Lucius.

»Nein, Herr, ich werde Euch allein lassen.« Aus Gaius' Stimme war Schadenfreude zu hören. Er stand auf, verbeugte sich kurz und verließ den Saal. Nun war ich mit dem König allein, der geschmeidig wie eine Raubkatze aufstand. Ohne Vorwarnung packte er grob meine Kehle. Ich würgte und schnappte nach Luft. Mit beiden Händen umfasste ich seinen Arm, um ihn wegzuziehen, doch er hielt mich eisern fest. Er schob mich vor sich her, bis ich die Wand in meinem Rücken spürte. Seine andere Hand stützte er neben meinem Gesicht ab.

»Was sollte das, Sklavin? Willst du mich vor meinen Feinden zum Gespött machen?« Endlich gab er meine Kehle frei, ich holte tief Luft. Der Mann schien wirklich wütend zu sein. Mein Herz flatterte wie ein Insekt, das sich aus einem Spinnennetz zu befreien versuchte. Jetzt war ich wohl zu weit gegangen.

»Ich hatte bisher sehr viel Geduld mit dir, doch die hat bald ein Ende.« Er presste mich mit seinem Körper gegen die Wand, sein erdiger Geruch stieg mir in die Nase. Dann nahm er mein Kinn und drückte mein Gesicht nach oben, seine Finger bohrten sich mir in die Wangen. Tränen liefen aus meinen Augenwinkeln. Ich presste die Lippen aufeinander. Warum hatte ich das Messer nicht in meinem Gewand versteckt?

»Lass mich los«, keuchte ich.

»Und wenn nicht, was dann?«, fragte Lucius mit spöttischem Unterton. Er senkte seinen Kopf und roch an mir.

»Ich könnte dich zwingen, mir zu Willen zu sein«, flüsterte er bedrohlich. Ich hatte das Gefühl, keine Luft mehr zu bekommen. Für einen Augenblick blitzte ein feister Leib auf, der auf meinem lag. Mittlerweile schlug mein Herz so hektisch, dass mir schwindlig wurde. Nackte Panik lähmte meinen Körper, ließ mich erstarren. Bei den Göttern, was geschah hier? Verdammt, ich war eine Kriegerin. Auf keinen Fall wollte ich wie ein ängstliches Häschen sterben. Diese Angst hatte ich damals in Tigres hinter mir gelassen. Mein Puls wurde ruhiger und ich atmete tief durch. Ganz sicher würde ich nicht um Gnade winseln. Lucius ließ mein Gesicht los. An den Stellen, an denen sich seine Finger in meine Haut gegraben hatten, blieb ein Pochen zurück.

»Ihr habt recht, Ihr könnt mich dazu zwingen. Doch ich akzeptiere eher den Tod, als Euch zu Willen zu sein«, entgegnete ich ihm mit hasserfüllter Stimme und hielt seinem Blick stand, worauf er einen Schritt zurücktrat. Ich holte tief Luft.

»Findest du mich so abscheulich, dass du lieber stirbst?«

Stolz hob ich mein Kinn, blieb ihm jedoch die Antwort schuldig. Plötzlich schlug er knapp neben meinem Kopf gegen die Wand. Ich zuckte nicht einmal mit der Wimper. Das machte ihn offensichtlich noch wütender.

»Verfluchtes Weib, geh mir aus den Augen.« Damit verschwand er in seinem Schlafgemach und knallte die Tür hinter sich zu. Einige Augenblicke blieb ich regungslos stehen, doch er kehrte nicht zurück. Dann ging ich ein paar Schritte, wobei meine Beine zitterten wie die Zweige eines Mimosenbaums. Als sie unter mir wegzusacken drohten, griff ich nach der Stuhllehne und atmete tief durch. Auf der hellen Seide meines Kleides entdeckte ich einen blassrosa Weinfleck, der von der Hose des Königs stammte. Ich behielt die Tür im Auge, während ich mir die schmerzenden Wangen rieb, aber Lucius kam nicht zurück. So stand ich unschlüssig da, wusste nicht, was ich als Nächstes tun oder wo ich hingehen sollte. Es erschien mir klug, dem König für heute nicht mehr unter die Augen zu treten.

Kapitel 18

Zaghaft wurde das Portal, das zur Galerie führte, geöffnet und eine Sklavin spähte in den Raum.

»Wir sollen die Speisen abräumen.«

»Nur zu.« Ich straffte die Schultern und schritt an den hereinströmenden Bediensteten vorbei nach draußen. An der Treppe blieb ich stehen und sah durch die Torbögen zur dahinterliegenden Stadt. Wenn ich jetzt weglief – wie lange würde es wohl dauern, bis der König mein Verschwinden bemerkte? Mit meiner Kleidung sah ich wie jede andere Bürgerin dieser Stadt aus. Keiner würde mich für eine Sklavin halten. Den beiden Wachen vor den Toren könnte ich erzählen, dass ich Besorgungen für den König machen sollte. Mein Herz sprang gegen die Rippen, der Freiheit entgegen. Zum Stadtverlies, von dem ich annahm, dass Lucius dort meine Schwester und Fenn festhielt.

»Willst du mit mir spielen?«

Erstaunt sah ich nach unten. Aurelio stand neben mir, legte seine kleine Hand in meine und schaute mich mit seinen riesigen blauen Augen bittend an. Mein Blick glitt noch mal zur Stadt. Vielleicht war der Junge von den Göttern geschickt worden, um mich vor einer Torheit zu bewahren. Denn was war, wenn Naias und Fenn nicht im Verlies festgehalten wurden? Mit meinem Weglaufen brachte ich die beiden in Lebensgefahr. Das wäre alles zu überstürzt gewesen. Ich ließ mich von dem Jungen wegziehen, der mit mir am Harem vorbei zum Ende der Galerie ging. Vor zwei Soldaten, die eine Tür bewachten, blieb er stehen.

»Sie ist meine Freundin und darf rein.« Damit drückte Aurelio die Tür auf und ich betrat hinter ihm den Raum, in dem ich mich staunend umsah. Auch hier gab es Mosaiken an den Wänden, aber zusätzlich wunderschöne Wandläufer. Vor den tiefen Fenstern hingen duftige Vorhänge. Der Junge zog mich zu seidenen Sitzkissen, die auf einem edlen Teppich verstreut lagen.

»Setz dich. Ich komm gleich wieder.«

Ich nahm auf den bestickten Kissen Platz und schaute Aurelio hinterher, der durch einen Torbogen in einem angrenzenden Raum verschwand. Mit einem Arm voller Spielzeugsoldaten und – pferden kehrte er zurück. Er warf alles vor mir auf den Boden, dann hockte er sich im Schneidersitz davor. Aus seinem Soldaten- und Pferdestapel zog er eine weibliche Figur und reichte sie mir.

»Du bist die Prinzessin. Meine Männer und ich werden dich retten.« Er hielt einen dunkelgekleideten Soldaten hoch.

»Wie heißt denn mein Retter?«, wollte ich wissen.

»Lucius.« Der Junge zog seiner Puppe den Umhang zurecht.

Erstaunt hob ich meine Brauen. »Wie dein Onkel?«

Aurelio schüttelte den Kopf. »Nein, er heißt nicht nur wie mein Onkel, das ist mein Onkel. Denn er ist der stärkste und mutig-ste Mann, den ich kenne, er würde jede Prinzessin auf der Welt vor jedem Monster retten.« Damit setzte der Junge die Puppe auf ein Pferd, dann stellte er die restlichen Soldaten auf, die silberne

Rüstungen trugen. Ich schluckte, als ich die Lucius-Puppe betrachtete. Der Mann rettete Mädchen vor grausigen Ungeheuern, außer vor dem Monster, das er selbst war.

»Wo ist deine Mutter?«, erkundigte ich mich.

Kurz hob Aurelio den Kopf. »Sie sucht bestimmt nach mir.«

Da wurde auch schon die Tür geöffnet und die Königin rauschte herein. Sofort erhob ich mich, um mich zu verbeugen.

»Junger Mann, ich habe den ganzen Palast nach dir abgesucht. Wo warst du?«

»Ich habe mich im Brunnenhaus versteckt, dann wollte ich zum König, da bin ich Kayla begegnet, und sie will mit mir spielen.«

Die Königin sah streng zu mir.

»Ich werde gehen, Herrin.«

Livias Gesichtsausdruck wurde milder. »Nein, bleib nur. Wenn du ihn dazu bringen kannst, nicht wegzulaufen und sich zu verstecken, werde ich Lucius darum bitten, dass ich dich behalten darf«, meinte sie lächelnd.

»Kann Kayla jetzt mit mir spielen?« Der Knabe nahm die Hand seiner Mutter, die mit der anderen durch seine Locken strich.

»Nur, wenn du mir versprichst, für heute artig zu sein.«

»Das werde ich. Ich gelobe.« Mit feierlicher Miene legte Aurelio die Hand auf seine Brust. Ein Lächeln umspielte den Mund seiner geplagten Mutter.

Erneut öffnete sich die Tür. »Herrin, ich … da ist er ja!« Eine Dienerin stand im Rahmen, schaute von dem Jungen zur Königin und dann langsam zu mir.

»Bitte bring mir Tee, drei Gläser und etwas Gebäck aus der Küche,« sagte die Königin. Die Dienerin nickte und schloss die Tür.

Livia nahm auf einem der zwei Liegesofas gegenüber Platz. Dies war für ihren Sohn das Zeichen und er zog mich wieder auf die Bodenkissen. Mein Prinzessinnenpüppchen wurde in einem Turm von einem schrecklichen Monster gefangen gehalten und wartete auf seine Errettung.

Die Königin nahm eine Stickarbeit von einem Tischchen neben dem Sofa und beschäftigte sich damit. Währenddessen kam die Dienerin herein, um den Tee zu bringen, anschließend wurde sie von der Königin wieder weggeschickt.

Nachdem Aurelio die Prinzessin unzählige Male gerettet hatte, sank er müde zwischen die Kissen, und noch ehe ich ihn zudecken konnte, war er ins Reich der Träume gesunken.

»Er schläft, Herrin.«

Die Königin legte ihre Stickarbeit zur Seite und schob das Tischchen, auf dem der Tee stand, vor sich.

»Setz dich zu mir.« Mit der flachen Hand klopfte sie auf den Platz neben sich. Zögernd kam ich der Aufforderung nach. Es erschien mir nicht angemessen, neben einer Königin zu sitzen, als wäre sie eine einfache Bauersfrau in einer Taverne. Steif hockte ich mit angehaltenem Atem neben Livia, die mir sanft zulächelte.

»Möchtest du Tee? Er ist sehr gut.« Ich nickte leicht.

Entzückt füllte die Königin Teeblumen in zwei Gläser, nahm die Kanne vom Stövchen und übergoss die Blüten mit heißem Wasser.

»Nimm dir Gebäck, wenn du möchtest.« Eigentlich wollte ich ablehnen, doch mein knurrender Magen belehrte mich eines Besseren. Als ich von dem Keks abbiss, fühlte ich mich wie im Himmel, die Geschmacksknospen in meinem Mund jubilierten. Belustigt sah mir die Königin zu, wie ich das Essen des Gebäcks zelebrierte, während sie am Glas nippte.

»Er gibt dir doch ausreichend zu essen?«, erkundigte sie sich.

Ich hielt inne. »Der König? Ja, natürlich.«

Livia räusperte sich. »Er ist manchmal etwas grob, das kommt davon, weil er jahrelang auf den Kriegsfeldern gelebt hat, doch tief in ihm gibt es einen weichen Kern.«

Auf diese Offenbarung nahm ich einen kräftigen Schluck Tee, der wirklich vorzüglich schmeckte – nach Apfel mit etwas Kirsche.

»Von diesem Kern habe ich noch nicht allzu viel gesehen.« In dem Moment, in dem mir die Worte aus dem Mund purzelten, bereute ich es bereits, sie ausgesprochen zu haben. Manchmal sollte ich wirklich meinen Verstand einschalten, bevor ich sprach.

Doch die Königin betrachtete mich mit ihrem typischen milden Gesichtsausdruck.

»Du musst ihn verstehen. Er wollte dieses Land nie regieren. Dies war der letzte Wunsch meines verstorbenen Gatten König Titus, seines Bruders.« Nun hörte ich auf zu essen, ich wusste nicht, was ich sagen sollte. Die Frau nahm meine Hand zwischen ihre.

»Lucius und seine Mutter wurden vom König Quintus, dem Vater meines Mannes, eines Tages von einer Reise mitgebracht. Er machte Lucius' Mutter zu seiner Favoritin. Ich glaube, der Alte hat sie wirklich geliebt. So wuchsen sein leiblicher Sohn Titus und Lucius wie Brüder auf. Als Lucius das Alter eines jungen Mannes erreichte, stürzte sich seine Mutter die Klippen hinunter. Niemand weiß bis heute, warum.« Der Blick der Königin schweifte in die Ferne, sie drückte meine Hand.

»Aus Lucius wurde ein ausgezeichneter Krieger. Nachdem der alte König gestorben war und mein Mann den Thron bestiegen hatte, machte er seinen Bruder zum obersten Befehlshaber seiner Armeen. Das war eine seiner besten Ideen, denn Lucius sicherte so erfolgreich die Grenzen des Landes wie keiner zuvor. Dann ...« Livia machte eine kurze Pause. »Dann wurde mein Gemahl vergiftet. Im Sterben liegend, ließ er seinen Bruder von der Front holen. Der König rang Lucius das Versprechen ab, mich zu heiraten, sobald sein Lebenslicht erlosch, denn er wusste, dass es viele gab, die nach dem Thron lechzten, und dass sein Sohn noch zu klein war, um das Erbe anzunehmen. Nur unter Lucius' Schutz würden ich und Aurelio überleben.« Livia strich über meine Wange, dann legte sie die Hände in den Schoß.

»Er ist ein guter Mann und behandelt mich mit viel Respekt.«

»Warum erzählt Ihr mir das alles?«, wollte ich wissen.

»Es erscheint mir wichtig, dass du diese Dinge über den König erfährst, denn du sollst ja sein Leben schützen, und er ist es wert.«

Zwischen den Kissen rührte sich ein kleiner Körper, der Junge setzte sich auf und rieb sich die Augen.

»Kayla, liest du mir etwas vor?«, fragte er mit rauer Stimme.

»Ich kann nicht lesen, das habe ich nie richtig gelernt. Nur ein paar Wörter«, gestand ich ihm.

»Das ist aber schade. Mutter, würdest du ihr das Lesen beibringen?«

»Wenn sie es möchte.« Die Königin betrachtete mich. Ich nickte stumm, denn mir fehlten die Worte. Lesen zu können, war schon immer ein Traum von mir gewesen.

Es klopfte. Nach einem »Herein!« trat eine Sklavin in den Raum.

»Der Herr schickt mich, er lässt ausrichten, dass die Sklavin zu ihm kommen soll.« Das Mädchen sah zu mir und machte einen Knicks, dann eilte sie davon.

Ich spürte einen Druck in der Magengegend. War der König noch immer wütend auf mich?

»Lass ihn nicht warten«, meinte Livia und ich stand auf. Schon nach dem Hinaustreten sah ich Lucius im Innenhof stehen. Er trug einfache Kleidung und einen Umhang, dazu sein Schwert. Wollte er den Palast verlassen? Angespannt biss ich auf meine Unterlippe. Sein Blick folgte mir, als ich zur Treppe lief. Das Gesicht war völlig ausdruckslos. Ich vermochte nicht zu sagen, ob er noch wütend war oder sich wieder beruhigt hatte. Nachdem ich tief durchgeatmet hatte, ging ich zu ihm.

»Ihr habt nach mir verlangt«, sagte ich mit gesenktem Haupt, um ihn nicht ansehen zu müssen.

»Ich werde ein paar Tage weg sein«, erwiderte er. Nun blickte ich ihn doch an. Sollte ich als seine Leibwächterin etwa nicht mitkommen? Noch immer war seine Miene unbewegt. »Du bist in meiner Abwesenheit für den Schutz meines Neffen verantwort-lich«, fuhr er fort. Ich war irritiert. Er übertrug mir eine derart wichtige Aufgabe? »Ich hoffe, ich kann auf dich zählen. Ich würde nicht jedem den Schutz des Jungen anvertrauen. Er ist die Zu-kunft des Reiches. Deine Chance, dich zu beweisen.«

»Ich werde ihn mit meinem Leben schützen«, erwiderte ich rau, worauf er zufrieden nickte, sich umdrehte und zu den Stallungen schritt. Ich sah ihm nach. *Doch tief in ihm gibt es einen weichen Kern*, hallten Livias Worte in meinem Kopf wider. Vielleicht hatte ihn wirklich falsch eingeschätzt? Hatte meine Kränkung ihn dazu veranlasst, wegzugehen? Erstaunlich, dass einen König die Ableh-nung einer Sklavin derart aus der Fassung zu bringen vermochte. Ich kehrte in die Gemächer der Königin zurück.

»Was bedrückt dich?«, fragte sie mitfühlend, als ich eintrat. Scheinbar sprach mein Gesichtsausdruck Bände.

»Der König reitet für ein paar Tage weg. Ich denke, er hat we-gen mir den Palast verlassen«, meinte ich. Livia lachte hell auf.

»Nein, er tut das öfter. Manchmal braucht er einige Tage für sich selbst. Keiner weiß, wo er in dieser Zeit hingeht. Wirklich, das hat in keiner Weise mit dir zu tun.« Obwohl ich Livia gerne Glauben schenken wollte, dass der König nicht meinetwegen ver-schwunden war, sagte der Stich, den ich in meinem Herzen fühlte, etwas anderes.

»Ich möchte eine Geschichte hören«, meldete sich Aurelio zu Wort.

»Ich kann zwar nicht lesen, aber ich weiß eine schöne zu erzählen«, entgegnete ich und schaute zur Königin, die durch ein Nicken ihr Einverständnis bekundete.

»Oh ja, bitte.« Das Gesicht des Knaben färbte sich vor Eifer rot. Lächelnd ging ich zu dem Jungen, um mich neben ihm auf die Kissen zu setzen, und er legte seinen Kopf in meinen Schoß. Ich berichtete meinem jungen Zuhörer von dem weißen Drachen, der sich in eine Lichtfee verliebte, während ich sanft über sein Haar strich.

Kapitel 19

Auch in Abwesenheit des Herrschers funktionierte der Palast, denn Livia übernahm die Führung. So vergingen die Tage. Bis zu Lucius' Rückkehr war es meine Aufgabe, bei Aurelio zu bleiben, und ich genoss das sehr. Die Königin hatte mir auch einige ausgediente Gewänder geschenkt, die noch immer wunderschön waren. Sogar etwas Schmuck war dabei, wie goldenen Broschen, mittels denen man die Vorder- und die Rückseite der Toga an den Schultern zusammenstecken konnte. Niemals hatte ich solch wunderschöne Dinge besessen. Zusammen mit Aurelio lernte ich das Lesen. Wenn der Junge im gemeinsamen Unterricht gut aufgepasst hatte, erlaubte seine Mutter ihm, mit mir zu spielen – so war er immer sehr eifrig bei der Sache.

Als ich wieder einmal dabei war, nach Aurelio zu suchen, glitten meine Gedanken zu Naias und Fenn. Eigentlich war jetzt die beste Gelegenheit, meine Fluchtpläne umzusetzen. Ich würde eines der neuen Gewänder anziehen und den Wachen gegenüber behaupten, ich hätte in der Stadt Besorgungen für die Königin zu machen, um dann schnurstracks zum Verlies zu gehen. Mit den goldenen Broschen könnte ich sicherlich den einen oder anderen Wächter bestechen, und wenn ich die beiden dort nicht fand, wussten die Männer vielleicht, wo man sie untergebracht hatte.

Vergeblich hatte ich versucht, Näheres von den Palastsoldaten zu erfahren. Schon allein aufgrund des Vorfalls im Harem waren Lucius' Leute nicht besonders kooperativ, dazu erwiesen sie sich als sehr loyal. Dies war keine sonderlich große Überraschung, denn Lucius hatte an der Seite seiner Männer auf den Schlachtfeldern gekämpft und sich damit ihre absolute Ergebenheit gesichert. Außerdem hielt mich auch etwas von der Flucht ab. Ich brachte es einfach nicht übers Herz, Lucius' Neffen im Stich zu lassen. Sein Leben war mir anvertraut worden und es wäre unverzeihlich, wenn ihm nach meiner Flucht etwas zustieß, das ich hätte verhindern können. So spielte ich mit Aurelio im Palast Verstecken, wobei immer er es war, der sich versteckte und ich ihn suchen musste. Das hatte den Nebeneffekt, dass ich die Räumlichkeiten auf diese Art und Weise besser kennenlernte.

Ich schritt durch den Innenhof. Der Junge war wie vom Erdboden verschluckt. Durch die Arkaden sah ich zu den Stallungen, die ein Stück hangabwärts gelegen waren. Eigentlich standen stets Wachen am Eingang zum Atrium und Aurelio durfte nicht so weit laufen, aber vor zwei Tagen war es ihm schon einmal gelungen, sich an den Männern vorbei zu schmuggeln und sich in den Stallungen zu verstecken. So ging ich, beäugt von den beiden Wächtern, durch die riesigen Arkaden. Am Fuße des Palasthügels lag die Stadt, ein Meer aus roten Ziegeldächern leuchtete im Sonnenschein.

Statt dem breiten Weg weiter zu folgen, bog ich nach rechts ab. Bis zu den Stallungen waren es ungefähr noch hundert Schritte. Beim Eintreten begrüßten mich lautes Schnauben und Hufescharren. Ich schlich von einem edlen Tier zum anderen, spähte in die Stallabteile, aber der Prinz schien nicht da zu sein. Aus den Augenwinkeln sah ich einen Schatten durch einen Seiteneingang verschwinden. Da war ja der kleine Fuchs. Ich rannte aus dem Stall, wollte ihm den Weg abschneiden – da alarmierte mich ein Schrei. Ich eilte mit hämmerndem Herzen in die Richtung, aus der er gekommen war. Als ich um die nächste Ecke bog, blieb es mir fast stehen.

Ein Mann, bestimmt einen Kopf größer als ich, hielt den zappelnden Jungen fest, eine seiner Pranken bedeckte dessen Mund. Daneben stand dieses Wiesel Gaius, der Ratsherr, der Lucius vor einigen Tagen einen Besuch abgestattet hatte. Ich zog mich vorsichtig hinter die Mauer zurück und blickte zum Palast. Die Wachen an den in den Innenhof führenden Torbögen waren mir am nächsten. Wenn ich sie alarmierte, warnte ich damit auch Gaius. Die Soldaten ihrerseits hatte keine Chance, das finstere Tun des Ratsherrn zu bemerken, da sich dieser in einem für sie nicht einsehbaren Bereich hinter der Stallung verbarg.

Ich schnappte mir einen Besen, der an der Wand lehnte, und brach die unter Hälfte ab, sodass nur ein spitzer Stock übrigblieb. Obwohl mein Puls bis zum Hals schlug, ging ich ruhig auf die Männer zu.

»Lasst den Jungen los!«, sagte ich mit fester Stimme.

»Sieh an, eine Sklavin will mir Befehle erteilen«, spottete Gaius.

Einen Schritt vor den beiden Kerlen blieb ich stehen. In meinen Muskeln prickelte es, wie immer kurz vor einem Kampf. Mit beiden Händen umfasste ich die Mitte des Stockes. Aurelio hatte aufgehört, sich zur Wehr zu setzen, und sah mich wie ein verschrecktes Kätzchen an.

»Ich bin für seine Sicherheit verantwortlich. Befehlt Eurem Sklaven, ihn gehen zu lassen.« Ich erwiderte den finsteren Blicken des Ratsherrn. Bei den Göttern, ich mochte keine gute Dienerin sein, aber ich war eine ausgezeichnete Kämpferin.

»Was willst du tun, wenn nicht?« Der hagere Mann zog spöttisch seine Brauen hoch.

»Das!« Damit knallte ich dem Diener den Stock gegen seinen Kiefer. Ein knackendes Geräusch ertönte. Der Kopf des Mannes flog zur Seite und er spuckte Blut. Er fasste sich jaulend mit einer Hand ins Gesicht, doch mit der anderen hielt er noch immer Aurelio fest. Mein zweiter Schlag traf seine Rippen. Wieder knackte es, er stöhnte auf und lockerte den Griff um das Kind. Aurelio nutzte seine Chance, biss den Mann in den Arm, der ihn schreiend losließ, und versteckte sich hinter mir. Mein dritter Treffer warf den Kerl von den Beinen, sodass der Mann wimmernd liegen blieb.

Ich zielte mit dem abgebrochenen Ende auf die Kehle des Ratsherrn. Der sah mich verwirrt an. Meinen Angriff hatte er offensichtlich, ebenso wenig wie sein Sklave, nicht erwartet. Er blickte zu seinem grobschlächtigen Diener. Doch der war zu sehr mit seinen eigenen Verletzungen beschäftigt, um ihm zu Hilfe eilen zu können. Gaius fand zu seiner alten Verschlagenheit zurück und funkelte mich an.

»Das werde ich dem König berichten, Weib. Ich wollte den jungen Prinzen nur zum Palast geleiten. Du hast mich angegriffen. Dafür wirst du gehängt. Oder noch besser.« Ein schmieriges Grinsen breitete sich auf dem Gesicht des Mannes aus. »Ich fordere dich und du wirst mir dienen.« Seine Zunge fuhr über die schmale Unterlippe, als stünde ein saftiger Braten vor ihm.

»Kommt Ihr dem Prinzen noch einmal zu nahe, spieße ich Euch auf wie einen Fisch«, entgegnete ich unbeeindruckt. Ich nahm Aurelios' Hand und führte ihn zum Innenhof.

»Hinter den Stallungen sind Eindringlinge«, informierte ich die Wachen im Vorübergehen. Die Männer eilten sofort los. Im Atrium angekommen, sank ich auf die Knie, legte den Besenstiel zur Seite und umfasste die Schultern des Jungen.

»Versprich mir, dass du dich nie wieder außerhalb dieser Torbögen versteckst.«

»Ich verspreche es.« Dicke Tränen kullerten dem Knaben über die Wangen. Er schlang seine Arme um mich, sein kleiner Körper zitterte. »Bitte sag es Mutter nicht.«

»Ich werde es ihr nicht verraten.« Ich strich dem schluchzenden Kind über die Locken. Der Junge löste sich von mir und trat zurück. Mit dem Handrücken wischte er über seine nassen Augen, dann schnappte er sich den Stock.

»Dem hast du es aber gezeigt.« Wild fuchtelte er mit dem Stiel herum, den ich ihm wieder abnahm.

»Ich denke, wir sollten in die Gemächer der Königin zurückkehren, es wird bald Essen geben.«

Der Junge nickte und rannte zur Treppe. »Wer zuletzt ankommt, ist ein kleines Mäuschen«, rief er. Ich schüttelte lachend den Kopf. Es war einfacher, einen Sack Sandflöhe zu hüten als den Prinzen. Doch bevor ich ihm folgte, machte ich einen Abstecher zur Küche, um den abgebrochenen Stiel loszuwerden.

Am Tag darauf war es an mir, mich vor Aurelio zu verbergen. Zuerst kauerte ich hinter der Brüstung der dem Gemach der Königin gegenüberliegenden Galerie. Als der Junge in den Gemächern des Herrschers verschwand, um nach mir zu suchen, rannte ich an den Soldaten vorbei, die unser Treiben mittlerweile mit gelangweilten Mienen verfolgten, und eilte die Treppe hinunter. Ich sah mich um. Der Prinz hatte mich noch nicht entdeckt. Am Fuß der Treppe angekommen, prallte ich gegen einen Körper. Mir blieb die Luft weg, ich hatte das Gefühl, gegen eine Marmorstatue gelaufen zu sein. Hände umfassten meine Oberarme. Ich sah nach oben. In meinem Hals schien ein Klumpen in Größe eines Hühnereis festzustecken, der sich, so sehr ich auch schluckte, nicht von der Stelle rührte, denn ich blickte ins Gesicht des Königs, der wie ein Landstreicher aussah und auch so roch. Sein Kapuzenmantel ähnelte dem, den sein Doppelgänger bei den Kämpfen getragen hatte. Nur war dieser Umhang zerschlissener. Um Lucius' Mund wucherten schwarze Stoppeln, das Haar war ungebändigt, als hätte es tagelang keinen Kamm gesehen.

»Was für eine stürmische Begrüßung«, meinte er lächelnd.

»Herr, Ihr seid wieder da«, keuchte ich heiser.

»Lucius, Lucius«, hörte ich hinter mir Aurelio voll Entzücken rufen, und der König ließ mich los. Augenblicke später fiel ihm sein Neffe um den Hals. Er hob das Kind hoch.

»Ich muss dir was erzählen.« Damit schob der Junge die Haare des Königs zur Seite und flüsterte seinem Onkel etwas ins Ohr, woraufhin Lucius mich mit einem schwer zu deutenden Blick ansah.

»Darüber reden wir zu einem anderen Zeitpunkt noch einmal«, meinte er, als er den Knaben wieder auf den Boden stellte.

»Ich würde jetzt gerne ein Bad nehmen.« Diesen Wunsch war an mich gerichtet. Ich nickte. Kaum hatte ich ihm den Rücken zugewandt, verdrehte ich die Augen. Der Kerl war gerade zurück, schon kommandierte er mich herum.

Für einen Moment folgte mein Blick Lucius, der mit seinem Neffen im Schlepptau die Stufen emporstieg. Dann ging ich zur Küche, um dem Personal den Befehl des Königs auszurichten.

Aus dem Brunnen in einer Kammer neben der Küche holten die Sklaven frisches Wasser. Ich trug einen Eimer voll zum Schlafgemach des Königs. Diesen entleerte ich in den Kessel im Baderaum, unter dem bereits ein Feuer brannte. Von Lucius war nichts zu sehen, so half ich den Dienern weiter beim Schleppen. Einen Teil des kalten Nasses füllten sie sofort ins Marmorbecken, und als der Inhalt des Kessels zu sieden begann, wurde heißes Wasser nachgeschüttet, bis es Badetemperatur erreichte. Eine Sklavin fügte ein blumig duftendes Badeöl hinzu, eine andere legte frische Leinentücher bereit. Ich wollte mit den anderen Dienern den Baderaum verlassen, da hielt mich ein männlicher Sklave auf.

»Der König will, dass du hierbleibst.« Ohne auf eine Antwort von mir zu warten, schloss der Mann die Tür direkt vor meiner Nase. Ich verschränkte die Arme und blies eine Haarsträhne aus meinem Gesicht. Na toll, der König hatte sich wieder an sein Lieblingsspielzeug erinnert. Die Vorstellung, mit einem Mann, der offensichtlich mehrere Tage in der Wildnis ohne Gesellschaft verbracht hatte, allein zu sein, verursachte ein unangenehmes Ziehen in meinem Magen. Ich betete zu den Göttern, dass er gerade einen Abstecher in den Harem machte, um sich … zu entspannen. Doch nur bei dem Gedanken daran hatte ich das Gefühl, mein Herz würde aufgespießt. Eigentlich wollte ich nicht, dass er eine andere anfasste, aber mich sollte er auch nicht anfassen. Schon allein die Vorstellung, mit ihm das zu tun, was Frauen und Männer miteinander eben so taten, trieb mir den Angstschweiß auf die Stirn. Ich umschlang meinen Oberkörper mit den Armen. Das war alles so verflucht kompliziert. Wie ich mein altes Leben mit Naias und Fenn vermisste.

Ich zuckte zusammen: Die Tür wurde geöffnet. Nervös fuhr ich mit den Händen über die glatte Seide meines Kleides, als der König in den Raum trat. Den Mantel hatte er bereits abgelegt, nun stand er in einer fleckigen Lederhose vor mir, zog sein zerrissenes Hemd aus und warf es auf den Boden. Dann öffnete er die Schnürung seiner Hose. Ich drehte mich hastig weg, spürte, wie meine Wangen Feuer fingen. Als ein Plätschern und das anschließende Seufzen ertönte, wandte ich mich ihm zu und stellte mit Erleichterung fest, dass er Platz genommen hatte und das Wasser seine edlen Teile bedeckte.

»In der kleinen Truhe neben dem Kamin befindet sich Rasierzeug, bitte bringe es mir«, befahl er, und ich folgte seiner Anweisung. In dem Kasten fand ich ein gebogenes Messer. So eines hatte sich Fenn auch zugelegt. Natürlich in einer sehr viel einfacheren Ausführung. Anschließend nahm ich das Seifenstück, das Schüsselchen und den Borstenpinsel heraus. Ich brachte Lucius die Sachen in der Hoffnung, dass er mich dann nicht mehr benötigte, doch weit gefehlt.

»Jetzt brichst du von der Seife ein daumennagelgroßes Stück ab und rührst damit Schaum an«, trug er mir auf.

Ich legte die Gegenstände auf den Beckenrand, schöpfte mit der kleinen Schale etwas Wasser aus dem Kessel und tat, was der König mir aufgetragen hatte. Das Schüsselchen mit fertigem Seifenschaum, der wie geschlagener Rahm aussah, reichte ich dem König, doch der legte seinen Kopf auf den Rand des Marmorbeckens.

»Fang an.«

»Ihr wollt, dass ich Euch rasiere? Das ist keine gute Idee, Herr.«

»Ich vertraue dir. Nun fang an.« Damit schloss er die Augen. Ich schluckte schwer. Zögernd kniete ich mich neben Lucius, nahm den Pinsel und seifte ihm das Kinn und die Wangen ein. So hatte es zumindest Fenn immer gemacht, bevor er sich rasierte. Auf diese Weise würde ich das Unvermeidliche noch etwas hinauszögern können. Doch irgendwann gab es nichts mehr einzuschäumen. Ich nahm das Messer und hielt den Atem an, bevor ich die Klinge zitternd auf das Gesicht des Herrschers setzte. Als ich meinen ersten Zug machen wollte, umfasste Lucius meine Finger.

»Die Klinge lässt du langsam über das Haut gleiten, so.« Seine Hand führte meine, bis ein Batzen Schaum gemischt mit dunklen Stoppeln an dem Messer klebte. Er tauchte es samt meiner Hand ins Badewasser. Sein Daumen strich sanft über die Innenfläche. Ich biss mir auf die Unterlippe. Diese zarte Annäherung ließ mein Herz höherschlagen. Lucius festigte seinen Griff, um mit mir die Prozedur zu wiederholen. Nach einigem Üben ließ er mich los.

»Nun bist du dran.«

Zuerst machte ich noch etwas zaghaft weiter. Doch mit jedem Zug wurde ich sicherer. So befreite ich sein Gesicht von den Stoppeln, während Lucius die Rasur mit geschlossenen Augen genoss.

»Du machst das wirklich sehr gut«, brummte er.

»Ich bin ausgesprochen lernfähig.«

»Du würdest ein gutes Eheweib abgeben.«

Ich zuckte zusammen: Da war es auch schon passiert, Blut vermischte sich mit dem Schaum.

»Ich habe Euch gesagt, dass das keine gute Idee ist.« Ich versuchte, den Ärger in meiner Stimme zu unterdrücken, doch es gelang mir nicht ganz.

Lucius fuhr über seine Wange und betrachtete seine rot gefärbten Fingerspitzen. Eilig drückte ich ein Leinentuch auf die Wunde, ich hoffte so, die Blutung zu stoppen.

»Aurelio hat mir erzählt, was während meiner Abwesenheit passiert ist«, meinte Lucius, während ich ihm das Stoffstück ans Gesicht hielt.

Im ersten Moment wusste ich nicht, wovon er redete, doch dann dämmerte es mir.

»Der Diener des Ratsherrn wollte Euren Neffen nicht loslassen.«

Lucius führte meine Hand zu seinem Mund. Mir entglitt das Tuch und mein Puls verdoppelte sein Tempo.

»Ich bin dir sehr dankbar für das, was du für Aurelio getan hast.« Damit küsste er meine Finger. Ein wohliger Schauer jagte über meinen Rücken. Seine Lippen liebkosten mein Handgelenk. Diese zärtliche Berührung ließ mich erzittern, und mein Herz schlug, als wollte es sich aus dem Brustkorb befreien.

Ein Teil von mir bettelte darum, dass er weitermachte, ein anderer jedoch, nämlich der, der sich noch gut an den feisten Kerl in Tigres erinnerte, drängte mich dazu, wegzulaufen.

»Bitte hört auf.«

Lucius sah mich an, in seinen Augen erkannte ich ein loderndes Feuer, das mir galt, doch er gab ohne Widerspruch meine Hand frei. Sofort drückte ich sie an meinen Körper, wie ein Tier eine verletzte Pfote.

»Ich werde mich für den Schutz meines Neffen erkenntlich zeigen. Du kannst gehen.« In der Stimme des Königs lag eine Kälte, die mich zusammenzucken ließ. War er wütend auf mich? Ohne etwas zu entgegen, stand ich auf und verließ den Baderaum.

Im angrenzenden Zimmer angekommen, stützte ich mich an der Wand ab. Ein Schwindelgefühl erfasste mich. Bei den Göttern, mein Leben als wandernde Kämpferin war wesentlich einfacher gewesen. Ich nahm auf dem Liegesofa Platz und starrte zur Tür, die ins Bad führte. Wieder war ich zwiegespalten. Der Teil von mir, der die Annäherung des Königs genossen hatte, sehnte sich danach, dass er herauskam. Der andere, der geschworen hatte, mich nie wieder von einem Mann berühren zu lassen, flüsterte mir erneut zu, dass ich das Weite suchen sollte. Ich konnte plötzlich nicht mehr atmen, ein massiver Stein schien meine Lungen zu zerquetschen. Ich brauchte unbedingt Luft und Abstand. So erhob ich mich und rannte zum Ausgang. Auf der Galerie liefen meine Beine einfach weiter, bis ich mich vor den Gemächern der Königin wiederfand. Die beiden wachhabenden Soldaten schauten mich finster an und versperrten mir den Weg.

»Ich soll der Königin im Namen des Königs eine Botschaft überbringen«, log ich. Das brachte die Männer dazu, zur Seite zu gehen, sodass ich eintreten konnte. Da die Sonne langsam im Meer versank und Platz für ihren Geliebten, den Mond machte, waren im Salon die Kerzenleuchter entzündet und hüllten den Raum in sanftes Licht. Aus dem Nebenraum vernahm ich gedämpfte Stimmen. Unschlüssig stand ich da, denn eigentlich wusste ich nicht, wie ich der Königin gegenüber meine Anwesenheit begründen sollte.

Außerdem war es nur eine Frage der Zeit, bis der Herrscher nach mir suchte. Ich ging zur Tür. Vielleicht war es besser, zurückzukehren, bevor er mein Verschwinden bemerkte.

»Kayla«, rief Aurelio, als meine Hand die Klinke berührte. Ich drehte mich zu ihm um. Stürmisch wie immer rannte er aus dem Nebenraum zu mir und umarmte mich. Ich fuhr durch seine wilde Lockenpracht.

»Ja, wer besucht uns denn da«, sagte die Königin, die nach ihm den Raum betrat.

»Erzähl mir die Geschichte vom Drachen.« Der Junge zog mich zu den Kissen.

»Aurelio, wir wollen doch erst einmal wissen, warum sie hier ist, oder?« Mit erhobenen Augenbrauen sah die Frau zu mir. Ich legte die Hände zusammen und meine Finger verkrampften sich ineinander. Dass ich vor dem König geflohen war, konnte ich schlecht erzählen.

»Der Herr benötigt mich im Moment nicht, da wollte ich … äh …«

Livia lächelte wissend. »Ist schon gut. Ich glaube, Kayla hat Zeit für eine Geschichte.« Den letzten Satz richtete sie an ihren Sohn, der breit grinste.

Die Königin öffnete die Tür. »Soldat, richte meinem Gemahl aus, dass ich seine Sklavin benötige.«

Der Mann antwortete mit einem zackigen »Zu Befehl, Herrin.« Dann schloss Livia das Portal, nahm auf dem Liegesofa Platz und griff nach ihrer Stickarbeit, während ich es mir mit dem Prinzen zwischen den Kissen gemütlich machte. Hier in den Gemächern der Königin fühlte ich mich sicher, wie in einer Trutzburg, die jedem Angriff standhielt. Es war eine männerfreie Zone. In Lucius' Nähe hingegen kam ich mir vor, als müsste ich auf einem brennenden Seil über einen Abgrund balancieren.

Kapitel 20

Ich hob meine Lider, streckte mich auf dem Liegesofa aus und zog mir die weiche Seidendecke bis zum Kinn hoch. Mit etwas Schadenfreude stellte ich fest, dass es mir wieder gelungen war, einer Übernachtung im Gemach des Königs aus dem Wege zu gehen. Da dieser gestern Abend nicht mehr nach mir verlangt hatte, war mir gestattet worden, die Nacht in den Räumlichkeiten der Königin zu verbringen. Aurelio war erst zu Bett gegangen, nachdem ich ihm versprochen hatte, hierzubleiben. Wenn ich genau darüber nachdachte, kam das dem König wahrscheinlich ganz gut zupass. Mit Sicherheit war er nach dem Bad in den Harem gegangen. Dort warteten ja über ein Dutzend williger Weiber auf seinen Besuch. Unter der Decke ballte ich meine Fäuste. Diese kleinen … ein unflätiger Ausdruck kam mir in den Sinn, den ich sofort wieder verdrängte. Die armen Mädchen kannten es nicht anderes. Genau genommen verdienten sie mein Mitleid, denn sie saßen in einem goldenen Käfig fest. Zwar hockte ich selbst auch in so einem Gefängnis, doch mit mehr Auslauf, dank der Königin und ihres Sohnes.

Ich hörte kleine Schritte über den Marmorboden trippeln. Der Prinz krabbelte zu mir und schmiegte sich an mich.

»Mutter schläft noch.«

Ich legte ihm den Arm um den zierlichen Leib. »Dann lassen wir sie weiterschlafen.« Ein zaghaftes Klopfen an der Tür brachte mich dazu, mich zu erheben. Ich öffnete das Portal und Sklaven standen mit Tabletts davor. Mira führte die Karawane an. Ich ließ sie ins Gemach.

»Seid leise, die Königin schläft noch«, informierte ich die Bediensteten, die vorsichtig ihre Lasten hereintrugen. Schnell eilte ich an ihnen vorbei, um die Tischchen richtig zu positionieren, dann luden die anderen Sklaven ihre Last darauf ab. Ein wunderbarer Duft nach Braten, frischem Brot und Getreidebrei erfüllte den Raum. Die Teekanne wurde auf dem Stövchen platziert. Emsig wie die Bienen richteten die Bediensteten das Frühstück für die Königin und den Prinzen, um kurze Zeit später wieder zu verschwinden. Ich füllte Aurelio etwas Brei in eine Schüssel, dazu schnitt ich ihm frische Früchte.

»Was wollen wir spielen?«, fragte der Junge, bevor er sich den gefüllten Löffel in den Mund schob.

»Du weißt doch: erst Unterricht, dann das Spiel«, entgegnete ich und goss ihm Tee ein. Leise Schritte tappten in unsere Richtung. Ich erhob mich. Die Königin betrat sichtlich verschlafen den Raum. Aus ihrem Zopf hatten sich einzelne Strähnen gelöst.

»Es gibt ja schon etwas zu essen«, meinte Livia erstaunt und rieb sich die Augen, dann schaute sie zu ihrem Sohn. »Warum hast du mich nicht geweckt?«

»Ich wollte dich schlafen lassen.«

»Das war wirklich lieb.« Die Königin setzte sich auf das Sofa, und ich bereitete Tee für sie zu.

»Danke, mein Kind.« Lächelnd nahm Livia die Tasse entgegen. Im selben Moment klopfte es. »Herein«, rief die Königin. Die Tür ging auf und ein Soldat trat ein.

»Die Sklavin soll sofort in den Thronsaal kommen.« Der Mann schaute zu mir. Ein ganz ungutes Gefühl umschlang meinen Magen. Nach dem zustimmenden Nicken der Königin folgte ich dem Soldaten. In meinen Muskeln kribbelte es, als ich hinter ihm die Treppe hinunterging. Was hatte der König nun schon wieder vor?

Vor dem Portal, das in den Thronsaal führte, standen Wachen. Sie öffneten es und ich trat in die Halle. Schon vom Eingang aus erkannte ich Gaius. Er wartete vor dem Thron. Lucius saß in einer entspannten Haltung darauf und fixierte mich.

Ich passierte die Soldaten im Saal und blieb etwa zwei Schritte entfernt neben dem Ratsherrn stehen. Gaius musterte mich mit einem gierigen Ausdruck in den Augen.

»Ich fordere das Leben dieser Sklavin.« Dabei deutete er mit seinem dürren Finger auf mich.

Der König zog die Brauen hoch. »Warum meint Ihr, ein Anrecht auf sie zu haben?«

»Weil dieses Miststück mich, einen freien Mann, bedroht hat. Nun ist es an mir, ihre Strafe zu bestimmen.« Mit siegessicherem Lächeln schaute der Ratsherr zu mir. Ein eiskalter Schauer lief meinen Rücken herunter.

»Ich habe …«

»Schweig, Sklavin«, fuhr mich Lucius an, dann sah er wieder zu Gaius. »Fahrt fort, Ratsherr.«

»Zufällig lief mir der Prinz in die Arme, und ich weiß ja, dass er sich nicht außerhalb des Innenhofes herumtreiben darf. Ich wollte ihn zu Eurer Gemahlin zurückbringen, da griff mich diese Furie an und verletzte meinen Diener.«

»Aber …«

»Ich sagte dir, dass du schweigen sollst, Weib!« Der König funkelte mich an. Langsam wurde mir das alles zu dumm. Der verfluchte

Kerl ließ mich nicht einmal zu Wort kommen. Wie, zum Henker, sollte ich mich da verteidigen? Ich bebte vor Zorn, spürte die Hitze durch die Adern pulsieren.

»Höre mein Urteil, Gaius. Da die Sklavin dich angriff, als du unbewaffnet warst, wird sie gegen dich in einem fairen Kampf antreten. Dieser soll heute, wenn die Sonne am höchsten steht, in der Übungsarena stattfinden.«

»Aber Herr ...«

»Mein Urteil ist gefällt, du kannst gehen.« Ein Soldat packte den bleich gewordenen Mann am Arm und führte ihn aus dem Saal. Nun war es an mir, zu lächeln. Ich konnte es kaum erwarten, diesem Wiesel in den Hintern zu treten.

»In meinen Gemächern wird deine Ausrüstung bereitliegen«, sagte der König, und ich sah zu ihm.

»Ich möchte, dass du in die Küche gehst, etwas zu dir nimmst und dich dann für den Kampf bereit machst«, befahl er.

»Ja, Herr.« Ich konnte mir ein Grinsen nicht verkneifen. Während seine Miene unbewegt blieb, blitzte in Lucius' Augen eine diebische Freude auf. Auch wenn er ein Königreich regierte: In seinem Herzen war der Mann ein Krieger geblieben, der seine Kämpfe am liebsten mit dem Schwert austrug, nicht mit Worten, und er wartete scheinbar schon lange darauf, dem Ratsherrn eine Lehre erteilen zu können.

Nachdem ich etwas gegessen hatte und von den Mägden ins Verhör genommen worden war, mit Fragen wie: »Hast du den Ratsherrn Gaius wirklich angegriffen?«, »Teilst mit dem König das Lager?«, und »Ist er gut in solchen Dingen?«, verließ ich die Küche, um in die Räume des Königs zu gehen.

Ich betrat das Schlafgemach und stellte schnell fest, dass sich außer mir niemand darin befand. Auf dem Liegesofa fand ich meinen ledernen Oberkörperschutz, die Hose und die Stiefel, und mein Herz wagte kaum, zu schlagen. Da waren auch meine Waffen. Ich zog das Schwert aus der Scheide und fuhr mit dem Finger über die polierte Klinge. Es war von jemandem, der etwas davon verstand, gut gepflegt worden, und dieser unbekannte Mensch hatte sich auch dem Dolch gewidmet. Die Schneide blitzte im Sonnenlicht, als ich ihn herauszog. So schnell ich konnte, zog ich mir meine alten Sachen an, umwickelte die Unterarme mit Leinentüchern und befestigte die Arm- und die Beinschienen. Es war ein wunderbares Gefühl, wieder eine Kämpferin zu sein. Ich strich über den ledernen Brustschutz. Wie hatte ich das vermisst. Anschließend schnallte ich mir den Waffengürtel um. Zu guter Letzt schob ich mir die zwei goldenen Broschen, die die Toga gehalten hatten, in die eingenähte Tasche. Vielleicht war heute die Gelegenheit?

Nachdem ich fertig war, ging ich zur Terrasse. Dort blieb ich vor der Brüstung stehen. Eine leichte Brise spielte mit meinem Haar, das ich zu einem Zopf flocht, während ich die salzige Luft tief einatmete. Mit dem Dolch schnitt ich eine Strähne ab, damit fixierte ich die Frisur. Kreischende Möwen suchten zwischen den Klippen nach Nahrung.

Hinter mir räusperte sich jemand und ich drehte mich um. Ein Sklave trug eine Art Decke über seinem Arm. Bei näherem Hinsehen bemerkte ich, dass es sich um einen Mantel handelte.

»Der ist für dich«, erklärte der Mann. Ich nahm den Stoff dankend entgegen und der Diener verabschiedete sich.

Der Mantel verbarg meinen kompletten Körper, sodass niemand die Kleidung darunter sehen konnte. Ich blickte wieder aufs Meer, langsam eroberte die Sonne den höchsten Punkt. Tief sog ich die salzgeschwängerte Luft in meine Lungen. Jetzt würde es bald so weit sein. Ich schloss die Augen, um die Ruhe vor dem Sturm zu genießen, spürte, wie martialische Lust in meinen Muskeln pulsierte.

Einige Zeit später holte ein Soldat mich ab und geleitete mich zur Trainingsarena. Wir ließen den Palast hinter uns und schritten an den Stallungen vorbei, die breite Straße hinunter, die ins Herz der Stadt führte. Zuerst säumten nur vereinzelte Gebäude unseren Weg, doch es wurden mehr. Am Fuße des Hügels angekommen, tauchten wir in ein Gewimmel aus Menschen ein. Ich passierte Marktstände mit edlen Stoffen oder Tonwaren, dahinter erhoben sich weiß gekalkte Wohnhäuser. Unter den leckeren Brotduft, der von den dicht nebeneinanderliegenden und auf Käufer wartenden Laiben ausging, mischte sich das Aroma von Rosen und Lavendel. Ich entdeckte einen Seifenhändler, den eine Schar Frauen umringte. Die Stadt war ein Hexenkessel, mit purem Leben erfüllt. Ich folgte dem Soldaten durch die Gassen, und endlich erreichten wir die Trainingsarena. Wir durchschritten den Torbogen, der in das Rund führte. Dort erwartete mich der König, umgeben von seinen Getreuen. Von meinem Kontrahenten jedoch fehlte jede Spur. Ich blieb einen Schritt vor dem Herrscher stehen.

»Bist du bereit?«, fragte er mich.

»Wie noch nie zuvor, Herr.«

Schritte näherten sich. Ich wandte mich in die Richtung, aus der sie kamen, meine Muskeln spannten sich an. Gaius erschien mit seinem Gefolge in einer der Arkaden, die die Arena einfassten. Der Mann humpelte, dabei stützte er sich auf einen Stock.

»Herr, leider habe ich mich verletzt«, erklärte Gaius seinen Auftritt, als er in Hörweite kam.

»Dann werden wir den Kampf verschieben müssen oder ich lasse meinen Heiler holen«, erwiderte der König.

»Nein, ich habe einen Stellvertreter ernannt.« Bei diesen Worten grinste der Ratsherr mich an. Angewidert von so viel Feigheit strafte ich den Mann mit Verachtung. Dieser Wicht hatte wirklich Nerven.

»Nun gut. Wer wird für dich kämpfen?«, wollte Lucius wissen. Das interessierte mich allerdings auch.

»Komm rein«, befahl Gaius. Zuerst vernahm ich nur ein Scheppern, dann betrat ein Hüne, der gut einen halben Kopf größer als der König war, die Arena. Ein muskelbepackter Fleischberg mit kahlgeschorenem Kopf stampfte in meine Richtung. Seine Nasenlöcher blähten sich wie die Nüstern eines Pferdes. Als er nur wenige Schritt vor mir stoppte, traf fauler Atem mein Gesicht und ich wich ein Stück zurück. Da spürte ich zwei Hände auf meinen Schultern.

»Wenn du möchtest, kannst du dir auch einen Stellvertreter wählen. Ich würde dir dringend dazu raten«, flüsterte mir Lucius mit hörbarer Besorgnis ins Ohr. Sein Atem streife meine Wange.

»Nein, Herr, ich schaff das schon«, erwiderte ich ebenso leise, ohne den Blick von meinem Gegner zu nehmen.

»So sei es«, entgegnete der König mit belegter Stimme und ließ mich los.

»Dann soll der Kampf beginnen«, verkündete er laut. Die Soldaten zogen einen weiten Kreis um mich und den Hünen. Mein Blick suchte Lucius, der hinter seinen Männern stand, dann schaute ich zur gegenüberliegenden Seite. Ein siegessicheres Grinsen breitete sich auf Gaius' Gesicht aus. Zorn kochte durch meinen Leib. Wie gerne würde ich dafür sorgen, dass es verschwand. Ich trat einige Schritte zurück, mein Kontrahent tat es mir gleich. Dann zog er seine zwei Streitäxte aus dem Waffengurt um die Hüften und ließ sie kreisen.

Ohne Eile öffnete ich das Band an meinem Hals, der Mantel rutschte mir von den Schultern. Gaius' verdutzter Blick, als er meine Aufmachung sah, lief mir runter wie warmes Öl. Ich lockerte mein Genick, während mir der andere Kämpfer mit Drohgebärden Angst zu machen versuchte.

Mein Herz pumpte das Blut durch die Adern und meine Muskeln spannten sich an, wie bei einer Raubkatze vor dem Sprung.

Schweißperlen rannen über meine Stirn, die Sonne brannte unbarmherzig vom Himmel. Breitbeinig schwang mein Kontrahent die Äxte. »Kämpft«, befahl der König. Ich zog mein Schwert und den Dolch blank, sprintete los. Schreiend hob der Hüne seine Waffen, um meinen Angriff abzuwehren. Doch ich ließ mich kurz vor ihm auf den Hosenboden fallen und rutschte auf dem sandigen Untergrund zwischen den Beinen des Hünen hindurch. Meine Klingen schlug ich zu beiden Seiten in seine Kniekehlen. Blut spritzte und er kippte wie ein gefällter Baum nach vorne, während ich aufsprang. Blitzschnell rammte ich dem Riesen das Schwert in den Rücken. Der Mann war sofort tot. Ein Raunen ging durch die Reihen der Soldaten. Ich blickte zu Gaius, als ich meine Waffe aus dem leblosen Körper zog. Das Antlitz des Ratsherrn färbte sich kreidebleich. Er öffnete und schloss den Mund wie ein Fisch.

Mit dem Handrücken wischte ich mir das noch warme Blut meines Gegners vom Gesicht. Noch immer schlug mein Herz wild gegen den Brustkorb, ich versuchte, meinem Atem zu zügeln.

»Damit steht der Sieger fest.« Der König trat neben mich und blickte auf den Leichnam.

»Das ging nicht mit rechten Dingen zu«, wandte Gaius wütend ein.

»Wollt Ihr den Ausgang des Kampfes infrage stellen?«, fragte Lucius mit einem drohenden Unterton. Der Ratsherr sah ihn einen Augenblick schweigend an, dann schnaubte er laut.

»Nein, Herr, ich füge mich Eurem Urteil.« Damit rauschte er mit seinem Gefolge aus der Arena. Lucius wandte sich mir zu, sein Blick glitt zu dem Toten, dann zu mir zurück.

»Du hattest sehr viel Glück.«

»Kein Glück, Herr, nur ein gutes Einschätzungsvermögen. Das hat mir schon sehr oft den Hals gerettet. Er war groß, aber nicht sehr schnell.« Ich schob das Schwert in die Scheide. Lucius schien mich berühren zu wollen, doch kurz vor meinem Gesicht zog er seine Hand wieder zurück.

»Du brauchst ein Bad«, stellte er fest. Irgendwoher hatte er ein Tuch bekommen, mit dem er meine Wangen vom Blut befreite. »Ein Soldat wird dich zurückbringen.«

»Herr, ich finde allein den Weg zum Palast.«

Er sah mich mit einer Mischung aus Skepsis und Überraschung an.

»Beim Leben meiner Schwester habe ich Euch geschworen, Euch zu dienen, daher werde ich nicht weglaufen«, entgegnete ich ihm. Der König hob den Mantel auf, legte ihn um meine Schultern und verknotete die beiden Bänder am Kragen. Er umfasste sanft mein Kinn und drückte es ein Stück weit nach oben, sodass ich ihn ansehen musste.

»Ich vertraue dir, du kannst gehen.« Auf sein Zeichen hin verließen seine Männer das Rund und er folgte ihnen. Verwirrt schaute ich ihm hinterher. Mein Herz flatterte in meiner Brust.

Auch ich verließ die Manege. Am Ausgang holte ich tief Luft. Dann tat ich das, was ich schon so lange vorgehabt hatte: Ich erkundigte mich bei den Passanten nach dem Verlies, bis mir einer den Weg wies. Als ich es gefunden hatte, steuerte ich einen Mann an, der wie ein Wächter aussah.

»Verzeiht mir, Herr. Ich suche zwei Gefangene, einen Katzenmenschen und ein Mädchen, das heilen kann. Sind sie bei Euch?«, wollte ich wissen, worauf er mich von oben bis unten ansah und die Arme abweisend vor der Brust verschränkte. Ich nahm eine der Broschen aus meiner Tasche und hielt sie vor seine Nase. Grinsend nahm er sie.

»Die waren bei uns, aber man hat sie weggebracht«, erwiderte er. Ich hatte das Gefühl, einen Tritt in den Magen bekommen zu haben.

»Wohin wurden sie gebracht?«, fragte ich heiser. Er verschränkte wieder die Arme, und ich kramte die zweite Brosche heraus, die er ebenfalls annahm.

»Soldaten haben sie abgeholt. Keine Ahnung, wo die beiden hingekommen sind«, sagte er. Ich spürte eine nie gekannte Hitze in meinen Eingeweiden. Dieser Bastard!

»Weiß ein anderer Wächter mehr?«, zischte ich. Ich musste mich sehr beherrschen, um ihn nicht vor den Augen aller wie ein Schwein aufzuspießen.

»Nein, wohl eher nicht. Die Soldaten des Königs sind nicht besonders redselig.« Sein Grinsen wurde noch breiter, denn er hatte mich ordentlich ausgenommen. Ich hätte jetzt in das Verlies stürmen und alles auseinandernehmen können, aber ich tat es nicht. Ich glaubte dem verfluchten Kerl. Er hatte keinen Grund, mich zu belügen. Frustriert schritt ich die Straße entlang, vorbei an Gauklern, die ich nicht beachtete. Auch dem Stand mit edlen, in allen Farben schimmernden Stoffen schenkte ich nicht viel Aufmerksamkeit. Verflucht, nur Lucius und seine Männer wussten, wohin Naias und Fenn gebracht worden waren. Ich hatte schon festgestellt, dass ich mir an den Soldaten die Zähne ausbeißen würde. Ich bog um eine Ecke – und der Anblick, der sich mir bot, war atemberaubend. Vor mir lag der Hafen. Dahinter erstreckte sich eine unendliche blaue Weite, die mit dem Horizont verschmolz. Möwen segelten schreiend zwischen den Masten der vor Anker liegenden Barken und Schiffe umher. Menschen be- oder entluden die Boote, während Fischhändler lauthals ihre Ware feilboten.

Seufzend blickte ich zum Palast hinauf, der mit stoischer Ruhe ins Land schaute und majestätisch über dem bunten Treiben thronte. Mein Blick glitt sehnsüchtig zu den Schiffen im Hafen. Ich konnte auf einem anheuern, das mich weit wegbrachte. Doch dann ließ ich meine Schultern sinken. Es gab keinen Ausweg. Ich konnte Naias nicht einfach so zurücklassen und ein Teil von mir, den ich selbst nicht verstand, wollte bei Lucius bleiben. Also trat ich den Rückweg zum Palast an.

Kapitel 21

In den nächsten Wochen ging der König die meiste Zeit über Regierungsgeschäften nach, sodass ich meine Tage sehr häufig mit Aurelio verbrachte. Lucius konnte dem Knaben einfach keine Bitte abschlagen, auch die nicht, mit mir spielen zu dürfen. Der König erlaubte mir sogar, mich weiterhin während der Nächte in den Gemächern seiner Gemahlin aufzuhalten, da der Junge ohne mich nicht schlafen wollte. Seitdem ich Aurelio vor Gaius beschützt hatte, war ich zu seiner neuen Heldin geworden. Diese Sache saß dem Jungen offensichtlich so tief in den Knochen, dass ihn nachts Albträume plagten, aus denen er schweißgebadet erwachte. Wenn er mich in seiner Nähe wusste, passierte ihm das viel seltener. Ich verspürte, obwohl ich den Jungen erst kurze Zeit kannte, eine große Zuneigung zu ihm. Außerdem bewunderte ich die Sanftmut der Königin. Sie war das genaue Gegenteil von mir, fast erinnerte sie mich an Naias.

Wie es meiner Schwester wohl ging? In meinem Herzen fühlte ich einen Stich. Vielleicht würde mir die Königin weiterhelfen, wenn ich noch stärker ihr Vertrauen gewann? Zu meinem Leidwesen gestattete Lucius es nicht, dass ich die Waffen und die Lederkleidung im Palast trug. Aber ich durfte die Sachen griffbereit in einer Kiste in Livias Gemächern aufbewahren. Sie hatte ihren Gemahl davon überzeugt, dass ich im Notfall den Prinzen mit Waffen besser würde schützen können. Obwohl ich Stillschweigen über den Vorfall mit Gaius bewahrt hatte, war die Königin bestens im Bilde.

Ich wollte gerade zur Küche, als drei Soldaten in den Innenhof einritten.

»Mädchen, sag dem König, dass der erste Führer seiner Armeen hier ist«, befahl mir einer der Reiter. Viel konnte ich von dem Mann nicht erkennen, denn er trug einen Helm und einen langen Umhang, darunter eine ähnliche Rüstung, wie ich sie im Ankleidezimmer des Königs gesehen hatte.

Ich eilte die Treppe hinauf. Vor der Tür des Esszimmers versperrten mir die Wachen den Weg. Das taten sie zu gerne. Die Soldaten des Königs waren wirklich sehr nachtragend, fast wie kleine Mädchen.

»Ich habe für den Herrn eine Nachricht.« Daraufhin öffnete mir einer der Männer das Portal.

Lucius saß am Tisch und brütete über Karten, die darauf ausgebreitet waren. Dunkle Haarsträhnen, die wie das Gefieder eines Raben glänzten, verbargen sein Gesicht. Als ich eintrat, schaute er fragend auf.

»Euer erster Heerführer ist eingetroffen.«

»Bring ihn zu mir.« Der König konzentrierte sich wieder auf die Papiere.

Ich kehrte zu den Soldaten zurück, die inzwischen ihre Helme abgenommen hatten. Während das Haar der beiden Untergebenen sehr kurz geschoren war, zierte den Kopf des ersten Heerführers eine rotbraune, zu einem Zopf gebundene Lockenpracht. Am auffälligsten waren seine himmelblauen Augen, die mich musterten.

»Hier entlang, Herr«, forderte ich ihn auf.

»Einer schönen Frau laufe ich doch immer gerne nach«, erwiderte er lächelnd. Der gleiche Charmebolzen wie der König. Wenn ich die beiden in einen Sack steckte und darauf schlug, traf ich nie den Falschen.

Statt etwas zu erwidern, nahm ich die Treppe. Das Scheppern hinter mir bewies, dass die Soldaten mir folgten. Dieses Mal öffneten die Wachen sofort die Tür und standen stramm, als der Höherrangige sie passierte.

»Lucius, alter Freund, ich grüße dich«, sagte der Soldat, bevor ich ihn ankündigen konnte.

Der König stand auf, um seinen Gästen entgegenzugehen.

»Rufus Virilis, schön, dich zu sehen.« Er umfasste die Oberarme des Heerführers und drückte sie herzlich, dann ließ er sein Gegenüber wieder los.

»Du und deine Männer habt sicherlich einen anstrengenden Ritt hinter euch, daher werde ich Zimmer vorbereiten lassen. Dort könnt ihr euch ausruhen. Heute Abend nach Sonnenuntergang würde ich mich über deine Gesellschaft bei einem guten Essen freuen.«

»Lucius, du weißt, was Männerherzen höherschlagen lässt«, erwiderte der Soldat, sah zu mir und lächelte. Der König folgte seinem Blick. Für einen Wimpernschlag tauchte ein Ausdruck in Lucius' Gesicht auf, den ich nicht recht zu deuten vermochte. Am ehesten hätte ich ihn *eifersüchtig* genannt.

»Geh in die Küche, die Diener sollen für unsere Gäste die unteren Zimmer herrichten«, befahl er mir schroff.

Ich fand das Verhalten des Königs sehr interessant. Um dem Ganzen die Krone aufzusetzen, trat ich vor Rufus.

»Habt Ihr noch besondere Wünsche, die beachtet werden sollten?«

Der Mann grinste breit. »Ein heißes Bad und zarte Hände wie Eure, die mir den Rücken schrubben.«

»Das Bad kann ich Euch bereiten lassen, wegen Eures anderen Wunsches müsst Ihr meinen Herrn fragen.« Mit gesenktem Kopf schaute ich unter meinen langen Wimpern hindurch zum König, der mich anfunkelte wie ein gereizter Höhlenbär. Seine Wangenknochen zuckten, als stünde er kurz vor einem Wutausbruch.

»Verschwinde jetzt endlich. Tu, was ich dir aufgetragen habe und sag der Köchin, dass wir unseren Gast fürstlich bewirten wollen. Außerdem soll es seinen Männern an nichts fehlen«, fuhr Lucius mich an.

Ich nickte, drehte mich um und verließ mit einem breiten Lächeln auf den Lippen den Speisesaal. Der Abend würde bestimmt noch sehr lustig werden. Dieses Mal war es an mir, den König zu ärgern. Beschwingt stieg ich die Treppe hinab und ging zur Küche. Darin herrschte wie immer ein wildes Durcheinander, das nur die Köchin durchschaute. Sie sah mich.

»Wenn du kommst, kann das ja nur bedeuten, dass entweder die Königin oder der Herr einen Wunsch hat«, begrüßte sie mich.

»Wie klug du bist, Hortensia. Der König hat einen Gast. Im Speiseraum soll bei Sonnenuntergang für Rufus Virilis ein üppiges Festmahl aufgetischt werden. Außerdem muss jemand die unteren Zimmer für den Gast des Königs und dessen zwei Begleiter herrichten. Im Gemach des Heerführers muss eine Wanne aufgestellt und dessen Männer sollen gut versorgt werden.«

Die Köchin blies sich energisch eine graumelierte Strähne aus dem Gesicht. »Was haltet ihr alle Maulaffen feil? Ihr habt es gehört, fangt an!«

Bedienstete, darunter Mira, die mir kurz zulächelte, flitzten vorbei und verschwanden hinter Türen im gegenüberliegenden Trakt, während die übrigen in der Küche herumwuselten.

»Setz dich, Mädchen«, forderte die Köchin mich auf. Nachdenklich schaute ich zur Galerie hoch und biss mir auf die Unterlippe. Würde ich damit die Geduld des Königs überstrapazieren? Ach, was sollte es, ein paar Augenblicke würden schon Zeit sein. Er hatte meine Geduld bereits unzählige Male ausgereizt. Ich nahm auf dem Hocker Platz, den Hortensia für mich abgewischt hatte.

»Der erste Heerführer besucht also unseren König.« Die Köchin stemmte die Arme in die üppigen Hüften.

»Ja. Er ist eben angekommen.«

Im Hintergrund kicherten einige, doch Hortensia brachte sie nur durch einen Blick zum Schweigen.

»Was gibt's da zu gackern, ihr Hühner, wir haben nur noch einen halben Tag, bis die Sonne untergeht.« Die Bediensteten gingen nun höchst konzentriert ihrer Arbeit nach. Hortensias Mund umspielte ein Lächeln, das ich erwiderte. Eigentlich war die Köchin eine herzensgute Frau.

»Sie kichern, weil der erste Heerführer auch nicht zu verachten ist«, erklärte sie.

»Er sieht stattlich aus, das ist wahr«, bestätigte ich. Die Anwesenden beobachteten mich und tuschelten miteinander.

»So, jetzt muss ich aber an die Arbeit, Kind«, meinte Hortensia und drehte sich zu zwei Mägden um. »Gebt ihr ein Schälchen Suppe und frisches Brot.« Dann ergriff sie meine Hand. »Sie wird dir guttun, du siehst sehr blass aus.«

»Das ist leider meine natürliche Hautfarbe, ich werde nicht dunkler. Aber ich lasse sie mir trotzdem schmecken«, erwiderte ich amüsiert.

Nachdem ich gegessen hatte, kehrten die Bediensteten zurück, die für die Zimmer zuständig waren. Mira kam zu mir.

»Die Räume sind fertig. Nur es noch etwas, bis das Badewasser warm ist.« Sie deutete zu einem Kessel, der über einer zweiten Feuerstelle in der Küche hing.

»Danke, ich werden den Herren informieren.« Damit erhob ich mich. »Hortensia, die Suppe schmeckte wie jede deiner Speisen vorzüglich.« Als ich in den Speisesaal zurückkehrte, war die Königin mit dem ersten Heerführer in ein Gespräch vertieft, während Aurelio munter dazwischen plapperte.

»Bitte geh mit meinem Sohn nach nebenan.« Fast flehend sah Livia zu mir. Ich nickte kurz.

»Die Zimmer stehen bereit und das Bad für den Heerführer ist auch bald fertig«, informierte ich die Männer, anschließend wandte ich mich dem Jungen zu.

»Komm.« Ich streckte Aurelio die Hand entgegen, der sie freudig ergriff. Dann verschwanden wir beide ins Schlafgemach des Königs.

»Was wollen wir machen?«, fragte ich den Prinzen.

»Erzähl mir die Geschichte von dem Drachen.« Er hüpfte um mich herum und bewegte die Arme wie Flügel.

»Die habe ich dir aber schon sehr oft erzählt. Wie wäre es mit einer anderen?«

Der Junge blieb stehen und schmiegte sich an mich. »Bitte.« Dabei sah er mich mit seinen dunkelblauen Augen herzerweichend an. Er erinnerte mich an Naias, wenn sie etwas von mir wollte. Zu meiner Schande musste ich mir eingestehen, dass ich auch ihm nichts abschlagen konnte.

»Na gut, aber du musst dich zu mir setzen.« Das ließ sich der Prinz kein zweites Mal sagen. Schwungvoll sprang er neben mir auf das Liegesofa, den Kopf legte er in meinen Schoß. Ich begann zu erzählen.

Gebannt hörte der Junge zu. Nach einer Weile hatte er Mühe, seine Augen offen zu halten. So sehr er sie auch aufriss, seine Lider senkten sich, als hingen Gewichte daran, bis sie unten blieben. Der gleichmäßige Atem des Prinzen sagte mir, dass der junge Mann tief und fest schlief. Ein Zittern lief durch den kleinen Körper, als ich vorsichtig sein Haupt von meinem Schoß schob. Ich holte eine Seidendecke vom Bett und hüllte den Jungen damit ein. Hinter den Arkaden auf der Terrasse nahm ich eine Bewegung wahr. Ich wollte der Königin sagen, dass ihr Sohn wie ein kleiner Gott schlief, und schritt zur Terrasse. Doch als ich meinen Namen hörte, blieb ich hinter einer Säule stehen. Ich vernahm nur die Stimmen von Livia und dem König. Der Heerführer und seine Männer schienen gegangen zu sein.

»Ich hörte, dass du seit Wochen nicht mehr im Harem gewesen bist«, sagte Livia.

»Im Moment steht mir nicht der Sinn nach solchen Dingen«, gab Lucius zurück.

»Ich kenne dich wie einen Bruder. Du brauchst mir nichts vorzumachen. Ich weiß, warum du deine Konkubinen nicht mehr aufsuchst.«

Ich presste meinen Leib gegen die Säule, spürte den kalten Stein im Rücken. Es war nicht richtig von mir, die beiden zu belauschen, doch ich musste einfach die Antwort des Königs abwarten.

»Es ist alles sehr kompliziert«, seufzte Lucius.

»Du könntest sie zwingen. Du bist der König. Kayla ist deine Sklavin«, wandte Livia ein. Es schockierte mich, so einen Vorschlag aus dem Mund einer Frau zu hören, noch dazu einer, der ich vertraute.

»Ich will nicht nur ihren Körper, sondern auch ihr Herz.«

Bei diesem Geständnis hatte ich das Gefühl, jemand zöge mir den Boden unter den Füßen weg. Ich drückte die Hände gegen die Brust, spürte mein Herz rhythmisch trommeln.

»Endlich sprichst du es aus«, erwiderte Livia mit hörbarer Zufriedenheit in der Stimme. Diese Reaktion schien sie mit ihrem Vorschlag bezweckt zu haben.

»Sie empfindet für mich nur Hass, daher spielt es keine Rolle, was ich fühle«, entgegnete Lucius bitter.

Mir wurde es heiß und kalt zugleich, meine Beine zitterten, im Magen flatterten Schmetterlinge.

»Ich denke nicht, dass sie dich so sehr verabscheut. Rede mit ihr«, meinte die Königin mit sanfter Stimme. Livia und der König nährten sich dem Schlafgemach. So schnell ich konnte, sprintete ich zum Sofa zurück, nahm neben dem Jungen Platz und versuchte, den Atem flach zu halten.

»Aurelio schläft«, informierte ich die Königin, als sie den Raum betrat. Verstohlen blickte ich zu Lucius, der zum Sofa kam. Wieder begann mein Herz zu flattern. Nach dem, was ich gehört hatte, wusste ich nicht, wie ich mich ihm gegenüber verhalten sollte. Der Mann schob seine Arme unter den zierlichen Leib des Jungen und hob ihn hoch.

»Ich bringe ihn in deine Gemächer«, sagte er zur Königin. Schnell öffnete ich die Tür zur Galerie für ihn. Er sah mich an und mein Herz setzte einen Schlag aus.

»Bleib hier. Ich habe mit dir zu reden.« Damit trug er den Prinzen aus dem Raum. Die Königin strich mir sanft über die Wange und schritt ihm dann hinterher.

Ich schloss die Tür und lehnte mich gegen das Holz. Noch immer flatterte mein Herz im Brustkorb herum wie ein verirrter Schmetterling. Was sollte ich tun? Meine Finger glitten über die hölzerne Oberfläche und ich schloss die Augen. So wartete ich, doch der König kam nicht zurück. Nach einer Weile setzte ich mich. Die Sonne, die einer feuerroten Kugel glich, versank langsam im Meer. Von Lucius fehlte jede Spur. Ich ging nachsehen, ob ich in Erfahrung bringen konnte, warum er auf sich warten ließ. Auf der Galerie befanden sich nur die Wachen. Fackeln an den Wänden und Säulen hüllten das Atrium in einem warmen Schein. Der Duft von gebratenem Lamm wehte über den Hof, und mir lief das Wasser im Mund zusammen. Diener kamen aus der Küche und gingen in Richtung Treppe, sie brachten das Festmahl des Königs. Ich stellte mich an die Brüstung und suchte den Innenhof nach Lucius ab. In diesem Moment wurde die Tür zum

Harem geöffnet und er trat heraus. Das war zu viel für mich. Ich hatte das Gefühl, keine Luft mehr zu bekommen. Meine Augen füllten sich mit Tränen. Trotzig wischte ich mir mit dem Handrücken über das Gesicht. Es konnte mir doch egal sein, was dieser Weiberheld trieb. Wer brauchte den schon? Ich ganz sicher nicht.

Ich straffte die Schultern, mischte mich unter die anderen Sklaven und half ihnen beim Auftischen der Speisen, bis sich die Tafel fast bog. Der Raum wurde erhellt von vier mehrarmigen Kerzenleuchtern, die in den Ecken standen. Kopfschüttelnd betrachtete ich die Fülle an Braten, Obst, Brot und Wein auf der Tafel. Das alles war für zwei Männer, ein Kind und eine Frau gedacht. Aber es hatte auch sein Gutes, denn die Reste durften die Bediensteten unter sich aufteilen, und heute würden alle mit gut gefüllten Mägen ins Bett gehen.

Lucius betrat den Raum. Die Sklaven unterbrachen bei seinem Anblick ihre Arbeit, um sich zu verbeugen. Ich vermied es, ihn anzusehen, stattdessen richtete ich mein ganzes Interesse auf eine Schale Obst.

»Sehr schön«, lobte er seine Diener, die die letzten Handgriffe erledigten und dann den Raum verließen. Nur drei Mädchen verweilten, denn ihnen wurde die Aufgabe zuteil, die Gesellschaft zu bedienen. Ich folgte den anderen Bediensteten, doch der König versperrte mir den Weg.

»Ich möchte, dass du hierbleibst.«

Schweigend senkte ich den Kopf, nickte und stellte mich hinter Lucius' Stuhl an der Stirnseite des Tisches. Mit großen Rehaugen starrten die anderen Sklavinnen ihren Herren an, verfolgten jede seiner Bewegungen.

Die Wachen öffneten das Portal, um Rufus in den Saal zu lassen, der in der Zwischenzeit seine Rüstung abgelegt hatte. Auch er folgte nicht der hier üblichen Mode, seinen trainierten Körper in eine Toga zu hüllen, sondern trug wie der König ein schlichtes Leinenhemd und dazu eine Hose.

»Na, da hast du wirklich nicht zu viel versprochen«, kommentierte der Heeresführer die reich gedeckte Tafel.

»Setz dich, mein Freund«, entgegnete der König.

Ich zog den Stuhl zurück und Lucius nahm Platz. Der Heeresführer folgte seinem Beispiel.

»Wird Livia uns nicht Gesellschaft leisten?«, erkundigte sich Rufus.

»Nein, sie lässt sich entschuldigen.« Der König schnitt ein Stück Braten ab.

»Wein für mich und meinen Gast.« Mein Stichwort. Ich trat an den Tisch, nahm die Karaffe und goss den Inhalt in den Pokal des Königs. Dann ging ich zu Rufus, um ebenfalls Wein in dessen Kelch zu schenken.

»Ich danke dir«, sagte der Mann.

»Sehr gerne.« Ich hauchte die Worte mit einem Lächeln, das erstarb, als ich zum König sah. Ich stellte mich wieder hinter seinen Stuhl, die Karaffe behielt ich in der Hand, denn der nächste Ruf nach Wein kam bestimmt bald.

In diesem Moment öffneten die Wachen die Tür, Amara gefolgt von Sharri und zwei weiteren Damen aus dem Harem, die Instrumente mit sich führten, traten ein.

»Ich habe für etwas Unterhaltung gesorgt«, kommentierte Lucius den Aufmarsch und neigte zustimmend sein Haupt in Richtung Amara, die ihm ein zuckersüßes Lächeln schenkte. Ich umklammerte mit meinen Händen das Weingefäß, mein Blut kochte mir in den Adern. Sharri und die anderen Konkubinen setzten sich mit den Instrumenten in eine Ecke des Raumes. Amara stellte sich in Position, die Arme hob sie anmutig in die Höhe. Dass die Kleidung der Konkubinen des Königs spärlich war, war mir ja bekannt, aber das, was Amara trug, hatte nicht einmal den Namen verdient. Ihre üppigen Brüste wurden nur von einem knappen, edelsteinbesetzten Oberteil bedeckt, um ihre Hüften hatte sie ein Tuch aus durchschimmerndem Stoff geschlungen, der mehr zeigte, als er verbarg, unter anderem ein ebenfalls edelsteinbesetztes winziges Unterhöschen. Handgelenke und Fußknöchel zierten glitzerndes Schmuckwerk.

Die Musik setzte ein. Flötenklang, Leiertöne und rhythmisches Trommeln erfüllten den Raum. Amara begann, mit katzenhaften Bewegungen und kreisender Hüfte in Lucius' Richtung zu tanzen. Sie zeigte mir ein Grinsen, das von Häme nur so troff, dann schenkte sie wieder Lucius ihre Aufmerksamkeit. Ihm warf sie ein Lächeln zu, das *Verführung* schrie. Mein Hals war rau und meine Hände fühlten sich taub an.

»Du hast wirklich einen erlesenen Geschmack.« Rufus' Aufmerksamkeit galt aber nicht Amara, er verschlang mich mit seinen Blicken, dabei spülte er das Bratenstück in seinem Mund mit einem kräftigen Schluck herunter. Nach einem weiteren war sein Pokal leer, und ich schenkte ihm nach. Amara wand sich schlangengleich um den König herum, berührte wie zufällig seine Brust und seine Arme.

»Was machst du eigentlich, wenn du hier fertig bist?«, wollte der Heerführer von mir wissen. Ich fuhr sacht über seinen Arm, wie es Amara beim König tat. Rufus im Gegenzug strich über meinen Rücken. Obwohl Säure in meiner Kehle brannte und ich ihm die Hand am liebsten mit dem Messer, das im Braten steckte, abgeschnitten hätte, blieb ich ruhig. Durch gleichmäßiges Atmen bekam ich mein nervöses Erschauern in den Griff. Der Bastard dachte bestimmt, dass ich unter seinen Händen vor Lust erzitterte.

»Soll ich dich mit meiner Sklavin alleinlassen?«, fragte Lucius barsch.

»Wenn du mich so fragst, alter Freund …« Rufus sah mit erhobenen Brauen zu mir. Ich trat wieder hinter Lucius. »Würdest du gerne mit mir allein sein?«

»Ich bin nur eine Sklavin, dies ist nicht meine Entscheidung. Wenn mein Herr es befiehlt«, entgegnete ich mit rauchiger Stimme und hoffte, dass ich möglichst verführerisch klang. Lucius schubste Amara grob von sich, die einen Schmollmund zog und hinter seinem Stuhl zwischen mir und ihm weiter herumtanzte. Dabei warf sie mir mehr als einmal wie zufällig ihr offenes Haar ins Gesicht. Am liebsten hätte ich es gepackt und sie daran aus dem Raum gezogen.

»Würdest du mir den schälen?« Rufus hob einen rot glänzenden Apfel hoch und schaute zu mir.

»Einem Freund unseres Königs erfülle ich jeden Wunsch«, erwiderte ich und drängte mich an Amara vorbei, doch als ich Lucius passierte, packte er mein Handgelenk.

»Hier im Raum gibt es noch andere Sklavinnen, such dir von diesen eine aus, die dir den Apfel schält«, fuhr er seinen ersten Heerführer an. Nun herrschte Verwirrung unter den Mädchen, die bisher still an der Wand gestanden hatten. Amara hielt in ihrer Darbietung inne, die Musik verstummte.

»Was ist? Musik!«, fauchte Lucius. Eine Sklavin trat vor und schälte einen Apfel.

Nachdenklich musterte Rufus den König. Sein Blick glitt zu mir – ich hatte wieder meinen Platz hinter Lucius eingenommen – dann zu seinem Freund zurück. Die Musik spielte weiter und Amara fuhr in ihrer Darbietung fort, tanzte jedoch jetzt um Rufus herum. Wahrscheinlich hoffte sie darauf, dass Lucius auch mit derartigen Gefühlsausbrüchen reagierte, wenn sie dem Soldaten schöne Augen machte. Doch Lucius nahm nicht einmal Notiz von ihren Bemühungen.

»Du weißt doch, die Nächte in den Lagern können sehr einsam sein. Oder sitzt du schon zu lange hier im Palast mit all den Schönheiten, um dich daran zu erinnern?«

Lucius lehnte sich zurück und legte die Finger aufeinander. »Ich erinnere mich noch gut daran, alter Freund. Ich sage dir, ich würde jede Schlacht diesem Leben vorziehen.«

Der Heerführer lachte auf. »Ich möchte dich keineswegs der Lüge bezichtigen, aber ich bezweifle das, wenn ich mir die Umgebung hier so anschaue.« Der Mann betrachtete mich mit unverhohlener Gier in den Augen und auch, als er trank, nahm er seinen Blick nicht von mir.

»Lass dich davon nicht täuschen. An diesem Ort ist jeder dein angeblicher Verbündeter und täte doch in Wahrheit nichts lieber, als dir seinen Dolch in den Rücken zu bohren. Auf den Schlachtfeldern erkennt man seine Feinde zumindest.« Lucius prostete seinem Gegenüber zu, dann nahm er einen Schluck.

»Das würde ich für die Annehmlichkeiten, die hier warten, in Kauf nehmen.« Rufus stellte seinen Becher mit einem Knall auf den Tisch. Sofort schritt ich zu ihm, um nachzuschenken. Ich funkelte Amara an, die nur widerwillig zur Seite trat.

»Wenn ich noch etwas für Euch tun kann, Herr«, sagte ich. Als ich den Krug über Rufus' Pokal hob, streifte meine Brust den Oberarm des Mannes.

»Da fiele mir eine Menge ein«, hauchte er mit rauer Stimme in mein Ohr. Durch ein Scheppern aus Lucius' Richtung alarmiert, richtete ich mich auf und sah zu ihm. Die Bernsteinkreise um seine Pupillen glühten beinahe, seine Lippen waren zu einem schmalen Strich geworden und seine Wangenmuskeln zuckten unentwegt.

»Stell den Krug ab und geh nach nebenan.« Die Worte sprach er sehr leise und ruhig. An den weißgefärbten Knöcheln seiner geballten Hände erkannte ich, dass er die Fassung nur mit äußerster Mühe bewahrte. Ich hatte ihn heute Abend wohl einmal zu viel gereizt.

Na, und wenn schon. Es geschah ihm ganz recht. Ich lächelte dem Heeresführer zu, stellte die Karaffe ab und ging, ohne den König eines Blickes zu würdigen, ins Schlafgemach. Amara schaute mir finster nach, als würde sie mir am liebsten die Augen auskratzen.

Im Dunkeln nahm ich auf dem Liegesofa Platz. In der Ferne brandeten Wellen lautstark gegen die Klippen. Die silbernen

Strahlen des Mondes fielen auf das Bett, dessen weiße Vorhänge geisterhaft in der lauen Brise flatterten.

Während ich so allein in der Finsternis saß, sah ich Amara vor mir, wie sie mit ihrem wohlgeformten Körper um Lucius herumgetanzt war. Dieses Bild machte mich dermaßen wütend, dass ich am liebsten geschrien hätte. Warum quälte mich das so?

Mein Herz meldete sich zu Wort und riet mir, zu kämpfen. Ich spürte Nässe in meinen Augenwinkeln, die zu Tränen wurden. Schniefend wischte ich über meine Wangen. Trotz regte sich in mir, der dieses schwache Ding in meiner Brust zum Schweigen brachte. Ich war eine Kriegerin, ich vergoss niemals Tränen wegen eines Mannes. Vor allem nicht wegen eines solchen Bastards. Stolz hob ich den Kopf, sah zu dem Himmelsgestirn, das wie eine leuchtende Scheibe auf schwarzem Samt hoch am Himmel stand, und für einen winzigen Augenblick meinte ich, den Drachen zu erkennen, von dem mein Vater immer behauptet hatte, dass es ihn gab.

Meine Lider wurden schwer, daher kuschelte ich mich in die Decke, mit der ich Aurelio zugedeckt hatte. Sie roch nach Lucius. Ich zog sie an mein Gesicht und inhalierte sein Aroma. Ich wollte es nicht mögen, aber ich tat es. Das alles war so verworren, und ich weigerte mich, weiter darüber nachzudenken.

Kapitel 22

»Steh auf!« Lucius' wütende Stimme riss mich aus dem Schlaf. Grob zog er mich an den Oberarmen hoch. Es dauerte, bis ich den Mann nicht mehr verschwommen sah.

»Was wollt Ihr?«, fragte ich heiser.

»Du hast dich beim Essen wie eine läufige Hündin benommen«, schrie er so laut, dass ich Angst hatte, davon taub zu werden. Ach, daher wehte der Wind, der Herr war eifersüchtig. Meine Hände krallten sich an meinem Kleid fest, da ich sonst für nichts hätte garantieren können.

»Ich habe nur Euren Gast bedient«, erwiderte ich und reckte stolz das Kinn vor. Lucius zog mich näher an sich, dabei packte er fester zu. Meine Unterarme wurden taub. Sein Atem stank nach Wein, angewidert wandte ich mein Gesicht ab.

»Sieh mich an!«, brüllte er.

Das Herz schlug mir bis zur Kehle. Trotzdem blickte ich in seine wütend funkelnden Augen. Er hatte kein Recht dazu, mich anzuschreien.

»Ich dachte, du gibst dich ihm direkt auf dem Tisch hin. Du hast mich an eine rollige Katze erinnert, die es nicht erwarten kann, besprungen zu werden.« Lucius schüttelte mich so heftig, dass meine Zähne aufeinanderschlugen. Jetzt, bei den Göttern, reichte es mir!

»Was beschwert Ihr Euch? Ich war nur freundlich.«

»Wenn du dich wie ein Tier benimmst, dann hause auch so.« Er schubste mich von sich und drehte mir den Rücken zu.

»Lieber schlafe ich in einem Stall als hier«, entgegnete ich, während ich meine schmerzenden Arme rieb.

»Dann wünsche ich dir eine angenehme Nacht!« Lucius starrte zur Wand. Wenn er es so wollte, gerne. Ich hatte schon an unbequemeren Orten geschlafen, damit konnte er mich nicht bestrafen. Ich riss die Tür auf, trat an den verdutzten Wachen vorbei hinaus und schlug mit aller Kraft das Portal hinter mir zu. Zuerst überlegte ich, ob ich bei der Königin um Asyl bitten sollte, doch diese Blöße wollte ich mir nicht geben. Daher stürmte ich die Treppen hinunter, um zu den Stallungen zu gehen. Ich ballte die Fäuste und mein Blut kochte so sehr, dass ich befürchtete, es werde verdampfen.

»Sklavin, komm her.«

Da hatte doch jemand gesprochen? Ich stoppte abrupt und schaute mich suchend im Atrium um. Die Wachen, die die Torbögen zum Innenhof sicherten, interessierten sich nicht für mich. Dann entdeckte ich vor dem Gebäudeteil, das dem Küchentrakt gegenüberlag, den ersten Heeresführer des Königs.

»Herr, habt Ihr einen Wunsch?«, fragte ich überrascht und entspannte meine Hände. Lässig lehnte Rufus an einer Säule, sein Haar fiel ungebändigt über seine Schultern.

»Ich möchte mit dir reden, gehen wir in mein Zimmer«, meinte er lächelnd. Er stieß sich von der Säule ab und trat durch eine Tür. Zögernd folgte ich ihm und blieb im Rahmen stehen.

Durch die hohen Fenster wehte eine sanfte Brise, die zwei Wandfackeln zum Flackern brachte, sodass geheimnisvolle Schatten auf dem mit Mosaiken verzierten Mauerwerk tanzten. Die Vorhänge des Himmelbetts vor den Fenstern blähten sich leicht im Wind. Das Gästezimmer war kleiner und schlichter gehalten als die Räumlichkeiten des Königs oder Livias. Ich sah zu Rufus, der vor dem Bett stand.

»Was kann ich für Euch tun?«

Der Mann überwand den Abstand zwischen uns und nahm meine Hand.

»Komm doch erst einmal herein.« Bei diesen Worten führte er mich ins Zimmer und schloss die Tür. Langsam bekam ich ein mulmiges Gefühl in meiner Magengegend, mein Verstand schlug Alarm, schrie mich fast an, dass ich fliehen sollte. Doch der Mann war ein guter Freund des Königs. Wenn ich ihn beleidigte, würde das Konsequenzen nach sich ziehen. Ich dachte an Naias und ignorierte den Drang, wegzulaufen.

»Wollt Ihr wegen des Königs mit mir sprechen?«

»Nein, das ist nicht das, was ich von dir möchte«, erwiderte er mit kehliger Stimme und zog mich an sich. Auch Rufus hatte eine deutliche Weinfahne. Als seine Lippen anfingen, meinen Hals zu erkunden, beschleunigte sich mein Puls. Das war falsch. Seine Hände glitten über meinen Rücken zu meinem Hinterteil, das sie fest umgriffen. Er presste mich an mich und ich spürte allzu deutlich seine Erregung. Ich wollte mich dem Mann entwinden, doch er schien plötzlich mehr Arme als ein Krake zu haben. Mein Herz schlug wie ein Schmiedehammer gegen den Brustkorb. Er versuchte, mit seiner Zunge in meinen Mund einzudringen.

»Nein!« Hart stieß ich ihn vor mir. Ohne Vorwarnung traf seine Faust mein Gesicht. Mein Kopf wurde zur Seite geschleudert und ich spuckte Blut. Benommen taumelte ich zurück, in meinem Unterkiefer pochte es. Der Mistkerl ließ mir keine Zeit zum Verschnaufen, er packte mich an den Haaren und zerrte mich durch das Zimmer. Der Schmerz trieb mir die Tränen in die Augen.

»Sklavin, es steht dir nicht zu, nein zu sagen.« Grob warf er mich aufs Bett und drückte mich mit dem Gewicht seines Körpers auf die Matratze.

Bilder blitzten in meiner Erinnerung auf, die mich erstarren ließen. Ich war wieder das kleine Mädchen in der schmutzigen Gasse von Tigris, das keine Chance gegen den großen Mann hatte.

Ich roch Fäkalien, Schweiß und faulen Atem.

Als ich würgte, ließ Rufus von mir ab. Schnell rollte ich mich zur Seite, stemmte meinen Leib hoch und erbrach mich auf die Decke.

»Das war jetzt nicht sehr appetitlich. Steh auf und räum die Decke weg, damit wir fortfahren können«, meinte Rufus. In meinem Mund schmeckte ich Galle, meine Kehle war trocken wie die Wüste, und das Schlucken schmerzte. Schwindelgefühl erfasste mich beim Aufstehen, vorsichtig stellte ich mich auf meine wackligen Beine.

»Mach schon, Weib, ich habe nicht ewig Zeit.«

Jetzt reichte es endgültig. Ich war heute schon genug herumgeschubst worden. Ein Plan musste her. Gegen diesen Kerl hatte ich in meiner Verfassung und ohne Waffen nur eine Chance, wenn ich meine weiblichen Reize einsetzte. Daher atmete ich tief durch und unterdrückte den Brechreiz, den dieser Gedanke auslöste. Lächelnd drehte ich mich zu Rufus um und strich eine rotbraune Locke aus seinem Gesicht.

»Herr, ich entschuldige mich für mein Verhalten, es war falsch. Ich bin Euch zu Diensten, wenn Ihr wollt, die ganze Nacht.«

Der Mann grinste dreckig. »So gefällt mir das.« Er packte mein Kinn. Mit zusammengebissenen Zähnen ertrug ich die Schmerzen, die seine Berührung auslöste. Dann küsste er mich. Er fühlte sich wie ein Fisch an.

Schnell zog ich mein Knie hoch, sodass ich mit voller Wucht seine edlen Teile traf. Wimmernd sackte er zusammen, und ich donnerte ihm das Knie gegen seine Nase. Benommen taumelte er nach hinten. Das war meine Chance. Ich wollte an ihm vorbei, denn hinter ihm war die Tür.

»Du verdammtes Miststück«, stieß er zwischen zusammengepressten Kiefern hervor und packte mein Gewand, das zerriss und die Brüste entblößte. Mit einem gezielten Tritt warf ich ihn von den Beinen, riss die Tür auf und rannte in den Innenhof. Doch ich kam nicht weit. Ich prallte gegen jemanden. Arme schlangen sich um mich. Wild um mich tretend, versuchte ich, mich zu befreien.

»Ist schon gut«, beruhigte mich eine bekannte Stimme. Keuchend sah ich zu Lucius auf.

»Was ist passiert?«, wollte er wissen und blickte über mich hinweg.

»Wir beide hatten etwas Spaß«, erwiderte Rufus locker. Der König gab mich frei und ging an mir vorbei zu seinem ersten Heerführer.

»Für mich sieht es aus, als hättest nur du Spaß gehabt. Außerdem vergreifst du dich an meinem Eigentum.« Lucius' Stimme durchschnitt die Nacht wie eine scharfe Klinge ein Stück Papier. Ich bedeckte mit den Armen meine Brüste und beobachtete mit angehaltenem Atem die Männer, die sich wie zwei Alphawölfe lauernd gegenüberstanden.

»Ich dachte, du wärst mit ihr fertig. Wie in alten Zeiten.« Rufus wackelte anzüglich mit den Augenbrauen. Er wischte sich mit dem Handrücken das Blut von der Nase. Ich hätte auf alles, was mir wertvoll war, geschworen, dass Lucius ein leises Knurren entfuhr.

»Soldat, hast du vergessen, mit wem du sprichst? Ich bin dein König. Knie nieder.« Der Heerführer sah seinen Freund ungläubig an. Da schlug Lucius seinem Gegenüber mit der flachen Hand so hart ins Gesicht, dass dessen Unterlippe aufplatzte.

»Knie nieder«, wiederholte er. Als wäre ich die Zuschauerin bei einem Schauspiel, beobachtete ich die Szene. Eigentlich hätte es mir Genugtuung verschaffen müssen, wie Lucius mit Rufus umsprang, doch das tat es nicht. Der Soldat ging tatsächlich auf seine Knie.

»Verzeiht mir, Herr. Es war nicht richtig vor mir.« Rufus senkte den Kopf, das Blut tropfte auf den Boden.

»Ich werde es darauf beruhen lassen, aber fasst du noch einmal mein Eigentum an, wirst du meine Strafe zu spüren bekommen. Hast du verstanden?« Lucius sprach leise und ruhig, so wie er es immer tat, wenn er sich sehr beherrschen musste.

»Ja, Herr«, erwiderte sein Heerführer.

Erst jetzt fielen mir die Menschen um mich herum auf, die die Szene mit großen Augen beobachteten – Soldaten wie Zivilisten. Ich schaute auf meinen nackten Oberkörper herab, den ich nur mit den Armen bedeckte.

»Geh in mein Gemach.« Lucius sah zu mir. Mein Blick streifte Rufus, der noch immer mit gesenktem Kopf und auf seinen Knien verharrte, dann eilte ich davon.

Kapitel 23

Der Soldat, der mich ins Schlafgemach ließ, schloss die Tür hinter mir. In der Mitte des Zimmers blieb ich stehen. Ohne dass ich mich dagegen wehren konnte, begann ich am ganzen Körper zu zittern, heiße Tränen liefen über mein Gesicht. Ich sank zu Boden. Dort kauerte ich mich zusammen und weinte wie noch nie in meinem Leben zuvor. Mein Leib wurde von tiefen Schluchzern geschüttelt. Es gelang mir einfach nicht, damit aufzuhören. Seit unser Vater Naias und mich verlassen hatte, war ich stark gewesen. Ich hatte gekämpft und für Geld getötet, als Kriegerin im Rund der Arenen den Männern um nichts nachgestanden. Doch in diesem Moment saß hier nur ein verängstigtes Mädchen, dem grausame Dinge widerfahren waren.

Hinter mir betrat jemand den Raum. Es interessierte mich nicht, wer das war. Ich blieb einfach sitzen und weinte. Tränen tropften auf den Boden. Als starke Hände meine Schultern umfassten, zuckte ich zusammen. Da wurden sie zurückgezogen.

»Wie geht es dir?«, fragte Lucius mit sanfter Stimme.

»Das war nicht der erste Kerl, der …« Ich stockte. »Das Leben geht weiter.« Ich rang um Fassung, wischte mir über das Gesicht und sah zur Terrasse, auf deren polierten Marmorboden sich das fahle Mondlicht spiegelte.

»Du zitterst.« Wieder berührte Lucius meine Schultern. Er war hinter mir in die Hocke gegangen. Zart strich er über meine Arme. Aus einem Impuls heraus drehte ich mich zu ihm um und lehnte meinen Kopf an seine breite Brust. Mit geschlossenen Augen lauschte ich dem gleichmäßigen Schlagen seines Herzens, erlaubte mir die Schwäche, bei einem anderen Menschen Schutz zu suchen. Lucius verstand das, er zog mich in seine Arme. Noch nie in meinem bisherigen Leben hatte ich mich so geborgen gefühlt wie in diesem Augenblick. Ich atmete Lucius' würzigen Duft ein, der an eine frische Sommerbrise erinnerte, genoss seine Wärme.

Sonst war ich es gewesen, die stark sein musste. Auf den Straßen von Tigres hätte Schwäche den Tod bedeutet, diese Lektion hatte ich schnell gelernt, ebenso wie die, dass Männer nur das eine von Mädchen wollten. Bekamen sie es nicht freiwillig, holten sie es sich mit Gewalt. Dieser Gedanke ließ mich erschaudern.

»Steh auf, der Boden ist kalt«, sagte Lucius sanft. Er erhob sich, wobei er mich mit hochzog, dann führte er mich zum Bett.

»Da ist es wesentlich bequemer«, meinte er. Ich ließ mich auf der weichen Matratze nieder, und Lucius wickelte fürsorglich eine Decke um mich.

»Ich komme gleich wieder.« Damit zog er die Bettvorhänge zu. Ich hörte, wie er die Tür öffnete und dann leise mit den Soldaten davor sprach. Anschließend suchte er das Bad auf. Mit einem Leinentuch kehrte er zurück, setzte sich an den Rand der Matratze und hielt es mir hin.

»Kühl damit dein Kinn.«

Ich nahm den feuchten Stofflappen entgegen und presste ihn gegen meinen schmerzenden Kiefer.

»Sehe ich schlimm aus?«

»Nein, du bist wunderschön.« Lucius lächelte und strich mein Haar zurück. Es klopfte an der Tür, die sich nach seinem »Herein!« öffnete.

»Hier ist der Wein, Herr«, sagte eine Sklavin. Der Stimme nach war es Mira, aber aufgrund der Dunkelheit im Raum erkannte ich durch die Vorhänge nur Umrisse.

Lucius stand auf, um ihr entgegenzugehen. Als sie das Gemach wieder verlassen hatte, brachte er mir einen Pokal. Obwohl ich nie wieder in meinem Leben hatte Wein trinken wollen, nahm ich ihn dankbar entgegen. Während die Schlucke wie Balsam meine Kehle herunterrannen, schaute ich über den Rand hinweg zu Lucius.

Er schien so anders zu sein als die anderen Männer. Seit ich ihm das erste Mal begegnet war, versuchte ich, ihn zu hassen, doch mein Herz wollte ihn lieben. Alles hatte ich dafür getan, dass auch er mich von sich stieß, doch dann hörte ich das Geständnis, das er Livia auf der Terrasse gemacht hatte.

»Ich habe Euer Gespräch mit der Königin auf der Terrasse belauscht«, platzte es aus mir heraus. Lucius wirkte überrascht, doch er schwieg.

»Es war keine Absicht.« Unsicher musterte ich ihn.

»Wenn du meine Gefühle kanntest, warum hast du dich beim Essen so seltsam benommen?«

»Ich sah Euch aus dem Harem kommen, und dann ist Amara um Euch herumgetanzt. Auch wenn Ihr romantische Gefühle für mich hegen solltet, möchte ich doch nicht eine weitere Trophäe in einer Sammlung sein.« Ich senkte den Kopf, dann hob ich ihn wieder. Lucius sah mich an, dann lachte er. Im ersten Moment schwankte ich zwischen Wut und Trauer, weil er sich offensichtlich über mich lustig machte.

»Darum das ganze Theater? Du warst eifersüchtig«, stellte er grinsend fest.

»Schön, dass ich wieder einmal zu Eurer Erheiterung beigetragen habe.« Am liebsten hätte ich ihm den Trinkpokal gegen den Kopf geworfen.

»Amara wollte mich verführen, das ist wahr. Im Harem sagte ich ihr, dass ich sie schätze, doch dass mein Herz einer anderen gehört. Na ja, und es ist bei uns üblich, Gäste durch Musik und Tänze zu unterhalten. Amara ist die beste ihres Faches. Es war dumm von mir, sie zu Rufus' Erbauung tanzen zu lassen, das weiß ich jetzt.«

Ich vergaß meinen Groll. Mit offenem Mund starrte ich Lucius an. Hatte ich das eben richtig gehört?

»Was ist mit den anderen Haremsdamen?«

»Es gibt nur eine für mich, und die ist eine ziemliche Wildkatze.«

Er nahm mir den Pokal ab und stellte ihn neben sich auf den Boden. Mit dem Daumen fuhr er meine Unterlippe entlang. »Ich würde dich gerne küssen«, flüsterte er. Mein Herz setzte für einen Wimpernschlag aus.

»Ich wurde noch nie richtig geküsst«, entgegnete ich heiser. Lucius senkte seinen Kopf, sodass seine Lippen beinahe meine berührten. Sein warmer Atem streifte mein Gesicht.

»Das ist schade«, entgegnete er und verharrte in dieser Position. Mein Herz flehte mich geradezu an, den Abstand zu überwinden, es wollte wissen, wie sich ein echter Kuss anfühlte. So nahm ich all meinen Mut zusammen und streckte mich, bis mein Mund den seinen erreichte. Er war überhaupt nicht wie das Maul eines Fisches, sondern warm und wundervoll weich.

Zielstrebig wie Krieger ein feindliches Dorf eroberten Lucius' Lippen die meinen. Ich hielt den Atem an, mein Herz tanzte in der Brust. Mit den Fingern fuhr ich durch seine langen Haarsträhnen, strich über seinen Nacken, worauf sein Kuss intensiver wurde. Lust, Angst, Neugier und Aufregung brandeten wie Wellen durch meinen Leib. Als er sich von mir löste, vermissten meine Lippen die seinen bereits.

»Nun solltest du schlafen«, flüsterte Lucius und drückte mich mit sanfter Gewalt auf das Bett, dann zog er mir die Decke bis zum Kinn. Er erhob sich und schob das Laken bis zu meinen Knien, um die Bänder der Sandalen zu lösen, die er mir abstreifte. Es war unglaublich: Der König half mir aus meinem Schuhwerk. Dann hüllte er mich wieder in die Decke und strich mit seinen Fingerspitzen über meine Wange. Ich erschauderte.

»Ich wünsche dir eine angenehme Nacht.« Er wandte sich zum Gehen.

»Wo wollt Ihr hin?«, fragte ich erschrocken. Der Gedanke, dass er mich alleinlassen könnte, ließ mich seine Hand ergreifen.

»Ich dachte, du möchtest lieber allein sein«, antwortete Lucius.

»Ich habe Euch noch nie so gebraucht wie in diesem Augenblick«, entgegnete ich. Sein Gesichtsausdruck wurde mild. Ohne ein weiteres Wort entledigte er sich seiner Stiefel und legte sich neben mich, allerdings auf der Decke. Mit dem Arm umfasste er meine Taille. Ich drehte mich auf die Seite, um mich mit dem Rücken an ihn zu kuscheln, und schloss die Augen. So lagen wir zusammen im königlichen Bett. Weder bedrängte mich Lucius, noch wurde er zudringlich, er bot mir einfach nur das, was ich jetzt am meisten benötigte: Geborgenheit und das Gefühl, dass mir in seinen Armen nichts geschehen konnte. Das brachte die sorgsam um mein Herz errichtete Mauer endgültig zum Einstürzen.

Kapitel 24

Eine warme Meeresbrise strich über mein Gesicht, in der Ferne vernahm ich das Gekreisch von Möwen. Auf meiner Hüfte ruhte Lucius' Hand, während seine Brust sich an meinen Rücken schmiegte. Blinzelnd öffnete ich die Augen und nahm verschwommen die im Wind flatternden Vorhänge wahr. Vorsichtig zog ich die Decke über die Schultern und schloss die Augen, um Lucius' gleichmäßigem Atem zu lauschen. Sein Arm umfasste meine Taille, er drückte mich an sich, dann berührten warme Lippen mein Schulterblatt. Mein Körper reagierte mit einem Schauer, den ich bis in die Zehen spürte. Ich drehte mich zu Lucius, der sich nun meinem Schlüsselbein widmete.

Ich genoss seine Liebkosungen in vollen Zügen, doch tief in meinem Herzen begann das schlechte Gewissen zu nagen. Noch immer wusste ich nicht, was Lucius mit Naias und Fenn gemacht hatte, mir war nur bekannt, dass die beiden am Leben waren.

Vielleicht saßen sie in einem dunklen Keller? Ich sah Naias vor mir, wie sie, mit schweren Fesseln an eine Wand gekettet, in einem schmutzigen Verlies kauerte, die zarten Gelenke ganz aufgeschürft. Erschrocken hob ich die Lider, meine Muskeln versteiften sich, während mir ein leises Schluchzen entwich.

»Was ist los? Habe ich dir wehgetan?« Mit besorgter Miene strich Lucius mir das Haar aus dem Gesicht.

»Nein. Es ist …« Ich schwieg.

»Sag es mir.« Sanft streichelte er über meine Schulter.

»Meine Schwester. Ich muss wissen, wo sie ist und wie es ihr geht.«

»Warte hier.« Damit rollte sich Lucius aus dem Bett und hob etwas auf. Ich erkannte den Pokal in seiner Hand, bevor er in den Baderaum ging. Mit einer Mischung aus Neugier und Verwirrung setzte ich mich auf und starrte zur Tür, durch die Lucius verschwunden war. Mit dem Kelch, einem Dolch und einem kleinen Leinentuch kehrte er zurück.

»Hier.«

Verblüfft nahm ich den Pokal entgegen. Darin befand sich statt des Weins nun klares Wasser, wahrscheinlich aus dem Kessel. Sollte ich es trinken, und was hatte das mit meiner Schwester zu tun? Jede Menge Fragen brannten auf meiner Zunge. Doch bevor ich etwas sagen konnte, schnitt sich Lucius in die Handfläche. Sofort quoll Blut aus der Wunde.

»Warum hast du das gemacht?« Mit hochgezogenen Brauen betrachtete ich ihn.

»Warte ab.« Er nahm mir den Pokal ab und ließ sein Blut hineintropfen, anschließend hielt er mir den Kelch hin.

»Soll ich das jetzt trinken?« Ein leichtes Ekelgefühl schnürte mir die Kehle zu.

»Nein, sieh einfach hinein.«

Ich beäugte ihn misstrauisch, suchte in seinem Gesicht nach Anzeichen von Belustigung, doch er blieb ernst.

»Jetzt schau mich nicht so an, als würde ich von dir verlangen, nackt im Atrium zu tanzen.«

Zögernd kam ich seiner Aufforderung nach und betrachtete die Mischung aus Wasser und Blut, dann kehrte mein Blick zurück zu Lucius. Er hatte die Augen geschlossen, schien in Gedanken versunken, als würde er meditieren. Eine Weile saßen wir beide bewegungslos da und ich beobachtete gespannt den Inhalt des Bechers, doch nichts tat sich. Ich hob den Kopf. Das war doch alles Unsinn.

»Sieh hin«, sagte Lucius, obwohl seine Augen noch immer geschlossen waren. Ich senkte erneut meinen Kopf über den Becher – und konnte es nicht fassen: Das Gemisch glich flüssigem Silber, auf dessen Oberfläche die Umrisse einer Person auftauchten. Erst sah ich die Gestalt wie durch Nebel, doch mit jedem Augenblick wurde sie deutlicher. Ich keuchte auf – es war meine Schwester. Naias schlenderte an Marktständen vorbei, ihre Hand umfasste Fenns. Über ihr stand die Sonne hoch am Himmel. Es musste um die Mittagszeit sein. Als ich beobachtete, wie Naias eine Auswahl von Dolchen bewunderte und auf einen sehr schönen deutete, wagte ich kaum, Luft zu holen, aus Angst, das Bild könnte sich verflüchtigen.

Trauer legte sich auf Naias' hübsches Gesicht. »Der würde Kayla gefallen«, sagte sie. Mein Herz machte vor Freude einen Sprung. Schon viel zu lange hatte ich ihre Stimme nicht mehr gehört.

»Es geht ihr bestimmt gut. Der König hat gesagt, dass wir zurückkehren dürfen, wenn du deine Ausbildung erfolgreich beendet hast«, entgegnete Fenn, zog sie in seine Arme und küsste ihr Haar. Das Bild der beiden verschwand.

»Deine Schwester ist zu diesem Zeitpunkt offensichtlich auf dem Markt von Lybra«, erklärte Lucius. »Dort sind die Menschen magischen Wesen gegenüber aufgeschlossener als hier. Ich weiß, dass es dein Bestreben war, sie eine fundierte Ausbildung machen zu lassen, daher schickte ich sie nach dorthin. In dem Priesterinnenkonvent gibt es die besten Lehrmeisterinnen, und wenn deine

Schwester fertig ist, wird sie in den Palast zurückkommen. Gute Heiler werden hier immer gebraucht.«

Ruckartig hob ich den Kopf. »Wie ist das möglich, dass ich meine Schwester in einem Becher beobachten und hören kann?«

»Mein Blut erlaubt es, Ereignisse in der Gegenwart zu sehen, denn ich bin ein Drachenabstammender, ein Draconigena.«

Mein Verstand versuchte, diese Information zu verarbeiten. Sanft berührte Lucius meine Wange. Hatte er mir gerade wirklich gestanden, dass er ein magisches Wesen war? Welche Kreatur genau, wusste ich nicht, denn von Draconigena hatte ich noch nie etwas gehört. Ich durchforstete mein Gehirn. Nymphen: ja, Nixen: ja, Dunkelelfen: ja, aber Drachenabstammende? Langsam schüttelte ich den Kopf.

»Du bist ein magisches Wesen? Aber die Gesetze deines Landes behandeln Geschöpfe, die über derartige Fähigkeiten verfügen, ungerecht. Warum …«

»Zum Schutz meiner Mutter«, unterbrach Lucius mich. »Der damalige Herrscher erließ die verschärften Gesetze wegen ihr, denn sie wurde von einem magischen Wesen verfolgt – meinem Vater. Ich war damals noch ein Kind. Der Herrscher stieß mit der Verschärfung der bestehenden Gesetze in Ro'an auf fruchtbaren Boden. Die Vorurteile gegen magische Wesen sind tief in den Köpfen der Leute verwurzelt. Du musst wissen, dass die Menschen hier vor vielen Jahrhunderten einen Krieg gegen Elfen führten und daher nicht gut auf die Geschöpfe der Magie zu sprechen sind.« Er schluckte hart, bevor er weitersprach, seine Wangenmuskeln zuckten. Diese Erinnerungen schienen für ihn unangenehm zu sein. »Der König liebte meine Mutter, und er dachte, so könne er wirklich alle Magie aus seinem Land fernhalten. Das war natürlich ein Trugschluss, denn einen so mächtigen Mann wie meinen Erzeuger hätten alberne Gesetze nicht ferngehalten. Das, was ich dir gerade gezeigt habe, war der Schutzzauber meiner Mutter. Leider bin ich nicht so mächtig wie sie.« Lucius' umklammerte seine Unterarme.

»Aber warum hast du die Gesetze nicht aufgehoben, als du es konntest? Du bist schließlich der Herrscher.«

Lucius lächelte traurig. »Auch für einen König ist es nicht so einfach, wie man vermuten mag, denn mir sitzt der Rat im Nakken, und wie schon gesagt: Die Menschen hier befürworten die Gesetze. Aber ich konnte bisher zumindest einige Lockerungen erwirken.«

Ich fuhr durch Lucius durch seine Wellen. Der starke Krieger wirkte in diesem Moment so verletzlich.

»Keiner darf erfahren, dass ich ein magisches Wesen bin. Der Rat, allen voran Gaius, sucht nur nach einem Vorwand, um mich loszuwerden. Nicht einmal Livia weiß um meine wahre Natur, obwohl sie in Lybra aufgewachsen ist.«

»Warum sagst du es dann mir?«, fragte ich leise.

Lucius nahm meine Hand. »Weil du eine Sonnenfee bist.«

»Eine was? Das muss ein Irrtum sein. Ich habe keinerlei übernatürliche Fähigkeiten. Naias beherrscht die Kraft des Wassers zur Heilung, doch ich kann nichts dergleichen.«

»Weil deine Kräfte durch einen Zauber blockiert wurden, aber sie sind da. Ich spürte sie, bevor ich dich sah. Nur ganz leicht, wie ein Kribbeln. Doch ich denke, der Bann, der sie bisher unterdrückt hat, wird schwächer.« Zart strich Lucius mit seinem Daumen über meinen Handrücken. »Mit aktiven Kräften hättest du auch mich als Draconigena entlarvt. Solfeen können normalerweise die Magie der Drachenabstammenden spüren. Nur wenigen Draconigena beherrschen die Kunst der Verschleierung. Ich kenne nur einen.«

»Wie wusstest du, dass ich von meiner Magie keine Ahnung hatte?«

»Ich erkannte es in der Arena, als die Hände des Axtkämpfers verbrannten. Die Feuerenergie, die ich für den Bruchteil eines Herzschlages spürte, war so unkontrolliert und ungezähmt wie die eines kleinen Kindes, das sich seiner Fähigkeiten noch nicht bewusst ist.«

Ich fühlte Hitze in meinen Wangen. Mit einem kleinen Kind verglichen zu werden, war nicht gerade schmeichelhaft. Ich erinnerte mich an das Wasser in dem Kelch, den ich in Händen gehalten hatte, das aus dem Nichts heraus zu sieden begann und wie das Lagerfeuer zu einer Stichflamme wurde. War das wirklich alles ich gewesen?

»Warum vermögen Solfeen die Gegenwart von Drachenabstammenden wahrzunehmen?«

Lucius zog meine Hand zu sich. »Dies ist ein Schutzmechanismus. Mein Volk hat deines ausgerottet, es sind nur noch wenige von deiner Art übrig.«

Ich schreckte zurück, mein Puls beschleunigte sich.

»Willst du damit sagen, dass wir Feinde sind?«

»Unsere Völker – ja.« Lucius legte meine Hand auf seine Brust. Ich spürte das Schlagen seines Herzens unter meinen Fingern. »Aber ich werde niemals zulassen, dass dir etwas passiert. Seit ich dich entdeckt habe, versuche ich, dich zu schützen, denn wenn ich dich erkennen kann, können andere Draconigena das auch.«

Meine Finger zuckten zurück, als hätte ich mich verbrannt.

»Das willst du mir gerade wirklich erzählen? Dass du mich zu deiner Sklavin gemacht zu meinem Schutz!? Meine Schwester mir weggenommen hast zu meinem Schutz!?« Meine Stimme wurde lauter. »Ich glaub es nicht!« Ich krabbelte aus dem Bett und versuchte, die Decke herauszuziehen, um meine nackten Brüste zu bedecken, doch der Mistkerl saß darauf. Daher stürmte ich in den Baderaum, griff mir eines der leinenen Badetücher und bedeckte damit meine Blöße. Ich musste hier weg, und zwar schnell. Mein Blut kochte. Der Mann behandelte mich zu meinem Schutz wie eine Leibeigene – dass ich nicht lachte! Lucius, der mir gefolgt war, zog mich zu sich.

»Ich verstehe deine Wut.«

Mit aller Gewalt wehrte ich mich gegen seine Umarmung, doch zu meinem Leidwesen war er stärker.

»Lass mich los!«

»Hättest du mir geglaubt, wenn ich dir von deinen magischen Fähigkeiten erzählt hätte? Wärst du freiwillig bei mir geblieben?«

»Nein!« Trotzig hob ich das Kinn.

»Also. Daher habe ich zu diesem Mittel gegriffen. Auch, um mir sicher sein zu können, denn deine Kräfte spürte ich, wie ich schon sagte, nur sehr schwach. Doch seit du hier bist, werden sie stärker. Wenn dich ein anderer Vertreter meines Volkes in die Finger bekommt, wird dir das nicht gut bekommen.«

Ich verengte die Augen. »Wie kann ich wissen, dass du keine Gefahr für mich darstellst?«

»Hör auf dein Herz.« Lucius beugte sich zu mir, um mich zu küssen. Ich wollte den Kopf wegdrehen, doch etwas hielt mich davon ab. Jede Faser meines Herzens sehnte diesen Kuss herbei. Als sein Mund den meinen berührte, wurde mein Herz zu einem vor Glück jubilierenden Vögelchen. Mit beiden Händen umfasste Lucius mein Gesicht.

»Was sagt es dir? Bin ich eine Gefahr?«

»Es sagt, dass es dir auch Vergnügen bereitet hat, mich herumkommandieren zu können.«

Lucius grinste. »Vielleicht ein wenig.« Wieder eroberten seine Lippen meine und ich ließ es zu, denn der Mann küsste einfach zu gut. Das Vögelchen, in das mein Herz sich verwandelt hatte, hüpfte vor Freude. Als Lucius seinen Mund von meinem löste, hoffte ich, dass meine bebenden Beine nicht unter mir nachgaben.

»Ich möchte dir beibringen, deine Kräfte zu beherrschen, so, wie meine Mutter es mir beigebracht hat«, sagte Lucius mit rauer Stimme.

»Du hast sie sehr geliebt«, stellte ich fest und schob ihn ein Stückchen von mir weg, um in sein Gesicht sehen zu können. Darin spiegelte sich der Schmerz wider, den er bei den Gedanken an seine Mutter zu empfinden schien.

»Sehr. Sie gab ihr Leben für mich.« Lucius schluckte. »Sie ist mit mir vor meinem Vater geflohen, als ich ein Kind war. Meine

Mutter wollte seinem Irrsinn entkommen, denn er hielt an den alten Legenden fest, dachte, er könnte den Gott Ignis zurückbringen und rottete in seinem Wahn systematisch alle Solfeen aus, um die mächtigste zu finden. Während unserer Odyssee wurden wir gefangen genommen und als Sklaven an den Palast verkauft. Erst dachte meine Mutter daran, zu fliehen, doch als der König sie zu seiner Favoritin machte und mich wie einen Sohn annahm, erkannte sie, dass dieses Leben das sicherste für mich war. Über zehn Jahre ging es gut, doch eines Tages – ich war kein Kind mehr und auch noch kein Mann – wollte ich mit in den Krieg ziehen. Meine Mutter verbot es mir. In meinem Zorn auf sie entzündete ich einige Schriftrollen in der Bibliothek. Das Feuer griff schnell um sich. Nur durch den Einsatz von viel Magie gelang es meiner Mutter, das Inferno zu löschen. Ich sehe ihr blasses Gesicht noch heute in meinen Albträumen vor mir, als sie sagte: ›Bei den Göttern, er hat mich gefunden.‹ Erst später begriff ich, was sie gemeint hatte. Sie spürte, dass er sie in diesem Augenblick durch sein Blut geortet hatte und sie beobachtete.«

Lucius zitterte, seine Wangenmuskeln arbeiteten unter der Haut. Ich drückte mich an ihn und strich sanft über seinen Rücken. Es schien ihm schwerzufallen, die nächsten Worte auszusprechen. Nach mehrmaligem Schlucken fuhr er fort. »Sie bekam einen glasigen Blick, als wäre sie in Trance, und ohne dass ich etwas tun konnte, stürzte sie sich aus dem Fenster in den Abgrund. Wider Erwarten kam mein Vater nicht, um mich zu holen. Durch meine verdammte Dummheit musste sie sterben.« Lucius schob mich von sich. Mit geballten Fäusten stand er da, den Kopf gesenkt, das Gesicht hinter den dunklen Haaren verborgen. Er wirkte verloren. Ich ließ mich trotz seiner Grobheit nicht davon abhalten, ihn erneut zu umarmen. Zärtlich liebkoste ich seinen Hals mit den Lippen und atmete seinen Duft ein.

»Du warst ein ungestümer Knabe. Du konntest nichts dafür, denn das Feuer war ein Unfall. Sie liebte dich. Sie hätte bestimmt nicht gewollt, dass sich ihr Sohn die Schuld an ihrem Tod gibt und sich sein Leben lang Vorwürfe macht«, flüsterte ich sanft. Ich legte meinen Kopf an seine Brust. Unter der Wange spürte ich seinen Herzschlag. Lucius schlang die Arme um mich.

»Vielleicht hast du recht.« Er seufzte leise.

»Natürlich, ich habe immer recht.« Ich blickte zu ihm auf. Ein Lächeln umspielte seine Mundwinkel, das mein Herz berührte.

»Du bist so eine verfluchte Besserwisserin.« Als er sich herunterbeugte, um mich zu küssen, streiften seine langen Wellen mein Gesicht.

Seine Lippen fanden die meinen. Ein Sturm von Glück tobte durch meinen Körper. Der Krieger hatte mich tief in seine Seele blicken lassen. In diesem Moment wusste ich, dass es kein Zurück mehr gab. Obwohl ich von seinen Lippen gar nicht genug bekam, musste ich eine Sache wissen. Ich löste mich schweren Herzens von ihm und strich die Strähnen aus seinem Gesicht.

»Kann ich auch durch mein Blut in die Gegenwart sehen?«

»Nein«, entgegnete er. Ich ließ die Schultern sinken – war ja klar, dass ich nicht solche beeindruckenden Fähigkeiten hatte.

»Durch dein Blut kannst du in die Zukunft blicken.« Ich schaute auf, mir fehlten die Worte. Lucius gab mir einen Schmatzer auf die Nase. »Sieh mich nicht so ungläubig an, ich sage die Wahrheit.«

»Und was kann ich außerdem?«, fragte ich voller Ungeduld. Vor Aufregung schoss mir Hitze in die Wangen.

»Das Feuer beherrschen.« Damit gab Lucius mich frei und wandte sich zum Kamin, in dem noch immer der Kessel hing. Das Feuer war längst erloschen, nur etwas zu Kohle verbranntes Holz lag darunter. Einen Augenblick später loderten Flammen auf. Mit angehaltenem Atem sah ich vom Kamin zu Lucius. Seine ausgestreckte Handfläche begann zu brennen, damit entzündete er die Kerzen auf dem Leuchter, anschließend ließ er alles wieder verlöschen.

Ich schluckte, wollte etwas sagen, hielt inne, schluckte wieder. Dann kniff ich mir in den Arm. Der Schmerz bestätigte mir, dass ich nicht träumte: Ro'ans König war ein Magier.

»Ich darf hier nicht zu viel von meinen Fähigkeiten zeigen, denn dies können andere Draconigena spüren, und die wollen wir nicht auf uns aufmerksam machen.«

Nachdenklich kaute ich auf meiner Unterlippe.

»Das ist wohl auch der Grund, warum du regelmäßig für einige Tage verschwunden bist.«

Lucius küsste meine Stirn. »Kluges Mädchen.« Ohne Vorwarnung hob er mich hoch, um mich aus dem Raum zu tragen. Im Schlafgemach setzte er mich auf das Bett und wickelte die Decke um mich, dann verschwand er wieder im Nebenraum. In meinem Kopf kreiste eine Fülle an Fragen und ich spürte ein Ziehen in meiner rechten Schläfe, das ich mit meinen Fingerspitzen weg zu massieren versuchte. Warum hatte Vater mir nie etwas über meine Herkunft erzählt?

Bei den Göttern. Die nächste Eingebung ließ mein Herz einen Schlag lang aussetzen. Sollte ich Lucius wirklich vertrauen? Aber wenn nicht ihm, wem dann? Er war der Einzige, der mich diese Dinge lehren konnte. Außerdem hatte er mir großes Vertrauen bewiesen, als er mir von seinen Fähigkeiten erzählte.

Augenblicke später trat er aus dem Badesaal und riss mich aus meinen Gedanken. Er hatte sich umgezogen. Der Mann trug zwar nie sehr edle und feine Sachen, wie man es von einem König eigentlich hätte erwarten können, sondern eher praktische Kleidung, aber in der Hose und dem Hemd aus grobem Stoff sowie den derben Stiefeln kam er einem einfachen Bauern schon sehr nahe.

»Ich werde dir eine Dienerin mit neuen Gewändern schicken.« Er gab mir noch einen schnellen Kuss, dann verließ er den Raum. Noch immer spürte ich seine Wärme auf den Lippen.

Kapitel 25

Ich saß im Bett, den Blick auf die Tür zur Galerie gerichtet, während ich nervös über die Matratze strich. Eine Meeresbrise bewegte die Vorhänge, streifte meine Haut, sodass ich erschauderte, und griff nach der Decke, in die ich mich gehüllt hatte. Unaufhörlich dachte ich über Lucius' Worte nach. Warum hatte ich nicht selbst bemerkt, dass ich ein magisches Wesen war? Wer hatte meine Kräfte blockiert und warum, beim Herrn der Unterwelt, jagten die Drachenabstammenden mein Volk? Der Mann, der gerade durch seinen Kuss mein Herz zum Flattern gebracht hatte, mich in seine Seele hatte blicken lassen, könnte … Zweifel spannten sich wie ein Seil schmerzhaft um meinen Brustkorb … mein Todfeind sein. In all den Jahren, in denen ich durch die Lande gezogen war, war das Misstrauen mein Verbündeter gewesen, und ich konnte mich nicht so einfach davon befreien. Vielleicht war alles nur Theater gewesen und er wollte mich in Sicherheit wiegen, um mich dann für seine Zwecke zu missbrauchen?

Ich sah zur Terrasse. Zwei Möwen stritten sich um ihre Beute. Mein Herz schrie bei dem Gedanken laut nein, doch der Verstand mahnte mich zur Vorsicht, und dieses Mal gewann er. Ich musste unbedingt herausfinden, was die Sonnenfeen so interessant für die Draconigena machte.

Die Bibliothek lag neben dem Esszimmer. Ich hatte sie entdeckt, als ich wieder einmal auf der Suche nach Aurelio gewesen war. Vielleicht gab es dort Aufzeichnungen über die Auseinandersetzungen zwischen den Solfeen und den Draconigena. Glücklicherweise hatten meine Lesekenntnisse in den letzten Wochen beträchtliche Fortschritte gemacht.

Die Tür wurde langsam geöffnet und Mira betrat den Saal. Unter ihrem Arm klemmte etwas Ledernes, darüber hingen eine Hose sowie eine dunkle Decke. In den Händen hielt sie Stiefel. Meine Sachen! Mir entwich ein erleichtertes Seufzen, denn anscheinend hatte Lucius endlich ein Einsehen und ließ mich meine eigene Kleidung tragen.

»Hier, für dich.« Mira stellte die Stiefel vor mir auf den Boden und legte die restlichen Sachen neben mich. Sie schaute mir wortlos zu, als ich aufstand und die Kleidung anzog, doch in ihrem Blick lag Neugier.

»Hast du etwas auf dem Herzen?« Ich schnappte mir die Stiefel, nahm auf dem Liegesofa Platz und schlüpfte hinein, während ich zu Mira aufsah. Deren Wangen nahmen eine dunkelrote Farbe an, dann schien sie der Boden sehr zu interessieren.

»Ich dachte, du bist keine Konkubine, aber nun teilst du das Bett mit ihm. Er besucht nicht einmal mehr den Harem und hat sogar Amara abgewiesen, darüber ist sie ziemlich verärgert.«

Überrascht hielt ich inne, setzte an, etwas zu sagen, dann biss auf mir auf die Unterlippe. Eigentlich wusste ich selbst nicht, was ich nun genau war, eine Gespielin, eine Geliebte oder der Zauberlehrling des Königs.

»Ich wollte dich nicht beleidigen«, entschuldigte sich Mira schnell. Ich erhob mich und strich ihr eine Haarsträhne aus dem Gesicht.

»Du hast mich nicht beleidigt. Es ist nur alles irgendwie sehr kompliziert.« Ich richtete die Schnürung meines Oberkörperschutzes und musste grinsen: »Und Amara ist wirklich wütend?« Dieser Gedanke erfüllte mein Herz mit einer gewissen Schadenfreude. Außerdem bedeutete der Groll der Lieblingskonkubine des Königs, dass er in dieser Hinsicht nicht gelogen hatte.

Mira erwiderte mein schelmisches Grinsen. »Gestern warf sie sämtliches Geschirr gegen die Wände.« Sie nahm meine Hände in ihre. »Aber unterschätze sie nicht, sie ist eine Natter.«

»Keine Sorge, ich kann mich meiner Haut erwehren.«

Mira nickte heftig. »Ich hörte, dass du dir den ersten Heerführer des Königs erfolgreich vom Hals gehalten hast.«

»Bei den Göttern, das habe ich«, entgegnete ich, atmete tief ein und strich mit den Fingerspitzen über das verstärkte Leder, das meinen Oberkörper einschnürte und gleichzeitig schützte. Dieses Gewand gab mir ein Gefühl der Stärke. Jetzt fehlten nur noch die Waffen, dann würde ich diesem Bastard von Heerführer zeigen, wozu ich fähig war.

»Ich glaube, der Herr ist in dich verliebt«, sagte Mira beiläufig, während sie mir die vermeintliche Decke hinhielt, die sich als Kapuzenumhang entpuppte. Ich griff nach dem derben Stoff, dann verharrte ich in der Bewegung. Nur mein Herz schlug wild in der Brust.

»Wie kommst du darauf?«

»So eine gute Laune wie heute hatte er schon lange nicht mehr. Er kam sogar in die Küche und machte der Köchin Komplimente wegen ihrer leckeren Speisen, dann gab er ihr einen Schmatzer auf die Wange.« Mira kicherte leise. »Die ringt jetzt noch nach Atem, glaub ich. Übrigens sollst du in der Küche etwas essen, und wenn die Sonne hoch am Himmel steht, zu den Ställen kommen.«

»Wo ist der Herr?«

Mira, die bereits an der Tür war, drehte sich zu mir. »Bei seinem ersten Heerführer.« Dann verließ sie das Schlafgemach. Ich warf den Umhang auf das Liegesofa, betrat anschließend die Terrasse, um nachzusehen, wie weit die Sonne bereits den Himmel erobert hatte, und stellte fest, dass mir noch etwas Zeit blieb.

Eilig steuerte ich die Bibliothek an. Diese Sache mit den Draconigena und den Solfeen ging mir nicht aus dem Kopf. Ich musste mehr darüber herausfinden. Vor dem kleinen Tisch in der Mitte des Saales blieb ich stehen und betrachtete seufzend die Tausenden von Schriftrollen, die in den Regalen an den Wänden geduldig auf Leser warteten. Durch die raumhohen Fenster wärmten mir die morgendlichen Strahlen der Sonne den Rücken. Wie sollte ich hier bloß etwas finden? Konzentriert schlenderte ich die Reihe gegenüber den Fenstern entlang und besah mir die kunstvoll geschmückten Enden der hölzernen Stäbe, mit deren Hilfe die Papyrusbahnen entrollt werden konnten. Auf manchen sah ich Tiere, auf anderen Symbole oder Buchstaben. Ich holte ein paar Rollen heraus, doch keine handelte von Drachenabstammenden und warum sie Sonnenfeen jagten.

Durch die Fenster sah ich, dass die Sonne langsam ihrem Höchststand entgegen kletterte. Frustriert drehte ich mich im Kreis, mein Blick glitt die Schriftrollen entlang und blieb an etwas hängen. In einem Regal drei Köpfe über mir wurde das Ende eines Stabes von einem geschnitzten Drachen geschmückt, das des zweiten vom Relief einer Sonne. Die Rolle stand ein Stück hervor, vielleicht war sie erst vor Kurzem herausgeholt worden, oder ihr Leser hatte so ihren Aufenthaltsort markieren wollen. Ich schob einen Stuhl hin und stieg darauf. Bevor ich die Rolle herauszog, wischte ich meine nassen Handflächen an der Hose ab. Dann nahm ich sie, stieg vom Stuhl und entrollte das Schriftstück auf dem Tisch. Es enthielt eine Geschichte in Bildern, die vom Text darunter erklärt wurde. Mit angehaltenem Atem betrachtete ich die bunten Illustrationen, die schon sehr viel preisgaben. Mir gefror das Blut in den Adern, denn diesen Aufzeichnungen zufolge jagten die Drachengeborenen die Sonnenfeen, um sich von deren

Magie zu nähren. Dadurch wurden sie unsterblich und alterten nicht. Außerdem erhielten sie selbst die Gabe, in die Zukunft zu blicken. Sie saugten die Solfeen aus, beraubten sie ihrer ganzen Lebensenergie, bis sie zu Staub zerfielen. Das vorletzte Bild zeigte eine Sonnenfee, deren Haut sich schwarz verfärbt hatte, das letzte ein Häufchen Asche, das der Wind zerstreute.

Fassungslos wich ich zurück, bis ich gegen ein Regal stieß. Die Stäbe der Rollen bohrten sich in meinen Rücken, mein Herz pumpte mit rasantem Tempo Blut durch meine Adern.

Ich starrte zu dem Papyrus und hatte Mühe, ruhig zu bleiben. Bei den Göttern, was sollte ich tun? War das der Grund, warum Lucius meine Kräfte wecken wollte? Meine Kehle brannte. Vielleicht sann er auf Unsterblichkeit und ewige Jugend?

Kein Mann hilft einem Mädchen in Not, ohne eine Gegenleistung zu erwarten, das weißt du doch, flüsterte eine Stimme in meinem Kopf.

Ich konnte fliehen, auf ein Schiff, das mich zur Insel Gogon brachte, dort hatte ich die Möglichkeit, mich landeinwärts nach Lybra durchzuschlagen. Aus sicherem Abstand betrachtete ich den Papyrus, als würden Giftspinnen auf dem Dokument sitzen. Erneut spürte ich das Ziehen in meiner Schläfe. Nachdenklich fuhr ich mit den Fingern darüber.

Ich konnte auch eine Zeit lang mitspielen, um so viel über Magie zu lernen wie möglich. Denn eines war sicher: Wenn ich floh und unterwegs auf andere Draconigena traf, war ich diesen ohne magische Kräfte hilflos ausgeliefert.

Entschlossen rollte ich den Papyrus zusammen, legte ihn an seinen Platz zurück und ging ins Schlafgemach. Dort betrachtete ich nachdenklich den Mantel. Wieso wollte Lucius, dass ich ihn trug? Heute war ein klarer und warmer Tag. Ich klemmte mir den Umhang vorerst unter den Arm und schlug den Weg zur Küche ein. Mich erwarteten ein reichhaltiges Essen sowie neugierige Blicke.

»Was steht ihr hier alle rum und schaut wie dumme Gänse? An die Arbeit!« Hortensia klatschte in die Hände. Die Bediensteten stoben auseinander, dann stellte sich die Köchin neben den Tisch, an dem ich saß und mit einem Holzlöffel im Getreidebrei herumstocherte.

»Keinen Hunger, Kind?«, erkundigte sie sich leise. Ich schaute hoch und seufzte.

»Es ist einfach alles so verzwickt«, erwiderte ich und senkte meinen Blick wieder. Hortensia tätschelte meinen Kopf, wie man es bei einem kleinen Mädchen tat.

»Glaub mir, Kind, der Mann liebt dich. Das wusste ich seit dem Augenblick, in dem er seinem ersten Heeresführer wegen dir ins Gesicht geschlagen hat.«

Wenn ich das nur glauben könnte, dachte ich und rührte lustlos in der Schale herum. Mein Magen, mein Herz, sämtliche Eingeweide zogen sich zusammen, schrumpften wie Dörrobst in der Sonne.

Eine Stimme ließ mich hochsehen: »Das soll ich dir bringen.« Ein junger Sklave hielt meine Waffen in den Armen. Wieder hatte Lucius es geschafft, mich zu überraschen. Ich stand auf, nahm den Gürtel an mich und schnallte ihn mir um die Hüften. Anschließend prüfte ich, ob alles richtig saß. Erneut waren alle Augen auf mich gerichtet, und die Köchin scheuchte die Umstehenden ein weiteres Mal an ihre Arbeit.

Ich legte den Mantel um meine Schultern, denn ich nahm an, dass ich damit die Waffen verstecken sollte. Die Kapuze zog ich tief in mein Gesicht. Vielleicht ging Lucius ja mit mir in die Stadt. Dieser Gedanke verbesserte meine Laune etwas, doch der unangenehme Druck im Magen blieb.

»Viel Glück, Kind, mögen die Götter dich schützen.« Zart strich Hortensia mit ihren rauen Fingern über meine Wange.

»Das kann ich gebrauchen«, antwortete ich und vernahm selbst die leichte Bitterkeit in meiner Stimme.

Im Atrium lief ich in Richtung Torbögen, dann weiter zu den Ställen. Auf dem Weg dorthin erregte Lärm meine Aufmerksamkeit.

Eine Gruppe Männer feuerte etwas oder jemanden an. Ich passierte die Stallungen und fand hinter der nächsten Ecke den Grund für den Tumult.

Lucius und Rufus standen einander gegenüber, umringt von Soldaten, mit Schilden und gezogenen Schwertern. Sie trugen nichts an ihren Leibern als ihre Hosen und Stiefel. Ein Schweißfilm überzog die nackten Oberkörper der Männer. Sie umkreisten sich mit gespannten Muskeln. Lucius' Mundwinkel umspielten ein Lächeln, während Rufus wie ein Höhlenlöwe in Stellung ging. Blitzschnell sprang der Heerführer nach vorne und attackierte Lucius, der sein Schild hochriss. Es schepperte laut, als Rufus den metallenen Schutz erwischte. Lucius holte mit der Waffe aus und sein Gegner hielt mit seiner dagegen, sodass die Klingen klirrend aufeinandertrafen. Die Männer begannen ihr gegenseitiges Belauern erneut.

Den Umhang fest verschlossen, zwängte ich mich zwischen den grölenden Zuschauer hindurch. Zorn brodelte in mir, als ich diesen Bastard von Heerführer musterte. Der wagte eine neue Attacke, die Lucius mühelos abwehrte. Ich umklammerte unter meinem Mantel den Schwertgriff so fest, dass meine Finger schmerzten. Was würde ich dafür geben, jetzt an Lucius' Stelle zu sein. Der König ging zum Angriff über, mehrere schwere Schläge prasselten auf Rufus nieder. Er wehrte sie mit seinem Schild ab, dann brachte er sich außer Reichweite, denn er benötigte offensichtlich eine Pause.

»Du kämpfst wie ein Mädchen, dich könnte jeder Jüngling besiegen«, zog Lucius den schwer atmenden Mann auf.

»Ach ja? Dann zeig mir einen«, zischte Rufus.

»Ich!« Die Soldaten vor mir traten zur Seite und machten mir Platz. Lässig schritt ich zu den beiden Kämpfern. Jetzt war ich in meinem Element. Natürlich erkannte Rufus mich nicht, da die Kapuze mein Gesicht in Dunkelheit hüllte.

»Nein«, entgegnete Lucius barsch und wischte sich mit dem Handrücken den Schweiß von der Stirn.

»Wieso nicht? Wenn der Kleine gerne möchte.«

Rufus hob seine rotbraunen Brauen.

»Nein, sag ich.«

Lucius packte mich grob an den Schultern. »Geh in den Stall und warte da«, fuhr er mich an.

»Ich habe ein Recht auf den Kampf«, widersprach ich ihm.

»Hast du Angst, ich könnte deinem Stallburschen doch gefährlich werden?«, höhnte Rufus hinter Lucius.

Das reichte. Ich entwand mich ihm und blieb zwei Schritte vor dem Heerführer stehen.

»Der König hat recht, Ihr kämpft wie ein Mädchen. Euch könnte sogar ein Weib besiegen.«

Das reichte dem Heerführer scheinbar, denn er ging in Kampfposition.

»Komm her, Junge, damit ich dir dein freches Mundwerk stopfen kann«, fauchte er.

»Das habt Ihr gestern schon versucht.« Bei diesen Worten ließ ich den Umhang von den Schultern gleiten. Ein Raunen ging durch die Reihen der Soldaten, manche nickten, sie schienen sich an den Kampf mit Gaius' Hünen zu erinnern. Rufus starrte mich mit offenem Mund an, er vergaß vorübergehend sogar das Atmen. Langsam zog ich Schwert und Dolch. Eine Hand umfasste meinen Oberarm.

»Ich verbiete es dir«, zischte mir Lucius ins Ohr.

Bevor ich etwas erwidern konnte, schnellte Rufus wie eine Schlange nach vorn und griff an. Lucius löste seinen Griff. Geschmeidig drehte ich mich unter Rufus' Waffe weg, sodass ich hinter ihm zu stehen kam. Er wirbelte herum, um mich erneut zu attackieren. Mit meinem Dolch stoppte ich seine Klinge, während ich mit dem Schwert ausholte. Kurz bevor es seinen Leib erreichte, wandte er sich ab, und meine Waffe traf sein Schild mit einer solchen Heftigkeit, dass mein Arm erzitterte.

Rufus' Schwert flog auf mich zu. Ich beugte mich weit nach hinten, seine Klinge verfehlte mich und glitt knapp an meinem

Gesicht vorbei. Das Blut rauschte durch meine Adern, denn aus dem Schaukampf war nun offiziell ein Kampf auf Leben und Tod geworden.

Rufus blockte meine Abfolge von kurzen Schlägen mit seinem Schild, während er mich mit dem Waffenarm attackierte. Ich hielt mit dem Dolch sein Schwert auf, bis die Kante seines Schilds mein Kinn traf und mir den Kopf zur Seite riss. Benommen taumelte ich nach hinten, war zu angeschlagen, um dem darauffolgenden Tritt auszuweichen. Dessen Wucht schleuderte mich gegen einen der umstehenden Soldaten. Ein dumpfer Schmerz flammte beim Aufprall in meinem Rücken auf. Fluchend schubste der Mann mich zurück in Richtung meines Feindes, der mich sofort weiter attackierte. Um einem Treffer zu entgehen, ließ ich mich auf den Boden fallen und rollte zur Seite. Rufus' Waffe verfehlte mich haarscharf und donnerte auf den sandigen Untergrund.

Wieder holte Rufus aus, doch ich trat gegen sein Schienbein. Er stieß einen Schmerzenslaut aus und schlug erneut daneben. In der Zwischenzeit schaffte ich es, auf die Beine zu springen.

Rufus' Klinge raste ein weiteres Mal auf mich zu. Nur einen Moment, bevor sie meine Schulter traf, machte ich einen Ausfallschritt, sodass der Hieb ins Leere ging. Rufus verlor das Gleichgewicht. Ein Tritt beförderte ihn in den Staub, dabei entglitt ihm sein Schild. Die Spitze meines Schwertes bohrte sich in sein Genick.

»Habt Ihr Spaß, Herr?«, fragte ich mit drohendem Unterton, bemüht, meine von der Anstrengung beschleunigte Atmung unter Kontrolle zu bringen.

»Wenn du nackt wärst, noch mehr, Sklavin«, gab der Mann zurück. Hohn lag in seiner Stimme. Blanke Wut durchströmte meine Adern. Dieser Hund würde jetzt sterben. Ich festigte den Griff um mein Schwert.

»Du …«

Hände umfassten meine Arme und zerrten mich an den Soldaten vorbei, die eine Gasse gebildet hatten. Ich versuchte, mich zu entwinden, doch Lucius war stärker. Erst im Stall und außer Sichtweite der Männer ließ er mich los.

Unsanft drückte er mich gegen die Mauer. Es schien ihn nicht einen Herzschlag lang zu beunruhigen, dass ich noch das gezogene Schwert und den Dolch in den Händen hielt. Im Hintergrund tänzelten Pferde nervös auf der Stelle.

»Verdammt, was sollte das gerade eben?« Lucius' dunkle Brauen zogen sich zusammen. »Ich hatte es dir verboten. Dir hätte sonst was passieren können, und du kannst froh sein, dass Rufus durch den Kampf mit mir bereits geschwächt war.«

»Ich kann sehr gut auf mich selbst aufpassen. Verdammt, ich kämpfe schließlich lange genug. Und nun lass mich los«, brauste ich auf und drehte den Kopf zur Seite. Ich wollte nicht in Lucius' Augen sehen, deren Bernstein gefährlich blitzte. Er zwang mich, ihn wieder anzublicken, dann kam er näher. Seine Lippen fanden die meinen. Eigentlich wollte ich stark sein, ihm widerstehen, doch als seine Zunge meinen Mund erkundete, schmolz ich in seinen Armen dahin. Jemand räusperte sich. Lucius gab mich frei und wandte sich dem Stallburschen zu.

»Herr, die Pferde stehen bereit«, informierte der Junge ihn.

Meine Beine waren wacklig, ich stützte mich an der Wand ab. In meinem Bauch kribbelte es.

»Gut, jetzt bringst du noch der Dame ihren Umhang.«

Der Knabe nickte und eilte davon.

»Tu mir einen Gefallen und bleib hier. Bitte.« Zärtlich streichelte Lucius mein Gesicht. Ich konnte nicht anders, sog tief seinen Duft ein und nickte. Zufrieden verließ er den Stall. Als er außer Sichtweite war, holte ich tief Luft. Noch immer roch ich sein würziges Aroma.

Verdammt! Verdammt! Verdammt! Ich klatschte meine Hände mehrmals gegen die Mauer. Wenn Lucius mich auch nur berührte, lähmte das meinen Verstand, und mein verräterischer Leib übernahm die Kontrolle. Wie sollte das weitergehen? Ich drückte die

Stirn gegen den kühlen Stein und schloss die Augen, ich hatte keine Antwort darauf.

»Hier, Euer Umhang.« Die Worte des Stalljungen holten mich aus meinen Gedanken. Ich verstaute die Waffen. Dann nahm ich das Kleidungsstück und warf es mir über die Schultern. Der Stallbursche machte eine knappe Verbeugung, bevor er verschwand. Dann kam Lucius zurück. Er hatte sich mittlerweile angezogen, legte sich jetzt einen Umhang aus grobem Stoff über und zog dessen Kapuze tief ins Gesicht.

»Bereit.«

»Bereit wofür?«, fragte ich erstaunt.

»Ich möchte dir etwas zeigen, daher werden wir für einige Tage unterwegs sein.« Er strich mir eine Haarsträhne aus dem Gesicht. Ich genoss diese Geste, obwohl mir der Instinkt der Kämpferin sagte, dass ich Lucius' Absichten noch immer nicht kannte und ich daher auf der Hut sein sollte.

Kapitel 26

Vor dem Stall warteten gesattelte Pferde auf uns. Lucius prüfte den Inhalt der Satteltaschen eines schwarzen Hengstes, der nervös auf der Stelle tänzelte und rüttelte am Wasserschlauch, während der Stalljunge noch einen Sack Hafer auf der anderen Seite des Sattels befestigte. Das Gleiche tat er bei der braunen Stute, die gutmütig zuschaute, als Lucius auch bei ihr das Gepäck kontrollierte. Ich betrachtete den Rappen, dessen Fell in der Sonne glänzte. Anmutig neigte das Tier den Kopf und scharrte mit dem Vorderhuf auf dem Boden, als wolle es seinen Herrn zur Eile antreiben. Lucius strich über das weiche Maul, dann stieg er auf. Unter seinem Umhang lugten die Griffe von zwei Schwertern hervor, die er an beiden Seiten des Waffengürtels trug.

»Ich hoffe, du kannst reiten«, meinte er und festigte seinen Griff um den Zügel.

»Ein wenig.« Ich ging zur braunen Stute. Nervös tätschelte ich deren Hinterteil, denn ich hatte in meinem bisherigen Leben erst ein paar Mal auf einem Pferderücken gesessen. Das Pferd kommentierte meine Berührung mit einem kurzen Schnauben, blieb jedoch unbeeindruckt stehen. Zu meiner Erleichterung schien es ein sehr ruhiges Tier zu sein.

Außer den Satteltaschen führte jeder von uns eine zusammengerollte Decke mit sich, das bedeutete, wir würden im Freien übernachten. Ich umfasste die Sattelhörner und schwang mich auf den Rücken der Stute.

»Na dann, lass uns losreiten, bis Sonnenuntergang möchte ich mein Ziel erreicht haben«, verkündete Lucius und schnalzte mit der Zunge. Der Hengst wieherte und machte einen Satz, als wollte er angaloppieren, doch Lucius hatte das Tier im Griff, sodass es in einen leichten Trab fiel. Auch ich drückte meiner Stute die Hacken in die Seite, die langsam losging und dann ihre Geschwindigkeit an die des Hengstes anpasste. Ich fühlte mich unsicher. Krampfhaft umklammerte ich die Zügel und die zwei Sattelhörner. Die Ruhe des Tieres übertrug sich allmählich auf mich, sodass ich mit der Zeit lockerer wurde. Am besten war es, sie einfach laufen zu lassen, denn die Stute folgte dem schwarzen Hengst.

Lucius hatte sich die Kapuze über den Kopf gezogen, ich tat es ihm gleich. Im Schritttempo ritten wir durch die Stadt. Keiner der Passanten schien den König zu erkennen. Wahrscheinlich hielten die meisten den großen, dunklen Reiter für einen Krieger, dem man besser aus dem Weg ging, womit sie zweifellos recht hatten. Nach einer Weile erreichten wir die Stadtmauer, dann passierten wir das Tor. Auf dessen anderer Seite breitete sich die Ebene aus, über die ich damals zusammen mit Naias und Fenn gekommen war. Doch statt landeinwärts zu reiten, schlug Lucius den Weg zur Küste ein. Nun ritten wir neben der unendlich scheinenden See, und ich fühlte mich frei. Meine Kapuze flatterte im warmen Wind.

Als die Sonne langsam in Richtung Meer sank, wand sich der Weg die hügelige Landschaft hinauf. Unsere Gestalten warfen lange Schatten.

Beim Einsetzen der Abenddämmerung ritt ich hinter Lucius eine Steilküste entlang. Etwa hundert Schritt unter mir donnerten Wellen wütend gegen die schroffen Felsen. Bis zur Hälfte hatte das Meer die rotglühende Sonne bereits verschlungen, es würde nicht mehr lange dauern, bis die Nacht das Land umhüllte. Die ersten Sterne erschienen bereits über dem Horizont.

Lucius hielt an, stieg von seinem Pferd und nahm es am Halfter. Auch ich kletterte von der Stute herunter. In meinem Gesäß hatte ich kein Gefühl mehr und meine Beine zitterten wie die Äste der Mimosenbäume. Ich musste mich einige Augenblicke am Sattel festhalten.

»Wir müssen dorthin.« Lucius deutete nach unten. Mit dem Blick folgte ich seinem Finger und entdeckte am Fuße der Klippen eine kleine Bucht. Mit dem Pferd im Schlepptau schritt Lucius einen schmalen Pfad hinab. Vorsichtig folgte ich ihm und versuchte dabei, nicht in die Tiefe zu schauen. Meine Hände wurden nass, Schweiß lief mir über den Rücken. Wie ich die Höhe hasste. Immer wieder trat meine Stute Erdbrocken los, die in den Abgrund rieselten, sodass ich bei jedem Schritt befürchtete, es könnte der Letzte sein. Als ich endlich den sandigen Grund der Bucht erreichte, wäre ich am liebsten auf die Knie gefallen und hätte den Boden geküsst.

Vor uns lag eine Höhle, weit geöffnet wie das Maul eines Riesen, mit Felsbrocken, die, Zähnen gleich, von der Decke und dem aus dem Boden ragten. Lucius verschwand mit seinem Hengst im Höhleninneren. Ich zog am Zügel der Stute, und sie folgte mir bereitwillig. Noch bevor sich meine Augen an die Dunkelheit gewöhnen konnten, züngelten auf Lucius' Handfläche Flammen und erhellten die Umgebung. Zuerst konnte ich meine Augen von dem Schauspiel nicht abzuwenden. Dann erregte ein Glitzern meine Aufmerksamkeit. Die Wände funkelten wie der Himmel in einer sternenklaren Nacht. Auch über mir schienen Tausende von Glassplittern die Decke zu schmücken. Ich legte den Kopf in den Nacken, der Anblick verschlug mir die Sprache.

»Ist ziemlich atemberaubend.« Lucius nickte mir zu. Seinen Hengst ließ er stehen und ging weiter ins Innere.

»Das sind Höhlenkristalle. Sie sind zwar nicht von hohem Wert, aber sie verstärken Schutzzauber, sodass man in dieser Höhle von keinem magischen Wesen aufgespürt werden kann, egal, wie mächtig es ist«, erklärte er.

Endlich konnte ich mich von dem Anblick losreißen. Lucius holte von einem kleinen Stapel im hinteren Teil der Höhle Treibholz. Mithilfe seiner Kräfte entzündete er die grauverwitterten Äste, und die Flammen auf seiner Hand erloschen.

»Wenn ich deinen Holzvorrat so sehe, denke ich, du bist häufiger hier«, stellte ich fest. Lucius verzog seinen Mund zu einem schelmischen Grinsen, das mein Herz schneller schlagen ließ. Er überwand die Entfernung zwischen uns.

»Auch ein König braucht manchmal seine Ruhe, vor allem, wenn er so viele Frauen hat.« Er strich über mein Gesicht. So viele Frauen! Zorn wallte in mir auf und ich stieß ihn von mir. Doch meine Stute machte mir einen Strich durch die Rechnung: Das verräterische Ding schubste mich mit einem lauten Schnauben direkt in Lucius' Arme.

»Lass mich los! Ich habe dir gesagt, ich will kein weiteres Stück in deiner Sammlung sein«, zischte ich.

»Und wenn, wärst du ein absolutes Einzelstück«, meinte er amüsiert und zog mich enger zu sich. Ich wollte mich ihm entwinden, doch als sein Mund meinen eroberte, schmolz ich förmlich dahin. Er küsste mich nicht nur, er nahm mich regelrecht in Besitz. Ich erschauderte.

»Deine Kleidung ist ziemlich störend«, flüsterte er an meinen Lippen. Schon lag der Umhang am Boden. Auch die Stute war seiner Meinung, denn sie zupfte an der Schnürung meines Oberkörperschutzes.

»Hast du vielleicht auch die Fähigkeit, Tiere zu beeinflussen?«, erkundigte ich mich.

»Nicht, dass ich wüsste«, murmelte Lucius, während er meinen Hals liebkoste. Ich genoss es, wie seine warmen Lippen über meine Haut glitten. Ich erzitterte, als er mein Schlüsselbein erreichte. Doch mein benebelter Verstand versuchte, sich an etwas zu erinnern. *Feind,* hauchte eine Stimme in meinem Kopf. Wie mit eisigem Wasser übergossen, kam ich zu mir und drückte Lucius weg.

»Wir müssen die Pferde versorgen.« Damit drehte ich mich zu meiner Stute um und trat neben sie. Ich spürte Lucius' Blick fast körperlich auf mir. Doch ich ignorierte ihn und löste die Schnürung des Hafersacks. Noch immer sehnte ich mich nach Lucius' Wärme, obwohl in mir die Gefühle tobten. Eigentlich wollte ich ihm vertrauen. Aber anderen zu vertrauen, fiel mir grundsätzlich nicht leicht, und nachdem ich die Schriftrolle gesehen hatte, nagten diese ständigen Zweifel wie Ratten an mir. War Lucius mein Feind oder nicht?

Ich streute etwas Hafer vor mein Ross. Während es genüsslich speiste, sattelte ich es ab und trug die Decke, die Taschen und den Wasserschlauch zum Feuer. Lucius, der sich ebenfalls um sein Pferd kümmerte, war ungewöhnlich schweigsam.

Nachdem die Rösser versorgt waren, setzte ich mich ans Feuer. Ich wählte den Platz Lucius gegenüber, um so weit wie möglich von ihm weg zu sein. Er musterte mich über die Flammen hinweg, das Bernstein seiner Augen funkelte im warmen Schein.

»Was wollen wir hier?«, fragte ich in die unangenehme Stille hinein, die in den vergangenen Augenblicken nur vom Knistern des Feuers und dem Schnauben der Pferde unterbrochen worden war.

»Ich werde dir etwas über deine Kräfte beibringen. Hier in der Höhle laufen wir nicht Gefahr, dass uns andere Draconigena aufspüren.« Lucius warf ein Stück Holz ins Feuer. Glühende Funken stoben in die Höhe und blieben in der Luft stehen. Sie bewegten sich in die Richtung, die Lucius ihnen anzeigte, dann sanken sie auf den Boden und erloschen. Erst jetzt fiel mir auf, dass ich den Atem anhielt.

»Solche Dinge soll ich auch können?« Ich sah zu Lucius. Er lächelte. Warum musste er so umwerfend gut aussehen, wenn er das tat? Obwohl mein Herz ihm förmlich zuflog, bemühte ich mich, ungerührt zu bleiben.

»So genau weiß ich das nicht. Das erfahren wir nur durch Probieren.« Er stand auf, legte seinen Waffengurt ab und umrundete das Feuer. Mein Herz stolperte, als er vor mir stoppte.

»Deine Waffen wirst du nicht brauchen.«

Zögernd erhob ich mich, legte den Gurt ab und deponierte ihn vor mir auf dem Boden.

Lucius stellte sich hinter mich und nahm meine rechte Hand. Ich spürte ihn im Rücken, sein Atem streifte meinen Nacken. Eine Gänsehaut überzog mich vom Haaransatz bis zu den Zehen. Als sein anderer Arm meine Taille umfasste, beschleunigte sich mein Puls. Ich bezweifelte, dass ein Magier seinem Lehrling so nah kommen musste, doch es fühlte gut an.

»Konzentriere dich auf deine Hand und spüre ihre Wärme«, flüsterte er. Ich schloss die Augen. Die Hitze des Leibes hinter mir lenkte mich ab und das Bedürfnis, mich an ihn zu schmiegen, machte es nicht leichter. Feind hin oder her.

»Konzentriere dich.« Lucius' Stimme wurde eindringlicher. Nun begann es in meinen Fingerspitzen zu knistern.

»Stell dir die Sonne vor, die strahlend hell vom Himmel brennt«, sagte er. In meinem Geist begann meine ausgestreckte Hand wie ein im Feuer erhitztes Eisen zu glühen.

»Sind deine Augen geschlossen?«, fragte Lucius, der sehr entfernt schien. Er stand noch immer hinter mir und hielt mich fest, aber der Druck seiner Finger an meiner Hand verschwand. Ich nickte.

»Dann hebe deine Lider.«

Ich öffnete die Augen und erstarrte – meine Hand glühte tatsächlich. Vorsichtig ballte ich sie zur Faust, drehte sie hin und her. Es sah wie eine winzige Sonne aus. Die Hitze verursachte zu meinem Erstaunen nur ein leichtes Prickeln.

»Sehr gut gemacht.« Lucius schob mein Haar zurück und seine Lippen streifen zärtlich meinen Nacken. In diesen Moment schoss ein Feuerschwall aus meiner geballten Faust und schlug in die Höhlendecke ein. Lucius zog mich zurück, um mich vor den herabfallenden Steinen in Sicherheit zu bringen.

»Wirklich beeindruckend«, sagte er.

Im nächsten Augenblick sah meine Hand wieder normal aus. Es deutete nichts darauf hin, dass sie nur Herzschläge zuvor rot geglüht hatte. Sie war weder verkohlt, noch roch sie verbrannt. Lucius küsste sanft meinen Nacken.

»Ich glaube, das ist genug für heute«, murmelte er an meiner Haut. Ein wohliger Schauer lief mir über den Rücken. Wieder flammte das Wort *Feind* in meinem Geist auf. Es war vielleicht besser, ihn auf Abstand zu halten.

»Mir steckt der Ritt in den Knochen, wir sollten uns etwas ausruhen«, schlug ich heiser vor und schloss die Augen. Eigentlich wollte ich nicht, dass er aufhörte.

»Mmh, ich hätte eine bessere Idee.« Lucius knabberte zart an meiner Halsbeuge. »Ich habe wirklich großen Hunger«, hauchte er. Sein warmer Atem ließ meinen Leib erbeben und mein Herz höherschlagen.

»Hoffentlich hast du Nahrung dabei«, erwiderte ich rau.

»Mehr als genug.« Er küsste meinen Nacken, dann ließ er mich los. Ich wusste nicht, ob der Entzug seiner Wärme mich erleichterte oder betrübte. Mein Körper bedauerte es auf jeden Fall.

Lucius ging zu seinen Satteltaschen. Er holte einen Brotfladen, etwas, das wie Dörrfleisch aussah und eine geräucherte Wurst hervor, außerdem ein Leinentuch sowie ein Messer. Das Tuch deckte er über einen Felsen und legte er die Vorräte darauf.

Er löste die Haut von der Wurst und schnitt Stücke ab, die er mir anbot.

Ich faltete meinen Umhang zusammen und legte neben dem zu einem Tisch umfunktionierten Felsen, um mich darauf knien zu können.

»Es ist ein einfaches Essen.« Damit schob Lucius mir ein Stück des Brots hin.

»Das ist mehr, als Naias und ich in unseren schlimmsten Zeiten hatten«, erwiderte ich und biss in das Brot, das erst etwas süßlich schmeckte, nach längerem Kauen jedoch hervorragend zu der rauchig schmeckenden Wurst passte. Es war nur etwas trocken, und ich tat mich beim Herunterschlucken schwer. Bevor ich etwas sagen konnte, kramte Lucius aus seiner Tasche zwei Zinnbecher hervor, die er ebenfalls auf den improvisierten Tisch stellte und mit dem Wasser aus den Schläuchen füllte. Dankbar trank ich einige Schlucke. So ließ sich das Brot wirklich genießen.

»Ich weiß eigentlich nichts über dich.« Mit neugierigem Blick betrachtete Lucius mich.

»Da gibt es nicht viel zu wissen«, erwiderte ich. »Naias und ich sind als Straßenkinder in Tigres aufgewachsen.« Ich drehte den Becher in meinen Händen. Wenn ich etwas Unangenehmes erzählte, brauchten meine Finger eine Beschäftigung. Die Erinnerungen an meine Kindheit gehörten zu den Dingen, die ich tief in mir unter Verschluss hielt.

»Wo war deine Mutter?«

Ich hob den Kopf. »Ich kannte nur meinen Vater. Eines Tages brachte er Naias mit, wenig später ging er und kam nie wieder zurück.« Ich spürte, wie sich Tränen in meinen Augenwinkeln sammelten. In letzter Zeit passierte mir das häufiger. Wann war ich so weich geworden?

»Er hat euch allein gelassen?« Lucius' Wangenmuskeln zuckten, als machte ihn dieser Gedanke wütend. »Wie alt war ihr da?«

»Naias war vier und ich vielleicht zehn Winter«, antwortete ich knapp.

»Verdammte Scheiße«, fluchte Lucius. »Wie konnte er euch so was antun?«

»Er ging und kam nicht mehr zurück, so einfach ist das. Er ließ uns bei einer Wirtin. Eine Zeit lang wohnten wir bei ihr, doch als klar wurde, dass er nicht zurückkam, warf sie uns auf die Straße.« Ich trank einen Schluck gegen die Enge, die sich in meinem Hals bemerkbar machte.

»Wie habt ihr beide das überlebt?«

»Ich lernte, zu kämpfen.« Betont gleichgültig zuckte ich mit den Schultern, obwohl ich kurz davorstand, wie ein Kleinkind zu heulen. »Die Straße war eine harte Schule. Ich tötete den ersten Menschen mit vierzehn.«

Lucius nahm seinen Becher und leerte ihn in einem Zug.

»Ich lernte das Kämpfen zwar auch als Knabe, aber in einem behüteten Umfeld. Es diente dazu, mich auf das Mannesalter vorzubereiten, um das Volk meines Königs schützen zu können. Doch während dieser Zeit musste ich nie um mein Leben fürchten.« Lucius schüttelte den Kopf, wobei ihm dunkle Strähnen in die Stirn fielen. Sein Blick hielt meinen fest.

»Warum hast du zum ersten Mal getötet?«

Nervös fuhr ich über meine Schenkel, spürte das grobe Leder und schluckte. Meine Kehle fühlte sich plötzlich so trocken an.

»Ich rede nicht gerne darüber.« Ich sah auf meine verkrampften Finger. Ohne dass ich etwas dagegen tun konnte, begannen sie zu zittern. Lucius kniete sich vor mich und nahm meine Hände in seine.

»Ich will es hören, bitte«, flüsterte er.

»Er fragte mich nach dem Weg, wollte mir ein paar Lay dafür geben, wenn ich ihn führte. Naias und ich hatten schon seit Tagen nichts zu essen gehab. Die Kleine war schon völlig kraftlos.« Die Worte schmeckten bitter in meinem Mund »Als ich mit ihm ein paar Straßen weit gegangen war, packte er mich und zog mich in eine Gasse. Er presste mich zwischen Unrat und Müll auf den

Boden und riss an meiner Kleidung …« Ich konnte Lucius nicht ansehen. Zu tief saß die Scham, die ich noch immer empfand.

»… bis meine untere Körperhälfte bloß lag, dann hat er mich …« Meine Stimme versagte.

»Du musst nicht weiterreden.«

Ich schüttelte den Kopf, denn ich wollte es laut aussprechen. Nur einem Menschen hatte ich bisher davon erzählt: Loandra. Ansonsten nicht einmal Naias. Etwas in mir drängte an die Oberfläche, das ich nicht mehr einsperren konnte und wollte. Ich spürte Tränen auf den Wangen, mein Verstand erinnerte mich an den in der Gasse allgegenwärtigen Gestank von Fäkalien, der sich mit dem Schweißgeruch des Mannes vermischte. Mir wurde schlecht, in meinen Magen rumorte es.

»Ich flehte ihn an, bettelte, dass er aufhörte, mir wehzutun, doch er schlug mir nur ins Gesicht.« Während ich sprach, spürte ich wieder die Schmerzen. »Ich bekam eine zerbrochene Phiole zu fassen und rammte sie dem Bastard in den Hals. Ich sehe noch vor mir, wie der Kerl mich fassungslos anstarrte, dann umklammerte er mit beiden Händen seine Kehle. Zwischen seinen Fingern quoll Blut hindurch und tropfte auf meinen Körper. Ich sah zu, wie das Leben aus seinen Augen wich und er zusammenbrach. Ich weiß nicht mehr, wie ich es geschafft habe, den massigen Leib von mir wegzuschieben, aber irgendwann stand ich auf und rannte, bis meine Beine unter mir nachgaben.« Ich wandte mich von Lucius ab.

»Sieh mich bitte an«, sagte er.

Ich schüttelte den Kopf.

»Bitte«, hauchte er.

Nur widerwillig wandte ich mich ihm zu, blickte in seine Augen. Die Bernsteinringe leuchteten. »Wenn du ihn nicht getötet hättest, würde ich diesen verfluchten Mistkerl suchen und ihm die Haut vom Körper schälen.« Damit zog er mich in seine Arme. Leise schluchzte ich an seiner Brust.

»Bei den Göttern, ich werde nicht zulassen, dass dich ein Kerl jemals wieder so behandelt.« Sanft strich er über mein Haar. Ich atmete seinen Duft ein, genoss die Wärme, fand in seinen Armen die Geborgenheit, nach der ich mich schon so lange gesehnt hatte. Lucius konnte nicht mein Feind sein. Auf gar keinen Fall.

»Wie hast du mit dem Schwert zu kämpfen gelernt?«, wollte er wissen.

»Loandra, eine Frau, die in der Baracke neben der unseren hauste und die alle für verrückt hielten, passte manchmal auf Naias auf, wenn ich auf Beutezug war. Dafür teilte ich mit ihr, was ich heranschaffte.« Ich schloss die Augen, stellte mir Loandras Gesicht vor, deren Falten von all dem Leid erzählten, das sie erlebt hatte, und mein Herz wurde schwer. »Meistens redete sie wirres Zeug, doch in ihren klaren Momenten vertraute sie mir an, dass sie in einem kleinen Land aufgewachsen war, in dem auch die Frauen den Umgang mit Waffen erlernten. Sie hatte zu einer Kriegerkaste gehört und war eine ausgezeichnete Schwertkämpferin gewesen. Bei einem Kampf wurde sie zum Krüppel gemacht. Ihr Gegner schlug ihr fast den Schädel ein und brach ihr das Bein, das nie wieder richtig verheilte. Sie überlebte, aber sie war verändert und zu stolz, um auf die Menschen angewiesen zu sein, neben denen sie gekämpft hatte. Loandra wollte kein Ballast sein, daher ging sie fort und landete irgendwann in Tigres. Ich vertraute mich ihr an, dass ein Mann mich …«. Ich konnte für einen Moment nicht weitersprechen. »Daraufhin brachte sie mir, immer, wenn sie bei klarem Verstand war, den Schwertkampf bei. Sie war eine gute Lehrerin.« Die Vorstellung, wie wir in der Gasse, in der wir lebten, mit Stöcken kämpften und damit das Kopfschütteln der anderen Bettler ernteten, sorgte für ein Lächeln auf meinen Lippen. »Sie wurde eines Tages krank – Typhus – und starb in meinen Armen.« Trauer erfasste mein Herz. Loandra war erheblich mehr als nur eine Lehrerin für mich gewesen.

»Lass uns schlafen, es war ein langer Tag«, sagte Lucius leise. Er wollte aufstehen, doch ich hielt mich weiter an ihm fest. »Du musst mich jetzt loslassen«, flüsterte er, als ich keine Anstalten machte, mich von ihm zu lösen. Ich ließ ihn gehen. Ohne den direkten Kontakt zu Lucius' Körper kam ich mir verloren vor, begann zu zittern. Er breitete die fellgefütterte Decke aus, die er zusammengerollt auf seinem Pferd mitgeführt hatte, anschließend holte er meine. Die Umhänge nutzte er als Kissenersatz. Griffbereit legte er die Waffen in der Nähe ab, er winkte mich zu sich. Ich fühlte mich so erschöpft wie nach einem langen Kampf. Bereitwillig ging ich zu ihm und sank auf die Decke. Er zog erst meine Stiefel aus, anschließend seine eigenen. Schützend schmiegte er sich an mich und legte den Arm um meine Taille.

»Ich hoffe, du hast eine angenehme Nacht.« Sein Atem streifte mein Ohr. Meine Nackenhärchen reagierten sofort darauf. Dann hüllte er uns beide in meine Decke. Ihn zu spüren, fühlte sich verdammt richtig an.

In diesem Moment erkannte ich, dass ich den Kerl in der Gasse losgelassen hatte. Er war nicht mehr meine einzige Erfahrung mit Männern. All die Jahre hatte ich zugelassen, dass er noch immer Kontrolle über mich ausübte, obwohl er schon lange tot war. Seine furchtbare Tat sollte nicht weiterhin mein Leben bestimmen, dazu war er viel zu unwichtig. Diese Erkenntnis gab mir den Frieden, nach dem ich mich schon so lange gesehnt hatte. Jetzt fehlten nur noch Naias und Fenn zu meinem Glück. Ich konnte es kaum erwarten, dass die beiden zurückkehrten.

Kapitel 27

Möwengeschrei weckte mich. Die Strahlen der aufgehenden Sonne ließen das Meer rötlich glitzern. Ich spürte die Schwere von Lucius' Arm auf meiner Hüfte, vorsichtig befreite ich mich davon. Er grummelte ein wenig, wachte jedoch nicht auf. Langsam rutschte ich unter der Decke hervor, um mich zu erheben.

Bevor ich mir meine Stiefel schnappte, warf ich einen kurzen Blick auf Lucius, der immer noch friedlich schlief. Er vertraute mir ganz offensichtlich. Würde dies ein Feind tun? Leise nahm ich die Stiefel und verließ die Höhle. Eigentlich wollte ich sie anziehen, doch als ich den Sand unter meinen Füßen spürte, beschloss ich, barfuß zu bleiben. Ich ließ die Stiefel fallen und lief weiter, bis das Wasser meine Füße umspülte. Es war eisig, trotzdem blieb ich stehen.

Ein leichter Wind spielte mit meinem Haar, wehte mir Strähnen ins Gesicht, während die Strahlen der Sonne meinen Rücken wärmten. Es würde ein schöner Tag werden, kein Wölkchen trübte den Himmel. Ich betrachtete die unendliche Weite, die vor mir lag. Mit den Armen umschlang ich meinen Brustkorb, sog die salzige Luft tief in meine Lungen, senkte die Lider und lauschte den Wellen. Über mir kreischten Möwen die Freude über den sonnigen Tag lautstark heraus. Noch niemals in meinem Leben zuvor hatte ich einen solchen Frieden in mir verspürt. Ich hob mein Gesicht, das die laue Brise sanft berührte, und atmete tief ein.

Gestern Abend hatte ich Lucius in die geheimsten Winkel meiner Seele blicken lassen, die ich so viele Jahre unter Hass zu verbergen versucht hatte.

Eine Hand strich über meinen Rücken.

»Gut geschlafen?«, erkundigte sich Lucius. Ich wandte mich ihm zu.

»Wie noch nie zuvor.«

Seine Finger berührten meine Wange, während er mit dem Daumen sanft über meine Unterlippe fuhr. Meine Handfläche prickelte plötzlich seltsam. Ich löste mich von ihm und trat einen Schritt zurück, um sie zu betrachten. Sie glühte rot wie die Morgensonne, die gerade den Horizont eroberte.

»Deine Kräfte werden stärker.« Lucius nahm meine Hände, die Hitze schien ihm nichts auszumachen. Das Glühen wurde intensiver und mein Blut brodelte mir glühend wie Magma durch die Adern. Energie floss zwischen unseren Körpern. Ruckartig zog ich die Hände zurück und taumelte zwei Schritte nach hinten. Das Herz schlug mir bis zum Hals. Erschrocken sah ich auf meine Hände, dann zu Lucius.

»Ich habe einen Energiefluss gespürt.«

Lucius trat zu mir, um mich wieder in seine Arme zu nehmen, doch ich wich weiter zurück. Das Wasser erreichte bereits meine Waden.

»Das ist für unser beider Spezies eine normale Reaktion«, versuchte er, mich zu beruhigen.

»Ich habe die Schriftrolle gefunden und weiß, warum die Drachenabstammenden die Sonnenfeen jagen. Sie nähren sich von ihrer Energie, bis die Feen zu Asche zerfallen.« Ich beobachtete Lucius' Gesicht. Es zeigte keine Überraschung. Mein Herz drohte, aus dem Brustkorb zu springen. Lucius packte meinen Arm und zog mich zu sich.

»Ich werde dir nichts tun. Das Einzige, was ich will, ist dich schützen. Denn, verflucht noch eins, ich liebe dich.«

Ich hörte auf, mich gegen ihn zu stemmen. Tausend Gedanken schossen durch meinen Kopf, die ich in Worte zu fassen versuchte.

»Sag doch was.« Damit umfasste Lucius meine Oberarme.

»Wie soll das gehen?«, flüsterte ich. Sein verwirrter Blick erwiderte meinen.

»Ich meine, unsere Völker sind Todfeinde. Du bist ein König, ich bin eine Sklavin. Du hast über ein Dutzend Frauen, ich möchte den Mann, den ich liebe, für mich allein. Es gibt zu viele Hürden, die wir nicht überwinden können.«

Lucius lächelte. »Den Mann, den du liebst«, wiederholte er, während sein Daumen über mein Kinn strich.

»Das ist alles, was du gehört hast?« Wütend starrte ich ihn an, doch er ließ sich davon nicht beeindrucken, sondern küsste mich so sanft, dass es sich anfühlte, als berührten Schmetterlingsflügel meine Lippen.

»Unsere Völker mögen Todfeinde sein, aber ich bin nicht dein Todfeind.« Er küsste mich erneut. »Der Harem hat eine lange Tradition. Es ist von jeher Brauch, dass die hohen Häuser als Zeichen ihrer Loyalität den erstgeborenen Sohn zur Armee schicken, und die Häuser, die keine männlichen Nachkommen haben, dem Herrscher die erstgeborene Tochter zum Geschenk machen. Die Mädchen bleiben für sechs Jahre im Harem, dann werden sie Priesterinnen im Tempel der Morgenröte. Natürlich hoffen ihre Familien darauf, dass diese Mädchen vom König zur Zweit- oder Drittfrau gemacht werden und im Palast bleiben dürfen.«

»Wieso läuft im Harem nicht eine Schar von kleinen Lucius'
herum oder Nachkommen deines Bruders?«, fragte ich.

»Weil mein Bruder seinen Heiler beauftragte, ein Elixier zu brau-
en, das die Empfängnis verhindert. Es wird dem Wein zugesetzt.
Hätte eine der Frauen ein Kind von ihm empfangen, hätte er sie
zu seinem Weib machen müssen. Doch er wollte nur Livia, und
einzig sie sollte seine Kinder gebären. Er liebte sie wirklich sehr. Ich
habe das mit dem Elixier fortgeführt, weil ich grundsätzlich keine
Nachkommen wollte. Aurelio soll den Thron besteigen, wenn er alt
genug ist, doch falls ich während meiner Regentschaft einen Sohn
zeuge, könnte dieser den Thron für sich beanspruchen. Das wird
allerdings bald kein Thema mehr sein. Da ich diesen Brauch der
Aufnahme von Frauen in den Harem nach dem Tod meines Bruders
nicht weitergeführt habe, wird demnächst die letzte der Haremsdamen den Palast verlassen haben. Eines muss ich zugeben: Auch
wenn Livia die einzige Frau war, die mein Bruder an seiner Seite
duldete, hatte er eine wirkliche Schwäche für schöne Frauen.«

Ich fixierte Lucius. »Jetzt erzähl mir nur noch, dass es eine Bürde für dich war, so viele Jungfrauen um dich zu haben, und ich
übergebe mich gleich.«

Ein jungenhaftes Grinsen breitete sich auf Lucius' Gesicht
aus. »Ich habe nicht gesagt, dass ich ein Kostverächter bin.« Seine Hand legte sich auf meine Wange. Langsam zeichnete er den
Schwung meiner Lippen nach. »Aber für dich verzichte ich auf
dieses Vergnügen.«

Obwohl ich seine Zärtlichkeiten sehr genoss, trat ich zurück
und verschränkte die Arme.

»Wie großzügig, Herr.«

»Sieh an, da ist wohl jemand eifersüchtig.« Das Grinsen wollte
einfach nicht aus seinem Gesicht verschwinden.

»Außerdem bist du verheiratet.«

Lucius' Miene wurde erst. »Livia habe ich zur Frau genommen,
um sie zu schützen. Es war der letzte Wunsch meines Bruders, und

sie wird für mich immer die Frau meines Bruders bleiben. Sie ist wie eine Schwester, mehr nicht.«

Dies wusste ich zwar bereits von Livia, aber es tat gut, es aus seinem Mund zu hören. Er zog mich in die Arme und ich schmiegte mich an seine Brust.

»Wir müssen nur noch warten, bis Aurelio alt genug ist, um den Thron zu besteigen, dann werde ich abdanken und wir können uns als Mann und Frau in einer der Provinzen niederlassen. Aber bis zu diesem Zeitpunkt muss ich König bleiben, und dich werden die Menschen als meine Sklavin ansehen. Es tut mir leid, das ist viel verlangt. Es würde einfacher sein, wenn ich noch der erste Heerführer wäre.«

Lucius vergrub sein Gesicht in meinem Haar und drückte mich an sich.

»Du schuldest mir noch einen Kampf«, murmelte ich an seine Brust. Sein Lachen ließ meinen Körper vibrieren.

»Das ist jetzt wirklich nicht dein Ernst?«

»Oh doch. Aber wenn du vielleicht zu feige bist, habe ich damit offiziell gewonnen.«

Lucius schob mich von sich und hob eine Augenbraue, seine sinnlichen Lippen umspielte ein Lächeln.

»Sag das noch mal.«

Ich zog einen Schmollmund, wie ich es bei Amara gesehen hatte, dann sah ich ihn unter meinen langen Wimpern an. »Feigling.«

»Ich betrachte das als Herausforderung. Mach dich bereit, denn ich werde dir deinen süßen Hintern versohlen.«

»Oder ich deinen.« Damit stapfte ich los. Auf dem Weg zur Höhle griff ich mir meine Stiefel, in die ich schlüpfte, nachdem ich die Füße einigermaßen vom Sand befreit hatte. Anschließend legte ich den Waffengürtel an. Lucius, der mir gefolgt war, schnallte seinen ebenfalls um. Als wir fertig gerüstet waren, zogen wir beide die Waffen und umkreisten einander.

»Du kannst noch aufgeben«, bemerkte Lucius.

»Niemals.« Blitzschnell machte ich einen Schritt nach vorne und griff an, doch Lucius parierte den Hieb. Ich setzte mit meinem Dolch nach, aber diesen Schlag stoppte er mit seinem zweiten Schwert.

»Ich lasse mich so leicht überrumpeln wie der Riese, der für Gaius kämpfte«, höhnte Lucius.

»Warte ab.« Ich machte eine Drehung. Mein Schlag verfehlte knapp sein Bein, aber der Dolch schnitt sein Hemd auf.

»Wenn du mich nackt haben möchtest, gibt es einen einfacheren Weg.« Damit attackierte er mich. Es kostete viel Kraft, seine harten Schläge zu parieren, doch unter dem letzten duckte ich mich weg. Es machte »Ratsch!«, und in Lucius' Gewand klaffte ein zweiter Riss.

»So ist es interessanter«, sagte ich. Meine Mundwinkel zuckten nach oben.

»Weißt du, dass du wunderschön bist, wenn du lächelst?«

»Spar dir das Süßholzraspeln.« Wieder griff ich an, lief jedoch ins Leere und die Spitze seines Schwertes streifte die Schnürung meines Brustschutzes. Lucius setzte nach. Ich stoppte seine Klinge mit dem Schwert. Blitzschnell versuchte ich, mit dem Dolch einen Treffer zu landen. Lucius wich nach hinten aus, stolperte über einen aus dem Boden ragenden Felsen und landete der Länge nach auf seiner Kehrseite. Ich setzte mich rittlings auf ihn, die Spitze meines Dolches zeigte auf seine Kehle.

»Es wird Hortensia freuen, dass du ab heute öfter in ihrer Küche auftauchst, um mir meine Speisen zu holen, Sklave«, sagte ich schwer atmend. Der Kampf hatte mich viel Kraft gekostet.

Wenn Lucius gewollt hätte, wäre es für ihn ein Leichtes gewesen, mich von sich herunterzuheben, aber er blieb mit ausgestreckten Armen liegen und ließ die Waffen los. Hastig hob und senkte sich sein Brustkorb. Mit großer Genugtuung stellte ich fest, dass unser Intermezzo auch an ihm nicht spurlos vorübergegangen war.

»Du hast gewonnen, ich ergebe mich«, erwiderte er.

Ich nahm den Dolch von seiner Kehle, um damit über seine Brust zu fahren.

»Ich werde eine gute Herrin sein.«

»Da habe ich nichts anderes erwartet.« Er legte seine Hände auf mein Gesäß. Seine Lippen umspielte dieses knabenhafte Lächeln, das ich so liebte. Ich nahm den Dolch weg und beugte mich zu ihm, dann knabberte ich an seinem Hals. Zufrieden bemerkte ich, dass sich seine Atmung beschleunigte. Leicht biss ich in seine Unterlippe, neckte ihn. Ich eroberte seinen Mund, den er bereitwillig für meine Zunge öffnete. Ihm entwich ein leises Stöhnen, in meinem Schritt spürte ich ein deutliches Pochen, das nicht von seinem wild schlagenden Herzen kam. Seine Hände wanderten meinen Rücken hinauf. Lucius' leidenschaftliche Erregung ließ mein Blut heiß pulsieren. Jeder Zoll meines Körpers brannte, als befände ich mich im Zentrum einer Feuersbrunst. Pure Energie schoss durch meinen Körper. Plötzlich ließ ein seltsam verbrannter Geruch mich die Lider heben, und ich löste meine Lippen von Lucius'. Ein Ring von Flammen umgab uns. Fassungslos sah ich zu ihm.

»Bei den Göttern, was ist das?«

Er strich mein Haar zurück. »Ich würde sagen, wir sind Feuer und Flamme füreinander.« Mit einer Handbewegung löschte er den Brand. Dann umfasste er meinen Kopf und zog mich wieder zu sich. Wie ich seine Küsse liebte. Endlich verstand ich, was Naias daran fand. In diesem Moment riss die Schnürung meines Harnischs auf der Seite, die von Lucius Klinge angekratzt worden war. Der Brustschutz klaffte etwas auseinander. Zart strich Lucius über meine Haut, sein Finger wanderte in Richtung meiner Brüste und ich zuckte zusammen. Der letzte Mann, der sie berührt hatte … Ich schob den Gedanken weg. Lucius zog seine Hand sofort zurück. Sanft drückte er mich von sich, unsere Lippen lösten sich voneinander.

»Wir können auch aufhören«, meinte er, während ich seine Erregung deutlich spürte. Schon waren die verstörenden Bilder wieder da. Verdammt, der elende Kerl hatte keine Macht mehr über mich. Panik kroch zwar in mir hoch, aber ich wollte dennoch wissen, wie es sein würde, wenn ich mich Lucius freiwillig hingab. Obwohl meine Finger vor Aufregung zitterten, löste ich die Schnürung und legte den Harnisch ab. Nun saß ich mit entblößten Brüsten auf Lucius. Ich war versucht, sie mit den Armen zu bedecken, doch ich gab diesem Impuls nicht nach. Lucius lächelte und strich mit den Fingerknöcheln über meinen Arm.

»Du bist meine Herrin, ich bin dein ergebener Sklave. Wenn es dir unangenehm wird, kannst du es jederzeit beenden«, sagte er. »Wir wollen es uns zuerst etwas bequemer machen.« Damit richtete er sich auf, obwohl ich noch immer auf seinem Schoß saß. Meine Brüste berührten Lucius' Harnisch. Ich sah auf ihn herab, Verlangen lag in seinem Blick. Sanft strich ich ihm das dunkle Haar zurück. Ich war entschlossen, es mit ihm zu tun. Er machte Anstalten, aufzustehen, daher erhob ich mich und zog ihn hoch. Zielstrebig ging er zu unserem Lager, schlug die zweite Decke zurück und kniete sich an den Rand.

»Leg dich hin«, forderte er mich auf.

Meine Entschlossenheit begann zu bröckeln, wieder drängten sich furchtbare Bilder in meinen Geist. Nein, der Mann hatte keine Gewalt mehr über mich. Ich kam Lucius' Aufforderung nach und streckte mich auf dem Fell aus. Zuerst befreite er mich von meinen Stiefeln, dann folgten Waffengurt und Hose, bis ich vollkommen nackt vor ihm lag. Ein Zittern lief durch meinen Leib, als er meine Beine auseinander drückte und sich dazwischenschob. Mein Herz verdoppelte seinen Schlag und meine Kehle fühlte sich trocken an. Aber ich wollte mich von der Furcht nicht beherrschen lassen. Jetzt nicht mehr.

»Wenn du ›Stopp‹ sagst, dann höre ich auf. Du hast hier die Kontrolle«, meinte er und strich sanft über meinen Schenkel. Seine Worte beruhigten mich etwas. »Entspann dich, du stehst nicht vor einem Kampf. Lass dich einfach fallen, ich werde dich auffangen.« Er beugte sich herunter und seine Lippen berührten meine

Scham. Ich seufzte. Bei den Göttern, das hatte sich unglaublich angefühlt. Dann spürte ich, wie seine Zunge in mich eindrang und behutsam mit mir spielte. Wellen von Lust erfassten mich, und ich stöhnte vor Wonne auf. Niemals hätte ich geglaubt, dass es so schön war, von einem Mann an dieser Stelle berührt zu werden. Keuchend bog ich mich ihm entgegen. Sein heißer Atem, gepaart mit dem sanften Saugen, brachten mich fast um den Verstand und obwohl ich noch niemals Empfindungen wie diese hier gespürt hatte, wusste ich, dass da noch etwas Größeres kommen musste. Lucius richtete sich auf und Enttäuschung machte sich in mir breit. Das konnte es mit Sicherheit nicht gewesen sein.

»Ich kann damit fortfahren oder wir gehen den nächsten Schritt. Wie du möchtest«, sagte er mit rauer Stimme. Der nächste Schritt war wohl, dass ... Ich sah zu seinen Hüften. Eine deutliche Beule zeichnete sich zwischen seinen Beinen ab. Was, wenn es wehtat?

Nein, er würde mir nicht wehtun. Entschieden rappelte ich mich auf. Noch immer pulsierte es zwischen meinen Schenkeln. Ich löste Lucius' Waffengurt. Er begann, den Harnisch abzulegen. Anschließend erhob er sich, die restliche Kleidung folgte, bis er so nackt wie ich war. Prall stand seine Männlichkeit aufrecht, selbst als er sich auf der Decke ausstreckte.

»Ich werde meine Hände bei mir behalten. Tu, was du willst«, sagte er. Ich krabbelte näher, strich über seinen muskulösen Oberkörper, den ich schon bei unserer ersten Begegnung bewundert hatte. Sanft fuhr ich mit den Lippen über seinen festen Bauch und er erschauderte. Diese Reaktion machte mir Mut und ich erkundete ihn weiter. Noch niemals zuvor war ich einem Männerkörper freiwillig auf dies Weise nahegekommen. Nach einer Weile wurde ich noch mutiger. Jetzt war es an mir, mich zwischen seine Beine zu knien, und ich leckte über die Spitze seines Schafts, worauf Lucius die Augen schloss und aufkeuchte. Bei der nächsten Liebkosung erzitterte er. Ich umfasste ihn mit den Fingern, glitt an ihm entlang. Jede Handlung von mir zeitigte eine Reaktion. Es war faszinierend zu sehen, wie Lucius es genoss. Seine Lust zu beobachten, zeigte auch bei mir Wirkung. Das Pulsieren in meinem Unterleib wurde immer nachdrücklicher, und ich wollte ihn noch mehr erregen. Eines wusste ich: Am liebsten schoben Männer ihren Phallus in die Frauen hinein. Es hatte genug Dirnen in Tigres und vor allem in dem Stadtteil gegeben, aus dem ich stammte. Wie es wohl war, nicht nur Lucius' Zunge, sondern seine Männlichkeit in mir zu spüren?

»Ich will es tun«, sagte ich. Er hob die Lider, sein Blick war vor Lust verschleiert.

»Dann setz dich wieder auf meinen Schoß«, erwiderte er. Mein Herz pochte wild in der Brust, als ich ihn zwischen den Beinen spürte. »Wenn du bereit bist und es willst, senke einfach deine Hüften«, wies er mich an, und ich tat es. Als ich ihn ganz langsam in mich aufnahm, hatte ich das Gefühl, vor Lust zu zerbersten. Seine Hände umfassten zart meine Taille.

Er zeigte mir, wie ich mich bewegen sollte. Bei den Göttern, die Wonnen wurden noch intensiver. Ich konnte nicht anders, als sie laut heraus zu stöhnen. Nachdem ich meinen Rhythmus gefunden hatte, nahm Lucius die Hände wieder weg. Ich strich über die dunklen Locken, die seine Brust bedeckten. Er überließ mir die Kontrolle, was mir ein unglaubliches Machtgefühl gab. In meinem Unterleib baute sich ein wundervoller Druck auf. Lucius hob die Hüften, glitt so noch tiefer in mich, und ich schnappte vor Erregung nach Luft. Unter meiner Haut begann es zu prickeln. Hitze sammelte sich in meiner unteren Körperhälfte, was die Wollust um ein Vielfaches verstärkte.

Ich beugte mich zu Lucius herunter und küsste ihn, als sich Energie in mir sammelte. Sie schoss meinen Körper hinauf und nährte Lucius damit, dessen Leib bebte. Es war, als wären unsere Seelen verbunden und unsere Herzen schlugen im Gleichklang. Ihm meine Energie zu geben, war so erregend. Ich bewegte mich schneller. Mein Stöhnen wurde heftiger und der Energiefluss verebbte. Ich bäumte mich auf und stöhnte so laut, dass es von den Höhlenwänden hallte. Aus dem Druck zwischen meinen Schenkeln wurde ein heißes Pulsieren. Meine Welt zersprang. Aus der erkalteten Feuerstelle schoss eine Stichflamme bis zur Höhlendecke, während ich wieder und wieder von diesem intensiven Glücksgefühl erfasst wurde, bis es abebbte und die Flamme erlosch. Lucius keuchte laut und sackte zusammen.

Noch immer fühlte ich den Nachhall der Lust. Erschöpft schmiegte ich mich an Lucius' Brust, während wir noch verbunden waren. Er schlang die Arme um mich.

»War es gut für dich?« Sanft strich er über meinen Rücken.

»Niemals hätte ich gedacht, dass das Zusammensein mit einem Mann so schön sein kann«, flüsterte ich, schloss die Lider und lauschte seinem Herzen, das noch immer erregt zu sein schien.

»Ich weiß jetzt, warum mein Volk so süchtig nach deinem ist. Die Energie, die du mir geschenkt hast, ist einfach unbeschreiblich. Ich spüre sie noch immer in jeder Faser meines Körpers und habe das Gefühl, ich könnte es mit Göttern aufnehmen.«

»Es war nicht so wie auf den Bildern«, erwiderte ich und genoss mit jedem Atemzug seinen Duft.

»Was meinst du?«

»Die Feen auf den Bildern sahen so aus, als würden sie sehr leiden, doch bei mir verstärkte es die Lust«, erklärte ich mit geschlossenen Augen.

»Wahrscheinlich, weil du mir die Energie freiwillig gegeben hast«, mutmaßte er. »Niemals werde ich zulassen, dass ein anderer Draconigena dich in seine Finger bekommt. Meinesgleichen würde dir die Energie entreißen, bis es dir wie den Feen auf den Bildern ergeht. Denn es ist schwer, den Appetit zu zügeln.«

Ich hob den Kopf. Unsere Blicke trafen sich.

»Fällt es dir auch schwer?«, fragte ich leise, worauf er lächelte.

»Nur das Wenige, was ich von dir gekostet habe, reichte aus, damit ich mich wie Säufer fühle, der unbedingt Wein braucht, um den Tag zu überstehen.« Sanft streichelte er über meinen Rücken. »Ich bin jetzt schon süchtig danach, wie ich süchtig nach deiner Liebe bin. Doch lieben kannst du mich nur, wenn du lebst, und ich will, dass du lebst. Damit ich dich lieben und spüren kann. Niemals würde ich mir deine Energie mit Gewalt nehmen, wie ich auch deinen Körper niemals mit Gewalt nehmen würde.« Unsere Blicke verfingen sich ineinander. Es gab in seinem Gesicht nicht das kleinste Anzeichen von Unaufrichtigkeit. Ich glaubte ihm, weil mein Herz es tat.

»Ich vertraue dir«, erwiderte ich.

»Das kannst du auch«, gab er zurück. Ich legte den Kopf wieder auf seine Brust. »Auf jeden Fall solltest du lernen, dich zu zügeln. Die Stichflamme war nicht von schlechten Eltern.«

Etwas später saßen wir am Lagerfeuer. Lucius hatte wieder seine Hose angezogen, ich war in eine der Decken gewickelt. Er legte Holz nach, Funken stoben in die Höhe. Ein kleiner Topf hing über den Flammen, in dem Brei köchelte. Ich zog die Decke um den Leib. Was ich heute gemacht hatte, konnte ich kaum in Worte fassen. Diesen verfluchten Kerl, der mir damals Gewalt angetan hatte, hasste ich jetzt noch mehr. Denn er hatte mir mein erstes Mal mit einem Mann wie Lucius genommen. Wie wäre mein Leben wohl verlaufen, wenn ich Lucius zuerst getroffen hätte? Würden wir Kinder haben? Hätte ich jemals kämpfen gelernt? Ach, wenn man nur in die Zukunft blicken könnte, um solche Grausamkeiten zu verhindern. Moment. Ich konnte in die Zukunft blicken, wenn ich Lucius' Glauben schenken konnte – und wieso sollte ich das nicht? Er hatte bisher nie gelogen.

»Du sagtest, ich kann durch mein Blut in die Zukunft blicken«, meinte ich.

»Ja.« Er nahm neben mir Platz.

»Ich möchte es versuchen.«

»Wenn du dich bereit dazu fühlst. Lass es uns probieren.« Lucius erhob sich, holte einen der Zinnbecher und spülte ihn kurz aus, um ihn mit Wasser zu füllen. Dann griff er sich ein Tuch und meinen Dolch. Er setzte sich wieder neben mich und reichte mir die Waffe.

Ich drehte die Handfläche nach oben und schnitt mit der Klinge in mein Fleisch. Heißer Schmerz durchzuckte mich. Sofort quoll Blut aus der Wunde, das Lucius im Becher auffing, dann reichte er mir das Tuch. Nachdem ich es um die Verletzung gebunden hatte, nahm ich Lucius den Becher ab und schaute hinein. Dabei dachte ich an Naias, hoffte, zu sehen, wie sie zu mir zurückkehrte. Voller Spannung pochte mein Herz in der Brust, als ich darauf wartete, dass sich in dem Gefäß etwas tat. Aber es blieb einfach nur blutiges Wasser. Augenblicke vergingen, es veränderte sich kein bisschen. Vielleicht funktionierte es ja nicht? Langsam wich die Hoffnung Enttäuschung.

»Ich glaube, es geht nicht«, sagte ich zu Lucius.

»Du musst deine Gedanken auf das richten, was du sehen möchtest, und alles andere ausblenden«, erwiderte und deutete auf den Becher. Also schaute ich wieder hinein. Plötzlich fegte ein winziger Wasserwirbel durch den Becher. Ich traute mich kaum, zu atmen. Das Blut-Wasser-Gemisch erstarrte zu einem Spiegel, auf dessen Oberfläche verschwommene Bilder erschienen, die nach und nach schärfer wurden.

Doch ich sah nicht wie erhofft Naias, sondern Krieger mit vorwiegend blondem Haar, die Gesichter von grimmigen Tätowierungen geziert. Die Männer schienen sich zu einer riesigen Armee zu sammeln. Abertausende Stimmen stießen ein wildes Geheul aus.

»Sieh!« Ich hielt Lucius den Becher hin.

»Scheiße«, zischte er. In seinen Augen erkannte ich große Besorgnis.

»Es sind die Barbaren aus dem Norden, sie werden sich sammeln, um die Grenze anzugreifen. Ich dachte mir, dass sie nach der letzten Niederlage auf Rache aus sein würden. Doch dass sie sich so schnell erholen, damit habe ich nicht gerechnet. Auf ihrer Seite gab es große Verluste. Ich muss zurück, um meine Legionen zu mobilisieren.« Er schüttete den Inhalt des Bechers auf den Boden und packte unsere Habseligkeiten zusammen.

Kapitel 28

Lucius trieb seinen Rappen an. Die Sonne hatte ihren Zenit bereits überschritten, als sich die Hauptstadt von Ro'an vor uns erhob. Der marmorne Palast thronte auf seiner Klippe und wachte über die gigantische Ansiedlung im Tal. Bereits damals, als ich die Stadt zum ersten Mal sah, hatte mich sein Anblick beeindruckt.

Wir galoppierten auf das Stadttor zu. Als wir es erreicht hatten, stoppte Lucius sein Ross, und auch ich hielt meine Stute an. Dahinter herrschte ein heilloses Gewimmel, da heute Markttag war. Es schien fast unmöglich, die Pferde dort hindurch zu manövrieren.

»Soldaten«, sprach Lucius die zwei Wachen am Tor an. Der Kleinere der beiden trat gelangweilt hervor und stützte sich auf seine Lanze.

»Was wünscht Ihr?«, fragte er in einem monotonen Tonfall.

»Sorgt dafür, dass Euer König ohne Hindernisse seinen Palast erreicht.«

»Wenn er kommt, werden wir dafür sorgen, Herr«, antwortete der Größere, der sehr konzentriert in der Nase bohrte.

»Er ist schon da.« Lucius schob seine Kapuze vom Kopf und aus den Gesichtern der beiden Männer wich jegliche Farbe. Sie erstarrten förmlich zu Statuen, die Hände zum Gruß an ihren Köpfen. Ich musste bei ihrem Anblick grinsen. Das hätten sich die beiden heute Morgen beim Aufstehen bestimmt nicht erträumt, ihrem König über den Weg zu laufen.

»Wird's bald«, scheuchte Lucius sie.

Wie aufgeschreckte Hühner rannten die Soldaten durch das Tor.

»Macht Platz für den König.«

Die Menschen stoben erschrocken auseinander und bildeten eine Gasse, durch die Lucius seinen Rappen dirigierte. Ich folgte ihm, während die beiden Wachmänner die Menge mit ihren Lanzen zur Seite trieben. Meine Kapuze zog ich tiefer ins Gesicht, um mich vor den neugierigen Blicken der Umstehenden zu schützen.

Lucius saß aufrecht im Sattel, er wirkte wahrlich königlich. Schon allein seine körperliche Präsenz schien den Leuten großen Respekt einzuflößen. Aber das konnte ich ihnen nicht verdenken. Ich betrachtete Lucius' breite Schultern, über die seine wilden Locken fielen. Vor mir ritt ein Krieger, kein verweichlichter Adliger, der nicht einmal ein Schwert zu halten vermochte.

Endlich erreichten wir den Weg, der zum Palast hinaufführte. Dort waren weniger Menschen unterwegs. Vor den Ställen sprang Lucius von seinem Rappen. Sofort ergriff ein Knabe das Halfter des Hengstes.

Mit langen Schritten steuerte Lucius auf den Palast zu, ich folgte ihm. Er bellte den Soldaten, die an den Torbögen standen, Befehle zu, um dann, kaum, dass ich ihn eingeholt hatte, weiterzueilen. Frustriert schnaubte ich, als er im Tempo eines Sprinters den Weg fortsetzte. So, wie er war, betrat er den Thronsaal. Er setzte sich jedoch nicht auf den Thron, sondern tigerte vor den Stufen unruhig auf und ab.

»Vielleicht war die Sache mit meinem Blut ein Irrtum«, sagte ich und beobachtete ihn mit flauem Gefühl im Magen. Irgendwie fühlte ich mich schuldig, obwohl ich gar nichts getan hatte.

Lucius riss den Kopf herum.

»Sprich hier nicht darüber, die Wände haben Ohren. Nur so viel: Diese Bilder waren kein Irrtum, es wird geschehen, und ich muss zum Wohle meines Volkes handeln.«

Diese Aussage erleichterte mein Gewissen auch nicht. Im Gegenteil, in meinem Magen baute sich ein schmerzhafter Druck auf.

»Du hast mich rufen lassen, Herr?« Livia betrat den Saal. Mit ernster Miene blickte sie zu Lucius, dann sah sie fragend zu mir, worauf ich mit den Schultern zuckte. Was sollte ich auch erwidern? *Mein Blut hat einen Krieg mit den Nordmännern prophezeit.*

Lucius ging Livia entgegen und ergriff ihre Hände, um sie die Stufen hinaufzuführen. Dort nahm sie neben dem Thron auf einem Hocker mit Löwenfüßen Platz.

»Wenn alle da sind, wirst du mein Anliegen erfahren«, antwortete er. Wieder blickte Livia zu mir. Auf ihrer sonst so glatten Stirn bildeten sich Sorgenfalten, doch sie schwieg.

Erneut lief Lucius auf und ab wie ein Raubtier in einen Käfig. Er machte mich damit ganz verrückt. Ich stieg ebenfalls die Treppe hinauf, um mich hinter Livia zu stellen.

»Sag mir, was erregt den König so enorm?«, wollte sie von mir wissen.

»Es ist besser, Ihr hört es von ihm selbst, Herrin.« So leid es mir tat, sie im Ungewissen zu lassen, aber diese Nachricht wollte und konnte ich ihr nicht überbringen. Ich erkannte, was für eine Bürde es war, ein Land zu regieren. Mein Blick glitt zu Lucius, der direkt vor dem Thron zum Stehen kam, seine Schultern straffte und dann mit erhobenem Haupt zur Tür blickte. Er strahlte den Stolz und die Stärke eines Löwen aus. Ein Schauer lief meinen Rücken herunter, denn dieser Mann liebte mich.

Das Portal wurde geöffnet und Rufus trat ein. Seine wilden Locken waren zu einem Zopf geflochten. Ihm folgte ein Soldat, der eine würdevolle Ruhe ausstrahlte. Das kurz geschorene Haar war durchzogen von grauen Strähnen, der Mund von einem Bart umrahmt.

Bei Rufus' Anblick kam zu dem Gefühl eines Steins in meinem Magen jetzt noch der Eindruck, keine Luft mehr zu bekommen. Lucius anzuschauen, half mir dabei, mich wieder zu beruhigen. Der erste Heerführer sowie der ältere Soldat knieten vor ihm nieder. »Herr, Ihr habt nach uns verlangt.« Für einen winzigen Moment sah der Bärtige zu Livia, die daraufhin ihren Kopf senkte.

»Steht auf, Soldaten.« Damit erhoben sich die beiden. Nun traf Gaius ein, von zwei weißhaarigen Männern in Togen begleitet. Lucius blieb vor dem Thron stehen. »Die erste und die zweite Legion sollen mobil gemacht werden. Wie lange wird das dauern?«

»Mindestens fünf Tage«, erwiderte Rufus.

»So sei es. In fünf Tagen bei Morgengrauen haben sich die Männer auf der Ebene vor der Stadt einzufinden. Die dritte Legion bleibt hier, um die Stadt zu sichern, die vierte soll in zwei Wochen kurz vor der Saltaebene zu uns stoßen.« Nacheinander betrachtete Lucius Rufus und den älteren Soldaten, die gehorsam nickten. Wieder beobachtete ich, dass der Bärtige die Königin mit einem seltsamen Blick ansah – ich glaubte, Verlangen in seinen Augen zu erkennen.

»Was hat das zu bedeuten?«, mischte sich Gaius ein und trat zwei Schritte nach vorne.

»Ich habe erfahren, dass die Barbaren im Norden ihre Truppen sammeln.«

»Und woher? Es kostet jede Menge Geld, drei Legionen an eine Grenze zu schicken, die bereits von einer Einheit gesichert wird. Also, wie zuverlässig ist Eure Quelle, Herr?« Wie immer machte der Ratsherr aus seiner Verachtung für Lucius keinen Hehl. Der warf seinen Umhang zurück und präsentierte die Schwerter an seinem Gurt. Er überwand die Stufen und schritt geschmeidig wie eine Raubkatze u Gaius, dessen Adamsapfel sich aufgeregt auf und ab bewegte. Kurz vor dem Ratsherrn blieb er stehen.

»Meine Quelle ist so zuverlässig, dass ich das Kriegsrecht ausrufe. Und Ihr wisst, was dies bedeutet: Der Rat wird ab sofort außer Kraft gesetzt.« Lucius sprach ruhig und betont, was das Ganze noch bedrohlicher machte. Das spürte auch der Ratsherr, denn er wich zurück.

Livia, die bisher still zugehört hatte, richtete sich steif auf. Ihre Hand umklammerte die Armlehne ihres Hockers. Am liebsten hätte ich ihr beruhigend über den Rücken gestrichen, doch dies wäre nicht angemessen gewesen.

»Rufus, trommle die erste und zweite Legion zusammen. In fünf Tagen bei Morgengrauen reiten wir los.«

Der erste Heerführer salutierte und eilte davon. In Gedanken ging ich das Gesagte noch mal durch und blieb an dem Wort *wir* hängen.

»Die Königin wird bis auf Weiteres die Regierungsgeschäfte übernehmen. Decimus Naevio, zweiter Heerführer, du wirst ihr zur Seite stehen, sie unterstützen und mit deiner dritten Legion für ihre sowie die Sicherheit der Stadt sorgen. Du stehst ab sofort über dem Rat.« Lucius sah zu dem grauhaarigen Soldaten, der nickte, und suchte dann erneut den Blick seiner Königin. Ich hätte auf alles, was mir heilig war, einen Eid geleistet, dass dieser Mann weit mehr für Livia empfand als nur den Wunsch, sie zu schützen.

»Außerdem erwarte ich, dass der Rat kooperiert.« Bei diesen Worten drehte Lucius seinen Kopf in Gaius' Richtung, der die Lippen zu einem Strich zusammengepresst hatte. Die beiden Männer hinter ihm jedoch gaben ihre Zustimmung.

Zornig ballte ich meine Hände zu Fäusten. Das bedeutete also dieses *Wir*. Lucius wollte seine Armeen selbst anführen. Ich begriff nicht, warum Livia angesichts dieser Tatsache so ruhig dasaß und keinen Laut von sich gab. Am liebsten hätte ich Lucius angeschrien, ihn gefragt, ob die Götter ihm seinen Verstand geraubt hatten, denn ein verdammter König zog nicht in den Krieg. Ich atmete durch. Na gut, wenn sich dieser dumme Kerl in eine Schlacht stürzen wollte, würde ich ihn begleiten. Mein Blut rauschte durch die Adern und in meinen Handflächen kribbelte es. Er sollte nur versuchen, mich davon abzuhalten.

»Jeder weiß nun, was zu tun ist, daher können alle gehen.« Lucius wartete nicht, bis die Anwesenden den Saal verlassen hatten, sondern schritt zu dem Portal, das in seine Gemächer führte. An dem schmalen Treppenaufgang, an dessen Ende das Esszimmer lag, holte ich ihn ein.

»Du wirst hier gebraucht, du kannst nicht in den Krieg ziehen.« Ich hielt seinen Arm fest. Unter meinen Händen spannten sich seine Muskeln an.

»Es steht dir nicht zu, mir zu sagen, was ich kann und was nicht«, gab er barsch zurück. Das hatte gesessen. Mir fehlten die Worte. Ich nahm meine Hand von seinem Arm und ging zwei Schritte rückwärts. Er behandelte mich wieder wie eine Sklavin, nach alldem, was zwischen uns geschehen war. Ein taubes Gefühl breitete sich in meinem Kopf aus. Da umfasste Lucius meine Schultern.

»Es tut mir leid, ich wollte dich nicht so angehen.« Er zog mich in seine Arme, doch ich sträubte mich dagegen. »Versteh mich bitte, ich muss meinen Männern zur Seite stehen. Ein guter König versteckt sich nicht feige in seinem Palast, wenn seine Armeen einer solchen Bedrohung gegenüberstehen.«

Ich verschränkte die Arme. »Dann werde ich dich begleiten. Ich bin eine gute Kämpferin.«

Lucius' Fingerspitzen strichen über meine Wange und glitten sanft zum Kinn.

»Gewiss, das bist du. Aber hast du schon eine Schlacht geschlagen?« Er hob durch sanften Druck meinen Kopf an.

»Nein«, entgegnete ich leise. »Aber ich bin lernfähig und ich kann dir den Rücken decken.«

»Mir wäre es lieber, du würdest Livia und Aurelio beschützen. Du weißt, was sie mir bedeuten – sie sind meine Familie. Ich könnte den Gedanken nicht ertragen, dass den beiden etwas zustößt, ich muss mich ganz auf den Kampf mit den Barbaren konzentrieren. Du würdest mir damit sehr helfen.« Lucius betrachtete mich mit erwartungsvollem Blick, das Bernstein in seinen Iriskreisen leuchtete. »Versprich mir, dass du auf die beiden aufpassen wirst.«

Ich schluckte. »Ich kann besser mit dem Schwert umgehen als mancher Mann. Ob ich in einem Krieg kämpfe oder in einer Arena, spielt keine Rolle.«

Lucius lächelte. »Ich weiß. Es ist mir gerade deshalb wichtig, dass du für Livias und Aurelios Sicherheit sorgst, solange ich weg bin, denn ich vertraue dir.« Er küsste die Tränen, die sich aus meinen Augenwinkeln gestohlen hatte, von meinen Wangen. Seine warmen Lippen auf meiner Haut ließen mich erschaudern.

»Versprich es mir«, flüsterte er.

Ich seufzte leise. »Ich verspreche es.«

»Nun lass uns nicht streiten. Wir sollten etwas essen. Nach dem Ritt habe ich ziemlich großen Hunger.«

Sein Blick sagte, dass ihn nach etwas anderem gelüstete als nach Nahrung. Mein Herz schien Schluckauf zu haben. Es setzte immer wieder einen Schlag aus, als er meinen Mund mit der Leidenschaft eines Kriegers eroberte. Ein Sturm der Gefühlte fegte über mich hinweg, der mich fast von den Beinen riss.

Kapitel 29

Wenn der König zu speisen wünschte, wurde im Esszimmer reichlich aufgetischt. Ich stand hinter dem Stuhl, auf dem Lucius saß, während Livia neben ihrem Sohn Platz genommen hatte. Offiziell war ich eine Sklavin und musste mich so verhalten. Trotzdem durfte ich meine Kampfmontur anbehalten. Der Harnisch bedeckte jetzt wieder fest meine Brüste, denn ich hatte das nur notdürftig zusammengeknotete Lederband durch ein neues ersetzen können, und zur Krönung war es mir erlaubt, meine Waffen zu tragen. Das gab mir das Gefühl, vollständig zu sein.

»Willst du dich nicht setzen?«, fragte Lucius und drehte sich zu mir. Die Dienerinnen, die um den Tisch herumwuselten, hielten inne und starrten mich an. Ich schluckte.

»Komm schon, du musst auch hungrig sein.« Er deutete auf den Stuhl, der an seiner rechten Seite und Livia direkt gegenüberstand. Mein Blick glitt zu ihr, sie lächelte mich an, als wollte sie mir ihren Segen geben. Noch immer rührten sich die Dienerinnen nicht von der Stelle.

»Wenn Ihr es wünscht, Herr«, erwiderte ich und nahm den mir zugewiesenen Platz ein. Lucius sah erwartungsvoll zu den Bediensteten, in die wieder Leben kam, während ich meine Hände zu beiden Seiten des Tellers legte, da ich nichts anderes damit anzufangen wusste.

»Was war das für eine Quelle, die dir von der Mobilmachung der Nordkrieger berichtet hat?«, fragte Livia. Eine Dienerin schenkte ihr Wein ein, anschließend kam sie zu mir, um meinen Becher zu füllen. Es war sehr seltsam, bedient zu werden.

»Die Quelle war zuverlässig, mehr musst du nicht wissen«, erwiderte Lucius und legte seine Hand auf meine. Starr saß ich auf meinem Stuhl, wich allen neugierigen Blicken aus. Einzig zu Livia schaute ich, die mir zufrieden zunickte und den Becher nahm.

»Kann Kayla wieder bei uns schlafen?«, fragte Aurelio und schob sich ein Stück Brot in den Mund.

»Nein, das kann sie leider nicht, denn ich brauche sie«, antwortete Lucius. Mir wurde ganz heiß.

»Willst du mit ihr spielen?«, wollte der Junge wissen.

»Das will ich.« Lucius verschränkte seine Finger mit meinen.

»Darf ich mitmachen?« Aurelio gab nicht auf.

»Nein, das ist ein Spiel, das man nur zu zweit spielen kann«, mischte sich jetzt Livia ein und schenkte mir ein süffisantes Lächeln.

»Ach schade.« Der Junge sah mich enttäuscht an. Auch andere Blicke waren auf mich gerichtet. Dazu musste ich gar nicht zu den Bediensteten schauen, denn ich spürte ihr Starren fast körperlich.

»Nimm dir, was du möchtest«, forderte Lucius mich auf und gab meine Hand frei. Ich griff mir eine Scheibe Brot.

»Das ist alles?« Er schüttelte den Kopf. »Gebt ihr etwas Braten!« Sofort landete ein großes Stück auf meinem Teller. »Du musst bei Kräften bleiben.« Er zwinkerte mir zu. Stocksteif saß ich an der

Tafel des Königs, wurde begafft wie ein lila Elefant und aß Braten, weil ich bei Kräften bleiben sollte. Noch deutlicher konnte er den Menschen nicht zeigen, dass ich das Bett mit ihm teilte. Auf der einen Seite schmeichelte mir dieser offene Umgang, doch andererseits war es für einen König absolut unangemessen. In der Küche brauchte ich mich nicht so schnell blicken zu lassen, das stand fest. Schweigend saß ich da und stocherte in meinem Braten herum, während Lucius mit Livia plauderte. Er schien bester Laune zu sein. Immer wieder berührte er mich, und obwohl ich versuchte, mir nichts anmerken zu lassen, liebte ich seine Zärtlichkeiten.

Ein Soldat trat ein und verbeugte sich.

»Verzeiht mir, Herr, aber der erste Heerführer möchte Euch sprechen. Er bittet Euch, zu den Unterkünften der Soldaten zu kommen«, sagte der Mann.

»Kann man hier nicht einmal in Ruhe essen?« Lucius erhob sich. »Verzeih mir, meine Liebe, die Pflicht ruft.« Er blickte zu Livia, die zustimmend den Kopf neigte. Was er dann tat, ließ wieder alle erstarren, einschließlich mir. Er nahm meine Hand und küsste sie. Als seine Lippen meine Haut berührten und ich den heißen Atem spürte, blieb das Bratenstück in meiner Kehle stecken und ich hielt die Luft an. »Wir sehen uns später«, sagte er, gab mich frei und verließ den Raum.

»Ihr könnt alle gehen.« Livia klatschte in die Hände. »Alissa, bring bitte Aurelio in mein Gemach. Er soll dort essen. Ich habe mit Kayla noch etwas zu besprechen.«

»Aber Mutter«, brauste der Junge auf.

»Sehr wohl. Kommt, kleiner Prinz.« Die angesprochene Dienerin nahm Aurelios Hand. Der stand auf, wenn auch widerwillig, und begleitete sie aus dem Zimmer. Die anderen Bediensteten folgten. Als alle gegangen waren, rang ich nach Luft, nahm den Becher und trank einen kräftigen Schluck Wein, um dem Fleischstück nach unten zu helfen. Endlich war meine Kehle davon befreit.

»Wie ich sehe, habt ihr beide zusammengefunden.« Livia lehnte sich zurück. Ich hatte keine Ahnung, was ich antworten konnte. »Er liebt dich wirklich, das solltest du wissen. Als er dich damals in der Arena zum ersten Mal gesehen hatte, war es um ihn geschehen. Er erzählte nur noch von der Kriegerin, die bei den Kämpfen mitmachte. Auch wenn er es selbst noch nicht wusste, so war mir schnell klar, dass er schwer verliebt war.« Sie verschränkte ihre Finger ineinander.

»Wirklich?« Ich trank noch einen hastigen Schluck und war froh, dass es Wein war.

»Noch niemals habe ich Lucius so erlebt. Er öffnet sein Herz fast keinem, und ich freue mich so für ihn.« Ihr Blick begegnete meinem. »Für euch beide«, fügte sie hinzu.

»Wenn nicht alles so kompliziert wäre«, erwiderte ich.

»Nicht komplizierter als andere Beziehungen. Er zeigt seine Zuneigung dir gegenüber ganz offen. Für Lucius ist das absolut ungewöhnlich. Mehr kannst du nicht verlangen.«

»Mehr verlange ich auch nicht, eher, dass er etwas weniger offen damit umgeht«, seufzte ich, und Livia lächelte.

»Andere würden wie Prachtvögel herumstolzieren angesichts einer solchen Demonstration von Verbundenheit durch den König. Du aber nicht. Ich sehe schon, seine Wahl war goldrichtig.« Sie nahm ihren Becher und trank. »Jetzt lass uns weiteressen.«

Nach einem üppigen Essen zog sich Livia zurück. Ich trat auf die Terrasse und schlenderte die Brüstung entlang zum Schlafgemach. Hinter mir wurde die Tür geöffnet. Diener kamen herein und brachten Wassereimer. Das hieß, Lucius wollte baden.

Ich drehte mich zum Meer und sog die salzgeschwängerte Luft tief ein. Jetzt, da ich mich nicht mehr um Naias sorgen musste, konnte ich alles genießen. Hier war es wunderschön. Noch niemals war es mir so gut gegangen, und ich hätte mir nicht in meinen kühnsten Träumen ausmalen können, einem Mann so viel Zuneigung entgegenzubringen, wie ich es Lucius gegenüber tat.

Ich hörte Schritte.

»Verzeih mir«, sagte Mira, und ich drehte mich zu ihr.

»Welchen Duft möchtest du in das Badewasser?« Sie hielt mir drei kleine Phiolen vor die Nase.

»Sollte das nicht der König entscheiden?«, fragte ich überrascht.

»Nein, wir bereiten das Bad für dich vor. Oh …« Mira blickte mich mit großen Augen an. »Darf ich überhaupt noch *Du* sagen?«

»Natürlich darfst du das.« Lächelnd strich ich über ihre Schulter.

»Also, was für ein Duft darf es sein?« Sie schaute auf die Fläschchen und mein Lächeln verkrampfte. Oh je, jetzt ließen mir die Diener das königliche Bad ein, als wäre ich ihre Herrin. Dabei rangierte ich weit unter ihnen. Noch unangenehmer konnte das Ganze kaum werden.

»Was für einen Duft magst du?«, fragte ich Mira.

»Ich?« Sie hob erstaunt die Augenbrauen.

»Für deine Hilfe wäre ich sehr dankbar.«

»Dann das hier.« Sie reichte mir ein Fläschchen mit bernsteinfarbenem Inhalt. Ich öffnete es und roch daran. Ein würziger, holziger Duft mit einem Hauch von Zitrone strömte mir entgegen.

»Das ist wirklich gut.« Ich verschloss die Phiole wieder.

»Darf ich dich etwas fragen?« Mira nahm das Fläschchen.

»Was willst du wissen?«

»Die anderen tuscheln über dich. Sie sagen, du teilst mit dem König das Bett. Stimmt das?«

»Wirklich, sie tuscheln?« Ich war nach wie vor nicht gerne das Thema des Palasttratsches. Aber das hätte man wahrlich voraussehen können. Ein Seufzer entkam mir.

»Ja, in der Küche reden sie über nichts anderes. Die Diener sagen, er hätte dir vor ihren Augen die Hand geküsst. Als wärst du eine Adlige.« Erwartungsvoll musterte sie mich. Was sollte ich da groß abstreiten? Für den Vorfall gab es um die zehn Zeugen.

»Das hat er wohl getan«, erwiderte ich.

»Das ist einfach unglaublich, dass er einer Sklavin die Hand küsst. Und sein Weib hat wirklich daneben gesessen?«

»Sie war anwesend.«

»Die Königin wollte dir nicht die Augen auskratzen?« Mira betrachtete mich, als könnte ich fliegen. Offensichtlich war die Dienerschaft nicht über alles im Bilde, was im Palast vor sich ging. So, wie es aussah, hatten sie von der Vereinbarung Lucius' mit Livia keine Ahnung. Von mir würden sie es auch nicht erfahren.

»Die Königin ist eine edle Dame, die niemals ihre Selbstbeherrschung verliert«, antwortete ich.

»Das ist wahr«, meinte Mira nachdenklich. »Na gut, ich bringe die Öle hinein.« Sie schenkte mir ein Lächeln, dann steuerte sie das Badezimmer an. Ich wandte ich wieder dem Ausblick zu. *Die ganze Küche redet über nichts anderes,* geisterte durch meinen Verstand. Offensichtlich war ich das Biest, das der Königin den Mann wegnahm. So etwas würde ich niemals tun. Seufzend schloss ich die Lider und spürte, wie der Wind mein Gesicht küsste. Wenn Lucius nur ein Kämpfer wäre, der mit mir von Arena zu Arena zog, wäre alles viel einfacher.

»Alles ist fertig«, informierte mich Mira nach einer Weile, und ich ging zu ihr. Wir betraten das Bad, das Becken war gut gefüllt und die Diener hatten den Raum verlassen.

»Ich helfe dir beim Entkleiden.« Mira trat zu mir.

»Das schaff ich schon.« Damit löste ich den Waffengurt.

»Ich gebe nichts auf das Gerede«, sagte sie. »Du bist eine Sklavin. Wenn der König dich will, kannst du dich ihm nicht verweigern. Es ist falsch, dich als liederlich hinzustellen.« Nun war Lucius der Böse. Das fand ich auch nicht richtig.

»Er hat mich keineswegs gezwungen, sondern mir die Wahl gelassen. Ich wollte es, denn ich habe ihn sehr gerne«, erwiderte ich. In diesem Moment wurde mir bewusst, dass dies stimmte. Ich hatte Lucius unglaublich gerne. Vielleicht war das Liebe? Ich kannte mich damit nicht aus, denn bisher hatte Hass mein Leben bestimmt.

Die Tür zum Schlafzimmer wurde lautstark geöffnet, dann erschien Lucius.

»Du kannst gehen«, sagte er zu Mira, die dunkelrot anlief und mit einem »Ja, Herr!« regelrecht davonrannte.

»Du hast gelauscht«, sagte ich, nachdem Mira die Tür geschlossen hatte.

»Nun, ich kam nicht umhin, einen Teil des Gespräches zu hören, und was ich vernahm, machte mich sehr glücklich.« Er pirschte zu mir.

»So, und was hast du gehört?« Ich bedachte ihn mit einem strengen Blick.

»Dass du mich sehr gerne hast.« Jetzt stand er vor mir.

»Werden Adligen keine Manieren beigebracht? Lauschen ist unschicklich«, sagte ich, worauf er grinste.

»Nur so erfahre ich, wie es in dir aussieht«, meinte er und zog an der Schnürung, die die beiden Teile meines Harnischs zusammenhielt.

»Was tust du da?«, fragte ich.

»Hast du es schon vergessen? Ich bin dein Sklave, und als Sklave helfe ich dir natürlich aus deinen Gewändern.« Sein Grinsen wurde breiter.

»Ihr seid sehr verschlagen, Eure Hoheit«, erwiderte ich.

»Nun, ich will meine Herrin nur zufriedenstellen.« Eine Seite des Harnischs war offen, jetzt kümmerte er sich um die andere, bis er mir den ledernen Brustschutz abnehmen konnte. Dann umschlang er mich mit seinen Armen und liebkoste meinen Hals, während seine Finger meine Hose öffneten.

»Setz dich, Herrin«, sagte er und nahm am Rand des Beckens Platz. Zuerst zog er mir einen Stiefel aus, dann den nächsten, anschließend folgte die Hose. Stück für Stück meiner Kleidung fiel zu Boden, bis ich nackt war. Lucius glitt mit der Hand durch das Wasser in der Wanne.

»Es ist perfekt«, stellte er fest. Ich stand auf und er nahm meine Hand, um mir in das Becken zu helfen. Als ich mich in das wohlig warme Nass setzte, musste ich vor Wonne seufzen. Noch niemals in meinem Leben hatte ich so ein komfortables Bad genossen. Naias und ich wir uns unterwegs in Flüssen gewaschen oder ganz selten billige Badehäuser besucht, in denen das Wasser meist schmutziger als wir gewesen war. Ich lehnte mich gegen die Beckenwand und streckte die Beine aus. Wie wundervoll das war. Hinter mir vernahm ich ein Rascheln, doch ich war viel zu träge, um mich umzudrehen. Dann fiel mir ein, dass ich Lucius bei unserem ersten Aufenthalt im Bad den Rücken hatte waschen müssen.

»Sklave, reinige mir den Rücken«, befahl ich. Ihn so zu nennen, machte mir einen Heidenspaß.

»Natürlich, Herrin«, erwiderte er. Ich rutschte etwas von Beckenrand weg, damit er mich besser erreichen konnte. Doch er stieg in die Wanne, nahm hinter mir Platz und schob zu beiden Seiten seine Beine an mir vorbei. Sanft fuhr er mit einem Tuch über meinen Rücken. Seine Lippen flatterten über meine Haut und ich erschauderte. Dann nahm er wieder das Tuch.

»Du hast erstaunlich wenig Narben für eine Kämpferin. Deine Schwester ist eine ausgezeichnete Heilerin«, stellte er fest.

»Dafür hast du sehr tiefe Narben.« Ich rutschte so weit zurück, dass ich mich gegen seine Brust lehnen konnte. Er deponierte das Tuch am Wannenrand und legte die Arme um mich.

»Die meisten haben ich mir in den Schlachten zugezogen«, murmelte er an meiner Schulter, die er sanft liebkoste. Trotz seiner Liebkosungen war ich angespannt, denn jetzt wollte er wieder in eine Schlacht ziehen.

»Was ist los?«, fragte er. Offensichtlich hatte er meine Anspannung bemerkt.

»Du wirst auf das Schlachtfeld zurückkehren. Was, wenn du dieses Mal nicht nur eine Narbe davonträgst?«, fragte ich leise.

»Du machst dir ja wirklich Sorgen um mich.« Er klang erfreut. Ich wandte mich ihm zu, strich über seine Wange.

»Ich will nicht, dass dir etwas passiert. Lass mich mitkommen und dir den Rücken decken«, versuchte ich, ihn zu überzeugen.

»Nein, Livia und Aurelio brauchen dich hier. Aber ich verspreche dir, in einem Stück zurückzukehren. Ich bin ein Draconigena. Wir Kinder der Drachen lassen uns nicht so einfach besiegen.« Er drehte mich wieder nach vorne, um mich dann an seine Brust zu ziehen und zu umarmen.

»Ich nehme dich beim Wort«, sagte ich.

»Das kannst du.« Er schob mein Haar zur Seite. Sanft küsste er meinen Nacken, während er gleichzeitig zart über meine Brustwarzen strich, die sich sofort zusammenzogen. Heißkalte Schauer liefen über meinen Rücken, und ich schloss die Augen. Langsam glitt seine Hand über meinen Bauch und erreichten die Scham. Behutsam tauchte er hinein. Ich seufzte laut. Er streichelte meine empfindlichste Stelle, und ich schmolz dahin. Lustvolle Hitze sammelte sich zwischen den Schenkeln. Eine mächtige Energie strömte durch meinen Körper und ballte sich in meinem Unterleib zusammen. Ich stöhnte die Wonnen laut heraus, die Lucius' Finger mir bereiteten, während seine Lippen meine Schultern mit Küssen bedeckten. In der Ferne hörte ich etwas blubbern, als würde Wasser in einem Kessel sieden.

»Du musst lernen, dich zu zügeln«, flüsterte er an meiner Haut. Ich hob die Lider. Um uns brodelte das Nass, kleine Dampfwölkchen stiegen empor. Die Hitze machte mir nichts aus und schien auch Lucius kein Leid zuzufügen. Aber wenn es noch heißer wurde, würde ich ihn vielleicht doch verletzen. Bei den Göttern, ich vermochte es nicht zu stoppen.

Da kam mir eine Idee. Ich zog Lucius' Hand weg, drehte mich zu ihm, setzte mich auf seinen Schoß und senkte das Becken. Als er in mich glitt, legte er den Kopf an den Beckenrand, schloss die Augen und seufzte. Dieses Mal musste er mir nicht zeigen, wie ich mich bewegen sollte. Als ich mit den Hüften kreiste, erschauderte er. Auch mein Leib bebte vor Erregung und ich hatte das Gefühl, als wollte die Energie in mir herausbrechen wie Lava aus einem Vulkan. So, wie die Lust zwischen meinen Schenkeln wuchs, wuchs auch die Hitze in mir. Das Pulsieren war kaum mehr auszuhalten. Zart strich ich über Lucius' Brust, unsere Herzen schlugen im Einklang. Das Wasser brodelte immer heftiger und ich konzentrierte mich auf Lucius. Konnte ich die Energie möglicherweise in eine andere Richtung lenken? Ich beugte mich zu ihm, meine Lippen trafen auf seine und er öffnete den Mund für mich. In meinem Geist stellte ich mir vor, ihm meine Energie zu schenken – und in diesem Moment begann sie, zu fließen.

Lucius bebte und schlang die Arme um mich, und ich verspürte eine Lust wie noch niemals zuvor in meinem Leben. Sie wuchs immer noch weiter. Es war, als würden wir eins werden. Ich bewegte mich schneller, stöhnte dabei in Lucius' Mund, dann zerriss es mich vor Wollust. Es erfüllte mich mit puren Wonnen, eine heftiger als die andere, bis sie langsam abebbten. Schwer atmend hob er die Lider und setzte sich auf. Auch ich rang nach Luft. Erschöpft legte ich meine Stirn an seine.

»Ehrlich, ich verstehe nicht, wieso mein Volk deines so behandeln konnte. Wenn ihr uns eure Magie zum Geschenk macht, ist dies berauschender als der stärkste Wein. Ich fühle mich so mächtig wie noch niemals zuvor und verspüre nur den Wunsch, dich für immer in meinen Armen zu halten«, sagte er rau. Ja, ich wollte für immer in seinen Armen verweilen. Doch das ging nicht, denn er würde in den Krieg ziehen. Mein Herz wurde schwer.

»Was ist?« Er nahm meinen Kopf in beide Hände und schob mich etwas von sich, sodass sich unsere Blicke trafen.

»Ich mache mir Sorgen«, flüsterte ich.

»Das brauchst du nicht, denn mein Herz bleibt hier bei dir, und kein Barbar auf allen Welten wird mich davon abhalten, zu meinem Herz zurückzukehren«, erwiderte er und küsste mich.

Kapitel 30

Das Gekreisch von Möwen weckte mich. Ich öffnete die Augen. Die zarten Bettvorhänge wurden von einer leichten Brise bewegt. Lucius' Hand lag auf meiner Hüfte, ich spürte seine Wärme im Rücken, dazu das Heben und Senken seines Brustkorbs. Es war wie in einem wundervollen Traum. Niemals hätte ich bei unserer ersten Begegnung gedacht, dass ich in den Armen des dunklen Kriegers landen würde. Vor meinem inneren Auge sah ich ihn, wie er in der Arena gestanden hatte. Er war so unglaublich beeindruckkend gewesen. Eigentlich hätte ich schon an seiner Ausstrahlung erkennen können, dass es sich nicht um einen einfachen Mann handelte. Ich erinnerte mich an diesen Fluchtimpuls, den ich bei seinem Anblick verspürt hatte. War das meine Solfeennatur gewesen, die mich vor der Gefahr hatte warnen wollen? Die gespürt hatte, dass er ein Draconigena war?

»Guten Morgen!« Lucius küsste sanft meinen Nacken. Schon diese kleine Berührung weckte den Wunsch nach mehr in mir. Ich drehte mich zu ihm.

»Ich glaube, ich konnte spüren, was du wirklich bist«, sagte ich, und er blickte mich fragend an.

»Schon, als ich dich in der Arena sah, überkam mich dieser Fluchtreflex, und der zeigte sich bei jeder unserer Begegnungen. Doch ich fühlte mich auch zu dir hingezogen. Das war sehr verwirrend«, erklärte ich.

»Du fühltest dich da schon zu mir hingezogen?« Er grinste. »Hast du den Fluchtgedanken jetzt noch immer?«

»Nein, ich würde niemals einen so guten Sklaven wie dich verlassen«, sagte ich amüsiert, doch dann wurde ich ernst. »Eigentlich bin ich deine Sklavin.«

»Nein, das bist du nicht, denn ich gebe dich frei. Du kannst hingehen, wohin du möchtest. Wenn du es wünschst, kannst du das nächste Schiff nehmen. Wünschst du es denn, mich zu verlassen?« Auch sein Gesicht wurde ernst. »Denn ich hoffe, du bleibst bei mir, als meine Gefährtin«, sagte er.

»Wir werden nie wie Mann und Frau zusammenleben können, sondern nur wie Konkubine und Herrscher«, erwiderte ich leise.

»Ich sagte ja schon: Solange ich hier auf dem Thron sitze, ist das so, aber wenn Aurelio alt genug ist, werde ich mich zurückziehen. Bis dahin biete ich dir ein Zuhause und mein Herz. Es wird dir an nichts mangeln. Deine Schwester ist auch willkommen, und sogar der Katzenmann. Du wirst zwar nicht offiziell mein Weib sein, aber für mich bist du es.« Er sah mich erwartungsvoll an, und ich liebte den Gedanken, an seiner Seite zu bleiben. Verflucht, ich wollte es.

»Nun, ich habe dir versprochen, in deiner Abwesenheit auf Livia und Aurelio aufzupassen. Daran bin ich gebunden«, erwiderte ich.

»Nur deshalb bleibst du hier?« In seiner Stimme hörte ich Enttäuschung.

»Deshalb, und weil ich meinen Sklaven nicht verlieren will, denn er kann sehr gut den Rücken waschen.« Ich grinste.

»Oh, er kann noch viel mehr.« Damit drehte sich Lucius mit mir, sodass er oben lag. Die Panik, die ich normalerweise schon allein bei der Vorstellung empfand, dass ein Männerkörper auf mir lag, blieb aus. Wenn ich nun an das Zusammensein mit einem Mann dachte, sah ich nur noch Lucius' Körper und roch seinen wundervollen Duft.

Einige Tage später, die ich sehr genossen hatte, stand ich, nur in eine Decke eingewickelt, auf der Terrasse und beobachtete, wie sich die Nacht verabschiedete. Sie war so verflucht schnell vergangen. Die aufgehende Sonne verkündete einen schönen Tag, doch das trog. Mein Herz wurde bleischwer. Noch schlief Lucius, doch schon bald würde er auf seinem Ross sitzen und dem Feind entgegenreiten. Der Schmerz in meinem Inneren drohte mich zu zerreißen, und der Gedanke, dass der Mann, der in diesem Moment schlummernd in seinem Bett lag, in Kürze von Feinden umzingelt sein würde, ließ mich kaum Luft bekommen. Ich wäre so gerne mit ihm gegangen, aber er hatte mir dieses Versprechen abgerungen, und ich würde es halten. Ein kühler Wind streifte meine bloße Schulter. Ich fröstelte. Hinter mir hörte ich ein Geräusch, doch ich drehte mich nicht um, sondern sah auf das Meer, das heute besonders friedlich erschien. Tränen sammelten sich in meinen Augenwinkeln. Bei den Göttern, ich wollte nicht weinen. Verflucht, alles war so viel einfacher gewesen, als mein Innerstes noch von einer massiven Mauer umgeben gewesen war. Wie hatte ich in dieser kurzen Zeit nur derart schnell mein Herz verlieren können? Es war, als wären wir auf magische Weise füreinander bestimmt. Als hätten die Götter selbst diese Verbindung gesegnet.

Das Geräusch nackter Füße auf dem Steinboden, dann umschlangen mich Arme und Lucius presste sich an mich, während seine Lippen meine Schultern liebkosten.

»Du musst wirklich deine Kräfte unter Kontrolle halten. Nicht wie heute Nacht, als du fast das Bett angezündet hättest«, sagte er zwischen zarten Küssen.

»Ich werde mich bemühen«, entgegnete ich rau.

Lucius drehte mich zu sich. »Es ist wichtig, dass du sie so wenig wie möglich, benutzt, am besten gar nicht, denn dadurch können dich andere Draconigena aufspüren.«

Sanft strich ich ihm eine dunkle Haarsträhne aus dem Gesicht. »Ich werde lernen, es zu kontrollieren.«

»Nun gut, ich muss mich bereit machen.« Lucius küsste mich noch einmal voller Zärtlichkeit. Er wollte sich von mir lösen, doch ich ließ es nicht zu, presste die Lippen auf seine, konnte ihn einfach nicht loslassen. Ein bittersüßer Schmerz legte sich um mein Herz, drohte es zu zerquetschen. Er löste seinen Mund von meinem, versuchte vergeblich, sich aus meiner Umarmung zu befreien.

»Warum bist du dir so sicher, dass diese Zukunft, die in dem Becher zu sehen war, auch eintrifft, und vor allem so schnell? Die Nordmänner greifen vielleicht erst in Jahren an«, sagte ich, in der Hoffnung, er würde es sich noch einmal überlegen.

»Ich kannte einige der Krieger, die zu sehen waren, denn ich habe ihnen bereits auf dem Schlachtfeld gegenübergestanden, und sie schienen nicht sehr gealtert zu sein. Außerdem spüre ich durch deine Energie, die meinen Leib durchströmt, dass sich das Unheil bereits in diesem Augenblick zusammenbraut. Aber mach dir keine Sorgen, denn deine Energie lässt mich nicht nur die Zukunft erahnen, sondern gibt mir eine unglaubliche Kraft. Ich habe das Gefühl, ich könnte ganze Heere mit meiner Feuermagie niederstrecken.« Lucius gab mir noch einen flüchtigen Kuss, denn befreite er sich sanft aus meiner Umarmung und schritt zum Baderaum, während ich ins Schlafgemach zurückkehrte. Dort schlüpfte ich in meine Hosen, legte den Oberkörperschutz an und stieg in die Stiefel. Zu guter Letzt schnallte ich den Waffengürtel um. Nachdem ich fertig war, sah ich erwartungsvoll zur Tür des Baderaumes. Einige Augenblicke später trat kein König in den Raum, sondern ein Krieger. Lucius trug die Rüstung, die in seiner Kleiderkammer auf einem Ständer gehangen hatte. Damit sah er noch beeindruckender aus, denn seine Schultern, sein gesamter Oberkörper, wirkten noch breiter. Er schnallte den Waffengurt um seine Hüften. Bei diesem Anblick verstand ich, dass der Mann eigentlich nicht dafür geschaffen war, als Greis friedlich in seinem Bett zu sterben. Doch ich hoffte sehr, dass ihm die Götter genau dieses Schicksal zugedacht hatten.

»Lass uns etwas essen.« Damit verließ er das Gemach, aber nicht in Richtung Esszimmer, sondern steuerte das Portal zur Galerie an. Ich folgte ihm. Schnurstracks schritt er in die Küche. Hortensia und die Mädchen wurden bleich wie weißer Marmor.

»Was hast du Gutes für mich?«, erkundigte sich Lucius bei der Köchin, die mit verwirrtem Blick zu mir schaute. Die stämmige Frau vergaß sogar einen Moment lang, zu atmen.

»Was Ihr wollt, Herr«, keuchte sie, nach Luft schnappend.

»Na, dann tragt auf.« Lucius setzte sich an den Küchentisch.

»Kayla, komm zu mir.« Er klopfte auf den Hocker neben sich. Unsicher sah ich zu den umstehenden Sklavinnen, die miteinander tuschelten. Das war jetzt auch egal, denn ich war ja schon das größte Gesprächsthema in der Küche. Lucius wandte sich zu mir. »Nach der vergangenen Nacht brauchst du bestimmt auch eine Stärkung.«

Hitze schoss in meine Wangen und ich hatte das dringende Bedürfnis, den Rückzug anzutreten. Einen Kampf in der Arena hätte ich dem hier allemal vorgezogen. Trotzdem bewahrte ich Haltung. Mit hocherhobenem Haupt setzte ich mich neben Lucius, der mich küsste. Ein wahres Flüsterkonzert brandete auf, das Hortensia mit einem Zischen beendete. Sie scheuchte die Mägde an die Arbeit, die vor ihrem Herrn auffuhren, was die Küche zu bieten hatte. Doch sie blickten mit unverhohlener Neugier immer wieder zu mir. Eigentlich war es schmeichelhaft, dass Lucius seine Gefühle für mich so zur Schau stellte, aber ich hätte etwas mehr Diskretion bevorzugt.

Nach dem Essen ging es zu den Stallungen. Dort wartete Lucius' Rappe zwischen weiteren gesattelten Pferden. Livia stand neben einer goldenen, von acht Sklaven getragenen Sänfte und gut ein Dutzend Soldaten wartete im Hof. Die Männer salutierten, als sie ihren Herrscher bemerkten.

»Mein König.« Livia neigte ihr Haupt.

»Guten Morgen, meine Liebe«, gab Lucius zurück, nahm ihre Hand und streifte sie mit seinen Lippen. Hinter dem Rappen entdeckte ich meine braune Stute, die mich mit gutmütigen Augen ansah.

»Dann lasst uns die Truppe begrüßen«, meinte Lucius und stieg auf. Seine Männer taten es ihm gleich. Umringt von Soldaten trabte der König der roten Sonne entgegen, die sich langsam über den Horizont schob. Livia bestieg ihre Sänfte, die Sklaven folgten dem Trupp. Ich blieb dahinter. Meine Stute war heute ungewöhnlich unruhig, als wüsste sie, dass die Männer in den Krieg zogen. Sanft tätschelte ich den Hals des Tieres.

»Es ist alles gut.« Doch ich konnte diese Worte selbst nicht glauben, denn Krieg war nie eine gute Sache. Mein Magen krampfte, als wollte er mir recht geben. Aufgrund der frühen Tageszeit und wahrscheinlich auch, weil für leere Straßen gesorgt worden war, bewältigten wir die Strecke bis zum Stadttor sehr schnell, für meinen Geschmack viel zu schnell.

Die Soldaten vor mir versperrten mir die Sicht, als ich durch das Tor ritt. Alle schwiegen. Nur das Klappern der Hufe auf dem

Steinboden und das Schnauben der Pferde unterbrachen die angespannte Stille.

Als wir auf die Ebene gelangten, vergaß ich zu atmen. So weit das Auge reichte, sah ich ein Meer aus schimmernden Rüstungen. Es mussten um die zwölftausend Mann sein, hinzu kam ein Tross von Packtieren mit ihren Führern. Der Aufmarsch einer Armee von dieser Stärke war ein beeindruckendes Schauspiel.

Lucius zügelte vor der ersten Reihe sein Pferd. Sein zweiter Heerführer ritt zu ihm und blieb knapp hinter ihm stehen, zu ihm gesellte sich ein weiterer Reiter, der, seiner Rüstung nach zu urteilen, ebenfalls einen hohen Rang innehatte. Ich schaute wieder zu Lucius. Bei den Göttern, der Mann, dem mein Herz gehörte, wirkte in diesem Moment so unglaublich stark und machtvoll. Mit einer Hand hielt er das Halfter, die zweite lag auf dem Oberschenkel, während sein Blick über die Ebene schweifte.

»Männer, wir haben uns hier versammelt, um gemeinsam in den Krieg zu ziehen. Die Barbaren aus dem Norden rotten sich zu einer gewaltigen Armee zusammen, in der Absicht, unsere Grenzen zu überrennen.« Lucius machte eine Pause und beobachtete seine Soldaten, die keine Miene verzogen. »Lassen wir sie spüren, aus welchem Holz wir geschnitzt sind. Wer unsere Grenzen nicht respektiert, bekommt unsere geballte Macht zu spüren. Diese Hunde haben sich mit dem falschen Volk angelegt.«

Tausende Männer klopften mit ihren Waffen gegen die Schilde. Meine Stute tänzelte nervös auf der Stelle, beruhigend strich ich über ihren Hals.

»Für unser Land«, schrie Lucius.

»Für unser Volk, für unsere Königin«, antwortete ein Chor von Tausenden Stimmen. Da stieg Livia aus ihrer Sänfte und stellte sich vor die jubelnden Männer. Anmutig schritt sie zu Lucius, der sich zu ihr beugte, etwas in ihr Ohr flüsterte und ihre Wange küsste. Nur Augenblicke später verschwand die Königin wieder in ihrer Sänfte. Die Sklaven setzten sich in Bewegung. Lucius schaute zu mir, Sehnsucht lag in seinem Blick, denn dies war wohl der Abschied. Ich verstand, wendete mein Pferd und eskortierte Livia zurück.

Je weiter ich mich von Lucius entfernte, desto stärker wurde das Gefühl, keine Luft mehr zu bekommen. Eisige Angst legte sich um meine Brust.

Wie hatte es nur so weit kommen können? Wie hatte ich einen Mann so sehr in mein Innerstes lassen können, dass allein die Vorstellung, ihm würde etwas zustoßen, mein Herz zerriss? Ich spürte Nässe in den Augen. Nein, ich wollte nicht weinen! Trotzig hob ich das Kinn und ritt dem Palast entgegen, der mir auf einmal sehr einsam erschien.

Kapitel 31

Ich lag mit Aurelio auf den Sitzkissen in den Gemächern der Königin. An meinem Oberschenkel spürte ich den Dolch, den ich seit Lucius' Abreise immer bei mir trug. Das Schwert lag in Griffweite. Der Junge kuschelte sich an mich und lauschte mit halb geschlossenen Augen seiner Lieblingsgeschichte, von der ich nun wusste, dass ein Körnchen Wahrheit darin steckte. Denn ich, eine Nachkommin der Sonnenfeen, hatte sich in einen Drachenabstammenden verliebt. Der Drache und die Fee. Sanft strich ich durch Aurelios Locken. Seit Lucius mit seinen Truppen zur Nordgrenze gezogen war, waren bereits zwei Vollmonde vergangen, doch bisher hatte Livia keine Nachricht von der Front erhalten. Die furchtbare Ungewissheit nagte an meinem Herzen wie eine Made. Aurelios gleichmäßiger Atmen sagte mir, dass er eingeschlafen war.

In diesem Moment betrat Livia das Gemach. Geistesabwesend schritt sie in den angrenzenden Raum. Ihre Wangen waren gerötet, irgendetwas hatte sie offensichtlich sehr erregt. Vielleicht war eine Nachricht von Lucius gekommen. Vorsichtig schob ich den Jungen von mir und umhüllte seinen kleinen Körper mit einer Decke. Dann folgte ich Livia in ihr Schlafzimmer. Sie hatte an einem kleinen Pult Platz genommen und ergriff Rohrfeder und ein Stück Papyrus.

»Ich werde Lucius ein Schriftstück senden. Möchtest du ihm auch etwas mitteilen?«, fragte sie, ohne sich umzudrehen. Ich lehnte mich gegen den Torbogen. »Ja, dass er es bei den Göttern nicht wagen soll, zu sterben, sonst folge ich ihm in die Unterwelt und zerre ihn heraus.«

Nun wandte sich Livia doch mir zu. Ein sanftes Lächeln umspielte ihre Lippen, und sie erhob sich. Sie überwand den Abstand zwischen uns und legte die Hand an meine Wange. Ihre liebevolle Berührung spendete mir ein wenig Trost. Dennoch vermochte diese Geste das ungute Gefühl, das sich seit Lucius' Weggang in mir festgesetzt hatte, nicht zu vertreiben.

»Es wundert mich nicht im Geringsten, dass er sich in dich verliebt hat. Du bist die außergewöhnlichste Frau, der ich je begegnet bin. Er wird wiederkommen, ich spüre es.« Livia zog mich in ihre Arme und drückte mich fest an sich. Obwohl sie weit über mir stand, war sie zu einer Freundin geworden. Sie gab mich frei und trat zurück. »Er hat den besten Grund wiederzukommen: dich«, meinte sie und lächelte.

»Aber er wird auch wegen Euch und dem kleinen Aurelio zurückkehren, Herrin.«

Livia sah zu ihrem friedlich schlummernden Sohn.

»Wie lief eigentlich Eure Unterhaltung mit Decimus?«, erkundigte ich mich. Sofort schoss Livia die Röte in die Wangen. Seit ich die beiden zum ersten Mal zusammen gesehen hatte, war in mir der Verdacht gekeimt, dass sie für den Mann viel mehr empfand, als eine Königin für einen Untergebenen empfinden sollte.

»Er berichtete mir, dass der Rat sich im Moment ruhig verhält«, erwiderte sie rau.

»Er ist ein sehr staatlicher und gutaussehender Soldat. Er könnte in dieser Hinsicht fast mit dem König konkurrieren«, sagte ich, worauf Livias Gesicht noch dunkler wurde.

»Das ist mir gar nicht aufgefallen.« Dabei überschlug sich ihre Stimme.

Ich nahm ihre Hand. »Ich denke, auch er empfindet etwas für Euch.«

Livia räusperte sich. »Ich hatte schon überlegt, mit ihm bei einem Essen über die Staatsangelegenheiten zu sprechen.«

»Oh, Livia, tut es doch. Ladet ihn in den Speisesaal ein. Lucius würde bestimmt nichts dagegen haben.«

Mit skeptischem Blick betrachtete sie mich. »Aber das schickt sich nicht.«

»Papperlapapp, er ist Euer Berater und Ihr speist mit ihm, um seinen Rat einzuholen. Was soll daran verwerflich sein?« Bei diesen Worten trat ich zu ihr und drückte herzlich ihre Hände. Nachdenklich betrachtete sie mich.

»Ich werde es mir überlegen. Nun muss ich aber den Brief schreiben«, entgegnete sie. Ich ließ sie los.

»Erlaubt Ihr mir, dass ich gehe, Herrin?«

»Natürlich.« Livia kehrte an ihr Schreibpult zurück. Bevor ich das Zimmer verließ, holte ich noch mein Schwert und verstaute es in der Scheide. Als ich am Torbogen vorbeischritt, glitt mein Blick kurz zu Livia. Sie so einsam zu sehen, tat weh. Sie war ein herzensguter Mensch und für Lucius eine wichtige Vertraute. Warum sollte ihr nicht auch etwas Glück vergönnt sein? Sie hatte es verdient, und ihr Mann war angesichts des Harems ja auch kein Kind von Traurigkeit gewesen.

Ich steuerte Lucius' Gemächer an und betrat den Schlafraum, der unglaublich verlassen und kalt wirkte. Nur selten kam ich hierher, einzig, um mich an Lucius zu erinnern. Als ich das Bett erreichte, kroch ich hinein und presste die Decke fest an mich. Nun war sie wieder da, diese schmerzhafte Leere, und sie drohte mich zu erdrücken. Seufzend vergrub ich das Gesicht in den Laken, atmete Lucius' Duft ein, der in jeder Faser des Gewebes steckte.

Ich war es nicht gewohnt, zur Untätigkeit verurteilt zu sein – irgendetwas musste ich einfach tun. Mein Blut hatte alles ausgelöst. Vielleicht gelang es mir, auch ohne Lucius' Hilfe in die Zukunft zu blicken. Zwar hatte ich ihm versprochen, die Magie nicht zu nutzen, und es war mir auch fast gelungen. Nur manchmal entfachte ich heimlich Kerzen, um wenigstens ein bisschen zu üben, und bisher war kein Draconigena erschienen.

Verflucht, ich musste wissen, wie es Lucius ging. Wenn ich in seine Zukunft sah, konnte ich vielleicht Schlimmeres verhindern. Beim Herrn der Unterwelt, seit über zwei Monden gab es von ihm kein Lebenszeichen. Das konnte er mir wirklich nicht übelnehmen. Ich öffnete die Faust, um meine Handfläche zu betrachten. So ein bisschen Blutzauber würde schon keinen Draconigena auf den Plan rufen. Entschlossen erhob ich mich, nahm einen Trinkbecher, der auf dem Tischchen neben einem Krug bereitstand, und füllte ihn mit Wasser. Dann zog ich den Dolch und betrat die Terrasse.

Ich stellte den Becher auf die Brüstung, atmete tief durch und schnitt in meine Handfläche. Ein kurzer Schmerz durchzuckte mich, dann quoll Blut aus der Wunde, das ich im Becher auffing. Nervös starrte ich in das Gefäß. Das Blut, das aus der pochenden Verletzung rann und auf den Boden tropfte, ignorierte ich. Ich konzentrierte mich auf Lucius, sah vor meinem inneren Auge sein Gesicht, sein Lächeln, und mein Herz verkrampfte sich. Ich hoffte, dass mein Vorhaben funktionierte. Bei meinem ersten Versuch diese Magie zu nutzen war Lucius dabei gewesen. Angespannt starrte ich in den Becher. Aber nichts tat sich.

»Verdammt, verdammt, verdammt«, murmelte ich wütend. Wozu hatte man magische Fähigkeiten, wenn sie einen im Stich ließen, sobald man sie brauchte. Ich hätte vor Zorn schreien können. Trotzdem fixierte ich weiter den Inhalt des Bechers, und plötzlich bildete sich in dem Wasser ein kleiner Wirbel. Im nächsten Moment erstarrte es zu einem Spiegel. Nebelhafte Gestalten erschienen auf dessen Oberfläche.

Langsam schärfte sich das Bild. Mir stockte der Atem, denn ich sah nicht Lucius, sondern Naias. Mein Puls beschleunigte sich. Ein Mann in schwarz schimmernder Rüstung, das Gesicht vom Visier eines Helms verdeckt, packte Naias, die sich mit aller Kraft zur Wehr setzte, und zerrte sie zu einer Tür. Fenn griff in Löwengestalt an, doch ein zweiter Angreifer rammte ihm ein Schwert in die Eingeweide. Blutend brach der Löwenmann zusammen. Der Kerl, der Naias gepackt hatte, zwang sie aus dem Raum. Sein Kumpan trat gegen den leblosen Fellhaufen am Boden, dann verschwamm das Bild und der Spiegel wurde wieder zu dem Wasser-Blut-Gemisch. Ich vermochte den Becher nicht mehr zu halten. Er rutschte mir aus den Händen und stürzte ins Meer. Der Wind zerrte an meinem Haar, schwarze Wolken verdunkelten den Himmel. Wütend krachten die Wellen unter mir gegen die schroffen Klippen. Ich fühlte mich so hilflos wie noch nie zuvor in meinem Leben, denn ich war gerade Zeugin der Entführung meiner Schwester gewesen. Auch wenn dies erst in naher Zukunft geschah, konnte ihr nicht zur Hilfe eilen, denn ich hatte Lucius mein Wort gegeben auf Livia und Aurelio aufzupassen. Kraftlos sank ich zusammen, zitterte am ganzen Leib, während Regentropfen gegen mein Gesicht prasselten. Ich hob den Kopf, spürte die kalten Tropfen auf der Haut. Haarsträhnen klebten an meiner Wange. Das war das erste Unwetter, das ich hier erlebte. Es schien, als würden die Götter mit mir weinen. Laut schrie ich meinen Schmerz heraus, mein Brüllen verhallte in einem Donnergrollen. Blitze erleuchteten den schwarzen Himmel. Da umfassten Hände meine Oberarme und zogen mich hoch. Es war Livia, sie schob mich in Lucius' Schlafgemach.

»Was ist passiert?« Sie strich mir die nassen Strähnen aus der Stirn.

»Meine Schwester ist in großer Gefahr. Ich bin mir bewusst, wie seltsam sich dies anhört, aber ich weiß, dass ihr etwas zustoßen wird«, gab ich heiser zurück.

»Dann musst du zu ihr gehen.« Livia umfasste meine Schultern.

»Ihr versteht nicht. Ich gab dem König mein Wort, Euch zu schützen. Er würde mir nie verzeihen, wenn ich Euch und Aurelio in diesen Zeiten alleinließe.«

»Es ist mein Wunsch, dass du sofort nach Lybra aufbrichst, um meiner Mentorin eine Nachricht zu überbringen.«

»Aber …«

»Es ist ein Befehl deiner Königin, dem du Folge zu leisten hast.«

Ich starrte Livia an, die mein Gesicht mit beiden Händen umfasste, es zu sich herunterzog und mich auf die Stirn küsste.

»Du wirst mit dem nächsten Schiff abreisen.« Sie ließ mich los.

»Herrin, warum seid Ihr überhaupt zu mir gekommen?«

»Ich wollte dir nur mitteilen, dass ich deinen Rat befolgt habe und Decimus zum Mahl einladen werde. Nun mach dich für die Reise bereit.« Damit verließ sie den Raum und schloss hinter sich die Tür.

Zwei Tage später stand ich in Lucius' Schlafgemach, mein Herz krampfte sich zusammen. Ich hätte gerne noch ein letztes Mal sein Lächeln gesehen, seine Wärme gespürt, doch er war weit weg, und es war ungewiss, ob er noch lebte. Ich hatte mehrfach versucht, auch seine Zukunft zu sehen, doch es blieb immer bei der Vision von Naias.

Allein bei dem Gedanken, dass ihm etwas zugestoßen sein könnte, zersprang mein Herz in tausend Stücke. Ach verdammt, Naias brauchte mich. Auch wenn ein großer Teil meines Herzens für immer hierblieb, durfte ich darauf keine Rücksicht nehmen. Meine kleine Schwester war alles, was im Moment zählte. Zu meinem

Leidwesen hatte ich keine Ahnung, wann die Ereignisse, die ich gesehen hatte, eintreffen würden. Es konnte morgen sein, in einem halben Mond oder wann auch immer. Eines stand fest: Jeder Augenblick zählte, wenn ich es verhindert wollte.

Ich warf mir meinen Umhang über die Schultern. Dann packte ich den Beutel mit ein paar Habseligkeiten und Kleidungsstücken, prüfte noch einmal die Schnürung des Harnischs und den Waffengürtel, anschließend verließ ich das Gemach. Die Kapuze zog ich mir tief ins Gesicht und schritt an den Wachen vorbei zu den Räumen der Königin. Dort angekommen, atmete ich nochmals tief durch, bevor ich klopfte. Livia bat mich herein.

»Geh nicht fort.« Aurelio klammerte sich an mich.

Traurig fuhr ich dem Jungen durch die Locken. »Ich muss etwas erledigen.«

Aurelio sah zu mir hoch. »Dann komm ich mit.«

»Ich wünschte, das ginge«, erwiderte ich lächelnd, obwohl mir nicht danach zumute war. Das schlechte Gewissen nagte unaufhörlich an mir. Das Versprechen, das ich Lucius gegeben hatte, konnte ich nun nicht mehr einhalten.

»Jetzt lass sie los, mein Sohn.« Livia kam aus dem Nebenraum. Grummelnd gab Aurelio mich frei.

»Hier, die Schriftrolle übergibst du der obersten Priesterin im Konvent zu Lybra. Dies bestätigt dich als meine Kurierin.«

Ich nahm eine Lederröhre sowie ein zusammengefaltetes Stück Pergament entgegen.

»Ach, und hier habe ich noch einen Beutel mit Gold für dich.« Damit schritt Livia zu einem kleinen Tisch und nahm ein Säckchen, das sie mir überreichte.

»Aber Herrin, das ist …«

»Du bist in meinem Auftrag unterwegs, da soll es dir an nichts mangeln«, unterbrach sie mich. »Und keine Bange: Decimus wird gut für meine Sicherheit sorgen.« Sie lächelte, als hätte sie mir meine Sorge, ihr und ihrem Sohn könnte etwas zustoßen, vom Gesicht abgelesen. Livia umfasste meine Schultern. »Bitte komm wieder. Es würde ihm das Herz brechen, wenn du nicht zurückkehrst.« Sie schaute mich mit flehendem Blick an, und ich schluckte schwer.

»Habt Ihr etwas vom König gehört?«

Betrübt sah Livia zu Boden und seufzte. »Nein, leider nicht.«

Dies waren keine guten Nachrichten. Mir wurde ganz schlecht, aber ich riss mich zusammen. Livias Blick fing meinen.

»Er ist ein Krieger, das Schlachtfeld ist seine Welt, er wird überleben.« Sie drückte mich an sich. »Bitte gib auf dich acht. Du bist nicht nur die Frau, der Lucius' Herz gehört, sondern für mich auch eine Freundin.« Dann ließ sie mich los.

Ich kniete mich zu Aurelio, dem dicke Tränen über die Wangen rollten, und küsste ihm die Stirn. »Pass gut auf deine Mutter auf.« Er wischte sich mit dem Handrücken über die Augen und nickte.

»Warte«, rief Livia, als ich bereits an der Tür war. Ich drehte mich zu ihr um. Eilig trug sie ein Schmuckstück zu mir.

»Es soll dich auf deiner Reise schützen.« Mit diesen Worten streifte sie mir eine Kette über den Kopf, an der ein Amulett hing. »Die Eule steht für die Göttin Sapientia. Die Göttin möge stets ihre behütende Hand über dich halten.«

Ich klemmte mir die Rolle unter den Arm, sodass ich eine Hand frei hatte, und betrachtete den Anhänger.

»Es ist die Schutzgöttin des Konvents auf Lybra, die Hohepriesterin hat es mir geschenkt.«

»Das kann ich nicht annehmen, es ist viel zu wertvoll«, erklärte ich und wollte das Schmuckstück wieder abnehmen, doch Livia hielt mich auf.

»Dann sieh es als Leihgabe, die du mir zurückbringst, wenn deine Aufgabe erfüllt ist.«

»Ihr habt mein Wort«, erwiderte ich und drehte den Anhänger um. »Was steht auf der Rückseite?«

»In einer sehr alten Schrift steht dort mein Name und die Worte *Mögen alle deine Schritte gesegnet sein*. Dies wünsche ich auch dir.« Sie strich über meine Wange, dann trat sie zu Aurelio, der sich erhob und ihre Hand nahm.

»Ich will nicht, dass Kayla geht.« Schniefend drückte er sich an seine Mutter. Mit Tränen in den Augen wandte mich ab und verließ den Raum, ohne noch einmal zurückzublicken.

Auf der Galerie steckte ich die Lederrolle und das Pergament in meinen Beutel, das Säckchen mit den Goldmünzen befestigte ich am Waffengurt.

Anschließend besorgte ich mir noch ein paar Vorräte aus der Küche, die ich ebenfalls im Beutel verstaute. Hortensia nahm mich zu Abschied herzlich in die Arme und wollte mich nicht mehr loslassen. Mira versuchte, tapfer zu sein, doch es entwischten ihr ein paar Tränen.

Im Innenhof angekommen, kramte ich ein Tuch aus meiner Tasche, mit dem ich meine untere Gesichtshälfte vermummte, sodass nur noch ein kleiner Teil der Nase und die Augen zu sehen waren. Die Kapuze zog ich tief ins Gesicht, ich wollte nicht gleich beim ersten Hinsehen als Frau erkannt werden, und genau genommen auch nicht beim zweiten.

Als ich durch die Torbögen trat, die aus dem Palast führten, atmete ich tief durch und schaute auf die Häuser zu meinen Füßen. Die Blicke der Wachmänner kümmerten mich nicht. Nun würde ich wieder durch die Lande streifen, wie zu meiner Zeit als Kämpferin. Aber dieses Mal war es anders, denn auf dieser Reise war ich allein. Zuerst stand ich wie angewurzelt da, doch dann setzte ich einen Fuß vor den anderen. Die Enge in meiner Kehle wuchs mit jedem Schritt, mit dem ich mich vom Palast entfernte und der mich der Ungewissheit näherbrachte. Doch ich lief weiter, ohne mich ein einziges Mal umzudrehen. Hätte ich es getan, wäre ich vielleicht umgekehrt.

Kapitel 32

Im bunten Treiben des Hafens suchte ich nach der *Viator*. So hieß das Segelschiff, mit dem ich nach Lagos reisen würde. Ich war bereits vor zwei Tagen hier gewesen, um ein Schiff zu suchen, das schnellstmöglich zur Insel Gogon auslief. In einer Schenke traf ich dann auf den Kapitän der *Viator*, der mir nach ein paar Krügen Bier zusagte, mich nach Lagos mitzunehmen. Leider lag Lagos im Norden der Insel und ich hatte bis Lybra ein ganz schönes Stück in Richtung Süden vor mir, aber die *Viator* war im Moment das einzige Schiff, das die Insel anlief. Nun musste ich sie nur noch finden. Leiber stießen unsanft gegen meinen, während mein Blick die Schiffsrümpfe entlangglitt, bis er an einem hängen blieb, auf dem *Viat...* stand. Den Rest des Wortes konnte ich nicht mehr entziffern, wahrscheinlich waren die Buchstaben von der salzigen See gefressen worden. Der bärtige Kapitän, in dessen Glatze sich die Sonne spiegelte, trieb Sklaven mit lautem Geschrei an, die Waren schneller zu verladen.

Mit einem schmutzigen Tuch wischte er sich den Schweiß vor der Stirn. Zielstrebig ging ich zu ihm. In der Schenke war er erheblich lustiger gewesen, was wohl am Bier gelegen hatte, denn jetzt wirkte er sehr herrisch. Hoffentlich konnte er sich noch an mich und seine Zusage erinnern. Ich tippte ihm auf die Schulter und er fuhr herum.

»Was!?« Sein stinkender Atem traf mich wie ein Faustschlag in den Magen, ich machte einen Schritt zurück und versuchte, den Würgereiz zu unterdrücken. Oje, den Geruch hatte ich ganz vergessen. Mein Gegenüber steckte das Tuch in die Hosentasche, anschließend hakte er beide Daumen in seinen Gürtel ein und musterte mich von oben bis unten. Die lederne Weste, die er trug, offenbarte für meinen Geschmack viel zu viel von seiner stark behaarten Brust. Was ihm auf dem Kopf fehlte, wucherte hier in rauen Mengen. In der Schenke hatte er wenigstens ein Hemd angehabt. Seinem Blick nach zu urteilen, hatte er keine Ahnung, wer ich war.

»Kapitän Appius, erkennt Ihr mich noch?«

»Sollte ich?«, entgegnete er gedehnt und spuckte braunen Schleim auf den Boden, der knapp neben meinem Fuß landete.

»Das solltet Ihr wirklich. Wir trafen uns vor zwei Tagen. Ich bin Euer Passagier.«

Erst stutzte der Mann, dann schien er sich zu erinnern, denn sein Mund verzog sich zu einem breiten Grinsen.

»Ach ja, der Kurier. Ich heiße Euch auf meinem Schiff willkommen.« Damit trat er zur Seite und deutete einladend auf das Wrack. Der Kerl hatte mich schon in der Schenke für einen Mann gehalten, da ich nach wie vor achtete, nicht zu viel von mir zu zeigen, und ich war erleichtert, dass er seinen Irrtum noch immer nicht bemerkte. Vorsichtig schritt ich den schwankenden Steg hoch und atmete erleichtert auf, als ich die Holzplanken des Decks unter meinen Füßen spürte. Ein junger Sklave rempelte mich an, bleich wich er zur Seite und entschuldigte sich gefühlte hundert Mal.

»Ist schon gut.« Beschwichtigend winkte ich ab, worauf der Junge zusammenzuckte und mit den Händen seinen Kopf schützte. Ein fleckiges Hemdchen, das bis zu seinen Knien reichte, verhüllte seinen schmächtigen Körper. Ich schätzte den Jungen auf etwa zehn Jahre.

»Ich will dir nichts tun. Alles ist in Ordnung.« Sanft zog ich die Hände von seinem Haupt. Noch immer in geduckter Haltung schaute mich der Junge misstrauisch an. Zorn kochte in mir hoch, denn der Kleine war wohl schon zu oft verprügelt worden. Unter dem Staub und Schmutz, der sein Haar bedeckte, war er eigentlich blond.

»Cailean, an die Arbeit!«

Der Knabe zuckte zusammen, dann flitzte er den Steg hinunter. Ich hob den Kopf und entdeckte den Mann, der den Jungen eben angefahren hatte. Er stand auf dem flachen Dach eines hüttenartigen Aufbaus, von dem aus auch der Steuermann die zwei riesigen Ruder bediente, die an der linken und rechten Heckseite ins Wasser ragten. Mit beiden Händen umklammerte er die hölzerne Einfassung seines Aussichtspunkts und starrte mich an. Ich hielt seinem Blick stand. Der Mann unterschied sich von den typischen Einwohnern dieser Stadt wie der Tag von der Nacht. Sein zu einem Zopf geflochtenes Haar war blond wie Flachs und die Haut hell. Seinem Aussehen nach zu urteilen, musste er weit aus dem Norden kommen. Nachdenklich kratzte er sich am Kinn, dann straffte er sich, strich über sein ledernes Wams und stieg die Treppe herunter.

»Seid Ihr der Kurier?«, erkundigte er sich.

»Ja.« Ich nickte und starrte in das Gesicht des Mannes. Irgendetwas Vertrautes lag darin, doch ich konnte nicht sagen, was es war. Hatte ich ihn schon einmal auf meinen Reisen getroffen?

»Wenn Ihr wollt, dann kommt mit mir, der Platz dort oben ist weitaus komfortabler als hier zwischen den Sklaven, die das Schiff beladen.«

»Und ich stehe nicht im Weg«, ergänzte ich. Der Mann grinste, seine türkisfarbenen Augen blitzten belustigt. Wieder hatte ich das Gefühl, ihn zu kennen, doch so sehr ich in meinen Erinnerungen wühlte, mir wollte nicht einfallen, woher. Es war, als wären sie hinter einem dichten Schleier. Irgendwo in meinem Gehirn befand sich die Lösung, ich kam aber nicht daran. Aber würde ich ein so gutaussehendes Gesicht vergessen haben? Das zudem das sorgfältig rasierteste war, das ich jemals gesehen hatte? Seine untere Gesichtspartie um Kinn und Wangen sah so glatt wie das Hinterteil eines Säuglings aus.

»Ich sehe schon, Ihr seid ein Mann mit Weitblick. Mein Name ist Morgan.« Er streckte mir die Hand entgegen, die ich ergriff.

»Mein Name ist Kay.« Den Rest unterschlug ich lieber auf einem Schiff voller Männer. Falls man es entdecken sollte, würde ich nicht abstreiten, eine Frau zu sein, aber ich wollte es auch nicht in die Welt hinausschreien. Wenn die Kerle mich für einen Geschlechtsgenossen hielten, umso besser.

»Kommt«, forderte Morgan mich auf. Ich folgte ihm am Hauptmast vorbei, an dem Frischwasser-Fässer mit Tauen festgezurrt waren, zum hölzernen Aufbau. Oben angekommen, streifte eine leichte Brise mein Gesicht und spielte mit dem Stoff meiner Kapuze. Eigentlich war es für den Umhang zu warm. Doch ich nahm es in Kauf, zu schwitzen, denn egal, wie sehr ich das tat, ich würde keinesfalls mehr stinken als der Kapitän.

Ich hob den Kopf und sah zum Palast, der wie ein riesiger Vorwurf auf der Klippe hockte. Schwermut umklammerte mein Herz.

»Die Sklaven haben alles verstaut. Wir können auslaufen.« Der Kapitän stieg die Stufen hoch.

Als er an der Brüstung stand, brüllte er lautstark Befehle. Die Seeleute wuselten an Deck wild durcheinander, lichteten die Anker und setzten das Hauptsegel. Jeder wusste, was er zu tun hatte. Die meisten Sklaven waren an Land zurückgeblieben. Wahrscheinlich gehörten sie den Händlern, von denen die Waren stammten. Mit jedem Kommando, das der Kapitän gab, kam der Abschied näher. Ich blickte zum Palast und hatte das Gefühl, ich würde Lucius nie wiedersehen. Mein Herz weinte. Vielleicht war es besser für mich, wieder ungebunden zu sein, versuchte ich, mich zu trösten. Frei wie die Möwen, die unser Schiff kreischend begleiteten.

Das rechteckige Hauptsegel, das gut fünfzehn Schritte lang und zehn hoch sein mochte, blähte sich im Wind. Am Bug gab es noch ein kleineres Vorsegel.

Ein Dunkelelf erklomm die Stufen zum Aussichtsdeck, dann ging der hochgewachsene Mann zu den beiden Rudern, deren Stiele er ergriff. Bei dem Elf handelte es sich offenkundig um den Steuermann. Ich beobachtete überrascht, wie er das Schiff geschickt vom Anlegeplatz wegmanövrierte. Dass diese Wesen auch zur See fuhren, hatte ich nicht gewusst. Im Gegensatz zu den anderen Seeleuten, die meist nur Hosen und westenartige Oberteile trugen, war der größte Teil seines Körpers von Kleidung aus dunklem Stoff bedeckt. Das überraschte mich nicht, denn die Haut von Dunkelelfen war fast so weiß wie ihr Haar, sodass sie Sonne nur schlecht vertrugen. Seine langen Finger leuchteten auf dem Holz, das sie umfasst hielten.

Unaufhaltsam näherten wir uns der offenen See. Der Wind nahm zu, bauschte das riesige Segel auf, und das Schiff gewann an Fahrt. Ich zog die Kapuze tiefer ins Gesicht, denn die salzige Brise versuchte, sie mir vom Kopf zu zerren. Wie der Leib eines Wales pflügte der dickbäuchige Schiffsrumpf durch die Wellen. Nun gab es kein Zurück mehr. Morgan wies dem Steuermann den Kurs, er schien der Navigator zu sein. Kein Wunder, die Männer aus dem Norden galten als hervorragende Seeleute. Ich entdeckte Cailean unter den Seeleuten, wahrscheinlich stammte er auch aus dem Norden. Irgendwie erinnerte er mich an Aurelio, wahrscheinlich, weil er nur wenige Jahre älter war als der Prinz von Ro'an. Vor mir sah ich Aurelios traurige Augen und mir wurde schwer ums Herz. Ich drehte mich um und schaute zur Stadt, die immer kleiner wurde.

Zitternd zog ich den Umhang enger um mich. Ich war im Begriff, etwas sehr Wertvolles zu verlieren. Gemächlich umschifften wir die Klippen. Die Brandung donnerte gegen die rauen Felsen. Zum ersten Mal sah ich die Terrasse aus dieser Perspektive. Die großen Fensterbögen des Schlafgemachs wirkten wie Augen, die mir anklagend nachblickten. Mit jeder Seemeile wurde der Palast kleiner, bis er nicht mehr zu erkennen war, und ich drehte mich nach vorne. Jetzt gab es nur noch den Weg, der vor mir lag, und kein Zurück mehr.

Ende

Die Schattenreich Chroniken - Jäger des Blutes:

Sie sind tapfer
Sie sind ohne Gnade
Sie sind Jäger des Blutes

Sechs Jahre sind nach den tragischen Ereignissen in Wien vergangen. Viktor und Elisabeth ziehen einsam durch die Lande. Sie meiden Menschen und auch andere Vampire. Als sie sich jedoch in der Nähe von Paris aufhalten, möchte Elisabeth die von Leben erfüllte Stadt unbedingt besuchen. Viktor kann seiner Schwester den Wunsch nicht abschlagen – ein fataler Fehler. Elisabeth wird von Victors Widersacher Frederic entführt. Was wird Frederic Elisabeth antun? Viktor macht sich auf die Suche. Er muss seine Schwester so schnell wie möglich finden und Frederic ein für alle Mal vernichten. Nicht nur um Elisabeths willen, denn auch Marie gerät in Frederics Visier.

Herausgeber: Books on Demand (7. Oktober 2022)
Sprache: Deutsch
Taschenbuch: 458 Seiten
ISBN-10: 3756229572
ISBN-13: 978-3756229574

Schneewittchen - Phönixkriegerin

Ohne jegliche Erinnerung wurde Máire von ein paar Jugendlichen aus dem Fluss Fal gefischt. Sie kennt nicht einmal ihren richtigen Namen.

Jahre später lebt sie mit ihren sieben Rettern in Tremain, der nördlichsten Stadt der Südlande, ein entbehrungsreiches Leben und verdingt sich dort als Diebin. Doch als sie eines Tages ein geheimnisvolles Phönixamulett stiehlt, holt sie ihr vergessenes Leben ein. Sie begegnet dem mysteriösen Krieger Cadan. Von ihm erfährt sie, dass ein Fluch auf ihr lastet, der sie töten wird.

Kann sie mit Cadans Hilfe diesen Fluch brechen?

Herausgeber: BoD – Books on Demand; 2. Edition (16. Mai 2022)
Sprache: Deutsch
Taschenbuch: 270 Seiten
ISBN-10: 3755784602
ISBN-13: 978-3755784609